प्रदीप अवस्थी

23 अप्रैल, 1986 को राजस्थान के अजमेर में जन्मे प्रदीप अवस्थी का बचपन गुजरात, मध्य प्रदेश और उत्तर प्रदेश में बीता। शुरुआती पढ़ाई-लिखाई रामपुर, उत्तर प्रदेश से हुई। इलेक्ट्रॉनिक्स एंड कम्यूनिकेशन इंजीनियरिंग में स्नातक किया। लगभग सभी महत्त्वपूर्ण पत्रिकाओं में उनकी कविताएँ और कहानियाँ प्रकाशित होती रही हैं। प्रतिष्ठित वेब-पोर्टल्स पर समसामयिक मुद्दों, समाज और सिनेमा पर कई लेख प्रकाशित हुए हैं। कविताओं का एक साझा संकलन प्रकाशित हो चुका है। 'मृत्यु और हँसी' उनका पहला उपन्यास है।

विश्व-सिनेमा में गहरी रुचि रखनेवाले प्रदीप इन दिनों मुम्बई में पटकथा-लेखन में सक्रिय हैं।

ई-मेल : awasthi.onlyme@gmail.com

मृत्यु और हँसी

प्रदीप अवस्थी

राजकमल पेपरबैक्स

राजकमल पेपरबैक्स में
पहला संस्करण : 2023

राजकमल पेपरबैक्स : उत्कृष्ट साहित्य के जनसुलभ संस्करण

राजकमल प्रकाशन प्रा.लि.
1-बी, नेताजी सुभाष मार्ग, दरियागंज
नई दिल्ली-110 002
द्वारा प्रकाशित

शाखाएँ : अशोक राजपथ, साइंस कॉलेज के सामने, पटना-800 006
पहली मंजिल, दरबारी बिल्डिंग, महात्मा गांधी मार्ग, प्रयागराज-211 001

वेबसाइट : www.rajkamalprakashan.com
ई-मेल : info@rajkamalprakashan.com

विकास कंप्यूटर एंड प्रिंटर्स
ट्रॉनिका सिटी-201 102
द्वारा मुद्रित

मूल्य : ₹299

MRITYU AUR HANSI
Novel by Pradeep Awasthi

ISBN : 978-93-94902-15-2

To love without knowing how to love, wounds the person we love.

— **Thich Nhat Hanh**

उन सभी दुखों के लिए, जो हमारे अपनों को हमसे मिलते हैं
उन सभी दुखों के लिए, जो हमें अपनों से मिलते हैं
उन सभी अँधेरों के लिए, जिनसे हम अपने अकेलेपन में लड़ते हैं
उन सभी हौसलों के लिए, जो हम कमज़ोर दिनों में भी पाले रखते हैं

इस उम्मीद के साथ कि दुनिया में संवेदनशीलता बची रहे,
लोगों की आँखों में करुणा बची रहे।

मृत्यु और हँसी

हमने डंक ख़ूब झेले, शहद हमारे लिए नहीं था

इन बातों का किसी भी बीमारी से कोई सम्बन्ध नहीं है। माँ से तो बिलकुल नहीं

मेरा काम था मुस्कराने का और हँसकर सारी गालियाँ सुनने का। एक सफ़ेद शर्ट थी जिसे पहनकर मैं खड़ा रहता था घंटों। बहुत दर्द होता था तलवों में। सुबह पाँच बजे अलार्म बजते ही ज़मीन पर पैर रखता था। यूँ ज़मीन पर पैर रखना याद रह गया है। जैसे मेरे पैरों के नीचे की ज़मीन रोती हो और उसका दर्द मेरे पैरों में चला आता हो। मैं रोते-रोते फिर लेट जाता था। एक दिन तो माँ को आवाज़ लगाता हुआ अपने तलवों को हाथों से सहलाता हुआ रोता ही रहा। थी तो बस यह एक नौकरी लेकिन धीरे-धीरे मेरी शख़्सियत बन गई। कोई मुझे पत्थर मारकर चला जाता और मैं कुछ नहीं कहता। मुझे लगता कि अपने जीवन में परेशान है बेचारा, इसलिए ग़ुस्सा मुझ पर उतार रहा है। मैं जाने देता। कोई गालियाँ देता निकल जाता, मैं जाने देता।

ऐसे ही दिनों में एक बार घर पर ऐसा हुआ था। माँ गिर गई थी बाथरूम में और कंधे की हड्डी उतर गई थी। प्लास्टर ऑफ़ पेरिस चढ़ा था। मैं उस पूरे

महीने यहाँ मैनेजर की डाँट सुन रहा था। महीने-भर बाद जब माँ ठीक हो गई, तब उसने फ़ोन पर बताया कि गिर गई थी, कंधे की हड्डी टूट गई थी। मेरी आँखों में आँसू आने से पहले ही जम गए। ऐसा इतनी बार हुआ कि शायद आँसुओं ने जम-जमकर दिमाग़ के एक बड़े हिस्से को पहले भर दिया, फिर उसे सुन्न कर दिया। पूरे महीने फ़ोन पर कितनी बार बातें हुई थीं माँ से। टूटा कन्धा लेकर मुझसे बात की होगी हर बार, लेकिन मुझे बताया ही नहीं। क्या बताती? मैं करता भी क्या? मैं परेशान हो जाता इसीलिए नहीं बताया होगा। लेकिन फिर ये प्यार करने वाली लड़कियाँ क्यों नहीं समझतीं कि क्या बताना चाहिए, क्या नहीं। जान निकाल देने वाली बातें वे हँसते-हँसते कर जाती हैं, जैसे उनका यह हक़ है और उन्हें समझा जाना चाहिए। मैंने अपना सब झोंक दिया था बिना यह जाने कि डेढ़ साल बाद समझ आएगा कि जंगल में जलती आग को फूँक से बुझाने की कोशिश कर रहा हूँ, कि बर्फ़ की सिल्ली को ब्लेड से टुकड़े-टुकड़े करना चाह रहा हूँ, कि सृष्टि के नियमों के विपरीत जाकर अपने साथ नाइंसाफ़ी कर रहा हूँ। मैं सोचता हूँ हम सबको अपना-अपना सच पता है। फिर भी हम उससे लड़ते रहते हैं और इस भ्रम में समय बिताते हैं कि हम कुछ बदल रहे हैं। मैं दुनिया बदलने की बात नहीं कर रहा। दुनिया कोई नहीं बदल रहा। हर कोई बस ख़ुद को बदल रहा है।

उन्होंने मुझे सामने, सबसे आगे खड़ा कर दिया था और मैं ग़मगीन चेहरा लिये खड़ा रहता। मैं नौकरी की बात कर रहा हूँ। कई बार तो कोई-कोई पूछ भी लेता कि उदास क्यों हो? मेरे पास कोई जवाब नहीं होता। मुझसे इतने सवाल पूछते थे लोग कि खीज होती थी। उन्हें कभी यह क्यों नहीं दिखता कि मैं उनसे कभी कोई सवाल नहीं पूछता। न ही कोई ज्ञान देता हूँ। उनके पास या तो सवाल होंगे पूछने को या ज्ञान होगा देने के लिए। मैं अपने अन्दर इतना ज़्यादा फँस गया था कि लगता था अब क्या होगा। मैं सबको बताना चाहता था कि सवालों के जवाब नहीं होते, इसलिए मत पूछो। मैं सबको यह भी बताना चाहता था कि बोलना, किसी को कुछ समझाना या किसी बात के लिए लड़ पड़ना बहुत निरर्थक काम है।

उसका फ़ोन आया तो मैं उस पर चिल्ला पड़ा। जो हमसे बहुत प्यार करते हैं हमारा सारा ग़ुस्सा उन्हीं पर फूटता है। एक घंटे बाद मैं रोते हुए माफ़ी माँग रहा था। लड़कियों को ऐसे लड़कों से बचना चाहिए। जब वे ऐसा करें, तो उन्हें छोड़कर आगे बढ़ जाना चाहिए। ऐसे लड़कों को लगता है कि अब तो यह मेरे बस में है,

तो चिल्ला भी सकता हूँ। हक़ होने का यही मतलब वे समझ पाते हैं। फिर जब मामला हाथ से जाता हुआ लगता है तो गिड़गिड़ाने लगते हैं। इसी को तो इमोशनल एब्यूज़ कहते हैं। उसको जब प्यार हुआ पहली बार, तो बेचारी को पता ही नहीं था इसके बारे में। उसे तो यही लगता रहा कि बहुत प्यार करता है। लड़के को भी लगता कि हाँ बहुत प्यार करता हूँ। उन्हीं दिनों मुझे एक विचारक की लिखी हुई एक बात याद आई—"बिना यह समझे कि प्यार कैसे किया जाता है, प्यार करना, सामने वाले को बहुत दुख दे सकता है।" ऐसा ही दुख हम एक-दूसरे को देते रहे। इसके बाद मैंने देखा कि जितने भी लड़के-लड़कियाँ साथ थे, ऐसा ही दुख एक-दूसरे को दे रहे थे। सब मिलकर प्यार की बजाय दुख पैदा कर रहे रहे थे।

फिर मैं डरा-डरा रहने लगा था। पता नहीं क्यों। हर समय। मैं किसी को कुछ बताता भी नहीं था। मैं चाहता ही नहीं था कि कोई मेरे बारे में कुछ भी जाने। हालाँकि मेरी इच्छा बहुत होती थी कि कोई तो मेरे बारे में जाने, मुझे समझे। लड़कियों को अपने पिताओं से बहुत प्यार होता है। चाहे वे उन्हें कितना भी रोकें, कितना भी बाँध कर रखना चाहें। फिर वे एकदम से अपनी सारी आज़ादी उस बेचारे लड़के में ढूँढ़ने लगती हैं जिससे उन्हें प्यार होता है। कायर लड़कियों ने शादी को ही अपनी आज़ादी का रास्ता माना है। वे दुनिया भर से लड़ लें लेकिन अपने घर में नहीं लड़ पातीं। फिर मैं होता भी कौन हूँ जो उन्हें ऐसी सलाह दूँ? ऐसा कुछ भी तो ख़ास नहीं मुझमें कि मेरे लिए लड़ा जाए। हालाँकि चाहता मैं बहुत था कि मेरे लिए लड़ा जाता। लेकिन अब मैं ऐसा नहीं चाहता। अब मुझे ख़ुद पर ही भरोसा नहीं रह गया है, इसलिए मैं किसी से भरोसा माँगता भी नहीं। माफ़ कीजिएगा मैं यह कहना तो भूल ही गया कि कायर लड़कों ने भी शादी को ही अपनी आज़ादी का रास्ता माना है। मैंने माँ से कहा था कि आगे से ऐसा मत करना। कुछ हो तो तभी बताना लेकिन उन दिनों माँ अक्सर इस तरह की बातें किया करती कि कोई उसे तंग करता है। चैन से जीने नहीं देता। मैं उससे इस बात का मतलब जानना चाहता तो वह फ़ोन पर बात करते-करते अचानक फुसफुसाने लगती जैसे वह कुछ बताना या पूछना चाह रही हो और नहीं चाहती कि उसके आस-पास कोई कुछ सुने। ऐसा वह तब करती थी जब उसके आस-पास कोई नहीं होता था।

आप अगर ध्यान से पढ़ रहे होंगे तो जान पाएँगे कि मैं कई सारी बातें एक साथ कह रहा हूँ। जीवन में भी ऐसा ही होता है। कई सारी बातें एक साथ दिमाग़

में चलती हैं और कुछ भी ठीक से सोचने लायक नहीं छोड़तीं। आपका ध्यान हट रहा है तो एक मज़ेदार क़िस्सा बताता हूँ।

हाँ मैंने लौटने के बारे में सोचा लेकिन लौटकर जाने के बारे में नहीं। बहुत अन्तर है दोनों बातों में। दो इतवार थे जिन्होंने मुझे रोक दिया। मुझे अपना सारा सामान लेकर शहर छोड़कर जाना था। उसने कहा था कि वह आएगी। एक तो सामान बहुत था इसलिए। उस उतने बड़े शहर में और कोई मेरा इतना अपना नहीं था जिससे मैं यह मदद माँग पाता। दूसरा इसलिए भी उसे आना था क्योंकि मैं शहर छोड़कर जा रहा था। लेकिन वह नहीं आई क्योंकि इतवार था। मुझे जितना ग़ुस्सा आया, उतना ही रोना भी। पहली बार मेरे पास सामान नहीं था क्योंकि नौकरी पक्की नहीं हुई थी। हद तो यह हुई कि जब मैं आख़िरकार जा रहा था यानी दूसरी बार, तब भी इतवार था। शनिवार को तत्काल का टिकट लिया था तीन घंटे लाइन में लगकर। उसने कहा था कि वह आएगी लेकिन नहीं आई। मेरे पास चार बैग थे। एक में सिर्फ़ किताबें थीं और वही सबसे भारी था। किताबें वैसे भी हमारे जीवन को भारी ही बनाती हैं। वह बैग उसने ही मुझे ख़रीदवाया था।

मुझे अच्छी तरह याद है। एक-एक करके सारे बैग अपने कमरे से ऑटो में लादे। फिर स्टेशन तक गया। वह फ़ोन कर रही थी। उठाया ही नहीं मैंने। फिर स्टेशन पर पहुँचकर एक-एक करके सारे बैग सीढ़ियों से ऊपर चढ़ाए। पहले एक ऊपर रखता। फिर नीचे आकर दूसरा ले जाता। पूरे समय यह डर बना रहा कि कहीं कोई बैग चोरी न हो जाए। मैं हमेशा के लिए शहर छोड़कर जा रहा था और वह सिर्फ़ इसलिए नहीं आ पाई क्योंकि इतवार था और इतवार को सब घर में होते हैं। ऐसा भी हो सकता है कि वह आना ही नहीं चाहती हो। ट्रेन में बैठते ही मेरे मन से बद्दुआ निकली—ऐसी लड़कियों से प्यार करने का हक़ ही छीन लेना चाहिए। कुछ महीनों बाद मेरी यह बद्दुआ क़बूल हो गई। उससे प्यार करने का हक़ छिना या नहीं, यह तो नहीं पता लेकिन मेरे प्रति उसकी अगर कभी कोई इच्छाएँ रही भी होंगी, तो वे ख़त्म हो गईं। उसके साथ ही ख़त्म हो गई वह और बचा रहा मैं। मैं बचा ही रहूँगा। ऐसा मैंने ख़ुद से वादा किया है। किसी और से कोई भी वादा करने का ज़माना नहीं रहा। आप तो वादा कर लेंगे, लेकिन बहुत बाद में पता चलेगा कि जिससे आपने वादा किया, वह चाहता ही नहीं था कि आप उससे कोई वादा करें।

तो दूसरे शहर आकर मैं एक सफ़ेद शर्ट पहनकर एक काउंटर पर खड़ा हो गया। नौकरी शुरू करने से पहले मुझे पता नहीं था कि क्या नौकरी है। वैसे पता होता तो भी कोई फ़र्क़ नहीं पड़ता। और कोई चारा नहीं था मेरे पास। आठ घंटे खड़े रहना पड़ता था। जब उन्होंने मुझे नौकरी पर रखा तो पूछा भी कि क्या तुम वाक़ई यह नौकरी करना चाहते हो क्योंकि तुम्हारी क्वॉलिफ़िकेशन इससे बहुत ज़्यादा है। मैंने कहा जी मैं करना चाहता हूँ। तेरह महीने बाद मैंने वह नौकरी छोड़ दी। छोड़ना मैं छः महीने में ही चाहता था लेकिन मामला खिंचता ही गया। तरह-तरह के डर थे मन में। और मैं डरते-डरते ही चलता रहा।

मुझे लगता है प्यार में हर इनसान झूठ बोलता है। कम से कम काफ़ी सारे सच तो छुपाता ही है। मैं प्यार की बात कर रहा हूँ, शादी की नहीं। शादी अलग बात है। वह अक्सर रंग-रूप, जायदाद, धर्म, जाति सब कुछ देख-दाख कर होती है। इस समय भी इतने सारे लड़के-लड़कियाँ अपने प्रेमियों से झूठ बोल रहे होंगे कि आप अंदाजा भी नहीं लगा सकते। अब तो सोशल मीडिया भी है। कितना आसान है। जो पढ़ना है फ़ेसबुक पर पढ़ लीजिए। सब समझ आ जाएगा। इन्स्टाग्राम भी है।

आज से चार साल पहले ऐसा हुआ था कि मैं टूट गया था। नहीं, मज़ाक़ में मत लीजिए। टूट गया था कहना क्लिशे ही है लेकिन ऐसा सच में होता है। कोई रोमांटिसिज़्म नहीं है इस बात में। जब ऐसा होता है और हम कहते हैं कि मैं टूट गया था, तब हमें नहीं पता होता कि इस टूटने का असर कितना ज़्यादा और कितनी दूर तक होगा। यह बहुत बाद तक पता चलता रहता है। मुझे लगा था मैं मर जाऊँगा। बचूँगा नहीं। लेकिन मैं बच गया। अब मुझे उन बातों का कोई दुख नहीं लेकिन इस बारे में बात करने में एक दिक़्क़त यह है कि शायद मैं किसी का दिल दुखा दूँ। फिर भी ऐसा कर रहा हूँ। मेरे अन्दर थोड़ी क्रूरता आ गई लगता है। उन दिनों मुझे एक सपना बार-बार आता था—मैं अपने घर गया हुआ हूँ। मैं जब भी घर जाता तो शाम की ट्रेन से जाता और रात नौ-साढ़े नौ बजे पहुँचता। मैं अपने घर पहुँचा और दरवाज़ा खटखटाया। माँ ने दरवाज़ा खोला और मुझे ऐसे देखने लगी जैसे पहचानने की कोशिश कर रही हो। मैं अन्दर घुसने लगा तो उसने रोक दिया। उसने पूछा मैं कौन। मैं हैरान रह गया। मैंने कहा मैं। उसने कहा मैं तुझे नहीं पहचानती और दरवाज़ा बन्द कर लिया।

मैं घबराकर उठ जाता। मुझे ऐसे सपने क्यों आने लगे थे जिनमें मेरी माँ मुझे पहचानने से इनकार करने लगी थी? क्या इसलिए कि मेरी पहचान मुझसे छीनी

जा रही थी? क्या इसलिए कि उस लड़की की आँखों में अपने प्रति उतरती जाती अजनबीयत को मैंने आख़िरकार पहचान लिया था? उन्हीं दिनों दिल एक अजीब तरह से धड़कने लगा। बहुत ज़ोर-ज़ोर से जैसे अभी बाहर निकलकर गिर पड़ेगा। मेरे बस में ही नहीं रहता था। ज़रा-सी आवाज़ से ऐसा धम-धम बजने लगता कि उसे क़ाबू में लाने में तीन-चार दिन निकल जाते। मेरे कितने दिन ऐसे ही निकल गए। मैं अपनी धड़कनों के अत्याचार का शिकार हो गया। किसी और से क्या शिकवा रखता। नींद ने ऐसा धोखा देना शुरू किया कि मैं रात से घबराने लगा। कमरे में अकेले बैठने से डर लगने लगा। दिमाग़ ऐसा जैसे उसके अन्दर कई सारी मशीनें लगातार चलतीं, घर्र-घर्र। लोग भी पूछने लगे कि कहाँ ग़ायब रहते हो। मैं क्या बताता कि कहाँ ग़ायब रहता हूँ। बस ख़ुद को सँभालने में ही दिन निकले जा रहे हैं। मैंने इस बात का ख़याल रखना भी छोड़ दिया कि देश में क्या चल रहा है। मुझे लगा देश सँभालने वाले तो बहुत लोग हैं, मुझे सँभालने वाला तो मैं अकेला।

इन दिनों भी अजीब सपने आते हैं। पता नहीं क्यों आते हैं। नफ़रत करने लगेंगे वे मुझसे अगर उन्हें बता दिया तो।

क्या आपके साथ ऐसा हुआ है? मेरे साथ तो ऐसा भी हुआ है। दो बार। मैं फ़ोन पर बात कर रहा था और फ़ोन कट गया लेकिन मुझे पता ही नहीं चला। मैं लगभग एक घंटे अकेले ही बोलता रहा। जब मुझे पता चला तो मन हुआ कि समुंदर किनारे जाऊँ और फिर उसकी ओर चलता चला जाऊँ। यातना के दिनों में मैं उससे बचकर भागा नहीं। ना ही जीवन की अश्लीलता को स्वीकार किया। ख़ुद को खुला छोड़ दिया उसके आगे हर चोट के लिए। मैंने अपनी यातना को भरपूर जिया और ऐसा करते वक़्त मैं यह जानता था कि एक दिन आएगा जब इसका अस्तित्व नहीं होगा। तब मैंने सीखा कि जिस याद से बचना है, उससे भागो मत। जब तुम्हें लगे कि तुम ज़ख़्मी हो, और दुख सहने की हिम्मत नहीं, तो रुक जाओ। मैं रुक गया। लम्बे समय रुका रहा। दुख से जितना भागना चाहोगे वह उतना ही पीछा करेगा।

मैंने ऑफ़िस से झूठ बोलकर छुट्टी ली कि माँ के कंधे की हड्डी टूट गई है, घर जाना है। माँ के कंधे की हड्डी टूटी थी, यह बात सही थी। लेकिन पहले मैंने आपको बताया कि मुझे बताया नहीं गया था। एक महीने बाद बताया गया था मुझे। मैंने तब ही झूठ बोलकर छुट्टी ली क्योंकि मुझे उससे मिलने जाना था जो मुझे स्टेशन तक छोड़ने नहीं आई थी, दो बार। लेकिन उसे भी गुनहगार क्या

समझना। जब किसी के मन से इच्छा ही ख़त्म हो जाए तो बात उसके हाथ में नहीं रहती। उसके भी हिस्से में डंक ही आए, शहद नहीं। क़सम से कहता हूँ, माँ के बारे में झूठ बोलने वाले इस एक गुनाह ने मुझे जितना सताया, उतना और गुनाहों ने नहीं। कोई मुक़ाबला ही नहीं। एक बात और थी। मुझे छुट्टी शायद वैसे ही मिल जाती। लेकिन मैंने आपको बताया कि मैं डरता बहुत था। इसलिए मैंने एक ठोस बहाना चुना था।

कुछ दिन पहले एक और सपना आया था। मैं अपने गिटार के अन्दर जाकर बैठ गया, जिसे ख़रीदे आठ साल हुए और जो मैंने कभी नहीं बजाया। अन्दर बैठकर जीभ से उसके तारों को बजाने लगा। लाल रंग में रँग गए तार। ख़ून निकल आया होगा शायद उसके तारों में से।

आप दुविधा में मत रहिए। यूँ समझ लीजिए कि मैं किसी अदृश्य व्यक्ति से बात कर रहा हूँ या ख़ुद से ही। मैंने कहा था न पहली ही पंक्ति में कि इन बातों का किसी भी बीमारी से कोई सम्बन्ध नहीं है, माँ से तो बिलकुल नहीं। इतना ज़रूर बता देता हूँ कि माँ को एक ऐसी बीमारी हुई थी जिसके बारे में मुझे बहुत बाद में समझ आया और मुझ पर उसका बहुत असर है।

मैं यानि साहिर। आपको धोखा देने का या और धोखे में रखने का मेरा कोई इरादा नहीं इसलिए मेरा ख़याल है कि कहानी अब शुरू की जानी चाहिए।

यह मेरी कहानी नहीं है। मैं ना चाहते हुए भी इसका हिस्सा बन गया। मुझे आप सपोर्टिंग कैरेक्टर या सहायक किरदार समझ सकते हैं।

मेरी कहानी कभी और। माँ की भी।

वे जब भविष्य को गले लगा रहे थे, तब अतीत से बदला ले रहे थे

वृंदा बहुत ग़ुस्से में थी। दरवाज़ा लगातार बज रहा था। वह सोफ़े पर बैठी लगभग घूरती आँखों से एकटक दरवाज़े की ओर देख रही थी। अंश मोबाइल में वीडियो

गेम खेल रहा था और ध्रुव टीवी देख रहा था। दोनों असमंजस में वृंदा की ओर देखने लगे। घंटी ऐसे बजने लगी जैसे कोई ग़ुस्से में बजा रहा हो। फिर दरवाज़े पर मुक्के मारे जाने लगे। ध्रुव खोलने के लिए बढ़ा तो वृंदा ने डाँटकर उसे और अंश को अपने कमरे में जाने के लिए कहा और ख़ुद दरवाज़े की ओर बढ़ गई। उसने दरवाज़ा खोला। दरवाज़ा खुलते ही राघव तेज़ी से अन्दर आया और चिल्ला पड़ा—

"सब मर गए थे क्या? कभी नॉर्मल लोगों की तरह बिहेव करेगा कोई इस घर में?"

वृंदा के कोई जवाब नहीं देने पर वह बच्चों को आवाज़ देने लगा। वृंदा ने उन्हें अन्दर ही रहने के लिए कहा। उसकी आँखों में अंगारे थे। उसने ख़ुद को पूरी तरह बटोरकर, लगभग चिल्लाकर कहा—

"यही सब करना है तो घर आते ही क्यों हो?"

उसकी आवाज़ भर्राने लगी। राघव ने ग़ुस्सा दबाते हुए कहा—

"क्या सब करना है? पागल हो गई हो क्या?"

आवाज़ें अन्दर दोनों बच्चों तक भी पहुँच रही थीं। ध्रुव बाहर आया और यह सब देखकर सहम गया। राघव ने उसे वापस अन्दर जाने के लिए कहा। ध्रुव डरकर वापस कमरे में भाग गया और अन्दर जाकर दबी आवाज़ में रोने लगा। अंश ने उसे चुपचाप सो जाने के लिए कहा। तभी रसोई में गैस पर गर्म होता दूध उबलकर गिरने लगा। आवाज़ सुनकर वृंदा उस ओर भागी और हड़बड़ी में गरम पतीले को हाथ से छू दिया। पतीले का ढक्कन ज़मीन पर गिरा और देर तक आवाज़ करता रहा। उसने गैस बन्द की। उसके चेहरे पर दर्द उभर आया। उसने नल चलाया और देर तक अपने हाथ पर पानी गिरने दिया। राघव उसके पीछे-पीछे रसोई तक आया। वृंदा ने मुड़कर उससे कहा—

"मैं सोच चुकी हूँ..." इससे पहले कि वृंदा आगे कुछ कहती—

"तुम्हारा फिर शुरू हो गया? इस बकवास के लिए मेरे पास टाइम नहीं है।"

राघव ने फ्रिज से पानी की बोतल निकाली और उसकी बात को अनसुना करते हुए वहाँ से वापस लिविंग रूम में आ गया। वृंदा तेज़ी से उसके पीछे आई।

"मैंने खिड़की से देखा तुम दोनों को...साथ में आते और कार से उतरकर गले लगते।"

राघव का चेहरा गम्भीर होने लगा। उसने शान्त रहने की कोशिश की।

"अपनी कार नहीं ले गया था आज। व्हट्सएप्प किया तो थी तुम्हें कार का फ़ोटो। दोनों टायर पंक्चर मिले सुबह। छोड़ने आई थी वह मुझे।"

वृंदा उससे सच को मान लेने के लिए कहने लगी। वह बात को नकारता रहा। राघव ने उसे आराम से समझाना चाहा कि ऐसा कुछ नहीं है और मोहिनी सिर्फ़ उसकी अच्छी दोस्त है। वृंदा के चेहरे पर खीज उभर आई।

"तुम मुझे छोड़ क्यों नहीं देते? व्हेन ऑल यू वॉन्ट इज़ टू फ़क दैट बिच?"

राघव ने उसे ग़ुस्से से देखा और अपने कमरे की तरफ़ जाने लगा। वृंदा से अपनी ऐसी अवहेलना उसे बर्दाश्त नहीं हुई।

वृंदा पर एक दौरा-सा चढ़ा और उसने पास के टेबल पर रखा स्टील का गिलास फेंककर राघव को मारा। राघव ने समय रहते ख़ुद को बचा लिया और गिलास दीवार पर टँगी एक पेंटिंग पर जाकर लगा। पेंटिंग का शीशा ज़मीन पर बिखर गया। राघव से अब रुका नहीं गया। उसने अपना ऑफ़िस का बैग एक ओर फेंका और वृंदा की ओर बढ़ा। वृंदा सहम कर थोड़ा पीछे हटी।

अंश और ध्रुव फिर अपने कमरे के दरवाज़े तक आए और छुपकर सब देखने लगे। राघव की नज़र उन पर पड़ी। तभी राघव की जेब में रखा मोबाइल बजा। उसने रुककर एक बार वृंदा को देखा। फिर फ़ोन निकाल लिया। स्क्रीन पर मोहिनी का नाम था। वृंदा की भी नज़र पड़ गई। राघव ने वृंदा से थोड़ी दूर जाकर फ़ोन रिसीव किया। पीछे से वृंदा लगभग चिल्लाते हुए मोहिनी और राघव को गालियाँ देने लगी। राघव तेज़ी से उसके पास आया और उसके मुँह पर हाथ रखकर उसे चुप कराने की कोशिश करने लगा। वह और ज़ोर से मोहिनी को भला-बुरा कहने लगी।

समय का बोझ इतना कि उठाया नहीं जाता। बहुत लम्बे समय बाद आज वृंदा आपा खो बैठी थी। जैसे वह गर्दन तक पानी में हो और पानी ऊपर की ओर बढ़ता जा रहा हो। उसकी साँस रुकती थी, दम घुटता था। उसे लगा कि उसे हाथ-पैर चलाने होंगे नहीं तो वह डूबती जाएगी। उसे लगने लगा था जैसे वह सदियों से एक ही अवस्था में जी रही है। ऐसा विश्वास उसने ख़ुद को दिला लिया था कि जैसे वह ख़ुद ही कुछ बदलना नहीं चाहती। एक सीमा-रेखा थी जिसे वह पार नहीं कर पाई और जीवन को टालती गई। हमारा जीवन हमारे फ़ैसलों की उपज होता है। फ़ैसले सही हैं या ग़लत, यह बहुत बाद में पता चलता है।

मोहिनी यह सब आवाज़ें सुनकर थोड़ी हैरान हुई। उसने राघव से पूछा। राघव ने उसे अगली सुबह मिलने का कहकर फ़ोन झट से काट दिया और जानवरों-सी हिंसक आँखों से वृंदा की ओर देखने लगा।

"दिमाग़ ख़राब हो गया है तुम्हारा घर पर पड़े-पड़े। मनगढ़ंत कहानियाँ बनाती रहती हो। डू सम्थिंग कन्स्ट्रक्टिव विद योर लाइफ़।"

अब तक अंश और ध्रुव अपने कमरे में जा चुके थे। वृंदा से और भिड़ने का कोई फ़ायदा न देख, राघव हिकारत से उसे देखते हुए बेडरूम में चला गया। लेकिन वृंदा का ग़ुस्सा अभी ठंडा नहीं हुआ था। यह दरअसल सिर्फ़ ग़ुस्सा नहीं था। कई वर्षों से लगातार इस रिश्ते में बँधे रहने के कारण उपजा ज़हर था जो अब उसे ख़ुद नुक़सान पहुँचा रहा था।

पीठ पर जहाँ तिल था, वहाँ दुखता था। उँगलियों के पोर उस दुख को छू नहीं पाते थे। ज़हर खींचने को किसी के होंठ चाहिए थे।

वृंदा बेडरूम में पहुँची। राघव कपड़े बदल रहा था। वह वहाँ से एक तकिया उठाकर बाहर निकल आई। राघव कपड़े बदलकर बाहर आया, उसने फ्रिज से व्हिस्की की बोतल निकाली और वापस बेडरूम में चला गया। वृंदा, जो राघव के आने से पहले खाने के लिए उसका इन्तज़ार कर रही थी, रसोई से खाना लेकर आई और अकेले ही खाने लगी। खाते-खाते उसकी आँखों से आँसू गिरने लगे। आँख एक नदी थी जिसमें तेज़ाब तैरता था और चेहरे पर नहर खींचता हुआ निकल जाता था। बाहर बारिश बहुत तेज़ हो रही थी और रात के नौ बज चुके थे।

रात के आठ बजकर पैंतालीस मिनट पर

वृंदा बहुत तेज़ दौड़ी चली जा रही थी। यह नहीं पता कि कोई उसके पीछे पड़ा था, वह किसी से बचकर भाग रही थी या वह ख़ुद किसी का पीछा कर रही थी। कोई था शायद आगे जो उसे दिख रहा था। रास्ता संकरा होता जा रहा था। एक जगह भारी बारिश की वजह से एक स्ट्रीट लाइट ख़राब हो चुकी थी। अँधेरा था। वृंदा को अँधेरा ही अच्छा लगा। वह कुछ देर वहीं रुक गई। उसकी साँसें उखड़ रही थीं और कपड़े थोड़े फटे हुए थे। अचानक कोई आवाज़, पहचानी हुई-सी उसके क़रीब आने लगी। वह घबराते हुए फिर दौड़ने लगी, बेतहाशा। सड़क भी ऊबड़-

खाबड़ होती जा रही थी। एक बड़ा-सा पत्थर आया, उसे ठोकर लगी और वह सिर के बल गिरी। सिर फट गया और ख़ून बहने लगा। उसे अपने दोनों बच्चे दिखाई दिए। वह उनसे मदद की गुहार लगाने लगी। ध्रुव बहुत डरा हुआ था। अंश उसकी ओर ध्यान ही नहीं दे रहा था। उसके माता-पिता उस पर दूर से ही तरस खा रहे थे। उसकी नज़र राघव पर पड़ी। वह उस पर हँस रहा था। उसके साथ खड़ी एक औरत उसे देखकर मुस्करा रही थी। तभी एक अजनबी उसकी ओर बढ़ा और उसे सहारा देकर खड़ा किया। वह उसका चेहरा नहीं देख पाई। इतने में सामने से एक ट्रक आया। बहुत तेज़ हॉर्न बजने की आवाज़ हुई। वृंदा को लगा कि वह सपने में है। किसी ने उसके शरीर को दबोच लिया है और वह चाहकर भी हिल नहीं पा रही।

ट्रक के हॉर्न की आवाज़ दरअसल पास आती एक कार के हॉर्न की आवाज़ थी जो नीचे से आई और वृंदा अपनी दुनिया में वापस लौटी। वृंदा की आँख खुल गई। दिन-भर बा़रिश पड़ी थी। अँधेरा जल्दी होने की वजह से रोज़मर्रा के काम भी निपट गए थे। अंश और ध्रुव अपना स्कूल का काम शाम को ही ख़त्म कर चुके थे। भारी बारिश की वजह से वे बाहर खेलने नहीं जा पाए थे। ध्रुव तो छोटा था, आठ साल का, इसलिए उसका काम यूँ भी चल जाता था लेकिन अंश की अगर एक दिन की भी क्रिकेट प्रैक्टिस छूट जाए तो उसे कुछ अधूरा लगने लगता था। दोनों बच्चे खाना खा चुके थे। वे दोनों और वृंदा आसपास ही बैठे थे और टीवी पर कार्टून चल रहा था।

वृंदा की राघव का इन्तज़ार करने की इच्छा तो नहीं थी लेकिन अगले दिन उसे दोनों बच्चों के साथ दिल्ली के लिए निकलना था, इसलिए उसने इन्तज़ार किया। उसकी आँखों में उदासी थी। उसने रसोई में जाकर दूध गर्म करने के लिए गैस पर चढ़ाया। एक बार राघव को फ़ोन किया। उसने फ़ोन उठाया और पाँच मिनट में पहुँचने को कहा। नीचे कार बिल्डिंग में आ चुकी थी। वृंदा ने खिड़की के नीले पर्दे से सटकर बाहर झाँका। कार की लाइट्स बन्द हुईं। राघव कार से उतरा। दूसरी तरफ़ से मोहिनी उतरी। वृंदा की आँखें ग़ुस्से में फैलती चली गईं और उसकी साँसों की रफ़्तार बढ़ गई। उसे लगा कि जैसे वह जानती है कि आगे क्या होने वाला है। नीचे राघव और मोहिनी कुछ बातें कर रहे थे। बातों में एक बार मोहिनी और राघव हँसे। वृंदा ने देखा। उनके कपड़े हल्के भीगे हुए थे। बातें करते हुए दोनों गले लगे और मोहिनी फिर कार में बैठकर चली गई। वृंदा यह देखकर तड़प उठी और

उसका चेहरा सख़्त होता गया। राघव लिफ़्ट की ओर बढ़ा। वृंदा ने बच्चों को टीवी बन्द करके अपने कमरे में जाकर सोने के लिए कहा। बच्चों ने नहीं सुना। राघव ऊपर आया और उसने घंटी बजाई।

रात के आठ बजकर पैंतालीस मिनट पर

राघव और मोहिनी कार में थे। ऑफ़िस से निकलकर वे कॉफ़ी पीने के लिए एक कैफ़े में रुक गए थे। बाहर निकले तो हल्की बारिश हो रही थी और मोहिनी के कहने पर वे थोड़ा भीग लिये थे। कार में कुछ देर दोनों के बीच चुप्पी रही। मोहिनी ने उसकी ओर देखा। उसकी आवाज़ में उदासी थी।

"कब तक ऐसे रहेंगे?"

राघव ने बात को टालने की कोशिश की।

"मैं अभी इतना आगे का नहीं सोच पाता और...अपने परिवार को तोड़ नहीं सकता।"

"शुरू में तुम कुछ और कहते थे।"

"यह सब इतना आसान नहीं...बच्चों पर असर पड़ेगा और मैं उन्हें नहीं छोड़ सकता...।" कुछ रुककर उसने कहा—"...अभी तो नहीं।"

मोहिनी चुप हो गई। राघव उसे मनाने के लिए उसके पेट में गुदगुदी करने लगा। अचानक गाड़ी भी ज़रा हिली। माहौल थोड़ा हल्का हुआ। राघव ने उसे यक़ीन दिलाया कि वह जल्द ही कोई रास्ता निकालेगा। तभी उसका मोबाइल बजने लगा। स्क्रीन पर वृंदा लिखा था। मोहिनी के चेहरे का रंग फीका पड़ गया। राघव ने फ़ोन उठाया। वृंदा ने उससे पूछा कि कितनी देर लगेगी उसे पहुँचने में। राघव के फ़ोन रखने के बाद मोहिनी उसकी ओर सवालिया नज़रों से देखने लगी।

राघव ने लम्बी साँस भरते हुए कहा—

"वृंदा को लगता है हमारा अफ़ेयर है।"

इतने में उनकी गाड़ी राघव के घर की बिल्डिंग में पहुँची। पहले राघव उतरा, फिर मोहिनी।

"है क्या?"—मोहिनी ने हँसते हुए कहा।

"क्या?"

"अफ़ेयर?"—राघव के चेहरे पर भी हँसी आ गई।

यह उन दोनों की वही हँसी थी जो वृंदा ने खिड़की से देखी थी।

"तुम्हें क्या लगता है?"—कहते हुए राघव उसके क़रीब गया। वे दोनों गले लगे। मोहिनी कार में बैठकर चली गई। राघव लिफ़्ट की ओर बढ़ने लगा।

पिछली शाम वृंदा ने दिल्ली में रह रही अपनी बहन रिया से बात की थी तो उसने कहा था कि अगर वह व्यस्त रही तो अपने दोस्त कुणाल को एयरपोर्ट भेज देगी उन्हें लेने के लिए। वृंदा ने कहा था कि वह ख़ुद पहुँच जाएगी। कुणाल वैसे तो मुंबई में ही रहता था लेकिन दिल्ली में रहने वाली स्तुति से प्यार करता था और उसके साथ अपने रिश्ते में आई दिक़्क़तों के कारण अभी दिल्ली आया हुआ था।

रात के ग्यारह बज रहे थे। कुणाल कमरे में अकेला था। मेज़ पर खाने की थाली अनछुई रखी थी। वह लगातार स्तुति को फ़ोन कर रहा था। शुरू में दो-तीन कॉल काटने के बाद पहले स्तुति ने फ़ोन काटना बन्द कर दिया, फिर उसे ऑफ़ भी कर दिया। कुणाल ग़ुस्से में था। उसे लगा कि यह कौन-सा तरीक़ा है। आख़िर वह उससे बात क्यों नहीं कर रही। अभी पिछले आधे घंटे वह लगातार रोया था क्योंकि स्तुति ने उससे कहा था कि वह उससे प्यार नहीं करती। उसने तो यह भी कहा था कि उसे कभी प्यार था ही नहीं, लगाव-सा था शायद। यही सुनकर कुणाल रोता रहा था। उसने तय किया कि अब दिल्ली आया है तो स्तुति से मिले बिना तो नहीं जाएगा, वह भी इतना सब सुनने के बाद।

अगले दिन सुबह वह स्तुति के कॉलेज पहुँचा और उसे फ़ोन करने लगा। उसने फिर नहीं उठाया। वह गेट पर ही इन्तज़ार करने लगा। स्तुति उसे आते हुए दिखी। वह कुणाल को देखकर घबरा गई। कुणाल उसके पास गया।

"यह सब क्यों कर रही हो?"

"मैं तुमसे बात नहीं करना चाहती। मेरे कॉलेज आने और मुझसे मिलने की कोशिश मत करना"—स्तुति ने इधर-उधर देखते हुए कहा।

कुणाल को बेइज़्ज़ती महसूस हुई।

"एक बार आराम से बैठकर मुझसे बात कर लो।"

वह लगभग गिड़गिड़ाने-सा लगा। स्तुति ने उसकी नहीं सुनी और आगे बढ़ने लगी। कुणाल को ग़ुस्सा आया और वह स्तुति के सामने जाकर खड़ा हो गया।

आसपास लोग इकट्ठा हो गए। स्तुति के कुछ दोस्त कुणाल से भिड़ गए। स्तुति ने उन्हें अलग किया और कुणाल को तमाशा न बनाने के लिए कहा। कुणाल उसे देख लेने की धमकी देकर वहाँ से चला आया। कुणाल बाईस साल का था और इसके बाद उसे फिर कभी प्यार नहीं हुआ।

कुणाल घर आया। घर पर माँ उसका इन्तज़ार ही कर रही थी। स्तुति ने कुणाल की माँ को फ़ोन करके सब बता दिया था। कुणाल ने सोचा कि जिसे उसने इतनी ख़ुशी-ख़ुशी अपनी माँ से मिलवाया था, क्या पता था एक दिन वही उसकी माँ से ऐसी कोई शिकायत करेगी उसके बारे में। कुणाल की माँ ने आइन्दा उससे कोई बदतमीज़ी नहीं करने के लिए कहा। उसे अपने पैसे ख़ुद कमाने के ताने भी मारने लगी। कुणाल परेशान होकर घर से बाहर चला आया। बाहर एक खोखे पर रुककर सिगरेट पीने लगा और पास बैठे एक कुत्ते को लात मारी।

पिछली रात हुई मनहूस घटनाओं का असर अब तक घर में पसरा था। वृंदा बाहर सोफ़े पर ही सो गई थी। वह आश्चर्यजनक रूप से चुप थी जैसे मन में कोई फ़ैसला बुन रही हो। आज शाम दिल्ली के लिए भी निकलना था। बच्चे रात की बात भूल चुके थे। उसने बच्चों को तैयार करके स्कूल भेज दिया। राघव भी चुप था। दोनों कोशिश कर रहे थे कि एक-दूसरे के सामने कम ही पड़ें। राघव तैयार हुआ ही था कि मोहिनी का फ़ोन आ गया। राघव ने उसे सोसाइटी के बाहर सड़क पर ही इन्तज़ार करने के लिए कहा। वृंदा का ध्यान इस ओर गया। राघव आज बिना कुछ खाए निकल गया। वृंदा को भी फ़र्क़ नहीं पड़ा। वह नीचे पहुँचकर पैदल ही थोड़ा आगे तक गया। कुछ दूरी पर मोहिनी की कार दिखाई दी। वह बाहर ही खड़ी थी। दोनों दूर से ही एक-दूसरे को देखकर मुस्कराए। पास पहुँचकर गले लगे और कार में बैठ गए। जिस बात का ध्यान राघव नहीं रख पाया वह यह कि वृंदा भी उसके पीछे आ रही थी। कार के चलते ही, पीछे कुछ दूरी पर वृंदा एक ऑटो में बैठी।

ध्रुव ने दो दिन पहले की एक शाम को अपने पिता को एक औरत के साथ कुछ ऐसा करते देख लिया था जो उसे पसन्द नहीं आया था। शाम को जब वह सोसाइटी के बाहर साइकिल चला रहा था, तब उसने राघव और मोहिनी को कार में किस करते हुए देख लिया था। वह राघव की ही कार थी। उसने किसी से कहा

तो नहीं लेकिन अगली सुबह जल्दी उठकर वह पार्किंग में गया और कार के टायर पंक्चर कर दिए। गुस्से में आगे की एक लाइट पर ईंट मारी और अपने स्केच पेन से कार के शीशे पर 'आई हेट यू' लिख दिया। उसने कार पर कुछ खरोंचें भी मार दीं। उसी सुबह जब राघव ऑफ़िस जाने के लिए पार्किंग में आया तो कार की ऐसी हालत देखकर हैरान रह गया। ध्रुव और अंश को स्कूल भी छोड़ना था इसलिए वे भी साथ थे। ध्रुव अपने पिता को परेशान होता देखकर ख़ुश हुआ।

इस घटना ने राघव को मोहिनी के साथ और ज़्यादा वक़्त बिताने का मौक़ा दे दिया था, जिसकी वजह से पिछली रात से वृंदा और राघव में परेशानियाँ फिर शुरू हो गईं। राघव के कार में बैठते ही मोहिनी ने उसका मूड भाँप लिया। उसे लगा, कुछ तो हुआ है। राघव के चेहरे पर आँखों के नीचे काले गड्ढे पड़े हुए थे और चेहरे की रंगत उड़ी हुई थी। उसकी आँखें कुछ सूजी हुई भी थीं। मोहिनी ने धीमी आवाज़ में गाने चला दिए।

"रात में ठीक से सोए नहीं क्या?"

राघव ने गाने बन्द कर दिए। मोहिनी ने कार स्टार्ट की।

"सब ठीक? रात में भी ठीक से बात नहीं की?"—मोहिनी ने फिर पूछा। राघव सामने सड़क को देखता रहा।

"वृंदा ने देख लिया कल हमें साथ में।"

"तो? इट्स नॉट लाइक वी वर फ़किंग।"

"बहुत तमाशा हुआ। उसने बच्चों का भी लिहाज़ नहीं किया।" इतना कहकर वह चुप हो गया।

मोहिनी ने सहज रहने की कोशिश की।

"सिर्फ़ कहा-सुनी ही नहीं, उसने गिलास फेंक कर मारा मुझे...स्टील का।"

मोहिनी को हँसी आई लेकिन गले में अटक कर रह गई।

"तुम्हें हँसी आ रही है?"

"आइ एम सॉरी।"

"शी नोज़।"

"अच्छा है ना। आसान रहेगा आगे हमारे लिए।"

"अभी तुम फिर शुरू मत हो जाओ।"

कुछ देर के लिए चुप्पी छा गई। मोहिनी के चेहरे पर एक टीस उभरी।

उसने मोहिनी के क़रीब जाकर उसके कान के निचले हिस्से को अपने दाँतों में दबाते हुए कहा—"आज शाम को वह एक हफ़्ते के लिए दिल्ली जा रही है। एक रिश्तेदार की शादी है..."—इतना बोलते-बोलते उसके चेहरे पर एक शरारती मुस्कान फैल गई।

"...इसका मतलब है अब कुछ दिनों के लिए मैं घर में बिलकुल अकेला हूँ। जाना तो मुझे भी है, लेकिन हमें यह मौक़ा फिर कहाँ मिलेगा।"

मोहिनी भी मुस्कराई।

राघव को इस बात की भी चिन्ता हुई कि वृंदा कल रात की बातों का ज़िक्र अपने माता-पिता से करेगी। मोहिनी का चेहरा थोड़ा सख़्त हो गया। वह सवालिया निगाहों से राघव की ओर देखने लगी। राघव का ध्यान उस पर गया।

"यक़ीन नहीं होता तुम पर कभी-कभी। जब लाइफ़ रास्ता दिखा रही है तो तुम आँखें बन्द कर रहे हो। वह अलग होना चाहती है, हम साथ रहना चाहते हैं तो प्रॉब्लम क्या है?"

"इतना आसान नहीं है यार...बच्चे हैं...फ़ैमिली है...प्रॉपर्टी इश्यूज़ हैं...।"

"मेन तो यही होगा ना...प्रॉपर्टी इश्यूज़।"

सड़क पर ज़्यादा ट्रैफ़िक नहीं था लेकिन मोहिनी हॉर्न बजाने लगी।

वे ऑफ़िस पहुँच गए। उन्हें इस बात का बिलकुल अन्दाज़ा नहीं था कि वृंदा उनके पीछे आ रही थी।

वृंदा थोड़ी दूर उतरी और ऑटो वाले को पैसे देकर आगे बढ़ी। गेट पर खड़े सिक्यूरिटी वालों ने उसे मैडम कहकर नमस्ते किया। वह सीधा मोहिनी के केबिन में गई। मोहिनी उसे देखकर घबरा गई और उसके दिमाग़ में राघव की बताई हुई पिछली रात की सारी बातें घूमने लगीं। मोहिनी ने उसे बैठने के लिए कहा लेकिन वृंदा नहीं बैठी।

"राघव अपने केबिन में हैं। अगर आप उनसे मिलना चाहती हैं तो..."। मोहिनी के इतना कहने पर वृंदा मुस्कराई। पूरे रास्ते वह ग़ुस्से में थी। अचानक उसका लहजा बदल गया।

"राघव से तो मिल ही लूँगी। तुम से तो मिल लूँ।"

मोहिनी कुछ सकपका गई।

"कल रात मैंने तुम्हें राघव के साथ देखा था और मुझे लगता है कि ये बात तुम्हें अभी ऑफ़िस आते हुए राघव बता चुका है।"

मोहिनी अनजान बनने का नाटक करने लगी। उसे यह सोचकर घबराहट होने लगी कि अब वृंदा आगे जाने क्या करेगी। ऑफ़िस में यह बात खुल जाने के डर से वह आतंकित नज़र आई।

"तुम राघव से शादी क्यों नहीं कर लेती? मुझे उससे कोई लगाव नहीं और मैं काफ़ी लम्बे समय से अलग होना चाहती हूँ। लेकिन इसके लिए मैं लड़ नहीं सकती, कोर्ट जाने की हिम्मत मुझमें नहीं और राघव मानता नहीं। तुम कहो तो शायद मान जाए। मुझे कोई दिक़्क़त नहीं होगी अगर वह मुझे छोड़कर तुम्हारे साथ रहने लगे।"

"मैं समझ नहीं पा रही आप क्या कह रही हैं।"

वृंदा को ग़ुस्सा आ गया। वह ऊँची आवाज़ में बात करने लगी। आवाज़ केबिन से बाहर जाने लगी। लोगों का ध्यान उनकी ओर गया। मोहिनी उठकर केबिन से बाहर जाने लगी। तभी दरवाज़ा खुला और राघव वहाँ आया। राघव को जैसे अपनी आँखों पर भरोसा नहीं हुआ—"वृंदा?"

"आशिक़ ख़ुद ही चला आया...तुम्हें जाने की ज़रूरत ही नहीं पड़ी"—वृंदा ने मोहिनी की तरफ़ देखा।

"यहाँ कोई तमाशा मत करो प्लीज़"—राघव की आवाज़ में घबराहट थी।

उसने वृंदा को अपने केबिन में चलने के लिए कहा।

"अब जब तुम भी यहाँ हो तो सारी बात यहीं खुलकर कर लेते हैं"—वृंदा आक्रामक होती जा रही थी। राघव उसका हाथ पकड़कर केबिन से बाहर लाया। बाहर सब लोग इन्हीं को देख रहे थे। उसने उसे अपने केबिन में ले जाकर केबिन अन्दर से बन्द कर लिया। उसने ग़ुस्से में लेकिन दबी आवाज़ में कहा—

"होश भी है क्या कर रही हो? यहाँ ऑफ़िस में सबके सामने यूँ तमाशा... उफ़्फ़...कितनी तरह की बातें होंगी अब। कुछ तो ख़याल रखा होता।"

कुछ देर चुप्पी छायी रही। वृंदा कुर्सी पर बैठी और पानी पीया। उसकी आवाज़ में जैसे अपने ही प्रति एक शर्मिंदगी थी—"आई एम नॉट दिस पर्सन। मुझे नहीं पता मैं यह क्यों कर रही हूँ। मुझे तो चाहिए भी नहीं हो तुम। यू नो आई हेट यू और मैं जानती हूँ कि तुम्हें इस बात से कोई फ़र्क़ नहीं पड़ता।"

"प्लीज़ गो"—राघव ने दरवाज़े की ओर इशारा किया।

कुछ देर वृंदा शान्त बैठी रही। उसने फिर पानी पीया और उठकर जाने लगी। राघव चुपचाप देखता रहा। वृंदा केबिन से बाहर निकली और धीरे-धीरे ऑफ़िस कॉरिडोर पार करके बाहर निकल आई। सब लोगों का ध्यान उसकी ओर ही था। उसके निकलते ही लोगों में खुसुर-पुसुर शुरू हो गई। किसी ने कहा कि बेचारी को पागल बना रखा है। किसी ने कहा कि राघव अच्छा इनसान है। फ़ालतू के शक की कोई दवा नहीं। वृंदा बाहर गेट तक आई और ऑटो का इन्तज़ार करने लगी। कुछ देर और ऑटो नहीं मिला तो वृंदा ने पैदल चलना शुरू कर दिया। वह लगभग गुम-सी सड़क पर चलने लगी। रह-रहकर उसकी आँखों में आँसू छलकते रहे। कुछ देर में उसे एक ऑटो मिला और वह घर पहुँच गई।

वहाँ ऑफ़िस में मोहिनी ने अपने केबिन से राघव को फ़ोन करके उसे सम्बन्ध ख़त्म करने की धमकी दी। राघव ने उसे फ़िलहाल शान्त रहने के लिए कहा। फ़ोन रखकर राघव ख़ुद को ही कोसने लगा कि किन चक्करों में फँसा लिया ख़ुद को। वहीं मोहिनी को लगने लगा कि अब वह ऑफ़िस के लोगों से नज़रें कैसे मिला पाएगी। उसे ज़रा भी अन्दाज़ा नहीं था कि वृंदा यूँ ऑफ़िस आकर ऐसा तमाशा खड़ा कर देगी।

वृंदा घर में अपने सोफ़े पर निढाल पड़ी थी छत को घूरती हुई और सोचती हुई कि आख़िर कहाँ क्या ऐसी ग़लती हुई जो आज हालात इतने बिगड़ गए। उसके भीतर बवंडर थे। उसकी आँखों में दयनीयता थी और चेहरे पर हारी हुई शान्ति।

कुछ लोग इसे मुंबई की ख़ासियत कहते थे, कुछ कमी। यहाँ इनसान अकेला मरता हो मर जाए, कोई नहीं पूछता। ज़िन्दा आदमियों के फ़ोन नहीं उठाने वाले लोग, किसी की मृत्यु पर दुखी होते हुए लम्बे-लम्बे श्रद्धांजलि लेख लिखते थे। वे वाक़ई दुखी होते थे, ऐसा मान लेते हैं। जिसे भी सामने से अपना दुख और तकलीफ़ बताना शुरू करो, वह दूरी बनाने लगता। इस तरह आप धीरे-धीरे चुप होते जाते। इतने चुप कि अपनी आवाज़ भी अजनबी लगने लगती। यह उत्सवों और ख़ुशमिज़ाज लोगों का शहर था। यहाँ शराब पीने और पिलाने वालों की कोई कमी नहीं थी। लोगों के पास शराब थी लेकिन साथ पीने वाले नहीं थे इसलिए वे अजनबियों तक को न्योता दे देते थे। यहाँ आप अपने सबसे क़रीबी दोस्तों तक को अपना हाल नहीं बता सकते थे। उनके सामने हर पल हँसना होता था। ऐसे रिश्ते जहाँ आप अपने बारे में बात ही न कर पाएँ, खोखले होते जाते हैं, इस शहर

की तरह। इसकी तमाम रंगीनियों के नीचे इसकी बदसूरतियाँ बिखरी पड़ी थीं। एक जीत की कहानी के साथ हार की हज़ारों गुमनाम कहानियाँ थीं। अपने यथार्थ में यह शहर अपने घरों के अन्दर रहता था। एक चोला ओढ़कर बाहर निकलता था यह तय करते हुए कि ख़ुद को कैसा दिखाना है। यही इसकी मजबूरी थी। यही इसकी ताक़त। वृंदा अपने बारे में किसी से बात नहीं कर पाई। ऐसा नहीं था कि उसने कोशिश नहीं की, लेकिन सबको गॉसिप्स और चटखारेदार बातों में दिलचस्पी थी। वह अपनी कमज़ोरियों के सहारे जीती रही।

स्कूल में ध्रुव सोचता रहा कि पिता के बारे में जो बात उसे पता है वह अंश को कैसे बताए। इससे यह बात भी खुल सकती थी कि उसने ही कार को नुक़सान पहुँचाया है। लेकिन वह मन में रख नहीं पा रहा था। अंश यूँ भी उसकी बातों को ज़्यादा तवज्जो नहीं देता था। अंश पूरे स्कूल में अपने क्रिकेट की वजह से मशहूर था। पिछले चार साल से, यानी दस साल की उम्र से ही राघव ने उसे एक क्रिकेट एकेडेमी में दाख़िला दिला दिया था। ध्रुव ख़ुद में बहुत सिमटा-सा और गुमसुम-सा बच्चा था। छुट्टी होने पर वे दोनों साथ ही घर जाते थे। स्कूल बहुत दूर नहीं था। उसने अंश को नहीं बताना तय किया। अंश वैसे भी बड़ों के मसलों पर ज़्यादा ध्यान नहीं देता था और अपने दोस्तों और क्रिकेट में ही उलझा रहता था। ध्रुव अकेला पड़ जाता था। उसकी नन्ही आँखें सब देखती थीं। हाँ, आज वह थोड़ा उत्साहित ज़रूर था क्योंकि वे दिल्ली जा रहे थे जहाँ नाना-नानी और मौसी उसका इन्तज़ार कर रहे थे। वृंदा की नींद तब खुली जब उसे दरवाज़ा बजता हुआ सुनाई दिया। उसने दरवाज़ा खोला। दोनों बच्चे आ गए थे।

ऑफ़िस में हुए सारे तमाशे की बात राघव के पिता तक पहुँची। उन्होंने उसे शाम को अपने घर पर आकर मिलने के लिए कहा। राघव ने उन्हें अपनी व्यस्तता के बारे में बताया तो उन्होंने राघव को डाँटते हुए चुपचाप घर आकर मिलने के लिए कहा।

अंश जल्दी से कपड़े बदलकर खाना खाने लगा। ध्रुव यूँ ही स्कूल ड्रेस पहने हुए ही बिस्तर पर गिर गया और टीवी ऑन करके कार्टून देखने लगा। अंश ने खाना खाया और अपनी क्रिकेट किट उठाकर बाहर निकल गया। ध्रुव उसे जाते हुए देखता रहा। उसने आलसी क़दमों से उठकर खाना लिया। वृंदा अन्दर से उसके कपड़े लेकर आई। वह उसके कपड़े बदलने लगी, तभी अचानक से ध्रुव बोल पड़ा—

"मम्मी, पापा की कार मैंने ही ख़राब की थी। वह एक आंटी को किस कर रहे थे। मुझे ग़ुस्सा आ गया।"

वृंदा उसे देखती रह गई।

शाम सात बजे दिल्ली की फ़्लाइट थी। वृंदा को बच्चों के साथ निकलना था। वह चाह रही थी कि राघव उनके निकलने से पहले ही आ जाए लेकिन जानती थी कि ऐसा नहीं होगा। एक अजीब घबराहट हो रही थी उसे। ऐसी जैसी पहले कभी नहीं हुई। जैसे कुछ होने वाला है दिल्ली में, पर वह समझ नहीं पा रही है कि क्या। एक बात यह भी उसे लग रही थी कि अब जब घर ख़ाली है और वह नहीं है, तो राघव मोहिनी को लेकर यहाँ आएगा। कुछ सच होते हैं जिनके बारे में हमें पता होता है लेकिन जानते हैं कि आँखों से देख लिया तो कोई ग़लतफ़हमी बाक़ी नहीं रह जाएगी। हम सब अपनी-अपनी ग़लतफ़हमियाँ बचाए रखना चाहते हैं।

वृंदा ने सारी तैयारियाँ कीं। बच्चों के और अपने ज़रूरी सामान और कपड़े रखे। कैब बुक की। अंश ने उससे पूछा—"पापा नहीं आ रहे क्या?"

"बाद में आएँगे।"

यह बोलते हुए वह अन्दर से टूटती जा रही थी। अब से कुछ दिन पहले वह थोड़ी ख़ुश थी कि यहाँ की लाइफ़ से थोड़ा ब्रेक मिलेगा। लेकिन अभी वह कुछ भी ठीक-ठीक महसूस नहीं कर पा रही थी। दिल्ली में उसे अपने माता-पिता के घर रुकना था। उनके बारे में सोचकर भी उसके मन में नफ़रत पैदा हो रही थी। एयरपोर्ट पर वृंदा राघव के फ़ोन का इन्तज़ार कर रही थी और वह आया भी। फ़ोन की स्क्रीन पर राघव का नाम आते ही वृंदा ने फ़ोन अंश को दे दिया। राघव ने उससे उनका हालचाल लिया। वह निश्चिन्त भी होना चाहता था कि वे वाक़ई पहुँच गए हैं और अब कोई ख़तरा नहीं है।

शाम को राघव अपने पिता के घर पहुँचा। वहाँ उन्होंने उससे ऑफ़िस में हुए वाकये का ज़िक्र किया। राघव थोड़ा हैरान था कि उनको सब कुछ इतना विस्तार से कैसे पता है। उन्होंने राघव को आगाह किया।

"इन बातों का थोड़ा ध्यान रख। आइन्दा घर की बातें यूँ बाहर ना आएँ। मुझे

इस बात से कोई लेना-देना नहीं कि तू अपने परिवार के साथ कैसे रहता है, क्या करता है लेकिन काम और बिज़नेस में ये चीज़ें आड़े नहीं आनी चाहिए।"

इन बातों का बहुत गूढ़ मतलब था। वृंदा के हाथ में बहुत कुछ था लेकिन वह अब तक ताक़त के इस्तेमाल पर नहीं उतरी थी। बिज़नेस में दरअसल वृंदा का भी हिस्सा था और उसे चोट पहुँचाने का मतलब था ख़ुद को नुक़सान पहुँचाना। यह भी एक कारण था कि राघव उसे अलग नहीं होने देता था। सोलह साल पहले बिज़नेस में यह हिस्सा वृंदा, जो शादी के समय उन्नीस साल की थी, अपने घर से लेकर आई थी। वृंदा भी अलग होने की हिम्मत नहीं जुटा पाती थी और कोई और भी उसका साथ नहीं देता था। शादी टूटती तो बहुत सारे समीकरण टूटते। सबका नुक़सान होता।

पिता के घर से निकलकर राघव ने मोहिनी को फ़ोन किया। मोहिनी उसी के फ़ोन के इन्तज़ार में थी। उससे बात होने के बाद राघव थोड़ा खुश नज़र आने लगा। वह मोहिनी से मिला और दोनों कार में निकल गए।

वृंदा बच्चों के साथ ग्रेटर कैलाश अपने माता-पिता के घर पहुँची। वे उसका ही इन्तज़ार कर रहे थे। सब ड्राइंग रूम में बैठे। पिता ने उससे हालचाल पूछा।

"सफ़र कैसा रहा और...बाक़ी सब कैसा चल रहा है?"

"सब ठीक है"—वृंदा ने कहा। उन्होंने राघव के बारे में पूछा और कहा कि उसे भी साथ ही आ जाना चाहिए था। वृंदा ने 'हम्म' कहकर बात को टालना चाहा। बाहर से रिया आई, वृंदा की बहन। दोनों गले लगीं।

वृंदा को यह घर छोड़े लम्बा अरसा हो गया था। उसे लगने लगा था जैसे वह कहीं की नहीं है। यह जगह भी उसे अब अजनबी महसूस होती थी। जब भी यहाँ आती तो हर याद से, हर चीज़ से, घर के हर कोने से फिर वैसी ही पहचान बनाने की भरसक कोशिश करती लेकिन स्मृतियों के सारे क़िले ढहते जाते। ना वहाँ रहते अपनों से मन जुड़ पाता, ना जगह से।

"क्या हुआ?"—रिया की आवाज़ से वृंदा ठिठकी। वे दोनों वृंदा के कमरे में थीं। वृंदा जब भी लौटकर आती, वह कमरा उसके रहने के लिए ठीक कर दिया जाता।

वृंदा के जीवन में मची उथल-पुथल उसके चेहरे पर नज़र आ रही थी। उसके ज़ेहन की बेचैनी ज़्यादा देर रिया से छुपी नहीं रही। वृंदा को भी कुछ छुपाने की

ज़रूरत महसूस नहीं हुई और उसने राघव के अफ़ेयर और पिछली रात की लड़ाई की सब बातें बता दीं।

"मुझे लगा अब सब ठीक है।"

"मैंने बताना बन्द कर दिया। ख़ुद पर तरस आने लगा था।"

"मम्मी-पापा..."

"उन्हें पता है कि वह कैसा आदमी है।"

बाहर से माँ की आवाज़ आई—"हाथ-मुँह धोकर जल्दी से आ जाओ। खाना लग चुका है।"

सभी डाइनिंग टेबल पर आ चुके थे। बहुत समय बाद वृंदा अपने घर में थी। उसी की पसन्द की चीज़ें बनाई गई थीं। पनीर की सब्ज़ी, छोले और रायता। रिया अभी भी थोड़े शॉक में थी। वह उसके चेहरे पर दिख भी रहा था। थोड़ी नाराज़गी वृंदा के मन में हमेशा से रही थी अपने माता-पिता के प्रति। महज़ उन्नीस साल की उम्र में उसकी मर्ज़ी जाने बिना, उससे पूछे बिना कर दी गई थी उसकी शादी। भेज दिया गया था इसी घर से। उस समय किसी तरह का विरोध करने की हिम्मत भी नहीं थी वृंदा में। अब रिया को देखकर उसे थोड़ी हिम्मत मिल रही थी कि कोई तो है जो उसे समझ पा रहा है। सब आराम से खाना खा रहे थे। अचानक पिता राघव के बारे में सवाल करने लगे।

"राघव नहीं आया?

वृंदा ने इधर-उधर देखा और मज़ाक़िया लहज़े में कहा—"दिख तो नहीं रहा।"

रिया को हँसी आ गई। माता-पिता दोनों ने उसे घूर कर देखा।

"उसका काम कैसा चल रहा है? वहाँ मुंबई में सब ठीक?"

वृंदा का इस बारे में बात करने का मन नहीं था। टालने वाले अन्दाज़ में उसने कहा—"हाँ सब ठीक है।" पिता को खीज हुई।

"और उसके पेरेंट्स?"

"आपकी बात हो जाती होगी ना फ़ोन पर।"

"तुम ठीक से बात क्यों नहीं कर रहीं?"

वृंदा को गुस्सा आया। वह कुछ कहने ही वाली थी लेकिन पास बैठी रिया ने उसके हाथ को हल्के से दबाया। वृंदा चुप रह गई लेकिन माहौल एकदम बदल गया। आसपास की हवा में तनाव घुल गया। जैसे पुराने समय की कई

बातें सामने टेबल पर खाने के साथ ही परोस दी गई हों। पिता ने दबी आवाज़ में कहा—

"हमने ऐसा कौन-सा अपराध कर दिया, तुम्हें ही अपनी गृहस्थी बनानी नहीं आई।"

वृंदा से और नहीं सहा गया। वह ग़ुस्से में थाली सरकाती हुई उठी और चली गई। रिया उसके पीछे-पीछे गई।

"आज ही तो आई है। खाना तो खा लेने देते।"—वृंदा की माँ ने खीजते हुए कहा। वहाँ रिया उसे वापस चलने के लिए कहने लगी।

"तूने देखा न रिया। ये सब हमेशा से ऐसा ही रहा है।"

रिया ने उसे शान्त किया और वापस ले आई। यहाँ एक बात ध्यान रखने की है कि जो कुछ भी हो रहा था बच्चे उसके साक्षी थे। वे दोनों वापस आईं। आते ही वृंदा ने तैश में कहा—

"मैं राघव से तलाक़ लेना चाहती हूँ और अब मुझे कोई रोक नहीं पाएगा।"

इस पर माँ ने झुँझलाते हुए कहा—

"तेरा फिर वही शुरू हो गया। इतनी कट गई है...बाक़ी भी कट जाएगी... इतने बड़े बच्चे हो गए हैं।"

पिता उसे होश में रहने के लिए कहने लगे और हमेशा की तरह ऐसा कुछ भी न करने की चेतावनी देने लगे। अब वृंदा की बारी थी। वह फट पड़ी।

"आप लोग ही मेरा साथ देते तो..."

उसने रिया की तरफ़ देखा—"ऐसे होते हैं क्या माँ-बाप?"

बात बिगड़ती देख रिया, अंश और ध्रुव को लेकर अन्दर चली गई और उन्हें वहीं खाना देकर टीवी चला दिया। उसने उन्हें वहीं रहने के लिए कहा। जब रिया लौटकर आई तो वृंदा ने उससे कहा—

"इन्हें बता न जो मैंने तुझे बताया। बता इन्हें कि कल क्या हुआ था।"

फिर ख़ुद ही बताने लगी—

"राघव का अपने ऑफ़िस की जूनियर से अफ़ेयर चल रहा हैं। गले में अटकती हड्डी कैसे निगल लूँ? कैसे रहूँ उसके साथ? अब जब मुझे सब पता है तब भी आप कहते हैं कि ऐसा कुछ ना करूँ।" उसकी आवाज़ में बेचारगी थी।

"यह सब तुम्हारा वहम भी हो सकता है"—पिता ने झिझकते हुए कहा। अब

वृंदा से रहा नहीं गया। वह तेज़ी से अन्दर गई और ध्रुव का हाथ पकड़कर उसे ला खड़ा किया।

"अगर मेरा वहम है तो इससे पूछिए। इसने तो वह देखा है जो मैंने भी नहीं देखा।"

रिया और माता-पिता, सब हैरान रह गए।

वृंदा ने ध्रुव को वह सब बताने को कहा, जो उसने आज आने से पहले घर पर उसे बताया था। ध्रुव सहमते हुए बताने लगा।

"पापा उस दिन कार में एक आंटी को किस कर रहे..."

"बस बस बस..."—माँ ने बीच में ही टोक दिया—"अपनी बात को सही साबित करने के लिए अपने मासूम बच्चों को इतनी-सी उम्र में इन सब बातों में खींच रही है...इसे इन बातों की क्या समझ।"

"मुझे वो अच्छे नहीं लगते"—कहते हुए ध्रुव अन्दर भाग गया।

वृंदा पास रखी एक कुर्सी पर बैठ गई, एकदम शान्त। इसके बाद किसी को कुछ समझाने की कोई गुंजाइश नहीं रह गई। रिया अपने माता-पिता को घृणा से देखने लगी। माता-पिता उठकर वहाँ से अपने कमरे में चले गए। इस घटना के बाद वृंदा ने तय कर लिया कि अब वह किसी के आगे हाथ नहीं फैलाएगी और जो कुछ भी करना है, ख़ुद ही करेगी। जब वह अपने कमरे में पहुँची तो बच्चे सो चुके थे। उसने लाइट बन्द की और सोने के लिए लेट गई। उजाला अब भी उसके चेहरे पर पड़ रहा था। खिड़की बन्द थी लेकिन पर्दे हटे थे। उसने उजाले की तरफ़ चेहरा कर लिया। रात एकदम शान्त थी। इतनी शान्ति में भी वह कुछ भी ठीक-ठीक सोच नहीं पा रही थी। बादल जल्दी में थे। शायद पानी लेने जा रहे होंगे। चाँद उनसे ढक गया और अँधेरा हो गया। उसने बच्चों की तरफ़ देखा। उन्हें देखकर उसकी आँखों में आँसू छलक आए। उसे कभी-कभी उन पर ग़ुस्सा भी आता था। उसे लगता इन्होंने ही उसे बाँध रखा है, वरना उसके लिए यूँ ही अलग हो जाना इतना मुश्किल नहीं होता। वह कभी उन्हें कोसती, तो कभी ख़ुद को।

बहुत तकलीफ़देह होता है कि किसी एक के जीवन में बहुत दिक़्क़तें चल रही हों और उस बारे में अपनों में ही कोई बात न हो। बात हो भी, तो अगली सुबह उठकर सब ऐसे बर्ताव करें जैसे पिछली रात कुछ हुआ ही नहीं और सब सामान्य है। अगली सुबह सब सामान्य था। रिया अपने काम से बाहर गई थी। बच्चे बाहर

खेल रहे थे। माँ रोज़मर्रा के कामों में लगी हुई थी और पिता वृंदा के पास आकर उससे पूछ रहे थे कि क्या उसे नींद ठीक आई। उसे इस माहौल में दम घुटता-सा महसूस हुआ। उसे लगा था कि इस बार सारी बातें साफ़-साफ़ बताने के बाद वह अपने माता-पिता से कुछ सलाह-मशविरा कर पाएगी इसलिए वह तलाक़ के कुछ लीगल पेपर्स भी लेकर आई थी। वह उन पेपर्स को पढ़ ही रही थी कि पिता की नज़र पड़ी और वे पेपर्स उससे छीनकर देखने लगे। उनका पूरा शरीर ग़ुस्से में काँपने लगा और अगले ही पल उन्होंने उन पेपर्स के चीथड़े करते हुए कहा—

"ऐसा कुछ मत सोचो...ऐसा कुछ मत करो जिससे हम सब की बदनामी हो। वरना हम तुमसे सम्बन्ध तोड़ लेने में भी नहीं हिचकेंगे।"

इसके बाद वृंदा पूरी तरह कमज़ोर पड़ गई। उसके दिमाग़ में उल्टे-सीधे ख़याल आने लगे और उसे आगे कोई उजाला नज़र नहीं आया। पूरे दिन वह अपने कमरे में बन्द रही। रात को खाना खा लेने के बाद जब सब सोने चले गए, तो रह-रहकर ख़ुद को ख़त्म कर लेने का ख़याल उसके दिमाग़ में कौंधता रहा। उसे आगे कोई रास्ता समझ नहीं आ रहा था। तभी उसके मोबाइल पर एक फ़ोन आया। अज्ञात नम्बर था।

दूसरी तरफ़ से एक लड़के की आवाज़ आई।

"रिया से बात हो सकती है?"

"कौन?"—वृंदा थोड़ी हैरान हुई।

"कुणाल। रिया का दोस्त।"

वृंदा कुछ उलझकर रह गई। क्यों? यह उसे भी समझ नहीं आया।

"तो तुम मुझे क्यों फ़ोन कर रहे हो? तुम्हें मेरा नम्बर किसने दिया?"

"रिया ने। और कौन देगा।"

वृंदा कुछ असहज हुई।

"तुम्हें उसके नम्बर पर फ़ोन करना चाहिए न?"

कुणाल ने हँसते हुआ कहा—

"आपको क्या लगता है, मैंने पहले उसके नम्बर पर फ़ोन नहीं किया होगा। उसका नम्बर बन्द आ रहा है तभी मैंने आपको किया। आपका नाम वृंदा है न?"

"हाँ। रिया शायद सो चुकी है।"

"अच्छा...वैसे आप इतनी रात तक क्यों जाग रही हैं?"

"बड़े बदतमीज़ हो।"

इससे पहले कि वह कुछ और कहती, कुणाल ने ही बात को ख़त्म किया।

"चलिए आप से शादी में मुलाक़ात होगी।"

अब कुणाल के कैसे दिन चल रहे थे यह तो आपको बताया ही था। एक लड़की उसको छोड़कर जा रही थी। ऊपर से घर में भी कोई इज़्ज़त नहीं मिलती थी। लेकिन वह बिंदास लड़का था इसलिए झेल लेता था। उसकी लाइफ़ का करंट स्टेटस यह था कि फ़िलहाल वह किसी और लड़की के साथ था लेकिन स्तुति से एक आख़िरी बार मिलना चाहता था।

अगला दिन शादी का दिन था। शादी तो ठीक तरीक़े से निपट गई लेकिन वहाँ क्या हुआ या क्या-क्या हुआ, यह बताना बहुत ज़रूरी है। वृंदा, बच्चे, रिया और माता-पिता सब तैयार होकर पहुँचे। वृंदा ने तय किया था कि यहाँ बचे बाक़ी दिन शान्ति से गुज़ारेगी। वह रिया से बातों में व्यस्त थी कि तभी किसी लड़के ने रिया को आवाज़ लगाई। रिया ने मुड़कर देखा तो कुणाल था। वह मुस्करा रहा था। वृंदा ने देखा—रोज़ जिम जाने वाले लड़कों जैसा शरीर, लेकिन रोबोट की तरह नहीं। मारक मुस्कराहट। वह क़रीब आया और रिया को हाय कहा। इससे पहले कि कोई और कुछ कहता, वह ख़ुद ही बोल पड़ा—

"अच्छा! ये हैं वृंदा। तुम्हारी बहन।"

इस तरह सीधे नाम लेकर संबोधित करना वृंदा को अच्छा लगा। रिया ने हामी भरी। फिर रिया और कुणाल अपनी बातों में व्यस्त हो गए। अचानक वृंदा को अकेलापन महसूस होने लगा। राघव ने कहा तो था कि वह आएगा लेकिन वह नहीं आया। उसने ज़रूरी काम का बहाना बना दिया। वृंदा के पिता उसके पास आए और राघव के न आने का कारण पूछने लगे। वृंदा ने नफ़रत से उनकी ओर देखा।

"मेरा उस आदमी से अब कोई लेना-देना नहीं है। आपका है। आपको पूछना चाहिए था"—इतना कहकर वह वहाँ से निकल गई।

पार्टी में आए कई कपल्स और शादीशुदा जोड़ों को देखकर उसे ईर्ष्या होने लगी जो धीरे-धीरे दुख में बदल गई। बीच-बीच में कुछ लोग उससे पूछ भी गए।

"आप अकेली आई हैं, आपके पति नहीं आए?"

जो लोग थोड़ी बहुत जान-पहचान वाले थे, वे सीधे नाम लेकर पूछ रहे थे।

"राघव नहीं आया?"

वृंदा को हर बार यह बहाना बनाना कि वे ज़रूरी काम में फँस गए, इसलिए नहीं आ पाए, भीतर से तोड़ रहा था। आसपास के माहौल और इन सवालों ने उसके अकेलेपन को और बढ़ा दिया। तभी अचानक उसने किसी की नज़रों को अपने शरीर पर महसूस किया। यह कुणाल ही था। वह थोड़ी सकपकाई। कुणाल उसे देखकर मुस्करा रहा था। वृंदा को थोड़ा अजीब लगा। एक लम्बा अरसा हो गया था, किसी ने उसको इस तरह नहीं देखा था। मेल अटेंशन की उसे आदत ही नहीं रह गई थी। वृंदा के मन में एक इच्छा ने जन्म लिया जिसे उसने वहीं दबा देना चाहा। लेकिन इच्छा तो फिर इच्छा है, दबाने की कोशिश में और बढ़ती है। यह एक ऐसी चीज़ थी जिसका ख़याल भी कभी वृंदा के मन में नहीं कौंधा था। अब वृंदा कुणाल के अटेंशन को एन्जॉय कर रही थी। उसे एक अजीब तरह का अच्छा महसूस हो रहा था, जो एक बहुत लम्बे अरसे से नहीं हुआ था, बल्कि शायद कभी नहीं हुआ था। कुणाल भी इस बात को भाँप रहा था। उसने दूर से ही वृंदा को इशारा किया कि वह सुन्दर लग रही है और वृंदा के गाल लाल हो आए। वृंदा को थोड़ी शर्मिंदगी भी हो रही थी कि आख़िर यह हो क्या रहा है। वृंदा भी उसकी ओर देखकर मुस्कराई। इसके बाद कुणाल अपने दोस्तों में व्यस्त हो गया। इस बात ने वृंदा के अन्दर जाने क्या रोष भर दिया कि वह सीधे वहाँ पहुँची जहाँ शराब सर्व की जा रही थी, जहाँ सिर्फ़ आदमी थे। उसने एक के बाद एक कई गिलास गटक लिए। उसे इस बात से मतलब नहीं था कि गिलास में वाइन है या व्हिस्की है या वोदका है या रम, उसे बस पीने से मतलब था। जहाँ आसपास के कई लोग तरह-तरह की बातें करने लगे, उसके माता-पिता शर्मिंदा होने लगे। पिता ने पास आकर धीरे-से उसके कान में कहा—

"यहाँ तमाशा मत करो। वैसे भी अब हम यहाँ रुक नहीं सकते। हम जा रहे हैं। साथ चलना है तो आ जाओ वरना...जो तुम्हें ठीक लगे।"

वे निकल गए बच्चों को लेकर। वृंदा भी निकल आई। रास्ते-भर सब बिलकुल चुप रहे। रिया देर रात घर आई।

उपेक्षा जब भीतर से कड़वा कर देती है, अपना क़द ख़ुद की ही नज़रों में कम कर देती है, तब इनसान अहमियत की ओर भागता है। किसी से अहमियत मिलना अच्छा महसूस कराता है। वृंदा के भीतर वर्षों से कड़वापन भरता जा रहा था। उसे हर तरफ़ से उपेक्षा मिली, जो धीरे-धीरे अपमान में बदल गई। अपमान, जो लाखों

छुरियों का आकार लेकर रोज़ उसे भीतर से छलनी करता जा रहा था। ऐसे में एक अजनबी अहमियत ने उसे सहारा दिया।

अगली सुबह वृंदा उठी तो हर कोई अपने काम में व्यस्त था। रिया देर से लौटी थी इसलिए अब तक सो रही थी। माता-पिता कल रात की बात को लेकर वृंदा से एक माफ़ी की उम्मीद कर रहे थे लेकिन वृंदा को इन बातों से कोई फ़र्क़ नहीं पड़ रहा था। उसने अपने और बच्चों के लिए नाश्ता तैयार किया और उन्हें खाने के लिए कहा। ध्रुव यहाँ ख़ुश था। अंश बोर हो रहा था। अपनी मुंबई की ज़िन्दगी को मिस कर रहा था। वहाँ उसका स्कूल था, दोस्त थे और सबसे बड़ी बात क्रिकेट था। वह बस यहाँ से जाने के दिन गिन रहा था। रिया उठी तो वृंदा उससे कुणाल के बारे में बात करना चाह रही थी लेकिन कशमकश में थी कि कैसे करे। वह यह ज़ाहिर नहीं करना चाहती थी कि वह उसे अच्छा लगा।

"कुणाल कैसा लड़का है...?"—रिया ब्रश कर रही थी जब वृंदा ने उससे पूछा। वृंदा उसके पीछे खड़ी थी। सामने आईना था। रिया हैरानी से आईने में देखने लगी।

"...वह कल रात शादी में मुझसे फ़्लर्ट कर रहा था।"

रिया की आँखों में शरारत उतर आई—"तो चला लो चक्कर। मुंबई में ही रहता है।"

"सोच रही हूँ चला ही लेती हूँ"—वृंदा ने भी चुहल करते हुए कहा।

दोनों हँस पड़ीं।

उसी रात वृंदा फ़ेसबुक पर कुणाल को ढूँढ़ने लगी। एक्टर, ड्रीमर—कुणाल। उसके फोटोज़ देखने लगी और नीचे तक उसकी टाइमलाइन खँगालती रही। दोस्तों के साथ उसके मस्ती वाले फ़ोटोज़ देखकर मुस्कराती रही और हार्टब्रेक वाले कोट्स पढ़कर दुखी होती रही। वहीं से उसे स्तुति के फ़ोटोज़ और उसकी प्रोफ़ाइल मिली और उसे देखते हुए थोड़ी ईर्ष्या हुई। हालाँकि फिर उसे अपनी इस बेवकूफ़ी पर हँसी आई।

वहीं कुणाल एक बार फिर हिम्मत करके स्तुति के कॉलेज पहुँचा उससे एक आख़िरी बार मिलने के लिए। वह उसे नज़रंदाज़ करने लगी। कुणाल ने उसके पास जाकर उससे अपने बर्ताव के लिए माफ़ी माँगी और बताया कि वह वापस जा रहा है। इतना बोलकर वह चला आया। स्तुति उसे देखती रही।

वृंदा के मोबाइल पर फिर कुणाल का फ़ोन आया। अब यह रिया के लिए था

या कुणाल ने वृंदा को ही करना चाहा था, इस बात के रहस्य में जाना ऐसा कुछ ख़ास ज़रूरी नहीं।

"वह सब क्या था जो तुम कल कर रहे थे?"

"आप पूछ रही हैं इसका मतलब आपको समझ आ चुका है कि वह सब क्या था, वरना आप नाराज़ होतीं और मुझे एक घटिया लड़का मान चुकी होतीं।"

"रिया ने तुम्हारे बारे में काफ़ी कुछ बताया है।"

"माने आपने काफ़ी कुछ पूछा है।"

अचानक कुणाल ने उससे बाहर कहीं मिलने और कॉफ़ी पीने के लिए पूछा। वृंदा भीतर तक काँपकर रह गई। जो भी, जितना भी उसने सोचा था, उसमें कुछ भी इतनी जल्दी नहीं होना था। वह तैयार ही नहीं थी। लेकिन कुणाल ज़िद पर उतर आया और कहा कि वह पास वाले सीसीडी में शाम को पाँच बजे उसका इन्तज़ार करेगा। पता नहीं वृंदा को क्या हुआ, उसके कौन से व्यवहार ने कुणाल को उससे यूँ ज़िद करने का हक़ दे दिया।

"नहीं! यहाँ नहीं! कहीं दूर"—अपनी घबराहट दबाते हुए वृंदा बस इतना ही कह पाई। उसने कहा कि वह मेन रोड तक ख़ुद आ जाएगी, फिर वहाँ से वे साथ चलेंगे। बात ख़त्म होते ही वृंदा अपने कमरे की ओर भागी और अपनी चढ़ती हुई साँसों को क़ाबू में करने लगी।

उसने घर में बताया कि अपनी एक पुरानी दोस्त से मिलने जाना है। एक बार तो उसके मन में आया कि यह क्या कर रही है। क्या यह ठीक है? फिर उसे पिछले दिनों अपने साथ घटी बातें याद आईं। वह चल पड़ी। उसने सोचा कि वैसे भी सिर्फ़ मिलने ही तो जा रही है। बाक़ी ऐसे तर्क कोई अपने पक्ष में तभी पेश करता है जब उसकी इच्छाएँ उसे एक ओर ले जा रही हों लेकिन दिमाग़ कुछ और कह रहा हो। ग़ालिब ने कहा भी है—"ईमाँ मुझे रोके है जो खींचे है मुझे कुफ़्र।"

वह चलती हुई मेन रोड तक निकल आई। यहाँ किसी के देख लेने का कोई ख़तरा नहीं था। थोड़ी ही दूर पर उसे कुणाल बाइक पर दिखाई दिया। कुणाल के पीछे बाइक पर बैठने के ख़याल से ही उसका दिल ज़ोर-ज़ोर से धड़कने लगा। उसके मन में रह-रहकर आशंकाएँ उमड़ने लगीं। एक बार उसका मन हुआ कि वापस लौट जाए। कुणाल उसे देखकर मुस्कराया और सीट पर बैठने का इशारा किया। वृंदा बैठ गई और कुणाल ने बाइक दौड़ा दी। जल्दी ही वे वहाँ से दूर, साउथ एक्स के

एक रेस्तराँ में चले आए। पीछे बैठे हुए वृंदा के मन में लगातार ग्लानि और रोमांच के भाव आपस में लड़ते रहे। वहाँ पहुँचकर कुणाल ने ही बातें शुरू कीं। वह उसे अपने बारे में बताता गया। उसने स्तुति से अपने ब्रेक-अप के बारे में भी बताया और थोड़ा भावुक होने लगा। उसके इस भावुक होने से वृंदा उसकी ओर और आकर्षित हुई। उसे अन्दाज़ा नहीं था कि कुणाल ऐसा भी हो सकता है। बहुत चाहकर भी वह अपनी ज़िन्दगी की दिक़्क़तों के बारे में कुणाल से कोई बात नहीं कर पाई। वे लौट आए। अगले दो-तीन दिन भी उनकी मुलाक़ातें यूँ ही चलती रहीं। बातों में ही एक बात यह सामने आई कि जिस दिन वृंदा की वापस लौटने की फ़्लाइट थी, उसी दिन कुणाल भी मुंबई लौट रहा था लेकिन ट्रेन से। उसने वृंदा से अपने साथ ट्रेन में चलने के लिए कहा। तब तक वृंदा एक क़ैद में बँध चुकी थी। उसने मान लिया और क़िस्मत से उन्हें एक ट्रेन में थर्ड एसी के टिकट्स भी मिल गए। वृंदा ने फ़्लाइट के टिकट्स कैंसिल करा दिए। अंश ज़रूर नाराज़ हुआ लेकिन ध्रुव ट्रेन में जाने के नाम पर ख़ुश हुआ। माता-पिता को वृंदा की यह हरकत बिलकुल समझ नहीं आई लेकिन वे बस इतना चाहते थे कि वह चुपचाप चली जाए। रिया को कुछ अन्दाज़ा हो रहा था। राघव को कुछ भी बताने की किसी ने ज़रूरत नहीं समझी।

जाने वाले दिन वे ट्रेन के टाइम से कुछ पहले ही स्टेशन पहुँच गए। ट्रेन आई, वे बैठे। ट्रेन से दिल्ली से मुंबई की दूरी समय में कुछ सोलह घंटों की थी। शाम का समय था और पूरी रात बाक़ी थी। यह पहली बार था जब उन्हें इतना समय साथ बिताने के लिए मिला था। ट्रेन अपनी रफ़्तार पकड़ चुकी थी और बच्चे खिड़की के शीशों से बाहर छूटते जाते दृश्यों को देखने में व्यस्त थे। सबने कभी चाय पी, तो कभी स्नैक्स खाए। अंश ने कुणाल को कोई भाव नहीं दिया लेकिन ध्रुव से दोस्ती करने में कुणाल को ज़्यादा समय नहीं लगा। रात का खाना वृंदा ख़ुद बनाकर लाई थी। उन्होंने साथ खाना खाया। धीरे-धीरे सोने का माहौल बना और लाइट्स बन्द होने लगीं। वृंदा ने बच्चों को ऊपर की बर्थ पर सुला दिया और नीचे वह और कुणाल अभी भी आमने-सामने बैठे थे। चुप्पी छायी हुई थी और कुणाल वृंदा को एकटक देख रहा था। वृंदा कभी उसे देखती तो कभी बाहर। उसकी धड़कनें बढ़ी हुई थीं। उसने देखा कि कुणाल अपने हाव-भाव से उसे सिड्यूस करने की कोशिश कर रहा है। कुणाल कनखियों से उसे देख रहा था। वृंदा को कुछ भी ख़राब नहीं लगा। वह चाह रही थी कि कुणाल ऐसा करता रहे। कुणाल भी इस बात को समझ रहा था कि

वृंदा को अच्छा लग रहा है। इससे उसकी हिम्मत थोड़ी और बढ़ी। वृंदा के साथ ऐसा बरसों बाद हुआ था कि किसी आदमी की नज़रें उस पर असर कर रही थीं, उसके शरीर में झुरझुरी पैदा कर रही थीं। अपने भीतर के कोलाहल को सँभालने के लिए वह उठकर ट्रेन के दरवाज़े पर चली आई। कुछ मिनट बाद कुणाल भी आ गया। रात का समय था, लोग नींद में थे और आसपास कोई नहीं था। कुणाल उसके क़रीब आया। वृंदा ने आने दिया। उसने वृंदा को बाँहों में भर लिया और वे दोनों एक-दूसरे से लिपट गए। जैसे ही कुणाल ने उसके होंठों को चूमना चाहा, वृंदा के दिमाग़ में अपने बच्चों और परिवार का ख़याल कौंधा और वह ख़ुद को छुड़ाकर तेज़ी से अपनी सीट पर वापस आ गई। कुणाल भी थोड़ी देर में सीट पर वापस आ गया।

ठीक इसी समय मुंबई में राघव और मोहिनी साथ थे राघव के बेडरूम में। आज आख़िरी रात थी जो उन्हें इस घर में यूँ मिल रही थी। वे दोनों बिस्तर पर बेलिबास लिपटे पड़े थे और लगातार एक-दूसरे को चूम रहे थे। कोई सीमा नहीं थी उनके बीच जो लाँघने को बची हो। उस रात वे दोनों यूँ ही साथ सोए।

इधर ट्रेन में कुणाल के दिमाग़ में चलता रहा कि कहीं उसने कोई गड़बड़ तो नहीं कर दी। क्या जल्दबाज़ी कर दी या यह करना ही नहीं चाहिए था? वृंदा का दिमाग़ सुन्न पड़ चुका था। इसलिए नहीं कि कुणाल ने कुछ ग़लत किया, बल्कि इसलिए कि उसे यह सब बिलकुल ग़लत नहीं लगा। उसे कुणाल का स्पर्श अच्छा लगा। वह अपने मन में उन लम्हों को जी रही थी जो थोड़ी देर पहले गुज़रे थे। लेकिन परिवार एक कड़ी थी जो उसे ऐसा करने से रोक रही थी। सही और ग़लत के मायने बादल रहे थे।

रात काफ़ी बची थी और उसे यूँ ही गुज़र जाना था।

विश्वास पाना विश्वासघाती होने की दिशा में पहला क़दम है

रात-भर कुणाल तो चैन से सोया लेकिन वृंदा के दिल की धड़कनें पटरी पर ट्रेन के दौड़ने की आवाज़ों जितनी भारी चलती रहीं। एक अजीब क़िस्म की घबराहट

उसे बार-बार नींद से जगा रही थी। वह कहीं बीच में फँसी थी। सुबह चाय और नाश्ता आने पर उसकी नींद खुली। उसने बच्चों को उठाया। वे लोअर बर्थ पर आकर खिड़कियों से सटकर आमने-सामने बैठ गए। कुणाल भी उठ चुका था। वृंदा और कुणाल के बीच एक अजनबीपन चला आया था जिसे तोड़ने की हिम्मत फ़िलहाल दोनों में से कोई नहीं कर पा रहा था। कुणाल शर्मिंदा महसूस कर रहा था। वृंदा इतनी उलझन में थी कि तय नहीं कर पा रही थी कि कहे तो क्या कहे। कैसे कहे कि कुणाल की छुअन उसे अच्छी लगी और यह भी कि इसके बावजूद उसने जो कल किया, वह क्यों किया। दोनों रह-रहकर एक दूसरे को भाँप रहे थे। पिछली रात की बात का ज़िक्र किसी ने नहीं किया। ट्रेन मुंबई पहुँचने वाली थी।

घर पर राघव की आँख खुली तो मोहिनी बिस्तर पर नहीं थी। राघव उठकर लिविंग रूम में आया तो देखा कि मोहिनी रसोई में कॉफ़ी बना रही है। राघव उसके पास गया। उसकी कमर में हाथ डाला और हौले से उसके दाएँ कंधे को चूमा। मोहिनी ने अपना सिर उसके कंधे पर रखते हुए कहा—"काश कुछ दिन और मिल पाते इस तरह।" वह उसकी ओर मुड़ी—"आई थिंक आई बिलांग हेयर, नोवेयर एल्स।"

राघव प्यार से उसके बालों में हाथ फिराने लगा।

"आधे घंटे का टाइम है हमारे पास। निकलना पड़ेगा।"

"आधा घंटा? बस?"—उसने गैस बन्द की और नहाने चली गई। पाँच ही मिनट हुए होंगे, उसने बाथरूम के दरवाज़े पर नॉक सुनी और मुस्कराते हुए दरवाज़ा खोल दिया।

स्टेशन पर ट्रेन रुकी तो वृंदा और कुणाल अपना सामान लेकर उतर गए। अब जाने का समय था। वे स्टेशन से बाहर आए। वृंदा ने अपने लिए टैक्सी की। चुप्पी को तोड़ते हुए ध्रुव ने कुणाल से कहा—

"भइया आप घर आना हमारे।"

ध्रुव की इस बात ने वृंदा और कुणाल के मन में भविष्य की सम्भावनाओं का एक पूरा अध्याय खोल दिया। कुणाल को लगा कि वृंदा अब कुछ कहेगी लेकिन तभी टैक्सी आई और वृंदा उसे बाय कहकर बच्चों के साथ निकल गई। टैक्सी के आगे बढ़ते ही वृंदा को थोड़ी राहत महसूस हुई जैसे अब तक उसकी साँस गले में अटकी हो। कुणाल को लगा बात यहीं ख़त्म।

वृंदा जब तक घर पहुँची, राघव और मोहिनी वहाँ से निकल चुके थे। बच्चे अपने कमरे में गए और थोड़ी देर बाद जब वृंदा उनके कमरे में गई तो वे सो चुके थे। पता नहीं कौन-सी आशंका में भरकर वृंदा बेडरूम में घुसते ही उसका जायज़ा लेने लगी। उसे तकिये के नीचे आधी दबी, आधी दिखती-सी एक ब्रा दिखाई दी। उसे समझते देर नहीं लगी कि मोहिनी यहाँ थी। वह यह सोचकर पागल होने लगी कि यहाँ क्या-क्या हुआ होगा। इन विकृत विचारों ने उसे घेर लिया और उसके अन्दर राघव के लिए नफ़रत अपने चरम पर पहुँच गई। उसके शरीर का तापमान बढ़ने लगा और चेहरा लाल पड़ गया। उसने ग़ुस्से में तकियों को फाड़कर ज़मीन पर फेंक दिया और बिस्तर की चादर को खींचकर निकाल दिया। इतना सब करने पर भी उसके दिमाग़ से, उसकी आँखों के सामने से उन दोनों के अंतरंग दृश्य हट नहीं रहे थे। इतने दिन उसके घर में, उसके पीछे से, उसके कमरे में उन्होंने क्या-क्या किया होगा। ऐसे में पिछली रात के बारे में सोचकर वह ख़ुद को और कोसने लगी कि आख़िर किसलिए, क्या इस सब के लिए वह बचाना चाहती है सब कुछ। जितनी तेज़ी से उसका बदन ग़ुस्से में काँप रहा था, उतनी ही तेज़ी से उसकी आँखों से आँसू भी बहते जा रहे थे। उसने तय किया कि राघव से आर-पार की बात करनी ही होगी। कमरे को उसने उसी हालत में छोड़ दिया। फटी हुई चादर और तकिये फ़र्श पर बिखरे हुए थे और वह ब्रा उसने बिस्तर के बीचोबीच रख छोड़ी थी।

इसी ग़ुस्से, उदासी और नफ़रत में वृंदा ने दिन बिताया। बच्चे उठे तो उन्होंने बेडरूम का दरवाज़ा बाहर से बन्द पाया। सफ़र की थकान और ठीक से नहीं सो पाने के कारण वृंदा अधसोई-सी हालत में थी। वह राघव का इन्तज़ार कर रही थी। जैसे-जैसे शाम पास आती जा रही थी, उसके अन्दर घबराहट और बेचैनी बढ़ती जा रही थी। आठ बज चुके थे। वृंदा ने बच्चों को जल्दी खाना खिला दिया और उन्हें अपने कमरे में ही रहने के लिए कहा। ऑफ़िस से लौटते समय राघव सोसाइटी की बिल्डिंग से कुछ पहले ही मोहिनी की कार से उतर गया। वृंदा ने खिड़की से ही राघव को आते देख लिया। राघव आया तो उसे देखते ही वृंदा के चेहरे पर ग़ुस्से और घृणा के भाव उभर आए। राघव ने यह अनदेखा किया।

"तुम्हारी तो फ़्लाइट बुक थी, ट्रेन से आने का प्लान कैसे बना?"—राघव ने जूते उतारते हुए पूछा। वृंदा ने कोई जवाब नहीं दिया।

"कैसा रहा सब कुछ वहाँ?"—राघव ने फिर बात करने की कोशिश की।

"यहाँ कैसा रहा?"—वृंदा ने सुबह से भरी अपने अन्दर की नफ़रत उंडेल दी। राघव थोड़ा असहज हुआ।

"क्या मतलब? और बच्चे कहाँ हैं, नज़र नहीं आ रहे।"

"बच्चे खाना खाकर सो गए हैं। तुम जैसे आदमी की छाया वैसे भी उन पर जितनी कम पड़े उतना ही बेहतर।"

राघव आपा खोने लगा।

"क्या बकवास किए जा रही हो तुम?"

"बकवास मैं कर रही हूँ? और तुम जो कर रहे थे यहाँ मेरे पीछे से?"—कहते-कहते वृंदा की आवाज़ में रुदन घुलने लगा—"इस घर में, कमरे में।" अचानक यह सब बातें होने से राघव को समझ नहीं आया कि वह क्या कहे। वह उठा और रसोई में जाकर बोतल से पानी पीने लगा। उसकी नज़र बेडरूम के बन्द दरवाज़े पर पड़ी।

"यह बन्द क्यों है?"—कहकर वह उस ओर बढ़ा। उसने दरवाज़ा खोला और कमरे की हालत देखकर दंग रह गया। पूरे कमरे में बिखरे पड़े बिस्तर के चीथड़े। पीछे से वृंदा आई और बिस्तर पर रखी ब्रा उठा कर उसके मुँह पर फेंककर मारी।

"यह। यह कर रहे थे यहाँ तुम। उसके साथ। यहाँ। घिन आती है तुमसे। और किस हद तक गिरोगे? उसे यहीं लाकर रख लो न, मैं चली जाती हूँ।"

राघव को जैसे साँप सूँघ गया। उससे कुछ कहते नहीं बना। एकदम से इतना कुछ हो गया कि कुछ पल वह ख़ुद को सँभाल ही नहीं पाया।

"लेकिन यह तुम्हारी ही तो है..."—उसने ब्रा को हाथ में लेकर देखते हुए और हिचकते हुए कहा—"...तुम्हारा दिमाग़ सच में ख़राब हो गया है।" अब राघव को तरीक़ा मिल गया था।

"अपने दिमाग़ में यह फ़ालतू की कहानियाँ बनाती रहती हो।"

यह कहते हुए वह बाहर आ गया। राघव की इस चालाकी ने वृंदा के ग़ुस्से को और बढ़ा दिया।

"तुम्हें लगता है मैं इतनी बेवकूफ़ हूँ? यह मेरी है? यह यहाँ कैसे आई?"

राघव ने चिल्लाकर कहा—"जैसी तुम्हारी हालत है, कुछ याद भी रहता है तुम्हें ठीक से।"

वृंदा उसके ठीक पास आकर खड़ी हो गई।

"बहुत कुछ था जो मैं बचाना चाहती थी और मेरी इसी कमज़ोरी का फ़ायदा उठाया है तुमने। अब और बर्दाश्त नहीं करूँगी मैं। बहुत मजबूर कर दिया है तुमने। अब तक मैं परिवार बचाने के लिए इससे बचती थी लेकिन अब, मुझे अपना क्लेम चाहिए। मेरा हिस्सा। घर में भी, प्रॉपर्टी में भी और ऑफ़िस में भी। तुम भी जानते हो अगर मैंने क़ानून का सहारा लिया तो तुम कंगाल हो जाओगे।"

राघव को ग़ुस्सा आया लेकिन वह चुप रहा। उसने अपने व्यवहार से वृंदा को यातना के उस छोर तक पहुँचा दिया था जिसके बाद वृंदा को किसी बात की फ़िक्र नहीं रही। राघव ने बात को यहीं ख़त्म करना ठीक समझा क्योंकि वृंदा ने उसकी कमज़ोर नब्ज़ पकड़ ली थी। उसने कोई जवाब नहीं दिया और अन्दर सोने चला गया। इन सब बातों और झगड़े से अंश की नींद खुल गई थी। अंश समझने की कोशिश कर रहा था कि क्या चल रहा है लेकिन उसे यह समझ नहीं आया कि ऐसे में वह क्या करे। वृंदा लिविंग रूम में अकेली बैठी थी और अपना चेहरा हथेलियों से ढककर फफक-फफककर रो रही थी। अंश उठकर बाहर चला आया और चुपचाप अपनी माँ को रोते हुए देखता रहा।

अन्दर बेडरूम में राघव ने ग़ुस्से में मोहिनी को मैसेज किया।

"हाउ स्टूपिड यू आर?"

थोड़ी देर कोई जवाब नहीं आया तो वह फ़ोन ऑफ़ करके सो गया।

खाना खाने के बाद वृंदा सोफ़े पर लेटी हुई अपने फ़ोन में फ़ेसबुक खोलकर देखने लगी। उसे कुणाल की याद आई। उसने कुणाल का प्रोफ़ाइल खोला और राघव के प्रति घृणा से उपजी प्रतिक्रिया में उसे फ्रेंड रिक्वेस्ट भेज दी। रिक्वेस्ट अगले ही पल एक्सेप्ट हो गई। कुणाल ऑनलाइन ही था। वृंदा एकदम से अलग ही दुनिया में आ गई जिसमें अज्ञात का आकर्षण था। कुणाल ने मैसेज भेजा।

"हेलो।"

"हेलो।"

"मुझे लगा अब न हमारी बात होगी न हम मिलेंगे।"

"हाँ...जानती हूँ तुम्हें ऐसा लगा होगा।"

"एक बात पूछूँ?"

"हाँ, पूछो?"

"आज सुबह सब अजीब था। कल जो हुआ...उसकी वजह से शायद...पता नहीं...लेकिन अगर वह सब आपको ठीक नहीं लगा तो...आई एम सॉरी...मुझे लगा..."

"नहीं ऐसी बात नहीं। वह बस...कुछ समझ में नहीं आया...क्या सही...क्या ग़लत...इसलिए..."

"पक्का? मतलब मैं घबरा गया था कि..."

"हाँ पक्का। अब ज़्यादा मत सोचो।"

"तो फिर दोस्ती बरकरार?"

"हाँ"

"तो फिर ध्रुव की बात कब सुन रही हैं?"

"ध्रुव की बात? कौन सी?"

"अरे घर कब बुला रही हैं?"

वृंदा के चेहरे पर मुस्कराहट फैल गई।

"ध्रुव ने बुलाया था। मैंने तो नहीं बुलाया था।"

"तो मतलब आप मना करेंगी?"

"अरे नहीं।"

"फिर?"

"पहले मिलते हैं। बाहर कहीं।"

"कल?"

"ठीक है। कल।"

वृंदा की निगाहें बेडरूम की ओर उठीं तो वह बेइज़्ज़ती और अपमान से भर गई। दूसरी ओर इतने लम्बे समय बाद कुछ था जिसके बारे में सोचकर उसे अच्छा लग रहा था। ग़लत-सही की कशमकश भी थी लेकिन वह किसके लिए रुकती। क्या बचाती? बचाने को कुछ रहा ही नहीं था। एक अनिश्चितता थी, लेकिन फ़िलहाल वही उसे भा रही थी। अपनी ओर खींच रही थी।

अगली सुबह वृंदा रोज़मर्रा के क़ामों में लगी रही। राघव से बातचीत बन्द थी। बच्चों के स्कूल जाने के बाद वृंदा तैयार हुई। उसे कुणाल से मिलने जाना था। उसने कुणाल को फ़ोन किया।

"किस टाइम तक आऊँ?"

"मैं एक ऑडिशन देने आया हूँ। यहाँ से फ्री होकर बताता हूँ।"

वृंदा बेसब्री से इन्तज़ार करने लगी। लम्बे अरसे बाद वह इतने मन से तैयार हुई थी। आँखों में लाइनर लगाया था और होंठों पर लिपस्टिक की हल्की शेड। बालों को उसने खुला छोड़ दिया था। उन्हें पास के ही एक कैफ़े में मिलना था। पन्द्रह मिनट बाद कुणाल का मैसेज आया—

"आधे घंटे में पहुँच जाऊँगा।"

वृंदा भी इस हिसाब से घर से निकल गई।

वृंदा पहले पहुँच गई और बैठकर इन्तज़ार करने लगी। पाँच ही मिनट में कुणाल भी पहुँच गया। वृंदा के चेहरे पर चमक थी, उत्साह था। कुणाल थका-हारा सा लग रहा था।

"कॉफ़ी?"—वृंदा ने पूछा। कुणाल ने हाँ में सिर हिलाया। वृंदा ने ऑर्डर किया।

"परेशान लग रहे हो"—वृंदा ने फिर पूछा। कुणाल कुर्सी पर पीछे होकर आराम से बैठ गया।

"नया हूँ मुंबई में अभी। ज़्यादा कुछ समझ नहीं आता। साला दिल्ली ऐसा लगता था पूरी की पूरी अपनी है। उस पर यह ऑडिशंस वग़ैरह। बढ़िया किया... बढ़िया किया...सब कह देते हैं...काम कोई देता नहीं...और यह कास्टिंग काउच... सोचो...लड़कों के साथ भी होता है..."

"तो क्या लड़कियों के साथ होता है तो सही होता है?"—वृंदा ने उसकी बात काटते हुए कहा।

"अरे मैंने कब कहा कि सही होता है "—कुणाल आगे कुछ कहने वाला था कि इतने में वेटर दो कॉफ़ी ले आया। कुणाल ने धीमी आवाज़ में कहा।

"मैं कब कह रहा हूँ कि सही होता है। लेकिन साला यह कभी नहीं सोचा था कि लोग मुझसे भी कहेंगे कि यह कर दो तो काम मिल जाएगा।"

कुणाल ने देखा कि वृंदा के चेहरे पर हल्की शरारती मुस्कान थी।

"हँस रही हैं आप?"—कुणाल ने बेचारगी जताते हुए कहा।

"नहीं! नहीं! वह तो बस यूँ ही। लेकिन, आदमी ही साथ सोने के लिए कहते हैं या औरतें भी?" यह बात भी वृंदा ने हल्की मस्ती के अन्दाज़ में ही कही।

"औरतें भी"—कुणाल ने बताया।

"अरे! तब क्या दिक़्क़त है? मतलब औरतों के साथ तो..."—वृंदा अभी भी कुणाल को छेड़ने वाले अन्दाज़ में ही कह रही थी।

"लेकिन नहीं करना यह सब..."—कुणाल ने थोड़ी गम्भीरता से कहा। "...ऊपर से कड़की भी रहती है। घरवालों ने तो कह दिया है कि अपना हिसाब ख़ुद देखो। एक तो यहाँ आकर किराए पर घर लेने में ही इतना ख़र्चा हो जाता है। उसके बाद रोज़ कहीं न कहीं जाना ही होता है, कभी ऑडिशन तो कभी यूँ ही लोगों से मिलने के लिए। एक्टर हो तो बन-ठन के भी निकलो।"

कुणाल कहता चला जा रहा था। अब वृंदा भी उसकी बातों को गम्भीरता से ले रही थी। वह उसके लिए परेशान दिखी।

"सुबह से कुछ खाया है?"—वृंदा ने पूछा।

"क्या खाया है। वही चाय–ब्रेड। उसके बाद निकल गया था।"

"तो कुछ मँगा लेते हैं।"

"हम्म।"

वृंदा ने वेटर को आवाज़ लगाई और खाने का ऑर्डर दिया। उसने कुणाल के बुझे चेहरे को देखा।

"देखो, अगर तुम्हें ठीक लगे तो मैं तुम्हारी कुछ मदद कर सकती हूँ। मैं करना चाहती हूँ। मैं लम्बे समय से यहाँ रह रही हूँ तो कुछ लोगों को जानती हूँ। तुम्हें उनसे मिलवा दूँगी। कुछ कॉन्टेक्ट्स हैं मेरे जो शायद तुम्हारे काम आ सकते हैं। और अगर तुम्हें ठीक लगे तो..."—वह थोड़ा हिचकी—"...तो मैं पैसों से भी कुछ मदद कर सकती हूँ।"

"नहीं, नहीं! वह कॉन्टेक्ट्स वाली बात ठीक है लेकिन वह बाक़ी सब मैंने आपको इसलिए नहीं बताया था"—कुणाल ने उसे टोकते हुए कहा।

"लेकिन हर्ज़ ही क्या है। तुम्हें ज़रूरत है। मेरे पास है तो दे सकती हूँ। अभी के लिए ले लो जब तक मुश्किल है। फिर बाद में तो तुम हीरो बन ही जाओगे" —वृंदा ने फिर माहौल को थोड़ा हल्का करने की कोशिश की।

"लेकिन आप समझ नहीं रही हैं। मैं यह नहीं कर सकता। यह पैसों–वैसों के चक्कर में दोस्तियाँ उलझ जाती हैं।"

वृंदा ने इस बार थोड़ा अपनापन जताते हुए कहा—"मैं बस इतना जानती हूँ कि तुम्हें ज़रूरत है और मैं मदद कर सकती हूँ। बस। बात ख़त्म।"

इतने में खाना आ गया। दोनों थोड़ी देर चुप रहे। वृंदा चुपचाप कुणाल को खाना खाते देखती रही। कुणाल की नज़र उससे मिली तो भावुक होकर उसने टेबल

पर रखे वृंदा के हाथ को अपने हाथों में लेकर चूम लिया। वृंदा की आँखों में प्यार उमड़ आया। इस ज़रा से अपनेपन से उसका मन भीग गया।

बच्चों के स्कूल से लौटने का वक़्त हो रहा था। वृंदा घर आ गई। पूरे दिन वह कुणाल के बारे में सोचती रही। ख़राब पारिवारिक स्थितियों के चलते इन दिनों वह कुछ नहीं कर पा रही थी। उसने तय किया कि कुणाल की मदद करनी होगी। शाम को राघव घर लौटा तो खाना बाहर से खाकर आया था। वृंदा भी इस बात को लेकर ऐसी कोई चिन्तित नहीं थी। उसने तय किया कि सुबह सोसाइटी सेक्रेटरी से बात करेगी।

अगले दिन सुबह बच्चों और राघव के चले जाने के बाद वह सेक्रेटरी शर्मा से मिलने सोसाइटी ऑफ़िस गई। वृंदा को देख कर शर्मा अपनी कुर्सी से खड़ा हो गया।

"अरे वृंदा जी, यहाँ कैसे आना हुआ?"

"बस कुछ मदद चाहिए थी।"

"हाँ बताइए।"

वृंदा ने थोड़ा हिचकते हुए कहा।

"दरअसल एक लड़का है मेरी जान-पहचान का। मुंबई में नया है। यहाँ अपनी सोसाइटी में क्या उसके रहने के लिए जगह का इन्तज़ाम हो सकता है? अकेला ही है।"

"यह तो ज़रा मुश्किल काम है वृंदा जी। आप तो जानती हैं सोसाइटी के रूल्स कितने स्ट्रिक्ट हैं।"—शर्मा ने थोड़ा सोचते हुए कहा।

"लड़के की ज़िम्मेदारी मैं लेती हूँ। मेरी गारंटी है। आप फ़िक्र मत कीजिए" —वृंदा ने ज़ोर देते हुए कहा।

"ठीक है। आप ज़िम्मेदारी ले रही हैं तो। थोड़ा समय दीजिये मुझे। मैं शाम तक आपको बताता हूँ।"

वृंदा वापस घर आई। थोड़े सुकून में थी। उसे रात का वाक़या याद आया तो उसने दिल्ली, अपने पिता को फ़ोन मिलाया। उधर से आवाज़ आई—

"हमें कैसे याद कर लिया आज?"

"मुझे आपसे कुछ ज़रूरी बात करनी है। राघव की हरकतें अब मुझसे बर्दाश्त नहीं होतीं। आप लोगों को कुछ बताने का कोई फ़ायदा है नहीं, और अब तो इसके काम भी ऐसे हैं कि बताऊँ भी तो क्या। ख़ैर। मुझे यह कहना था कि मैं अपनी

चीज़ें ख़ुद सँभालना चाहती हूँ। बिज़नेस में जो भी, जितना भी मेरे नाम पर है, मैं ख़ुद देखूँगी। अभी आपसे कह रही हूँ। आपने कुछ नहीं किया तो यह भी ख़ुद ही करूँगी फिर।" इतना कहकर वृंदा ने फ़ोन काट दिया।

शाम को शर्मा ने वृंदा को फ़ोन किया।

"एक फ़्लैट है सोसाइटी में। आप चाहें तो अभी देख सकती हैं।"

वृंदा ने कुछ देर सोचा और अंश को थोड़ी देर में लौटकर आने का कहकर निकल गई। एक छोटा-सा फ़्लैट था, एक इनसान के रहने के लिए काफ़ी। वृंदा देखकर ख़ुश हुई। रात को उसने कुणाल को फ़ोन पर इस बारे में बताया।

"सुनो! तुम मना मत करना। मैंने सोसाइटी सेक्रेटरी से बात की है। यहाँ मेरी ही सोसाइटी में एक फ़्लैट ख़ाली है। मैं चाहती हूँ तुम यहाँ आकर रहने लगो। यह सस्ता भी पड़ेगा और पास होने की वजह से मैं तुम्हारी आसानी से मदद कर पाऊँगी। तुम अकेले रहते हो। कभी भी किसी भी चीज़ की ज़रूरत पड़ सकती है।"

कुणाल थोड़ा सोच में पड़ गया।

"आपको लगता है कि यह ठीक रहेगा?"

"क्यों? इसमें क्या दिक़्क़त नज़र आती है तुम्हें?"

"नहीं दिक़्क़त नहीं। बस आसपास के लोगों की बात है।"

"उसकी फ़िक्र मत करो। यहाँ किसी को किसी की नहीं पड़ी। मैंने किराए और सिक्यूरिटी की भी बात कर ली है। जितना कम हो सकता था, करा लिया है। सिक्यूरिटी तो डिपॉज़िट भी करा दी। शिफ़्ट तुम्हें अकेले करना होगा। तुम आकर सेक्रेटरी शर्मा से मिल लेना बस।" कुणाल सोच में पड़ गया।

अगले दिन ऑफ़िस में राघव के केबिन में राघव और मोहिनी परेशान दिख रहे थे।

"हमें कुछ दिन सँभल कर रहना होगा। मिलना-जुलना थोड़ा कम करना होगा। अभी रिस्क नहीं ले सकते"—राघव मोहिनी को समझा रहा था। मोहिनी उसकी बातों में छुपे किसी मतलब को खोजने की कोशिश कर रही थी।

"तुम मुझे सीधे-सीधे क्यों नहीं बताते कि क्या हुआ था?" मोहिनी ने खीजते हुए पूछा।

"जिस दिन वह लौटी थी दिल्ली से, उस दिन उसने धमकी दी थी। बिज़नेस तोड़ने की..."—धीमी आवाज़ में दाँत पीसते हुए राघव ने कहा।

"...और सुनना चाहती हो? अभी थोड़ी देर पहले पापा का फ़ोन आया था। वृंदा ने यह बिज़नेस में हिस्से वाली बात फ़ोन करके अपने पापा को बता दी। उन्होंने मेरे पापा को फ़ोन कर दिया। अब मेरे पापा मुझसे पूछ रहे हैं कि बात इतनी आगे कैसे बढ़ गई?"

"और इस सब में मैं कहीं नहीं हूँ न...मुझे पहले ही समझ जाना चाहिए था। तुम्हारा क्या जाता है। आज मैं तो कल कोई और। वैसे भी तुम्हें और तुम्हारे बाप को सिर्फ़ बिज़नेस की फ़िक्र है।"

राघव ने उसे घूरकर देखा—"क्या मुसीबत है यार। तुम तो समझो कम से कम। मुश्किल में हूँ इस समय...और इस बात को अच्छे से जान लो कि इस मुश्किल में तुम भी मेरे साथ शामिल हो।"

"तुम्हें जो करना है करो। मुझे बता देना कब क्या करना है"—कहते हुए मोहिनी केबिन से बाहर निकल गई।

कुणाल सोसाइटी आकर शर्मा से मिला। शर्मा ने उसे फ़्लैट दिखाया। कुणाल को तसल्ली थी कि किराया कम है। उसी शाम वह अपना सामान लेकर शिफ़्ट कर गया। वृंदा से जितना भी सम्भव हो सकता था, वह कुणाल की मदद करती रही। उनका मिलना-जुलना थोड़ा बढ़ गया और वृंदा कुणाल के प्रति आसक्त होने लगी। कुणाल के लिए वृंदा के मन में एक गहरा लगाव पैदा होने लगा और वह हर सम्भव तरीक़े से उसका ख़याल रखने लगी। कुणाल को भी यह सब अच्छा लग रहा था। वृंदा का काफ़ी समय कुणाल के साथ ही बीतने लगा। राघव को वैसे भी कभी वृंदा का ज़्यादा ख़याल नहीं रहता था। वह सुबह ऑफ़िस के लिए निकलता तो रात को ही लौटता। कभी-कभी तो रात में भी नहीं आता। वृंदा और कुणाल की बढ़ती दोस्ती अंश को चुभ रही थी। वह कुणाल को पसन्द नहीं करता था। लेकिन ध्रुव को कुणाल बहुत अच्छा लगता था। कई बार ध्रुव के सहारे ही वृंदा कुणाल से मिल पाती थी। अगले एक महीने दोनों ने बहुत वक़्त साथ बिताया। वे साथ फ़िल्में देखने जाते, रेस्तरां में खाने जाते। वृंदा, अंश और ध्रुव को भी कभी-कभी साथ ले जाती। इसी बीच दोनों ने मिलकर कुणाल के लिए ज़रूरत का कुछ सामान भी ख़रीदा। वृंदा का रूटीन ही यह बन गया कि राघव के ऑफ़िस और बच्चों के स्कूल चले जाने के बाद वह कुणाल के घर चली जाती। शुरू के दिनों में बच्चों के लौटकर

आने तक वह वापस आ जाती लेकिन बाद में उसने घर की चाबी लेने के लिए बच्चों को कुणाल के घर ही बुलाना शुरू कर दिया। कभी-कभी तो यूँ भी होता कि स्कूल के बाद ध्रुव शाम तक वृंदा के साथ कुणाल के घर ही रुक जाता। अंश को अपनी प्रैक्टिस पर निकलना होता था। ऐसे ही एक दिन जब ध्रुव रुक गया था—

"भइया आप भी एक टीवी ले लो। फिर घर पर मम्मी मना किया करेगी तो मैं आपके यहाँ आ जाया करूँगा"—ध्रुव ने कहा। कुणाल ने दुखी-सा मुँह बनाते हुए कहा—"लेकिन मेरे पास पैसे ही नहीं है टीवी ख़रीदने के। मैं कहाँ से लूँ?"

"मम्मी के पास तो बहुत पैसे हैं। मम्मी आप दिला दो ना"—उसने वृंदा से कहा। ध्रुव की इस बात से दोनों थोड़े हैरान रह गए।

"वैसे आप तो एक्टर हो। एक्टर लोगों के पास तो बहुत पैसा होता है। आप बन जाओगे जल्दी हीरो"—कहते हुए ध्रुव हँसने लगा।

वृंदा ने ध्रुव को बनावटी ग़ुस्सा दिखाया—"बहुत मस्ती करने लगा है तू।"

वृंदा और कुणाल बहुत क़रीब आ गए थे। एक दिन ऐसे ही जब वे कुणाल के घर में एक ही बिस्तर पर लेटे हुए थे, कुणाल ने उससे पूछा—

"सब कुछ इतनी तेज़ी से हो रहा है। मेरा तो समझ आता है लेकिन मुझे आपका समझ नहीं आया। आप तो शादीशुदा..."

वृंदा ने उसकी बात को काटते हुए कहा—"तुम्हारे साथ यहाँ ऐसे एक बिस्तर पर लेटी हूँ। क्या यह काफ़ी नहीं समझने के लिए?" उसने एक लम्बी साँस भरी।

"...यह शादी, यह रिश्ता बस नाम का है। क्योंकि बच्चे हैं, क्योंकि यह सोसाइटी है और थोड़े निजी स्वार्थ, बस इसलिए। मैंने शादी के पहले दिन से सब ठीक रखने की बहुत कोशिश की। लेकिन वह कोशिश ही बनकर रह गई...मुझे राघव से कोई लगाव नहीं।" वृंदा ने करवट लेकर चेहरा उसकी ओर कर लिया।

"...और उसे मुझमें कोई इंटरेस्ट नहीं। बल्कि उसका तो अपनी ऑफ़िस की एक जूनियर के साथ अफ़ेयर चल रहा है। मुझे उससे नफ़रत है।"—हिकारत से उसने कहा।

थोड़ी देर चुप रहकर उसने फिर कहा—"और तुमसे प्यार।" कहते हुए वृंदा ने कुणाल का माथा चूम लिया। वह आगे कहती रही।

"...मुझे डर भी लगता है लेकिन तुम्हारे साथ होती हूँ तो सही और ग़लत की यह जो सोच है, मुझे रोक नहीं पाती। अच्छा लगता है तुम्हारे साथ। ऐसा अच्छा जैसा शायद कभी नहीं लगा।"

कहते-कहते वृंदा ने अपने हाथ से कुणाल का चेहरा अपनी ओर किया और आगे बढ़कर उसके होंठों पर अपने होंठ रख दिए। कुणाल ने उसकी ओर करवट ली और अपने होंठों का दबाव बढ़ाने लगा। उसकी उँगलियाँ वृंदा के शरीर के अंगों में वे सारे तार खोजने लगीं जिनको उमेठने से वृंदा का शरीर बिस्तर से थोड़ा ऊपर उठ जाता जैसे कितना कुछ है जो वह भीतर समा लेना चाहती हो, जिसकी इच्छा पहली बार उसके मन में तब उठी थी जब दिल्ली में शादी वाले दिन कुणाल उसे निहार रहा था। कमरा उनके संसर्ग की आवाजों के शोर से भर गया था। वृंदा को कुछ याद नहीं आया। किसी साये ने उसे नहीं घेरा। उसे राघव का ख़याल तक नहीं आया। सारी लहरें जब थमने लगीं तो वृंदा ने कुणाल के बालों में हाथ फिराया और उसे अपनी बाँहों में कस लिया।

"यू वर सो गुड। सो जेंटल"—वृंदा ने मुस्कराते हुए कहा।

"यू लाइक्ड इट?"—कुणाल ने पूछा।

"हाँ।"

"दैट मींस यू लाइक इट जेंटल। आई कैन बी वाइल्ड टू।"

वृंदा के चेहरे के भाव अचानक बदल गए।

"क्या हुआ? मैंने कुछ ग़लत कह दिया क्या?"—कुणाल ने हिचकिचाते हुए पूछा।

"नहीं। बस कुछ याद आ गया। मुझे तो पता ही नहीं था कि मुझे कैसा अच्छा लगता है। वाइल्ड या जेंटल। मैं तो बस एक ही तरह का जानती थी...राघव फ़ोर्स करता था ख़ुद को मुझ पर। मेरा मन नहीं हो तब भी...तो बस यह वाइल्ड सुनकर वही याद आ गया।"

"सॉरी"—कुणाल ने उसे गले लगाते हुए कहा।

"उसने कभी मुझे एक बराबर के इनसान के रूप में ट्रीट नहीं किया। बस अपना ज़ोर चलाया। इतने साल गुज़ारे हैं मैंने ऐसे। मुझे लगा था ऐसे ही बीत जाएगी अब ज़िन्दगी।" इतना कहते हुए वृंदा की आँखों से आँसू छलक पड़े।

कुणाल के चेहरे पर चिन्ता की रहस्यमयी रेखाएँ उभर आईं।

राघव जल्दी घर आ गया था। अंश और ध्रुव दोनों घर पर ही थे। टीवी देख रहे थे। वह शायद थका था।

"पानी पिलाना अंश"—उसने आवाज़ लगाई।

अंश उठकर रसोई में गया और एक पानी की बोतल लाकर राघव को पकड़ा दी।

"आज प्रैक्टिस में नहीं गया?"—राघव ने अंश से पूछा।

"कोच सर को चोट लगी है पैर में, इसलिए छुट्टी थी"—अंश ने बताया।

"कैसी चल रही है प्रैक्टिस? ठीक जा रहा है सब?"—राघव ने फिर पूछा।

"हाँ। स्कूल का टूर्नामेंट भी शुरू होने वाला है"—अंश ने बताया।

राघव ने पानी पी लिया तो अंश बोतल से पानी पीते हुए रसोई में गया और वहीं रख आया। आते हुए उसने राघव से पूछा—

"आप आएँगे न स्कूल, जब मैच होंगे?"

"कोशिश पूरी करूँगा"—राघव ने जवाब दिया।

तभी टीवी की आवाजों में घुली-मिली एक धीमी-सी आवाज़ आई—"नहीं आएँगे।" यह ध्रुव की आवाज़ थी। राघव का ध्यान उस ओर गया। उसने ध्रुव से पूछा—"कुछ कहा?" ध्रुव सहम गया। उसने डरते-डरते कहा—"मैंने कहा नहीं आएँगे।"

"तो बदतमीज़ भी हो गया"—राघव ने डपटते हुए कहा।

"लेकिन आते कब हो आप स्कूल? पेरेंट्स-टीचर्स मीटिंग में भी मम्मी ही आती है अकेली"—यह कहते हुए ध्रुव अपने कमरे में जाने लगा।

राघव ने उसे घूर कर देखा और पूछा—"मम्मी कहाँ है?"

अंश ने स्थिति सँभालते हुए जवाब दिया—"वह यहीं नीचे सोसाइटी में पार्क में गई हैं।"

ऐसा कहते हुए अंश ठीक-ठीक जानता था कि वह झूठ बोल रहा है। लेकिन उसे झूठ बोलने की ज़रूरत क्यों पड़ी, यह बात देर तक उसके मन में खटकती रही।

वृंदा जब घर पहुँची तो शाम हो चुकी थी। राघव को देखकर पहले वृंदा थोड़ी सहम गई। राघव ने उसे देखा और चुप रहा। वृंदा के मन में एक तरह की विजय के भाव भी थे। वृंदा को कुणाल से वह सुख मिल रहा था जिसकी उसके मन में तमन्ना तो थी लेकिन ऐसी किसी कल्पना से ही वह सहम कर रह जाया करती थी। कहीं से प्यार मिले तो किसे अच्छा नहीं लगता। कुणाल भी ख़ुश था। लेकिन जैसे-जैसे कुणाल के प्रति वृंदा की इच्छाएँ और बढ़ती जा रही थीं, उसे उसकी और ज़्यादा

ज़रूरत महसूस होने लगी थी और जितना आगे बढ़ना था, उतना ही छुपाना भी था। यह सब करना वृंदा को अन्दर ही अन्दर चोरी का अहसास कराता था। उसे यह सब कुछ अपने परिवार से छुपाना, शर्मिंदगी और अपराध के मिले-जुले भावों से भर देता था। कुणाल के साथ वह पूरी तरह आज़ाद महसूस करती थी। लेकिन यह सब छुपाए रख पाना दिनोदिन मुश्किल होता जा रहा था। एक-दो पड़ोसी भी उस पर नज़र रखने लगे हैं, ऐसा उसे आभास होता था। वहीं परिवार और बच्चों की ज़िम्मेदारियों में फँसे रहने की वजह से वृंदा का समय बँट जाता था। कुणाल के पास ऐसी कोई ज़िम्मेदारी नहीं थी। उसके पास काफ़ी ख़ाली समय होता था जिससे उसकी नज़रें इधर-उधर भटकती रहती थीं।

एक दिन कुणाल का दोस्त साहिर उससे मिलने आया। वह कुणाल का काफ़ी पुराना दोस्त था। सोसाइटी में बच्चों के खेलने का पार्क था, गार्डन था और एक क्रिकेट का मैदान भी। एक शाम कुणाल ने वृंदा को साहिर से मिलवाया। वृंदा जल्दी में थी तो हाय-हेलो ही हो पाई। उसने अगले दिन कुणाल को साहिर के साथ घर आने के लिए कहा। अगली शाम को वे वृंदा के घर पहुँचे। अंश प्रैक्टिस पर गया था। ध्रुव घर पर ही था। दरवाज़ा ध्रुव ने ही खोला और कुणाल को देखते ही वह ख़ुश हो गया। उसका हाथ पकड़कर उसे अन्दर लाया। लक्ष्मी भी घर पर थी। लक्ष्मी वृंदा के घर में काम करती थी। वृंदा लिविंग रूम में आई। कुणाल पहली बार वृंदा के घर आया था। वे दोनों आकर सोफ़े पर बैठ गए।

"कैसे हो?" वृंदा ने साहिर से पूछा।

"जी ठीक हूँ। आप कैसी हैं?" साहिर ने पूछा।

"बिलकुल बढ़िया"—वृंदा ने कहा।

रसोई से लक्ष्मी की आवाज़ आई—"दीदी खाने में क्या बनाऊँ"?

"देख सब्जियाँ वहीं निकालकर रखी हैं। आज खाना ज़्यादा बना देना"—वृंदा ने वहीं से थोड़ी ऊँची आवाज़ में कहा।

"तुम लोग खाकर जाओगे न?"—वृंदा ने दोनों से पूछा।

इससे पहले कि वे कुछ जवाब देते वृंदा ने ख़ुद ही कहा—"हाँ खाकर ही जाना।"

इतने में ध्रुव ने टीवी चला दिया और वीडियो गेम खेलने लगा।

"भइया आओ खेलते हैं।" वह कुणाल को अपने साथ ले गया।

"लेकिन मुझे तो आता नहीं।"

"अरे आप चलो। मैं सिखा दूँगा। बहुत आसान है।"

कुणाल और ध्रुव वीडियो गेम में व्यस्त हो गए। वृंदा और साहिर अकेले छूट गए। दोनों के लिए स्थिति थोड़ी असहज हो गई। वृंदा ने ही चुप्पी तोड़ी।

"क्या करते हो तुम?"

"एक कंपनी के सेल्स डिपार्टमेंट में हूँ...और आप?"—साहिर ने पूछा। हल्की-सी हँसी के साथ वृंदा ने जवाब दिया—

"घर सँभालती हूँ। साथ में थोड़ा बहुत बिज़नेस का काम भी। आजकल थोड़ा कम ध्यान दे पा रही हूँ उधर।"

कुछ देर में कुणाल वापस इनके पास आ गया। ध्रुव भी धमकता हुआ आया और वृंदा की गोद में बैठ गया—"मैंने हरा दिया भइया को।"

कुणाल वृंदा के बगल में ही बैठा था। साहिर का ध्यान इस बात ने अपनी ओर खींचा।

कुणाल के यहाँ साहिर का आना-जाना लगा रहा। थोड़े दिनों में उसे समझ आने लगा कि वृंदा और कुणाल का क्या रिश्ता है। साहिर काफ़ी समय कुणाल के साथ उसके घर में भी रुकता था। एक रात जब दोनों रसोई में खाना बना रहे थे तो साहिर ने कुणाल से कहा—"एक्स्ट्रामैरिटल है। फ़्यूचर नहीं है कोई।"

"फ़्यूचर जहाँ था वहाँ क्या हुआ मेरा?"

"स्तुति कैसी है?"

"ठीक ही होगी।"

"बात नहीं होती?"

कुणाल ने सिर हिलाया—"ना।"

साहिर ने इस बारे में और बात करना ठीक नहीं समझा। वह कुणाल की असहजता भाँप रहा था। वह जानता था कि कोई किसी को बचा नहीं सकता। उसे लगा यह एक एकतरफ़ा अध्याय है जिसका अंत वह शायद देख पा रहा है।

साहिर से हुई इन बातों ने कुणाल को थोड़ा परेशान किया। दिक़्क़तें और भी थीं। सबसे ज़्यादा काम की। अभी कुणाल स्तुति को भी भूल नहीं पाया था। वह फ़ोन में स्तुति के और अपने पुराने फ़ोटोज़ देख रहा था। फिर उसने स्तुति का इंस्टाग्राम अकाउंट खोला। स्तुति ने अपनी कुछ नई तस्वीरें डाली थीं जिनमें वह

बहुत ख़ुश लग रही थी। कुणाल पर उदासी छा गई। यूँ ही रात के लगभग तीन बजे तक जब उसे नींद नहीं आई और वह बहुत परेशान हुआ तो उसने वृंदा को मैसेज किया। लगभग दस मिनट तक कोई जवाब नहीं आने के बाद उसने साहिर को फ़ोन किया।

"यार बहुत अजीब लग रहा है यहाँ अकेले"—साहिर के फ़ोन उठाते ही उसने कहा।

"हाँ तो घर आजा।"

"लेकिन घर पर नहीं रुकना यार। कहीं बाहर चलते हैं।"

साहिर ने थोड़ी हैरानी से कहा—"इस समय?"

"हाँ। बीयर पिला दे यार आज। किसी लोकल-सी जगह चलते हैं जो ज़्यादा महँगी न हो।"

कुछ सेकंड्स सोचने के बाद साहिर ने कहा—"ठीक है। आ जा।"

थोड़ी देर में वे दुर्गा रेस्टोबार में पहुँचे। रात का यह समय शराबियों का समय होता है। एक कोने में टीवी चल रहा था। जगह शोर से भरी हुई थी। दोनों एक ख़ाली टेबल पर जाकर बैठ गए।

"इस समय आए हैं। कल ऑफ़िस से छुट्टी लेनी पड़ेगी अब"—साहिर ने कहा।

"ले लेना यार। अब यहाँ आ गए हैं तो सब भूल जा"—कुणाल ने जोश में भरकर कहा। एक क़रीब तेरह-चौदह साल का लड़का हर टेबल पर जा-जाकर शराब और साथ में खाने की चीज़ें सर्व कर रहा था। बीच-बीच में ग्राहकों और काउंटर पर बैठे मोटे से मालिक के ताने भी सुन रहा था। फिर भी हरफ़नमौला अन्दाज़ में काम किए जा रहा था।

"छोटू"—कुणाल ने आवाज़ लगाई—"दो बीयर ले आ किंगफ़िशर और साथ में थोड़ा चखना। जल्दी"—कुणाल ने उसे कहा। दो मिनट में लाने का इशारा करके वह फिर काम में लग गया। साहिर को हँसी आ गई।

"किंगफ़िशर। द किंग ऑफ़ गुड टाइम्स। भाग गया साला देश छोड़कर।"

"भाई सोच, ऐसे तीन बजे शराब के अड्डे पर बैठे हैं"—कुणाल ने मस्ती में कहा। इतने में बीयर आ गई। दोनों ने बोतल खोली और पहला घूँट गले के नीचे उतारा। दोनों ने गटागट आधी बोतल ख़ाली कर दी। माहौल तो वैसा ही था लेकिन बीयर के असर से थोड़ा भारी लगने लगा। तभी पास की एक टेबल से ज़ोर-ज़ोर

से चिल्लाने की आवाजें आने लगीं। दोनों का ध्यान उस ओर गया। काउंटर के पीछे बैठा मालिक भी वहाँ आ गया था। टेबल पर दो अधेड़ उम्र के आदमी बैठे लड़ रहे थे। एक तो हाथापाई पर भी उतर आया था। शोर-शराबा बढ़ने लगा तो मालिक ने उन दोनों से पैसे लिए और उन्हें बाहर निकलवा दिया।

"यार तू जो कह रहा था उस दिन...मेरे और वृंदा के बारे में...वह दिल्ली में मिली थी। मैंने थोड़ा फ़्लर्ट किया। उसे अच्छा लगा तो हम मिलने लगे। फिर यहाँ मुंबई आकर भी मिलते रहे। उसकी लाइफ़ में बहुत प्रॉब्लम है यार। अफ़ेयर है उसके पति का किसी से। कहती है कि अपने पति से कोई लगाव ही नहीं। मुझसे प्यार करती है।"

अब तक दोनों एक-एक बोतल ख़त्म करके दूसरी मँगा चुके थे।

"और तू?"—साहिर ने पूछा।

"मुझे भी अच्छी लगती है। उसने मेरी इतनी मदद की यार यहाँ, वरना कौन पूछता है किसी को बिना मतलब के। अपनी सोसाइटी में घर दिलाया..."

"तुझे ठीक लगता है यह सब?"—साहिर ने उसकी बात काटते हुए कहा।

"पता नहीं यार। ऐसा कुछ ख़राब नहीं लगता। बहुत ख़याल रखती है मेरा।"

साहिर कुछ देर चुप उसे देखता रहा।

"तो तू साफ़-साफ़ उसे बता दे कि वह आगे का कुछ सीरियस न सोचे। नहीं तो बाद में दिक़्क़त होगी।"

कुणाल चुपचाप सुन रहा था।

"तू कुछ ज़्यादा ही रिस्क ले रहा है। ध्रुव से इतनी दोस्ती कर ली है। किसी भी दिन पता चल जाएगा उसके पति को"—एक बार फिर ज़ोर देकर साहिर ने कहा। कुणाल ख़ामोश बैठा था। इतने में काउंटर से बार बन्द करने का टाइम होने का इशारा होने लगा। वे बिल चुकाकर बाहर निकल आए। वहाँ से वे कुणाल के घर लौट आए।

वृंदा एक अजीब कशमकश की स्थिति में थी। उसे कुणाल के साथ बहुत अच्छा लगता था। उसके मन में बरसों की जो अधूरेपन की भावना थी, कुणाल के साथ वह पूरी तरह ग़ायब हो जाती थी। लेकिन जब भी वह आगे के बारे में सोचती थी तो उसे इस रिश्ते के भविष्य को लेकर कुछ समझ नहीं आता था। इतना सब

कुछ तोड़कर, पीछे छोड़कर, आगे बढ़ पाना उसे असम्भव लगता था। उसकी इन चिन्ताओं को कुणाल भी समझने लगा था लेकिन उसकी अपनी अलग दिक़्क़तें थीं। घर पर कुछ दिनों से अचानक बच्चों को देखते हुए वृंदा की आँखें भर आती थीं। एक अपराधबोध घेर लेता था कि आख़िर वह कर क्या रही है। मन-ही-मन राघव को कोसने लगती कि वह ठीक से रहा होता तो शायद यह सब होता ही नहीं। फिर अगले पल मोहिनी का चेहरा उसकी आँखों के आगे आ जाता तो उसे अपना किया ठीक लगने लगता। बच्चों और परिवार के साथ जब वह कुणाल के बारे में सोचती थी तो उसे ख़ुद पर शर्म भी आती थी। कभी-कभी लगता कि कहीं कुणाल के साथ कुछ ग़लत तो नहीं कर रही। इतनी सारी बातें रोज़, हर पल उसके दिमाग़ को मथती थीं। एक तरफ़ भावनाओं के ये उतार-चढ़ाव और दूसरी तरफ़ कुणाल के साथ से मिलने वाली ख़ुशी।

ऐसे ही एक शाम दोनों बच्चे वीडियो गेम खेल रहे थे और बात-बात पर झगड़ रहे थे। वृंदा वहीं बैठी थी। उन्हें देखकर उसकी आँखें भर आईं। ध्रुव की नज़र उस पर गई तो वह उसके पास आया।

"क्या हुआ मम्मी?"

"कुछ नहीं।"

अंश दूर से ही बात सुनता रहा। अचानक ध्रुव ने पूछा—

"मम्मी कुणाल भइया अब कब आएँगे? एक ही बार आए। फिर आए ही नहीं।" कुणाल के ज़िक्र से वृंदा जैसे एकदम से अपनी दुनिया से बाहर आई।

"कुणाल भइया बिज़ी रहते हैं। जब समय होगा तब आएँगे।"

"बिज़ी कहाँ रहते हैं। रोज़ तो नीचे बैठे रहते हैं शाम को पार्क में।"

"अच्छा तो ठीक है। फिर बुला लेंगे जल्दी"—वृंदा ने ध्रुव के गाल को चूमते हुए कहा।

"हाँ। मुझे उन्हें फिर से हराना भी तो है वीडियो गेम में।"

"तुझे अच्छे लगते हैं कुणाल भइया?"

ध्रुव ने हाँ में सिर हिलाया।

बहुत धीरे-से, जैसे ख़ुद से बस, वृंदा ने कहा—"मुझे भी।"

इतने में उसका फ़ोन बजा। कुणाल का फ़ोन था। वृंदा कुणाल के साथ बातों में लग गई। उसने अंश की ओर देखा और फिर नज़रें चुरा लीं। अंश यह सब

देखते हुए एक मूक दर्शक की तरह था, जो सब देख रहा था और समझने की कोशिश कर रहा था।

'द चिल्ड्रन आर वाचिंग अस' महज़ एक फ़िल्म का नाम नहीं

स्कूल में पिछले एक हफ़्ते से क्रिकेट टूर्नामेंट चल रहा था जिसका आज फ़ाइनल मैच था। अंश की स्कूल टीम फ़ाइनल में थी जिसका श्रेय बहुत हद तक अंश को जाता था। ध्रुव मैच को लेकर बहुत उत्साहित था। आख़िर उसे भी अपने भाई की शानदार बल्लेबाज़ी की वजह से अपना कॉलर ऊँचा करने का मौक़ा मिल जाता था। सुबह से घर के माहौल में अफ़रा–तफ़री थी। स्कूल के लिए निकलने से पहले अंश ने राघव से पूछा था—

"आप आओगे? आज फ़ाइनल है।"

राघव ने थोड़ी बेबसी जताते हुए कहा—"पहले बताया होता। आज तो ज़रूरी मीटिंग है।"

राघव के यह कहना शुरू करते ही ध्रुव ने भी उसके साथ-साथ उसकी नक़ल करते हुए कहा—"पहले बताया होता। आज तो ज़रूरी मीटिंग है।"

इतना कहते हुए वह घर से बाहर निकल गया। राघव हैरान देखता रह गया। ध्रुव के पीछे-पीछे अंश भी निकल गया। हमेशा की तरह वृंदा ने पक्का आने का वादा किया।

राघव के ऑफ़िस निकलने के बाद वृंदा ने कुणाल को फ़ोन किया। कुणाल नींद में था।

"आज स्कूल चलो मेरे साथ। अंश का मैच है।"

"आर यू श्योर? कोई प्रॉब्लम तो नहीं होगी?"—कुणाल ने आशंका जताई।

"मुझे परवाह नहीं।"

"तुम्हारा पति नहीं जा रहा?"

वृंदा ने एक पल रुककर कहा—"वह कभी नहीं जाता।"

"ठीक है। आता हूँ।"

मैच दोपहर में शुरू होना था। कुणाल वृंदा के घर पहुँचा। यूँ तो दोनों कई बार साथ घूमने के लिए निकले थे, लेकिन यह पहली बार था जब यूँ कई लोगों के बीच में वे साथ दिखने वाले थे। लोग भी ऐसे, जो वृंदा को अच्छे से जानते थे। कुणाल थोड़ा असहज था और अचंभित भी कि वृंदा को किसी बात की फ़िक्र नहीं थी। मैच शुरू होने से कुछ देर पहले वे स्टेडियम पहुँच गए और अपनी जगह ले ली। स्कूल की भी छुट्टी हो गई। ध्रुव कुणाल को वहाँ देखकर बहुत ख़ुश हुआ।

"आप देखना भइया, अंश कैसे छक्के उड़ाएगा"—ध्रुव ने जोश में कहा। उन्होंने ध्रुव को अपने बीच में बैठा लिया। मैच शुरू होने वाला था।

इतने में वृंदा ने यह भाँप लिया कि आसपास बैठे कुछ लोग नज़रें बचा-बचाकर उनकी ओर देख रहे हैं। उसने उनकी तरफ़ ज़्यादा ध्यान नहीं दिया। कुछ लोग उनके ही बारे में बात कर रहे थे। मैच शुरू हो चुका था। अंश की टीम टॉस हारकर पहले गेंदबाज़ी कर रही थी। बीस ओवर्स में दूसरी टीम ने 168 रन का लक्ष्य दिया। जवाब में बल्लेबाज़ी करने उतरी अंश की टीम शुरू में ही लड़खड़ा गई और एक के बाद एक विकेट गिरते चले गए। एक तरफ़ अंश जमकर खड़ा था लेकिन दूसरी तरफ़ सिलसिला रुक ही नहीं रहा था। इधर कुणाल की नज़र एक औरत पर गई जो बार-बार उनकी ओर देख रही थी। वृंदा की नज़र भी उस पर पड़ी। दोनों एक-दूसरे को देखकर मुस्कराईं। वृंदा ने धीरे-से कुणाल के कान में कहा—

"यह बरखा है। सोसाइटी में ही रहती है।" कुणाल थोड़ा-सा असहज हुआ।

कमेंटेटर्स ने माहौल को भरपूर मनोरंजक बना रखा था। धीरे-धीरे मैच अपने अंत की ओर बढ़ रहा था। अंश का खेल देखने लायक था। जीत के बाद टीम के साथियों ने अंश को कन्धों पर उठा लिया। ध्रुव तालियाँ बजा रहा था। कुणाल का ध्यान कहीं और भटका हुआ था। वृंदा ख़ुश थी।

बच्चों और राघव की अनुपस्थिति में घर का जो समय वृंदा को काटने को दौड़ता था, अब कुणाल की वजह से उसे बस उसी समय का इन्तज़ार रहता था। सबकी अनुपस्थिति में वृंदा ने अब कुणाल को घर पर ही बुलाना शुरू कर दिया था। लेकिन जिस प्रेम में वह डूब रही थी, वह उससे आसपास का काफ़ी कुछ देख और समझ पाने की ताक़त भी छीन रहा था। काफ़ी कुछ था जो उघड़ रहा था। कुछ लोग थे जिनकी नज़र थी, जो देख रहे थे, समझ रहे थे।

ऐसे ही एक दिन जब कुणाल वृंदा के घर पहुँचा तो कुछ चिन्तित दिखा।

"नीचे कुछ औरतों को देखकर ऐसा लगा जैसे हमारे बारे में ही बातें कर रही थीं।"

"गॉसिपमांगर्स "—वृंदा ने दरवाज़ा बन्द करते हुए कहा।..."कुछ और इससे बेहतर करने को है नहीं उनके पास।"

"तुम्हें यह सोचकर डर नहीं लगता?"

"नहीं। मुझे किससे डर"—वृंदा ने बेडरूम की ओर जाते हुए कहा।

"और मुझे?"—कुणाल ने उसे रोककर पूछा।

"तुम्हें भी नहीं डरना चाहिए"—वृंदा ने उसका माथा चूमते हुए कहा।

लेकिन बाहर बातें चल रही थीं। वे कब कहाँ पहुँचेंगी, कोई नहीं जानता था।

स्कूल में अंश का जलवा बरकरार था। अपनी टीम को जीत दिलाने के कारण वह स्कूल के दूसरे बच्चों में हीरो बना हुआ था। उसकी क्लास की कुछ लड़कियाँ जहाँ उससे इम्प्रेस थीं, वहीं ठीक इसी कारण कुछ लड़कों को उससे ईर्ष्या हो रही थी। इन लड़कों में बरखा का बेटा प्रणव भी शामिल था। अपनी क्लास के बाहर, कॉरिडोर में अंश कुछ लड़कियों के साथ खड़ा बातें कर रहा था। अगले पीरियड की मैडम अभी आई नहीं थीं।

"तू नहीं होता तो हार ही गए थे हम"—एक लड़की ने कहा।

"हाँ। बाक़ी सारे तो पता नहीं कहाँ जाने की जल्दी में थे। तू चल मैं आया। बस"—दूसरी लड़की ने कहा और सब हँस पड़े।

"बॉलर्स ने रन ज़्यादा दे दिए। और फ़ील्डिंग भी ख़राब रही हमारी"—अंश कहने लगा।

"हाँ लेकिन तू आख़िर तक नहीं टिका रहता तो कहाँ जीतते हम"—एक और लड़की ने कहा।

अंश ने लगभग मानते हुए कहा—"हाँ। कोई चल ही नहीं पाया।"

थोड़ी ही दूर पर खड़ा लड़कों का एक ग्रुप लगातार इनकी ओर देख रहा था और कमेंट्स पास कर रहा था।

"अंश, हमारे पास भी आकर खड़ा हो जा। उनके साथ कब तक क्रिकेट खेलता रहेगा"—उस ग्रुप से एक लड़के की आवाज़ आई और वे सब हँसने लगे। लड़कियों ने और अंश ने उस ओर कोई ध्यान नहीं दिया। तभी एक और आवाज़ आई—

"लगता है क्रिकेट फ़ील्ड में छक्के मारते-मारते अंश ने और भी जगहों पर बाज़ी मारना सीख लिया है।"

"तो तू भी मार लेता छक्के। तब तो उनके फ़ास्ट बॉलर की एक भी बॉल बैट से छू तक नहीं पाया। यहाँ बड़ा हीरो बन रहा है"—अंश ने पलटकर जवाब दिया।

उसी लड़के ने पलटकर जवाब दिया—"नहीं भाई। तू ही हीरो बन ले। इतनी सारी हीरोइनों के बीच खड़ा है।" वहाँ खड़े लड़के हँसने लगे।

उन लड़कियों में से एक ने झल्लाकर कहा—"फ़ालतू बकवास नहीं करना। जाकर मैडम को बता देंगे।"

"कुछ नहीं। दे आर जस्ट जेलस"—दूसरी लड़की ने कहा।

"तुमसे? शक्ल देखी है आईने में?"—वहाँ से आवाज़ आई। इतने में अंश बोल पड़ा—"मुझसे प्रॉब्लम है तो मुझसे बात करो।" उधर से प्रणव ने कहा—"हाँ भाई। तू हीरो है और हम सारे विलेन। अब विलेन को हीरो से प्रॉब्लम नहीं होगी तो और क्या होगा।"

अंश उसकी ओर बढ़ा। बात बढ़ने को थी कि मैडम आती दिखाई दीं। अंश और प्रणव एक-दूसरे को घूरते रहे। फिर वे सब क्लास में चले गए।

एक तरफ़ अंश को लड़कियों से मिलने वाला यह अटेंशन अच्छा लग रहा था लेकिन इसी वजह से उसे अपने आसपास के लड़कों की फ़ालतू बातें सुननी पड़ रही थीं। यहाँ तक कि कुछ लड़के हमेशा उसे परेशान करने की ताक में लगे रहते। क्लास में कभी पीछे से चॉक फेंककर मारना तो कभी यूँ ही कुछ भद्दी बातें बोलते रहना। कुछ सीनियर्स भी उसको परेशान करने लगे थे। उसी दिन गेम्स पीरियड में फुटबॉल के खेल के दौरान यह बात और बढ़ गई जब उसके कुछ दोस्त ज़बरदस्ती उससे लड़ने-भिड़ने लगे। वे ज़रा-ज़रा देर में उसे धक्का देते, गिराने की कोशिश करते।

"क्यों चैंपियन, बस क्रिकेट ही खेलना आता है क्या? यहाँ ज़ीरो है?"—एक ने उसे धक्का देते हुए कहा। वह सँभल ही रहा था कि तभी प्रणव ने बॉल छीनने के बहाने कंधा मारकर उसे गिरा दिया। वह उठा। खेल चलता रहा। अंश का ध्यान नहीं था। अचानक फ़ुटबॉल आकर उसके पेट में लगी। किसी ने पूरी ताक़त से शॉट मारा था। जानबूझकर या अनजाने में, पता नहीं। अंश के पेट में इतनी ज़ोर से लगी कि उसकी साँस रुक गई। वह ज़मीन पर गिर पड़ा। उसे साँस लेने में

तकलीफ़ होने लगी। उसके आसपास बच्चों की भीड़ जमा होने लगी। कुछ लड़कों ने उसके मुँह पर पानी छिड़का। फिर उसे उठाकर धीरे-धीरे थोड़ा पानी पिलाया। थोड़ी-थोड़ी देर में, एक-एक झटके में साँस आ रही थी। लगभग दस मिनट और यूँ ही बीते उसे सामान्य होने में। उसके बाद वह वापस क्लास में चला आया और स्कूल में पूरा दिन चुप-सा ही रहा। छुट्टी में ध्रुव उसके पास आया। अंश ने ज़्यादा बात नहीं की और वे चुपचाप घर चले गए। हालाँकि रास्ते भर ध्रुव उससे पूछता रहा था कि क्या बात हुई है।

सबकी अनुपस्थिति में कुणाल का वृंदा के घर पर आना-जाना बदस्तूर जारी था। अब तो बच्चे आते तो भी कुणाल घर पर ही मिलता। बस एक बात का ध्यान वृंदा रखती कि घर पर काम करने वाली लक्ष्मी के आने के समय कुणाल घर पर न हो। लेकिन एक दिन ऐसा भी हो गया। दरअसल लक्ष्मी ने ख़ुद ही फ़ोन करके वृंदा से कहा था कि आज वह नहीं आएगी क्योंकि उसे चोट लगी है। उसके आने का समय दोपहर का होता था। इस बात से निश्चिन्त वृंदा, कुणाल के साथ बेडरूम में थी। उन्होंने कपड़े भी नहीं पहने हुए थे जब घर के दरवाज़े की घंटी बजी। वृंदा ने थोड़ा सोचा कि इस समय कौन हो सकता है। घंटी फिर बजी। उसने कपड़े पहने और दरवाज़े तक गई। दरवाज़ा खोला तो लक्ष्मी थी।

"लेकिन तुम तो नहीं आने वाली थीं। बीमार थीं"—वृंदा ने अन्दर आते हुए कहा।

"मुझे थोड़ा ठीक लगा तो मैं आ गई। घर पर पड़े-पड़े भी क्या करती।"

"और मैं घर पर मिलती ही नहीं तो?"

"तो क्या? जैसे आई, वैसे ही लौट जाती"—लक्ष्मी ने रसोई में बर्तनों को इकट्ठा करते हुए कहा। वृंदा के दिमाग़ में यही चल रहा था कि कुणाल अन्दर है। अन्दर सब बिस्तर अस्त–व्यस्त से हैं और कुणाल भी ऐसे ही पड़ा है।

"हुआ क्या था तुझे?"

"घर के पास ही पैर में काँच चुभ गया था"—लक्ष्मी ने दाएँ पैर के तलवे में बँधी पट्टी की ओर इशारा करते हुए कहा।

"ओह! ज़्यादा लगी थी क्या? अभी आराम है? टिटनेस का इंजेक्शन लगवाया? जरूरी होता है"—वृंदा एक ही साँस में बोल गई।

"लगवाया है। अभी ठीक है, तभी तो चल-फिर पा रही हूँ"—लक्ष्मी ने जवाब दिया।

इतना कहकर वह काम में लग गई। वृंदा नहीं चाहती थी कि कुणाल की बात ऐसे खुलकर लक्ष्मी के सामने आ जाए। ऊपर से यह भी डर था कि कुणाल भी उठकर बाहर आ सकता है। जाने क्या स्थिति बन जाए। लक्ष्मी झाड़ू उठाने के लिए बढ़ी तो वृंदा ने उसे टोक दिया—

"सुन, पहले बर्तन धो दे। बच्चों के लिए कुछ बनाना पड़ेगा।"

लक्ष्मी ने कंधे उचकाकर उसकी ओर देखा और बर्तन धोने चली गई। वृंदा ने राहत की साँस ली। जब लक्ष्मी बर्तन धोने लगी तो वृंदा अन्दर बेडरूम में गई और कुणाल को बताया।

"तुम यहीं चादर ओढ़कर पड़े रहो। बाहर मत आना।"

कुणाल को थोड़ा अजीब-सा महसूस हुआ लेकिन और कोई चारा भी नहीं था। वृंदा बाहर आ गई।

"लेकिन आगे से ऐसा मत करना। बताकर ही आना।"

लक्ष्मी ने बर्तन धोते-धोते ही हाँ में सिर हिलाया। उसे कुछ अजीब लगा। वृंदा कुछ असहज दिखी। लगा जैसे वह फ़ालतू में ही इधर-उधर टहले जा रही है और बेचैन-सी है।

"क्या हुआ दीदी? परेशान हो क्या किसी बात से?"—लक्ष्मी ने पूछा। उसके पूछने पर वृंदा चौंक गई। अपने ही घर में वह ख़ुद को चोरों की तरह महसूस कर रही थी और इसी वजह से ज़्यादा चौकन्नी नज़र आ रही थी। लक्ष्मी असमंजस में थी। अन्दर कुणाल तो सँभल गया था लेकिन वृंदा किसी तरह लक्ष्मी को जल्द-से-जल्द भेज देना चाहती थी। बच्चों के आने का टाइम भी हो रहा था। उसकी उलझन बढ़ती जा रही थी। यूँ नहीं था कि बच्चों के लौटने पर कुणाल घर पर नहीं होता था, बल्कि अक्सर ही होता था। लेकिन यूँ बेडरूम में नहीं होता था।

"सुन लक्ष्मी, अगर दर्द है पैर में तो तू आराम ही कर ले आज। एक दिन सफ़ाई नहीं होगी तो कोई आसमान नहीं टूट पड़ेगा"—वृंदा ने हमदर्दी जताते हुए कहा।

"अरे नहीं न दीदी। इतनी दूर से चलकर आई मैं, काम करने के लिए ही तो। अब आ गई हूँ तो कर ही देती हूँ"—लक्ष्मी ने झाड़ू उठाते हुए जवाब दिया।

वृंदा मन मसोसकर रह गई। लक्ष्मी अपने काम में लग गई। वृंदा सोच में पड़ गई। उसके दिमाग में अजीब-अजीब ख़याल आने लगे। क्या अन्दर बेडरूम में चली जाए और कह दे कि मुझे नींद आ रही है, यह छोड़ देना? या कह दे अन्दर

राघव सो रहे हैं? इतने में लिविंग रूम की सफ़ाई करके लक्ष्मी बेडरूम की ओर बढ़ी। वृंदा को कुछ नहीं सूझा।

"लक्ष्मी, आज बेडरूम रहने दे। मैं कर लूँगी उसको।"

"क्यों दीदी। कर देती हूँ ना।"

"नहीं। वह रहने दे। मैं कर लूँगी"—वृंदा ने ज़ोर देकर कहा।

अब जाकर लक्ष्मी को कुछ-कुछ समझ आया। इतनी देर से वृंदा का बेचैन-सा बर्ताव, सफ़ाई के लिए मना करना और अब बेडरूम में जाने से रोकना।

"ठीक है दीदी"—कहते हुए लक्ष्मी रसोई की ओर बढ़ गई।

दो-तीन दिन बीतने के बाद एक दिन स्कूल में अंश लंच टाइम में अपने कुछ दोस्तों के साथ खाना खा रहा था। वह अब भी अपने ख़ास दोस्तों में सबका फ़ेवरेट था। अंश उस दिन सैंडविच लेकर आया था। कुछ दोस्तों के टिफ़िन में रोटी-सब्ज़ी तो कुछ के टिफ़िन में दही, फल और ड्राई फ्रूट्स थे। वे सब मिल-बाँटकर खा रहे थे। वे अपने माता-पिताओं के बारे में बात कर रहे थे। ज़्यादातर बातें इस बारे में थी कि कैसे उनके माता-पिताओं के पास उनके लिए समय ही नहीं है और वे हमेशा बिज़ी ही रहते हैं। उनमें से एक बहुत उदास बैठा था किसी सोच में डूबा हुआ।

"क्या हुआ?"—एक लड़के ने पूछा।

वह कहने लगा—"कुछ नहीं यार...आज सुबह मैं ग़ुस्से में घर से निकल आया और अकेला ही आ गया। स्कूल का टाइम हो रहा था और मम्मी-पापा को लड़ने से फ़ुर्सत नहीं थी। इसी बात पर झगड़ा हो रहा था कि आज मुझे छोड़ने कौन आएगा।"

इस पर दूसरा लड़का कहने लगा—"ऐसा तो मेरे घर में भी होता रहता है। पापा सुबह से रात तक काम में बिज़ी रहते हैं। मम्मी भी दिन में अपने कॉलेज। वहाँ से लौटकर मम्मी के अपने दोस्त और पार्टीज़। कभी कोई घर पर आ टपकता है, तो कभी कोई। उनकी इन्हीं सब आदतों से पापा को प्रॉब्लम है। झगड़ते रहते हैं। मेरे लिए तो समय ही नहीं है किसी के पास।"

एक और लड़के ने कहा—"मेरे मम्मी-पापा तो बिगड़े हुए लड़के-लड़कियों की तरह रहते हैं। अक्सर ही रात को देर से घर लौटते हैं। कई बार तो मुझे भूखा ही सोना पड़ता है। वहीं अगर मेरी बड़ी बहन लेट आए रात को तो उन्हें बहुत प्रॉब्लम है।"

एक लड़का जो अब तक खाने में व्यस्त था, कहने लगा—"यार मेरे पापा ने तो पैसे डुबा दिए मम्मी के, बिज़नेस में। तब से दिन-रात मेरी मम्मी ताने मारती रहती हैं पापा को।"

अंश कह उठा—"पापा तो मेरे भी कभी स्कूल नहीं आते। टाइम ही नहीं निकालते। लेकिन मम्मी हमेशा आती हैं हर चीज़ में।" अंश को अन्दाज़ा नहीं था कि उसने किस रास्ते पर क़दम रख दिया था। एक लड़के ने अंश से पूछा—

"तेरे पापा कभी क्यों नहीं आते?"

धीरे-धीरे उसका अन्दाज़ शरारती होता गया और वह आगे पूछता गया—

"मैच वाले दिन भी तेरे पापा नहीं आए थे...और वह कौन था, वह लड़का जो तेरी मम्मी के साथ आया था?"

अंश को थोड़ा ग़ुस्सा आया लेकिन उसने सँभालते हुए कहा—

"दोस्त है उनका। मैं जानता हूँ अच्छे से।"

"अच्छा...दोस्त...वैसे आजकल यह सब बहुत चल रहा है"—एक दोस्त ने अंश को छेड़ते हुए कहा।

"क्या सब बहुत चल रहा है? साले...मुँह तोड़ दूँगा तेरा फ़ालतू बकवास की तो"—अंश आग-बबूला हो गया।

वह लड़का भी बोलने लगा—"मैं क्या बोल रहा हूँ। सभी बोल रहे हैं उस दिन के बाद से स्कूल में।"

अंश उठा और उसने उस लड़के को धक्का दिया। लड़का गिर पड़ा। अंश उसके ऊपर कूद पड़ा और दोनों गुत्थमगुत्था हो गए। बाक़ी लड़के उन्हें छुड़ाने की कोशिश में लगे रहे।

थोड़ी ही देर में दोनों प्रिंसिपल ऑफ़िस में थे। लड़ाई का कारण पूछे जाने पर दोनों ही कुछ देर तो सिर झुकाये चुपचाप खड़े रहे, फिर अंश दबी-सी आवाज़ में कहने लगा—

"सर, यह मेरी मम्मी के बारे में उल्टा-सीधा बोल रहा था। मैंने रोका भी पर नहीं माना।" प्रिंसिपल थोड़ा हैरान हुआ।

"नहीं सर। उल्टा-सीधा कुछ नहीं बोला। वह तो बस... "—इतना बोलते-बोलते वह लड़का रुक गया।

"हाँ। आगे...वह तो बस... "—प्रिंसिपल ने पूछा।

"वह स्कूल में सब ही लोग कह रहे थे, तो उन्हीं को सुनकर मैंने भी कह दिया। वह मैच वाले दिन इसके पापा नहीं आए थे और इसकी मम्मी के साथ कोई भइया आए थे...तो..."—इतना कहकर वह फिर रुक गया।

प्रिंसिपल यह बातें सुनकर अचम्भे में पड़ गया। लड़ाई का ऐसा कोई कारण होगा, यह उसने नहीं सोचा था। उसने उस दूसरे लड़के को आगे से इस तरह की बातें न करने की चेतावनी दी। दोनों बच्चों के जाने के बाद उसने वृंदा को फ़ोन पर पूरा वाक़या बताया। वृंदा चकित रह गई।

"देखिए आप अपनी निजी ज़िन्दगी में क्या करती हैं, कैसे रहती हैं उससे हमें मतलब नहीं। लेकिन जब आप स्कूल आएँ तो इन बातों का ध्यान रखें। मैं नहीं कह रहा कि आपने कुछ भी ऐसा किया है जो कहीं से भी ग़लत हो, लेकिन हमें बच्चों को ध्यान में रखकर सोचना होगा। वे किस बात को किस तरह देखते हैं या देख सकते हैं, इस बारे में सोचना होगा।"

कुछ लड़के, लड़कियों के बारे में बातें करते थे। वह उनके जवान होने के दिन थे और हारमोंस पर क़ाबू ज़रा कम था। उनकी बातों में आसपास की लड़कियों और आंटियों के बारे में रसीली गपशप थी। उनके शरीरों की बातें थीं। उनके गीले सपनों में वे थे और वे सब थीं। वे स्कर्ट में थीं और साड़ियों में थीं। हर जगह, हर मौक़े पर वे ही थीं। उनके होने से रंगीनियाँ थीं। इन लड़कों की आँखों ने अभी नया-नया ही हसरतों को पहचाना था। लालसा उठने का मतलब अभी वह जान ही रहे थे। कई चीज़ें थीं जो पहली बार हो रही थीं। कुछ बताने वाला कोई था नहीं। अनजानी उत्सुकताएँ थीं और हल कोई नहीं था। कुछ स्रोत थे भी तो वे सब ग़लत-सलत। कुछ पतली-मोटी किताबें थीं, अश्लील फ़िल्में थीं और उन्हें एक दूसरे से माँग–माँगकर छुप-छुपकर पढ़ना-देखना था। इन सब बातों को चटखारे ले-लेकर एक-दूसरे से बाँटने वाले दोस्त थे। कुछ नाम थे जो ज़बान पर बस गए थे और कुछ गंदगियाँ थीं।

वे बातें करते थे।

"अबे सुनैना कितनी हॉट लगती है न!"

"यार लेकिन नताशा से सेक्सी कोई नहीं।"

"मुझे तो यार रागिनी अच्छी लगती है और मेरी फ़ीलिंग्स न, उसके लिए सच्ची वाली हैं। तुम्हारी तरह नहीं।"

"यार लेकिन उस दिन नताशा शॉर्ट ड्रेस पहन कर आई थी रजत की बर्थडे पार्टी में। क़सम से, ग़ज़ब ढा रही थी।"

"बात तो सही कह रहा है यार।"

"यार ये लड़कियाँ एकदम से कैसे बड़ी हो जाती हैं?"

"ओए सुन, वह तेरी राइटिंग है न? ऊपर वाले विंग के वाशरूम में। तूने लिखी है न वह गाली मेधा के नाम के साथ?"

"नहीं यार। मैं क्यों लिखूँगा?"

"भाई अंकित ने तो कल मेरे सामने ही उसका फ़ोटो बनाया था दीवार पर। अभी तक बना पड़ा है। नाम भी लिख दिया था उसका।"

"अरे तुझे वह किताब पढ़नी हो तो नीचे वाली फ़्लोर के वाशरूम में जो फ़्लश है न, उसका ढक्कन उठाकर देखना। वहीं रखी है...और पढ़कर फिर वहीं रख देना ताकि तेरी ही तरह और भी लड़कों का भला हो सके।"

यहाँ से हटकर उनकी बातें जल्द ही अपनी-अपनी सोसाइटीज़ की औरतों पर आ गईं। वे जो देखा करते थे, वही बातें किया करते थे।

"यार पता नहीं यह सब अफ़वाहें ही हैं या नहीं। लेकिन ऐसा क्यों करेगा कोई। मुझे तो समझ नहीं आता।"

"अबे क्यों पहेलियाँ बुझा रहा है?"—दूसरे ने पूछा।

"यार मेरी सोसाइटी की कुछ आंटी लोग अपने पति के साथ कम, दूसरे लड़कों के साथ ज़्यादा दिखती हैं। लोग बातें करते हैं तरह-तरह की। पता नहीं सच है या झूठ।"

"जब दिखती हैं तो सच ही होगा। मेरी सोसाइटी में भी है ऐसा।" इन्हीं में अंश भी शामिल था। वह सोच में डूब गया। कुछ बातें उसके मन में आने लगीं जिन्हें उसने दरकिनार करना चाहा।

छुट्टी होने के बाद ध्रुव साथ घर जाने के लिए अंश के पास आ गया। अंश को अचानक वह बात ध्यान आई जो उसने ध्रुव से सुनी थी। उसे याद आया कि ध्रुव ने पापा को कार में किसी औरत के साथ देखा था। उसके दिमाग़ में सब कुछ रिवाइंड होने लगा। दिल्ली में हुई बातें और यहाँ घर पर होने वाली लड़ाइयाँ।

यह एक अजीब विडम्बना थी कि एक तरफ़ राघव मोहिनी के साथ दिन-रात समय बिताता था लेकिन कहीं कोई अफ़वाह नहीं उठती थी। किसी की नज़र भी

नहीं पड़ती थी। या तो उस तरफ़ से पड़ती हो जिस तरफ़ मोहिनी थी। जैसे इस तरफ़ पड़ती थी जिस तरफ़ वृंदा थी। कुछ अस्वाभाविक वहीं क्यों नज़र आता है जहाँ किसी औरत की बात हो? यही बात वृंदा को घायल कर रही थी। छुपकर या पता होने के बाद भी कैसे राघव के लिए यह सब कुछ इतना आसान था। वहीं वृंदा के लिए यह बात कि वह किसी के साथ है, मुश्किल बनती जा रही थी। जहाँ-जहाँ औरतों की बातें थीं, वहीं गरमागरम और चटकारेदार किस्से थे, वहीं अफ़वाहें थीं। आदमी अपनी दुनिया सहूलियत से चला रहे थे। एक मुश्किल वृंदा को यह भी नज़र आ रही थी कि अब अंश उसके बारे में क्या सोचता है। स्कूल की घटना के बाद अंश ने इस बारे में कुछ नहीं कहा था, कोई ज़िक्र नहीं किया था लेकिन वृंदा के लिए अंश का सामना करना मुश्किल होता जा रहा था।

उस दिन अंश और ध्रुव स्कूल से घर पहुँचे तो कुणाल घर पर ही था। टीवी चल रहा था। जैसे ही वे अन्दर घुसे, वृंदा कुछ असहज हो गई। ऐसा पहले नहीं होता था। ध्रुव कुणाल के पास जाकर बैठ गया और जूते खोलने लगा। अंश उन सबको घूरता रहा। फिर वह चुपचाप अन्दर चला गया। वृंदा थोड़ी घबरा गई। अंश ने अन्दर जाकर कपड़े बदले, अपनी क्रिकेट किट उठाई और वापस बाहर जाने लगा। वृंदा ने उसे रोका।

"कहाँ जा रहा है? अभी तो आया है।"

"देखती नहीं हो? नीचे जा रहा हूँ। खेलने"—अंश ने ग़ुस्से में जवाब दिया।

इससे पहले अंश ने कभी उससे इस तरह बात नहीं की थी। वृंदा को उसका इस तरह बात करना बहुत ख़राब लगा।

"हाँ देख रही हूँ। लेकिन खाना तो खाकर जा।" वृंदा ने ख़ुद को शान्त रखने की कोशिश की।

"मुझे भूख नहीं है। आकर खा लूँगा"—बोलते हुए अंश निकल गया।

वहाँ चुप्पी छा गई। ध्रुव कपड़े बदलने अन्दर चला गया। कुणाल ने वृंदा की ओर देखा।

"अंश को मेरा यहाँ आना पसन्द नहीं। मुझे देखकर ही वह ऐसा हो गया था।"

"बाहर होने वाली बातों का असर है शायद।" वृंदा ने अपना चेहरा हथेलियों से ढँक लिया।

"हमें ध्यान रखना चाहिए था।" कुणाल ने वृंदा के कंधे पर हाथ रखते हुए कहा।

"ग़लत किया साथ स्कूल जाकर। अंश के दिमाग़ में उल्टी-सीधी बातें भर गई हैं। मैंने सोचा मैच ही तो देखने जा रहे हैं।"

वृंदा का स्वर बहुत धीमा हो आया—"लेकिन कभी सोचा नहीं था कि अंश का सामना करना इतना मुश्किल लगने लगेगा।"

वृंदा ने कुणाल के कंधे पर सिर रख दिया। इतने में ध्रुव बाहर आ गया। वे अलग हुए।

मोहिनी और राघव के बीच भी दिक़्क़तें जारी थीं। चीज़ों को और ख़राब होने से बचाने के लिए राघव ने फ़िलहाल मोहिनी से मिलना कम कर दिया था। ऑफ़िस में भी दोनों कोई बात करने से बचते। मोहिनी को यह सब पसन्द नहीं आ रहा था। लेकिन फ़िलहाल वह कुछ नहीं कर सकती थी। राघव सुबह ऑफ़िस के लिए घर से निकलता और रात में ही लौटता। वृंदा और राघव के बीच में कोई संवाद नहीं बचा था।

अंश नाराज़गी में नीचे चला तो आया था लेकिन अभी वहाँ कोई और नहीं था। इसलिए वह ऐसे ही जाकर बैठ गया। सोसाइटी में रहने वाले बच्चे अभी स्कूल से लौट ही रहे थे। उनमें नैना भी थी। नैना और अंश एक ही सोसाइटी में रहते थे और एक ही क्लास में पढ़ते थे। नैना अंश को पसन्द करती थी। यह चौदह-पन्द्रह की उम्र वाला पसन्द करना ही था, जब सब कुछ बहुत आदर्श क़िस्म का होता है। नैना ने अंश को देखा और उसके पास आकर बैठ गई। नैना को वह अच्छा लगता था लेकिन अंश के व्यवहार में उसके प्रति ऐसा कुछ नहीं था।

"तू इतनी जल्दी कपड़े-वपड़े बदलकर खेलने आ गया। अभी तो कोई आया भी नहीं। आधे घंटे और कोई नहीं आएगा अभी तो"—नैना ने उसके पास बैठते हुए कहा।

"तू अपने काम से काम रख न। कोई नहीं आएगा तो अकेले प्रैक्टिस करने लगूँगा"—अंश ने झल्लाकर जवाब दिया।

"बुद्धू, यह थोड़ी कहा कि कोई नहीं आएगा। यह कहा कि अभी कोई नहीं आएगा।" अंश चुप रहा।

"अच्छा तू बस पाँच मिनट अकेले बैठ। मैं यूँ गई और यूँ आई"—कहकर वह उठकर वहाँ से चली गई। अंश उसे जाते हुआ देखता रहा। उसके जाने के बाद वह अपने ख़यालों में डूब गया।

क्या वह सही कर रहा है? आख़िर चल क्या रहा है? स्कूल में लड़के जो बातें कर रहे थे, क्या ऐसा सच में है? और क्या उसकी मम्मी भी...कुणाल घर क्यों आता है रोज़-रोज़...या मम्मी उसके यहाँ क्यों जाती है...वह यहाँ रहता ही क्यों है? वह जब भी कुणाल को मम्मी के साथ देखता है तो उसे ग़ुस्सा क्यों आने लगता है? बल्कि यह बात सोचकर ही उसे ग़ुस्सा आने लगता है। स्कूल साथ में आने की क्या ज़रूरत थी? तभी उसे अचानक ध्रुव की बात याद आ गई। तो क्या पापा वाक़ई किसी और औरत को कार में चूम रहे थे? वे किसी और से प्यार करते हैं क्या? मम्मी-पापा एक-दूसरे से प्यार नहीं करते? वे दोनों ही किसी और से प्यार करते हैं। वे अलग हो गए तो? हमारा क्या होगा? क्या इसीलिए दोनों के बीच लड़ाइयाँ होती रहती हैं? अब तो कोई बातचीत भी नहीं करते दोनों।

वह इन्हीं सब बातों में डूबा था कि नैना वापस आ गई।

"क्या सोच रहा है?"

ऐसा लगा नैना उससे काफ़ी देर से यही पूछ रही थी। अंश अपने अनसुलझे सवालों की दुनिया से बाहर आया।

"कुछ नहीं।" उसने इस तरह कहा जैसे नैना का उसे परेशान करना उसे अच्छा नहीं लगा। हालाँकि वह परेशान कर नहीं रही थी।

"तू क्यों आई लौटकर? मैंने बुलाया था क्या?"

"मुझे लगा तू अकेला बैठा है तो आ गई। इतनी क्या प्रॉब्लम है तुझे?"—नैना ने मुँह फेरते हुए कहा। फिर वह चुप हो गई। थोड़ी देर चुप्पी छायी रही।

"बिना खाना खाये चली आई। मम्मी रोक रही थी"—नैना ने मुँह फेरे हुए ही, उसके ओर देखे बिना ही कहा। अब अंश ने आराम से बात करनी शुरू की।

"वह तो मैं भी बिना खाना खाये ही आ गया।"

"क्यों लेकिन?"

"ऐसे ही। वह घर पर..."—इतना कहते-कहते वह रुक गया।

"घर पर क्या?"—नैना ने जानना चाहा।

अंश झल्लाने लगा—"कुछ नहीं न। मुझे कुछ समझ नहीं आता। तंग मत कर मुझे।"

"मैं किसी को नहीं बताऊँगी। हमारा सीक्रेट रहेगा। चाहे तो बता दे।"

अंश चुप रहा।

"स्कूल में भी लड़ाई कर ली थी। पहले तो कभी नहीं की। हो क्या रहा है तुझे?"—नैना ने फिर पूछा।

अंश उसे देखने लगा। फिर उसने कहना शुरू किया।

"घर पर कुणाल था। उसे देखकर मुझे ग़ुस्सा आता है। पता नहीं क्यों चला आता है घर। स्कूल में लड़के तब से उल्टी-सीधी बातें कर रहे हैं जब से वह मैच देखने आया था। मेरा तो स्कूल जाने का भी मन नहीं करता इस वजह से। ऊपर से मम्मी को भी पता चल गया यह सब...स्कूल में जो बातें होती हैं।"

"तो? तुझे क्या लगता है? तू पागल-वागल है क्या? लड़के बातें करते हैं और तू सच मान लेगा? बड़ा कब होगा तू?"—नैना लगभग उसे डाँटते हुए कहने लगी। लेकिन अंश सुन नहीं रहा था। उसके दिमाग़ में चल रहे सारे अंधड़ बाहर निकलने को तड़प रहे थे।

"और ध्रुव ने तो पापा को किसी और के साथ देखा भी था।"

नैना सन्न रह गई। वह कुछ बोल नहीं पाई।

"मैं किसी को नहीं बताऊँगी। चिन्ता मत करना। और न, अपनी मम्मी का ध्यान रख। वे परेशान होंगी"—इतना ही कह पाई वह। अंश की आँखों में आँसू थे। शायद पहली बार वह इन सब चीज़ों को देखने की कोशिश कर रहा था। शायद उसके आदर्श टूट रहे थे। शायद नैना के भी। ऊँघती दोपहर का सुन्न सन्नाटा था। उस सन्नाटे को तोड़ा ध्रुव की आवाज़ ने। वह भी नीचे आ गया था। ध्रुव ने उन्हें बताया कि कुणाल अपने घर चला गया है। तब नैना ने कहा—

"अब पहले घर जाकर खाना खा ले। मुझे भी तो भूख लगी है।" अंश मुस्कराया। सामने पार्क में कुछ मज़दूर काम कर रहे थे। कुछ शामियाना लगा रहे थे। सोसाइटी का एनुअल फ़ंक्शन नज़दीक आ रहा था। तैयारियाँ ज़ोरों पर थीं। वे दोनों उठकर अपने-अपने घर चले गए। घर पहुँचने पर वृंदा ने उसे खाना परोसकर दे दिया। वह चुपचाप खाने बैठ गया। उसने एक क्षण ध्यान से अपनी माँ को देखा। फिर खाने में तल्लीन हो गया।

एनुअल फ़ंक्शन की तैयारियों की ज़िम्मेदारी सोसाइटी की औरतों की ही होती थी। वृंदा भी हर साल इन कामों में बढ़-चढ़कर हिस्सा लेती थी लेकिन इस साल वह पीछे हट गई थी। यह काम बरखा के ज़िम्मे गया। इस समय सोसाइटी में रहने वाले

बच्चे बहुत उत्साहित रहते थे। एक यह फ़ंक्शन ही ऐसा था जिसमें राघव हमेशा वृंदा के साथ होता था। लोग ज़्यादा इधर-उधर की बातें न करें, इसलिए दोनों ने तय किया कि कोई तमाशा न हो और हर साल की तरह इस बार भी वे साथ ही जाएँ। वहीं इस बारे में वृंदा ने कुणाल को भी बता दिया था और उसे हिदायत दी थी कि वह अकेला न आए। साहिर को अपने साथ ले आए। वृंदा थोड़ी असहज ज़रूर थी क्योंकि इस तरह के फ़ंक्शन में सोसाइटी के सारे लोग शामिल होते थे और उसे कुछ अन्दाज़ा नहीं था कि कौन क्या और कितना जानता है। बरखा ने तो उसे स्कूल मैच के दौरान कुणाल के साथ देखा ही था।

फ़ंक्शन वाली रात अंश और नैना साथ ही थे। जब कुणाल और साहिर आए तो वृंदा की नज़र अचानक उस ओर उठ गई। वह मुस्कराई। राघव उन्हें नहीं पहचानता था।

"ये दोनों लड़के कौन हैं?"

"नए आए हैं।"

"अच्छा। देखा नहीं कभी यहाँ"—राघव ने बात को आगे बढ़ाते हुए कहा।

"कभी घर पर...सोसाइटी में दिखो...तो पता चले"—वृंदा ने व्यंग्यात्मक ढंग से कहा। तभी ध्रुव बोल पड़ा—"वह कुणाल भइया हैं। और वह उनके साथ उनके दोस्त।" इससे पहले कि ध्रुव और कुछ बोल पाता, वृंदा ने उसे अंश को लाने के लिए भेज दिया। इसके बाद राघव अपने दोस्तों में शामिल हो गया। ध्रुव, कुणाल और साहिर के पास पहुँच गया। अंश ने कुणाल की ओर इशारा करते हुए नैना को बताया—

"वह है कुणाल।" नैना ने देखा कि ध्रुव उससे कितना घुला-मिला-सा है। तभी उसने वृंदा को भी उस ओर जाते हुए देखा।

"बहुत स्मार्ट बनकर आए हो। एकदम हॉट। किसी और पर भी नज़र है क्या?"—वृंदा ने छेड़ने वाले अन्दाज़ में कुणाल से कहा। फिर साहिर की ओर रुख़ किया—"हेलो।" साहिर जवाब में मुस्कराया।

"हाँ मुझे लगा तुम तो अपने पति के साथ बिज़ी रहोगी। मुझे भी अपना कुछ सोचना चाहिए।"

वृंदा अपने चेहरे पर नक़ली ग़ुस्सा ले आई। कुणाल हँसने लगा। साहिर को थोड़ा अजीब लग रहा था।

"मैं आसपास ही रहूँगी। देखती रहूँगी। ज़्यादा इधर-उधर नज़रें मत दौड़ाना। समझे।" जैसे ही वह जाने को मुड़ी, उसे पास से ही बरखा गुज़रती हुई दिखाई दी। बरखा ने भी उसकी ओर देखा और रुक गई।

"यार तुम कैसे सँभालती थी यह सारा काम? इस बार भी सँभाल लिया होता। सब मुझ पर आ पड़ा"—एक ही साँस में बरखा बोल गई।

वृंदा ने उसे कुणाल और साहिर से मिलवाया।

"तुम लोग बातें करो। मैं चलती हूँ। अगर किसी बात की कमी लगे तो बताना तुम वृंदा"—इतना कहकर बरखा निकल गई। उसके निकलते ही वृंदा के चेहरे के भाव बदल गए।

"बहुत ख़ुश है सारी कमान हाथ में लेकर। एक नम्बर की चालू औरत है। हर महीने कोई नया लड़का दिखता है इसके आसपास। सबको पता है।"

कुणाल और साहिर, दोनों वृंदा की ओर हैरत से देखने लगे। तभी वृंदा को उसके कुछ दोस्तों ने आवाज़ लगाई। वह चली गई। उसके जाने के बाद साहिर ने राहत की साँस ली।

"तू ही जाने तू क्या कर रहा है..." साहिर ने हँसते हुए कहा।

"अभी तू फिर से शुरू मत हो जा यार।" कुणाल ने उसे टोका।

एक पुरानी-सी बात है जो बार-बार कही जाती है—लड़कियाँ शायद जल्दी बड़ी हो जाती हैं। तभी उस दिन नैना ने अंश से कहा था कि अपनी मम्मी का ख़याल रखना, वे परेशान होंगी। वह भी जल्दी बड़ी हो गई थी शायद, इसलिए वह कुणाल से बात करने पहुँच गई।

"हेलो भइया। मैं नैना। अंश की दोस्त"—उसने अपने बारे में बताया।

"हेलो"—कुणाल ने मुस्कराकर जवाब दिया।

"मुझे आपसे कुछ पूछना था।"

"हाँ कहो।"

"नहीं यहाँ नहीं। वहाँ कुर्सियों पर चलकर बैठते हैं।" नैना ने एक ओर इशारा करते हुए कहा। वे दोनों चल पड़े। साहिर वहाँ अकेला छूट गया। जब वे पहुँचकर बैठे तो नैना ने कहना शुरू किया—

"उस दिन जब अंश स्कूल से लौटकर बिना कुछ खाये नीचे आ गया था, तो मैं उसके साथ थी...।"

कुणाल थोड़ा-सा सकपकाया।

"...वह परेशान रहता है। उसे लगता है आपका और वृंदा आंटी का कुछ चल रहा है। हालाँकि उसे सच में ऐसा नहीं लगता है लेकिन लोगों की बातें उसे परेशान करती हैं..."—नैना कहती जा रही थी।

"...सिर्फ़ इतना ही होता तो ठीक था। उसे अपने पापा का तो पक्का पता ही है। ध्रुव ने उसे बताया था। आप अगर थोड़ा ध्यान रखें कुछ दिन तो..."—नैना रुक गई।

कुणाल को समझ नहीं आया कि वह क्या कहे।

"लेकिन अब जब तुम यह बात मुझ तक लेकर आई हो, तो मैं कहूँगा कि तुम्हें उसको समझाना चाहिए कि लोगों की फ़ालतू बातों पर ध्यान न दिया करे। ऐसा कुछ नहीं है"—कुणाल ने उसे समझाते हुए कहा। नैना का चेहरा सख़्त हो गया।

"यह मैं उसे नहीं समझा सकती। मैं सच छिपा सकती हूँ लेकिन झूठ नहीं बोल सकती"—नैना ने बिना पलक झपकाए कुणाल की ओर देखते हुए कहा। उसे कुछ समझ नहीं आया।

"मतलब?"—कुणाल ने पूछा।

"मतलब यह कि जो बात अंश से छुपी हुई है, वह मुझसे छुपी हुई नहीं है। मैं जानती हूँ"—नैना ने कहा।

अब कुणाल से कुछ कहते नहीं बना। नैना ने यह बात जिस तरह कही थी, उसकी काट ढूँढ़ना असम्भव था।

"कौन क्या करता है उससे मुझे कोई मतलब नहीं। उस दिन मैंने पहली बार अंश की आँखों में आँसू देखे थे। बस वह इन सब बातों में न फँसे"—नैना ने कहीं दूर देखते हुए कहा और उठकर चली गई। कुणाल शर्मिंदा-सा रह गया।

राघव सोसाइटी के ही हमउम्र लोगों के बीच में था। शराब का दौर चल रहा था। बातें सब छुपी हुई ही होती हैं लेकिन भनक सबको होती है।

"अरे अग्रवाल, अब कैसा चल रहा है सब तेरे बेडरूम में? ठीक तो है सब? वह जो भाभीजी ने पकड़ लिया था तुझे एक बार उसके साथ, जो अरोड़ा की शादी में मिली थी। हैं?"

"श्शश...आराम से बोल यार...तलाक़ करवाएगा क्या मेरा...उसके बाद से तो तौबा-तौबा...छोड़कर जाने वाली थी यार...अपने लिए तो अब घर की दाल बस...।" सब तरफ़ से हँसने की आवाज़ें आने लगीं।

"यह जो चुपचाप बैठा है शुक्ला, इसका सुना या नहीं?"

एक आदमी बोल पड़ा। बाक़ी उसकी ओर देखने लगे।

"अब प्रोफ़ेसर शुक्ला ने क्या कर दिया? बेचारा चुपचाप ग़मगीन-सा कोने में बैठा पी रहा है।" फिर हँसी के ठहाके फूट पड़े।

"क्या हुआ बताओ भाई? शुक्ला के कारनामे भी बताओ।" एक-दो आवाजें आईं।

"भाईसाहब को अपने ही कॉलेज की एक लड़की पसन्द आ गई। उसके चक्कर में पड़ गए। तुम लोगों ने देखी नहीं इनकी हालत। मुझसे पूछो। जवानी का ऐसा नशा छाया जनाब पर कि दिन-भर उसके आगे-पीछे। और असली ट्रेजेडी तो तब हुई जब इनकी बेटी ने ही इन्हें रँगे हाथ पकड़ लिया। तब से शर्मिंदा से रहते हैं उसके आगे। यह तो अच्छा हुआ उसने यह बात इनकी शुक्लाइन को नहीं बताई।"

"लड़की ब्राह्मण तो थी न शुक्ला?"

एक बार फिर सब हँस पड़े। राघव भी रह-रहकर बातों में शामिल होता।

"तुम लोगों ने क़िस्सा सुना है लोनावला के होटल का?"—एक आदमी बोल पड़ा। सबने नहीं में सिर हिलाया।

"अरे यह कैसे छूट गया..." —वह उत्साहित हो कर बताने लगा। "...एक एक्टर है। उसके एक असिस्टेंट का दोस्त है मेरा दोस्त। उसने बताया। भाई ग़ज़ब वुमनाइज़र है बंदा। एक बार लोनावला में शूट चल रहा था। अब बंदा रूटीन का पक्का, जल्दी सोने वाला। तो रात को नौ बजे होटल के अपने कमरे में...एक नई हीरोइन को रात में ढाई-तीन बजे रूम पर आने को कहा। बीवी ने बैठा रखे जासूस फ़िल्म क्रू में। रात को होटल रूम में रंगे हाथ पकड़ा बीवी ने।"

"यह फ़िल्म वालों का सबका ऐसा ही हिसाब रहता है"—उनमें से एक ने कहा।

तभी एक और आवाज़ आई—"क्या राघव बाबू, चुपचाप सुन रहे हो सब हौले-हौले मुस्कराते हुए। आप भी कुछ बोलिए।"

"नहीं बस सुन रहा हूँ मैं तो आप लोगों से क़िस्से। मुझे तो जानकारी रहती नहीं इतनी"—राघव ने कहा।

"अरे जानकारी छोड़िये। आप तो ख़ुद क़िस्सा बनाने में लगे हैं। है कि नहीं? देखिए छुपती नहीं हैं ऐसी बातें।" राघव एकदम से सतर्क हुआ।

"क़िस्सा-उस्सा तो बनाते रहिए, लेकिन ध्यान रखिएगा...कहीं कोई आपकी तिजोरी में ही सेंध न मार जाए"—एक ने राघव को आगाह करते हुए कहा।

"क्या बकवास कर रहे हो?" राघव ग़ुस्से में खड़ा हो गया। तभी वृंदा राघव की नज़रों के सामने से गुज़री। राघव ने घूरकर सब लोगों को देखा और वहाँ से चल दिया। उसे कुछ सूझ नहीं रहा था। तेज़ी से चलते हुए वह आगे कुणाल से टकराया। उसे एक नज़र देखकर आगे बढ़ गया।

साहिर एक कोने में बैठा देख रहा था और सोच रहा था। चारों ओर रंगीनियाँ थीं। हँसते-खिलखिलाते लोग थे। मुस्कराहटें थीं। लेकिन सबके अपने-अपने राज़ थे। चार लोगों के झुंड के अपने राज़। फिर उनमें से एक के वहाँ से चले जाने के बाद बचे तीन लोगों के झुंड के अपने राज़। फिर एक और के चले जाने से बचे दो लोगों के अपने राज़। फिर आख़िरी अकेले बचे इनसान के अपने अकेले राज़। वह इस दुनिया का हिस्सा नहीं था। बस कभी-कभी चला आता था यहाँ।

अंश भी एक कोने में अकेला बैठा था। साहिर का मन हुआ कि उठकर उसके पास जाकर बैठ जाए। लेकिन वह नहीं गया। वृंदा ने देखा कि अंश अकेला बैठा है। वह उसके पास जाकर बैठ गई।

"यहाँ अकेला क्यों बैठा है? तेरे सारे दोस्त तो कितना एन्जॉय कर रहे हैं।"

अंश ने कोई जवाब नहीं दिया।

"ध्रुव और नैना भी हैं वहाँ। डीजे बज रहा है। यहाँ ऐसे गुमसुम-सा बैठा है"—वृंदा ने और कोशिश की। लेकिन अंश बैठा रहा।

"आप जाओ। मैं थोड़ी देर में चला जाऊँगा"—अंश ने कहा। वृंदा से रहा नहीं गया।

"मुझे नहीं पता तू क्या सोचता रहता है। मुझसे बस देखा नहीं जाता तुझे ऐसे अकेले"—कहते-कहते वृंदा का गला अटकने लगा। अंश ने उसकी ओर देखा और वहाँ से उठकर चला गया। वृंदा उसे जाते हुए देखती रही। वह अपने दोस्तों में शामिल हो गया। थोड़ी ही दूर पर कुणाल भी था, कुछ लोगों से बातें करता हुआ, बीच-बीच में हँसता हुआ। वृंदा ने ज़रा दाएँ गर्दन घुमाई तो देखा कि राघव कुछ लोगों के साथ बातों में व्यस्त था। राघव ने जितना समय आज यहाँ बिताया, इतना समय उसके साथ पता नहीं इससे पहले कब बिताया था। वृंदा एक तरह से अपने

सामने अपने जीवन के तीन हिस्सों को देख रही थी। तीन पीढ़ियों को। राघव, जिसे बोझ की तरह ढोना उसकी मजबूरी थी। कुणाल, जिसे देखकर उसे सुकून मिलता था। अंश, जिसका उसे भरपूर ख़याल रखना था।

फ़ंक्शन ख़त्म होने का समय हो रहा था। लोगों की संख्या कम होती जा रही थी। हँसी और शोर-गुल की आवाज़ें धीमी पड़ती जा रही थीं। वृंदा से कहकर राघव अकेला ही घर आ गया। वह फ़ंक्शन के दौरान हुई बातों के बारे में सोचता रहा। इस बीच मोहिनी ने कोई चार-पाँच बार फ़ोन किया। राघव ने नज़रंदाज़ किया। थोड़ी ही देर में ध्रुव के साथ वृंदा भी घर आ गई। अंश नहीं आया था। वृंदा थोड़ी परेशान हुई। उसे लगा वह नीचे ही होगा। लेकिन जब देर होने लगी तो उसने राघव को बताया। वे लोग ख़ुद ही ग्यारह बजे के आसपास लौटे थे और इन्तज़ार करने में बारह बज गए थे, अगर अंश दोस्तों के साथ सोसाइटी में ही होता तो उस हिसाब से भी अब बहुत लेट हो चुका था। वृंदा जानती थी कि अंश कुछ बातों को लेकर परेशान है और सोसाइटी के अन्दर आधे घंटे ढूँढ़ने पर भी उसका कोई अता-पता नहीं लग पाया था। राघव ने पुलिस को फ़ोन करने के बारे में सोचा। वे अंश के दोस्तों के घर जाकर पूछ चुके थे। वृंदा कुणाल को भी फ़ोन कर चुकी थी, नैना से भी पूछ चुकी थी।

ढूँढ़ते-ढूँढ़ते वृंदा सोसाइटी गेट से बाहर निकली और सड़क के दोनों ओर देखने लगी। रात का एक बज रहा था। कुत्तों की भौंक के सिवाय कुछ नहीं था जो सन्नाटे को भंग करता। वृंदा एक दिशा में कुछ आगे बढ़ी। उसे सामने अँधेरे में से बहुत धीरे-धीरे चलकर आता हुआ अंश दिखाई दिया। वृंदा दौड़कर उसके पास पहुँची और रुककर उसे देखती रही। उसकी आँखें बहने लगीं।

"क्या कर रहा है यहाँ? ऐसे? इतनी रात को? सड़क पर? हम पागल हो रहे थे।" अंश कुछ देर चुप रहा।

"कुछ नहीं। बस घर आने का मन नहीं था। कहीं और भी जाने का मन नहीं था, तो सड़क पर निकल आया"—अंश की आवाज़ में गहरी उदासी थी।

वृंदा ने उसका हाथ पकड़ा और तेज़ी से अपने साथ ले आई। उन्हें देखकर ध्रुव और राघव को राहत मिली। लेकिन राघव ग़ुस्से में था।

"कहाँ था? कुछ बताना नहीं होता घर पर? ऐसे बिना बताए कोई निकलता है?"

अंश ने राघव की ओर देखा। उसकी आँखों में रोष था।

"आप बताते हो?"

भ्रम बहुत ख़ूबसूरत होता है, अपने टूटने के लगातार बने हुए डर के साथ भी

हमें नहीं पता रहता कि हमारे सबसे क़रीबी अपने मन में कितने राज़ दबाए रहते हैं। वे दो लोग जो रोज़ रात एक ही बिस्तर पर सोते हैं, किसी दिन अपने-अपने मन की सारी बातें एक-दूसरे से कह डालें, तो पता नहीं फिर कभी वे एक बिस्तर पर साथ बैठने के बारे में सोच भी पाएँगे या नहीं। हमें नहीं पता कौन से राज़, किस तरह खुलेंगे और क्या तबाही लेकर आएँगे। तबाही सिर्फ़ उन दो लोगों की ज़िन्दगी में नहीं, उनसे जुड़े लोगों की ज़िन्दगी में भी। और अगर वे बच्चे हों, तो जिस यातना से वे गुजरेंगे, उसकी छाप जीवन-भर उनके साथ रहेगी। तबाहियाँ ऐसी, जिनमें पिछली पीढ़ी का भी हाथ था। कोई एक-दो लोग नहीं होते, जो पिसते हैं। जब वे इन परिस्थितियों में होते हैं, तो ईर्ष्या, गुस्से और बदले की भावना का ऐसा ज्वर रहता है कि लगता है बस कुछ भी करके मन को सुकून मिले। सब गुज़र जाने के बाद यदि कुछ बचता है, तो पछतावा और उसके भी बाद, ख़ालीपन।

बच्चे जब छोटे होते हैं तो छुट्टी की घंटी बजते ही ख़ुशी से शोर मचाते हुए, दौड़ते हुए बाहर तक आते हैं और फिर उत्साहित-से घर तक, जैसे कोई जेल हो स्कूल। घर जेल नहीं होते या नहीं होने चाहिए। लेकिन स्त्रियों के लिए तो वे जेल ही रहे। कौन-सा अँधेरा होता है जो उन बच्चों पर असर करने लगता है कि वे शोर मचाते हुए बच्चे, दौड़कर बाहर आते हुए बच्चे, बेमन से पैर पटकते हुए उदास चेहरा लिये इधर-उधर फिरने लगते हैं।

अंश के अप्रत्याशित व्यवहार से उपजे सवालों के बदले में सवाल मिलने से राघव भौचक्का था। वृंदा के बारे में दूसरे लोगों की बातें उसमें ज़हर की तरह उतर रही थीं। लेकिन उसकी बातें भी छुपी कहाँ थीं। वृंदा अपने मन और दिमाग़ में शिथिल पड़ती जा रही थी, जैसे सब हाथ से निकलता जा रहा हो और अब

कोशिश करके भी रोका नहीं जा सकता। अगले दिन राघव ऑफ़िस नहीं गया। सुबह ही सोसाइटी कंपाउंड में एक दोस्त ने उससे कहा—

"यार तू रात को उठकर चला गया ग़ुस्से में।"

"तो क्या करता...वहाँ बैठे-बैठे मुस्कराते हुए सुनता रहता वह सब?"

उसके दोस्त ने बताया—"तुझे रात की बातें ख़राब ज़रूर लगी होंगी लेकिन तू थोड़ा पता करने की कोशिश कर। वह लड़का जो फ़ंक्शन में था...।"

राघव ने चुपचाप सुना। एक आग थी जो उसके अन्दर बढ़ती जा रही थी। उसके लिए यक़ीन करना भी मुश्किल था। उसने कुणाल के बारे में पता करने की कोशिश की। सबसे आसान और कम जोखिम भरा तरीक़ा था सोसाइटी गेट के गार्ड्स से पूछना। वह गेट तक गया। उसने किसी तरह बात शुरू करते हुए एक गार्ड से पूछा—

"सुनो, जितना पूछूँगा उतना ही बताना और किसी से इस बात का ज़िक्र मत करना। वृंदा मैडम इसी गेट से आती-जाती होंगी ज़्यादातर?"

"जी सर।"—गार्ड ने थोड़ा सोचकर जवाब दिया।

"तो अकेली ही आती-जाती हैं या कोई होता है साथ में? मतलब कोई भी उनका दोस्त, कोई सोसाइटी की ही औरत..."—राघव ने झिझकते हुए पूछा।

गार्ड बात को समझ रहा था लेकिन वह इन पचड़ों में नहीं पड़ना चाहता था इसलिए उसने अपनी नाइट ड्यूटी का हवाला दिया।

"सर मेरी तो अक्सर रात की ड्यूटी रहती है, अभी मिश्रा आएगा तो उससे पूछिएगा या तो मैं बता दूँगा कि आप पूछ रहे थे"—गार्ड ने कहा।

राघव चला गया लेकिन सवाल अभी सुलग रहे थे। सुबह शिफ़्ट बदलने के समय मिश्रा आया।

"वह राघव साहब अपनी बीवी की खोज-ख़बर ले रहे थे। मैंने पल्ला झाड़ लिया। तुझसे पूछेंगे। देख लेना"—गार्ड ने एक दुष्ट मुस्कान के साथ मिश्रा से कहा।

मिश्रा ने पान थूकते हुए कहा—"हाँ पूछेंगे तो बता देंगे सब सच-सच। कोई पहली बार थोड़ी न पूछ रहा है ऐसा सब। सब पूछते ही रहते हैं। एक घर में रहते हैं लेकिन जानकारी बाहर से लेते हैं। सब बता देंगे। कब जाती हैं, किसके साथ जाती हैं, कितनी देर में आती हैं, लेकिन ऐसे नहीं। क़ीमत लेकर।" दोनों हँसने लगे।

"दूसरी पार्टी को भी बता देना न। अब आग लग रही है इसे। बाक़ी पीछे से ख़ुद किसी और औरत को लाता था गाड़ी में।"

मिश्रा ने उसे समझाने वाले अन्दाज़ में कहा—"भाई अपने काम से काम रखना है बस। अपना कुछ जेब ख़र्च निकल जाए तो काफ़ी है। बाक़ी इन लोगों का तो यही सब चलता है। इसकी उसके साथ, उसका इसके साथ।"

दिन में राघव ने मिश्रा से पूछा तो वह आनाकानी करने लगा।

"साहब, यही तो मौक़ा है। कुछ आप भी कर दीजिए। मतलब..."

"मतलब?"

"कुछ पीने–पिलाने का इन्तज़ाम..."—मिश्रा ने हिचकिचाते हुए कहा। राघव कुछ क्षण उसको घूरता रहा।

"ठीक है।"

मिश्रा बताने लगा।

"साहब, छोटा मुँह बड़ी बात हो जाएगी लेकिन आप ठीक सोच रहे हैं। एक लड़का है, कुछ ही महीने हुए अभी सोसाइटी में आए, उसके साथ काफ़ी आना-जाना रहता है...मैडम का"—बोलते-बोलते उसकी आवाज़ धीमी हो गई।

राघव का माथा गरम होने लगा।

बात उसे समझ आ गई थी लेकिन उसने और जानना चाहा। वह सोसाइटी सेक्रेटरी के ऑफ़िस पहुँचा। सेक्रेटरी शर्मा वहाँ था नहीं।

राघव ने उसे फ़ोन किया।

"शर्मा जी कुछ ज़रूरी बात करनी है आपसे। आपके ऑफ़िस में इन्तज़ार कर रहा हूँ।"

"आता हूँ राघव भाई। यहीं कुछ मेंटेनेंस का काम देख रहा था।"

कुछ ही मिनट में शर्मा ऑफ़िस पहुँच गया।

"कैसे आना हुआ...चाय-पानी कुछ मँगाऊँ?"—शर्मा ने आते ही पूछा।

"नहीं। मुझे बस आपसे कुछ पूछना था"—राघव ने कहा। दोनों आमने-सामने एक टेबल के दोनों ओर बैठे थे।

"जी पूछिए"—शर्मा ने ध्यान देते हुए टेबल पर अपनी दोनों कोहनी टिकाते हुए कहा।

"यह लड़का, कुणाल...यह कब से रह रहा है सोसाइटी में?"—राघव ने थोड़ी झिझक से पूछा।

"यही कोई...तीन महीने हुए हैं। क्यों? कोई दिक़्क़त दे रहा है?"

"नहीं दिक़्क़त कोई नहीं...कोई जानता है उसे यहाँ? मतलब कैसे आया?"

शर्मा थोड़ा हैरान हुआ। फिर उसने अपनी हैरानी को छुपाया।

"मुझे लगा आपको तो पता होगा। वृंदा मैडम ने कहा था कि उनकी जान-पहचान का लड़का है। उन्हीं की गारंटी पर फ़्लैट दिया है।"

राघव को सारी बात समझ आ गई। उसने शर्मा से आगे कुछ नहीं कहा और वहाँ से उठ आया। सारे बिंदु एक ही ओर इशारा कर रहे थे। वह ग़ुस्से में था।

अब एक सच था जो राघव जानता था। लेकिन उसका अपना भी एक सच था जो वृंदा जानती थी। ऐसा बहुत कुछ होता है जिसके बारे में बात नहीं हो पाती लेकिन जिसे जानते सब हैं। वे सारी बातें जो अनकही रह जाती हैं, इकट्ठी होती रहती हैं और बीच में दूरियाँ बनकर बैठ जाती हैं। ध्रुव की दुनिया में उसके पिता किसी और औरत को चूमते थे और वह गाड़ी तोड़–फोड़कर अपना ग़ुस्सा निकाल लेता था। यह बात वह सबको बता भी देता था। उसकी दुनिया में कुणाल उसका और उसकी मम्मी का दोस्त था। अंश की दुनिया में नई और बदसूरत चीज़ें खुल रही थीं। वह ग़ुस्सा निकालना नहीं जानता था। वह उदास और परेशान होना जानता था। वह नाराज़ होना और ख़ुद को अकेला करना भी जानता था। वह जानने लगा था कि उसके बड़ों की दुनिया में सब कुछ ठीक नहीं है। उसके पास सवाल थे लेकिन ऐसा कोई नहीं जिससे जवाब की उम्मीद करे। उसके माता-पिता दो अलग-अलग रास्तों पर थे और उसे बेसहारा छूट जाने का दुख भी सता रहा था। ऐसा कोई दुख ध्रुव नहीं जानता था। अंश को उसके अनजान रहने पर उस पर ग़ुस्सा भी आता था। सिर्फ़ वृंदा को दिखता था अंश का इस तरह होते जाना लेकिन वह हाथ नहीं बढ़ा पाती थी।

राघव असमंजस में था। जहाँ एक ओर यह बात उसे पागल कर रही थी कि वृंदा उसके पीछे कुणाल से मिलती है, वहीं दूसरी ओर अब वह वृंदा की आँखों में आँखें डालकर उससे बात कर सकता था। अपनी नज़रों में अब वह नैतिक तौर पर वृंदा के बराबर खड़ा था। फिर भी वह वृंदा से सवाल-जवाब नहीं कर पा रहा था। उसे घुटकर रह जाना पड़ा। लेकिन अब उसे ख़ुद बहुत छुपकर रहने की ज़रूरत नहीं रह गई थी। वह ऑफ़िस में अपने केबिन में इसी सब दिमाग़ी उधेड़बुन में था कि एक कर्मचारी ने उसके दरवाज़े पर दस्तक दी। वह अन्दर आया और राघव को एक पार्सल देकर चला गया। वह वृंदा की तरफ़ से था। राघव थोड़ा हैरान हुआ।

उसने पार्सल खोला। उसमें एक डॉक्यूमेंट था। वृंदा ने तलाक़ के काग़ज़ भेजे थे। ख़ुद साइन भी कर दिया था। राघव के साइन की ज़रूरत थी। राघव का दिल धक्क से रह गया। उसे लगा बात हाथ से निकलती जा रही है।

यूँ तो तलाक़ के काग़ज़ देखकर राघव ने उन्हें हल्के में लिया होता। बिज़नेस और प्रॉपर्टी और थोड़ा-बहुत बच्चों का मामला न होता, तो शायद वह साइन कर भी देता। लेकिन दो बातें एक के बाद एक हुईं। उसे वृंदा और कुणाल के रिश्ते का पता चला और फिर, वृंदा ने तलाक़ के लिए बात आगे बढ़ाई। इस बात ने राघव को ग़ुस्से से भर दिया।

"अब अपना रास्ता दिखने लगा है तो ज़रा देर नहीं लगी मुझे हटाने में। इतनी आसानी से नहीं। अब तो बिलकुल नहीं। अब तो खेल खुलकर होगा"—उसने जैसे ख़ुद से ही कहा। कितनी अजीब बात है कि वृंदा उसे स्वार्थी नज़र आई। उसे अपने पिता को यह बात बतानी थी। उसने अपने फ़ोन में काग़ज़ों का फ़ोटो खींचा और अपने पिता को भेज दिया। अगले ही मिनट उसके पिता का फ़ोन आया।

"ये सब क्या है?"

"वही है जो आप देख रहे हैं।"

"मैंने कहा था तुझसे कि अपने फ़ालतू काम बन्द कर दे कुछ समय। घर सँभाल। अब मुझे क्या भेज रहा है फ़ोटो। जो किया है भुगत। जो करना है कर।" इतना कहकर उन्होंने फ़ोन काट दिया। राघव का ग़ुस्सा और बढ़ गया।

कहा जाता है कि ग़ुस्से में फ़ैसले नहीं लेने चाहिए। लेकिन राघव ने वही किया। उसके दिमाग़ में एक भद्दी-सी बात आई और जैसा कि हमें सिखाया जाता है कि ऐसे में कुछ देर शान्त रहकर ऐसी बातों को निकल जाने देना चाहिए, राघव ने ठीक इसका उलट किया। वह उस पर आगे बढ़ता गया। उसने मोहिनी को अपने केबिन में बुलाया।

"आज तुम्हारी शिकायतों को दूर कर ही देता हूँ। तुम्हें लगने लगा था कि मेरा क्या भरोसा। मैं कहता रहता था कि थोड़ा समय दो...आधे घंटे में हम घर चल रहे हैं"—राघव ने एक साँस में कह दिया।

"पागल-वागल हो गए हो क्या? घर चल रहे हैं...हो क्या गया तुम्हें?"—मोहिनी ने मज़ाक़ उड़ाने वाले लहजे में कहा।

राघव उसे कुछ पल चुपचाप देखता रहा।

"आधा घंटा। जाओ अपने केबिन में और ज़रूरी काम निपटा लो"—राघव ने शान्त भाव से कहा। मोहिनी कंधे उचकाते हुए बाहर निकल गई। अपने केबिन में जाकर उसने जल्दी से थोड़ा काम निपटाया और राघव का इन्तज़ार करने लगी।

"लेकिन आज यह हुआ क्या है? तुम्हारी बीवी घर पर नहीं है क्या?"—जब चलने के लिए राघव उसके केबिन में आया, तो मोहिनी ने पूछा।

"चलो। सब पता चल जाएगा।"

वृंदा के पास फ़ोन आया।

"होश ठिकाने हैं तुम्हारे? समझ क्या रखा है ख़ुद को? तुम्हें कितनी बार समझाया, कितनी बार रोका लेकिन तुम्हें समझ ही नहीं आता। वह पेपर्स जो भेजे हैं राघव को, उन्हें वापस लो और यह सब ड्रामा ख़त्म करो"—उसके पिता गुस्से में थे।

"कुछ बोल क्यों नहीं रहीं? ऐसा कुछ भी किया तो हम साथ नहीं देंगे। यहाँ लौटकर नहीं आ सकतीं। हमसे रिश्ता ख़त्म समझ"—वे दनादन बोल रहे थे। वृंदा थोड़ी देर चुप रही। फिर "ठीक है"—कहकर उसने फ़ोन काट दिया। उसके बाद थोड़ी देर तक लगातार उसका फ़ोन बजता रहा। उसने नहीं उठाया।

वृंदा और कुणाल के बारे में जानना राघव के लिए बर्दाश्त से बाहर हो रहा था। उसे चैन चाहिए था। वह बदला लेना चाहता था। दोपहर बाद जब वृंदा घर पर थी, अचानक दरवाज़े की घंटी बजी। अंश नीचे खेल रहा था। वृंदा ने सोचा वही होगा। कुणाल बिन बताए नहीं आता। उसने दरवाज़ा खोला तो सामने राघव और मोहिनी खड़े थे। वृंदा के पैरों तले से जैसे ज़मीन खिसक गई। राघव ने उसे कुछ सोचने का समय नहीं दिया और मोहिनी को लेकर अन्दर चला आया। मोहिनी भी वृंदा को घर पर देखकर आतंकित रह गई। वृंदा अब तक यह नहीं जानती थी कि राघव को कुणाल और उसके रिश्ते के बारे में पता लग चुका है। लेकिन उसको ऐसा हो जाने का डर था। यह सच जो वह ख़ुद जानती थी कि वह कुछ छुपा रही है, उसको अन्दर ही अन्दर परेशान करता था। वह ख़ुद को धिक्कारती थी। इस धिक्कार के बावजूद कुणाल उसकी ज़रूरत बन चुका था।

राघव और मोहिनी के आने के बाद उसे गुस्सा नहीं आया। दुख ज़रूर हुआ।

रोना भी नहीं आया। वह असहाय महसूस कर रही थी। मोहिनी को भी समझ नहीं आया कि राघव ने ऐसा क्यों किया। वह अभी वह सब नहीं जानती थी जो राघव जानता था। ध्रुव अन्दर वाले क़मरे से बाहर आया तो उसने मोहिनी को पहचान लिया। "मम्मी, वह कार में..." वृंदा ने उसे चुप होने का इशारा किया।

"अन्दर चला जा ध्रुव और अन्दर ही रहना। बाहर मत आना"—वृंदा ने बहुत कमज़ोर आवाज़ में कहा।

ध्रुव चला गया। राघव ने मोहिनी को बेडरूम की ओर बढ़ने का इशारा किया और ख़ुद रसोई में चला गया। उसने फ्रिज खोलकर एक व्हिस्की की बोतल निकाली और बेडरूम की ओर जाने लगा। एक बार वृंदा की ओर देखा। वृंदा की आँखें ख़ाली थीं। राघव उनमें दुख देखना चाहता था।

"ये तुम कर क्या रहे हो?" राघव बेडरूम में पहुँचा तो मोहिनी ने ग़ुस्से में उससे पूछा।

"क्यों? क्या हुआ? देख नहीं रही हो? अब हम कुछ भी कर सकते हैं। कोई कुछ नहीं कह सकता। अब यूँ छुप-छुपकर मिलने की भी ज़रूरत नहीं"—राघव ने मोहिनी के बालों में हाथ फिराते हुए कहा।

"मुझे नहीं समझ आ रहा कुछ।" मोहिनी बिस्तर पर बैठ गई।

"कोई बात नहीं। समझना छोड़ो। मैं पैग बनाता हूँ"—राघव ने उसके होंठों को चूमा और पैग बनाने लगा।

"दरवाज़ा तो बन्द कर लो अब"—कहते हुए मोहिनी उठी और दरवाज़ा बन्द कर लिया। वृंदा ने दरवाज़ा बन्द होते देखा और सोफ़े पर ढह गई। उसके दिमाग़ में चित्र बन रहे थे, दृश्य बन रहे थे जो अब उसे तकलीफ़ दे रहे थे। उसके सामने वाली दीवार पर एक तस्वीर थी चार लोगों की, पूरे परिवार की। वृंदा ने उठकर वह तस्वीर वहाँ से उतार दी और पलटकर मेज़ पर रख दी। जहाँ से तस्वीर हटाई गई थी, दीवार के उतने हिस्से का रंग बाक़ी दीवार से अलग और साफ़ दिखता था।

वृंदा वापस आकर सोफ़े पर गिर गई और सोचती रही। अन्दर क्या हो रहा होगा? क्या वही सब, बिलकुल वैसा ही जैसा...उफ़। उसे जितनी घृणा राघव से हो रही थी, उतनी ही ख़ुद से भी। लेकिन उसे कुणाल के साथ होना पाप जैसा कभी नहीं लगा। वह फिर भटक गई। अन्दर वही सब हो रहा होगा जो एक हफ़्ते तक हुआ जब वह दिल्ली में थी। राघव ऐसा कोई क़दम उठा लेगा, इस तरह उसे

बेइज़्ज़त करेगा, यह नहीं सोचा था वृंदा ने। उसे अचानक राघव के ऐसा करने का कारण समझ नहीं आया। एक डर की आशंका उसके भीतर उठी। उसे अन्दर से राघव के हँसने की आवाज़ आई। वह वहाँ से भाग जाना चाहती थी। अपने ही घर से। उसका मन हुआ कि जाकर दरवाज़ा खटखटाए और दोनों का गला दबा दे। वह इन्हीं सब सोचों में डूबी थी कि लक्ष्मी की आवाज़ ने उसकी चेतना को तोड़ा। लक्ष्मी घर पर ही थी।

वह धीरे-धीरे वृंदा को बताने लगी—"मैं इस सब के बारे में जानती थी दीदी लेकिन कभी हिम्मत नहीं हुई बताने की...फिर बताती भी तो क्या।"

वृंदा ने उसकी ओर देखा लेकिन कुछ बोली नहीं। लक्ष्मी वहीं सोफ़े के पास ज़मीन पर बैठ गई।

"मेरी भी हालत ऐसी ही है दीदी। मेरा आदमी रोज़ रात को दारू पीता है, फ़ालतू चिल्लाता है और दूसरी औरत घर पर लाता है। उसका तो मैं सोच लेती हूँ कि अनपढ़ है, जाहिल है तो ऐसा करता है पर साहब तो पढ़े-लिखे, काम करने वाले आदमी हैं। वह भी ऐसा कर रहे हैं। मेरी तो समझ में नहीं आता।"

"पढ़ा-लिखा होने से क्या होता है लक्ष्मी। इनसान को जानवर बनने से कोई पढ़ाई-लिखाई नहीं बचा सकती।"

"लेकिन दीदी तब फिर फ़र्क़ ही क्या रह गया?"

"कोई फ़र्क़ नहीं है लक्ष्मी, सिवाय दिखावे के और बनावटीपन के"—कहते-कहते वृंदा को जैसे कोई पुरानी बात याद आ गई।

"अच्छा एक बात बता"—वृंदा ने पूछा।

"हाँ दीदी"—लक्ष्मी उसकी ओर देखने लगी।

"तेरी शादी कैसे हुई थी? मतलब...तेरी मर्ज़ी से हुई थी?"

लक्ष्मी को यह सवाल बचकाना लगा।

"कैसी मर्ज़ी दीदी? हम तो बोझ थे। घरवालों ने कहा उम्र हो गई। उन्होंने ही सब तय किया। हमने कर ली। और क्या करते?"—लक्ष्मी ने बेबसी जताते हुए कहा।

"बस। मेरी भी ऐसे ही हुई थी।"

"दीदी एक बात कहूँ? बुरा न मानो तो..."—लक्ष्मी ने झिझकते हुए कहा।

"नहीं मानूँगी, कहो।"

"आप तो बस बच्चों का ख़याल रखो। आदमी का वैसे भी क्या भरोसा।

फिर आप तो ख़ुद भी काम कर सकती हो। और न...आप ऐसी कोई ग़लती मत करना"—लक्ष्मी ने अपनापन जताते हुए कहा।

वृंदा उसका इशारा समझ रही थी। वह बस उसे देखती रही। यह दो औरतों की बहुत उदास बातचीत थी।

ठीक इसी समय, अंश नीचे, सोसाइटी में ही क्रिकेट खेल रहा था। वृंदा के मन में रह-रहकर यह आशंका भी उठ रही थी कि कहीं अंश न आ जाए। अंश जिन दो-तीन दोस्तों के साथ खेल रहा था, उनमें कुछ अनबन हो गई। खेल रुक गया।

"यार तुझे कहा था लेग साइड में इतना लम्बा शॉट नहीं मारने के लिए। अब बॉल कौन लेकर आएगा?"—एक लड़के ने कहा।

"अंश, तुझे कोहली बनना ज़रूरी है? आराम से नहीं खेल सकता। हमने भी तो बैटिंग की"—दूसरे लड़के ने कहा।

"तुमसे मारा ही कहाँ गया शॉट"—अंश ने उनका मज़ाक़ उड़ाते हुए कहा।

"लेकिन अब बॉल लेकर कौन आएगा। उनकी खिड़की के काँच पर लगी है"—पहले लड़के ने फिर कहा।

"यार अब तूने बॉल फेंकी ही लेग साइड में, तो चला गया शॉट"—अंश ने कहा।

धीरे-धीरे बात बढ़ने लगी।

उधर कमरे के अन्दर राघव और मोहिनी का शराब का दौर चालू था।

"अब तो बता दो कि यह सब कर क्या रहे हो...और वृंदा ने कुछ क्यों नहीं बोला?"—मोहिनी ने राघव से पूछा। शायद शराब का असर था। मोहिनी का यह सवाल सुनते ही राघव की आँखें सुलगने लगीं। मोहिनी घबरा गई।

"जो यहाँ हम कर रहे हैं, वही मेरे पीछे से वह यहाँ कर रही थी। पता नहीं कब से"—राघव ने दरवाज़े की ओर देखते हुए कहा।

मोहिनी को समझ नहीं आया कि वह इस बात पर क्या प्रतिक्रिया दे। वह इस बात का हर सम्भव मतलब निकालने और समझने की कोशिश करने लगी।

"मतलब वृंदा का अफ़ेयर है? यह कह रहे हो तुम?"

राघव ने कुछ जवाब नहीं दिया। चुपचाप पड़ा छत को ताकता रहा। मोहिनी को भीतर से एक ख़ुशी हुई। राघव को पाने का रास्ता उसे साफ़ दिखने लगा।

"तो अब तुम क्या सोच रहे हो?"—मोहिनी ने उत्साह से पूछा।

"पता नहीं।"

"मतलब अब भी अलग नहीं होना चाहते?"—मोहिनी ने पूछा।

"कहा न, पता नहीं"—राघव ने झल्लाकर कहा। मोहिनी चुप रह गई।

"तुम थोड़ा समय तो दो यार। देखने तो दो। समझने तो दो कि हो क्या रहा है"—राघव ने एक और पैग बनाते हुए कहा। एक गिलास उसने मोहिनी के हाथ में थमा दिया।

सोसाइटी के क्रिकेट ग्राउंड में बात बढ़ती जा रही थी। कई बार कुछ चीज़ें होती हैं जो नहीं होनी चाहिए। कम से कम उस समय तो नहीं जब उनका असर सबसे ज़्यादा होने की उम्मीद हो। उस समय भी नहीं जब आसपास बहुत कुछ उबल रहा हो और एक और घटना का होना उस उबाल को लावे में बदल दे। ठीक ऐसी ही बात हुई। कुणाल अपने फ़्लैट से बाहर निकला। वह सीढ़ियों से उतरता हुआ नीचे आया। अपनी बिल्डिंग से बाहर निकला। जहाँ अंश और बाक़ी लड़के खेल रहे थे, वहाँ से गुज़रा। उसे देखकर बाक़ी लड़के अंश से नज़रें बचाकर पहले मुस्कराने लगे, फिर धीमी-धीमी हँसी उनके चेहरे पर आने लगी। ऐसा ही करते हुए वे बीच-बीच में अंश की ओर भी देख लेते। अंश को यह बहुत ख़राब लगा। यह इशारा था एक बात की ओर जिसे अंश समझ रहा था, लेकिन उस समझने से बचकर भागना चाह रहा था।

"क्या हुआ है? किस बात पर हँस रहे हो?"—अंश ने उनसे पूछा।

वे चुप रहे लेकिन उनमें से एक खुलकर हँसने लगा।

अंश को और ख़राब लगा।

"कुछ नहीं यार। बस वह याद आ गया। कुणाल भइया आंटी के साथ स्कूल आए थे न"--उसने कहा।

"हाँ तो?"—अंश का ग़ुस्सा बढ़ रहा था।

"तो कुछ नहीं। तुझे ग़ुस्सा क्यों आ रहा है? स्कूल में भी लड़ लिया था"—दूसरे लड़के ने कहा।

"वैसे अंश, कोई बात है क्या? हमने उसे बहुत बार तेरे घर जाते देखा है। और आंटी को भी देखा है उसके घर जाते हुए"—पहले लड़के ने छेड़ते हुए कहा।

इतना सुनना था कि अंश ने उसके मुँह पर एक मुक्का जड़ दिया। वह ज़मीन पर गिर पड़ा। लेकिन अगले ही पल वह उठा और अंश पर कूद पड़ा।

घर पर वृंदा बेजान-सी पड़ी थी। लक्ष्मी अब भी वहीं थी। वह एक बार ध्रुव

के पास गई और उसे दुलारकर वापस लौट आई। ध्रुव कुछ देर में बाहर आया और वृंदा की गोद में सिर रखकर लेट गया।

"जा तू भी नीचे चला जा। खेल ले कुछ"—वृंदा ने ध्रुव से कहा।

"नहीं। मुझे नहीं जाना"—ध्रुव ने चेहरा ऊपर उठाते हुए कहा।

"तब फिर अन्दर जाकर कुछ कर ले। यहाँ मत रह।"

"ठीक है।" ध्रुव उठकर फिर अन्दर चला गया।

कमरे के अन्दर शराब का दौर ख़त्म हो चुका था और वे आगे बढ़ रहे थे। इस तरह अकेले होने का मौक़ा उन्हें बहुत दिनों बाद मिला था।

"लेकिन ठीक नहीं लग रहा। कोई आ गया तो"—मोहिनी ने आशंका जताते हुए कहा।

"कौन आएंगा? दरवाज़ा तो बन्द ही है"—कहते हुए राघव ने उसके होंठों को अपने होंठों में भर लिया।

"लेकिन नहीं। ऐसे नहीं...मुझे ठीक नहीं लग रहा...इस तरह नहीं...हम कहीं बाहर मिल लेंगे, तब..."—मोहिनी ने राघव को रोकते हुए कहा।

नीचे लड़ाई बढ़ गई थी।

"लेकिन जो देखा है वही तो कहा। मैं अकेला थोड़ी कह रहा हूँ। सबको पता है। सब जानते हैं"—उस लड़के ने अंश को दबोचते हुए कहा। अब अंश ज़मीन पर था। दोनों गुत्थमगुत्था थे।

इतने में एक दूसरा लड़का मज़ाक़ करते हुए बोला—"लेकिन यार फिर छुपाकर रखना चाहिए था न। ऐसे सबके सामने घूमेंगे तो लोगों को दिखेगा ही।"

अंश ने ख़ुद को पहले वाले लड़के से अलग किया और दूसरे लड़के से उलझ गया। वे ज़्यादा थे। अंश की शर्ट कंधे से फट गई थी और शरीर पर लड़ाई के निशान थे।

"हमसे लड़कर क्या होगा? अपनी मम्मी से ही जाकर पूछ ले"—पहले वाले ने गुस्से में कहा।

"तेरे पापा को अब तक नहीं पता क्या?"—दूसरे ने चिढ़ाते हुए कहा।

अंश की आँखों में अब आँसू थे। अब वह लड़ नहीं पा रहा था।

"तू मान या न मान, बात तो सच है"—उसके जाते-जाते एक लड़के ने कहा।

अंश अपना सामान लेकर वहाँ से जाने लगा। लक्ष्मी घर से निकल ही रही

थी। अन्दर कमरे में राघव, मोहिनी से ख़फ़ा बैठा था। मोहिनी भी उसे मनाने की कोई कोशिश नहीं कर रही थी। वह वहाँ से जाना चाहती थी। वृंदा शायद कुछ नहीं सोच पा रही थी। या शायद सोच पा रही थी। यहाँ तक कैसे पहुँची वह। कुछ पन्ने पलट गए और वह उनके बीच जाकर बैठ गई। सबसे शुरुआती और ख़राब पन्ने।

हनीमून के पहले ही दिन, उसके और राघव के बीच एक घटना घटी। राघव ने उससे कुछ ऐसी बातें कहीं जो उसे ठीक नहीं लगीं। वे शाम में अपने होटल से घूमने निकले ही थे कि राघव ने कहा—

"मेरा मन नहीं है घूमने का। मैं वापस होटल रूम में जा रहा हूँ।"

"घूम लेते हैं न थोड़ी देर। बार-बार यहाँ आने को नहीं मिलेगा"—वृंदा ने उसे रोकते हुए कहा। लेकिन वह नहीं माना।

"तुम्हें घूमना है तो तुम घूमो। मैं जा रहा हूँ"—कहकर राघव चला गया।

वृंदा का चेहरा रुआँसा हो गया। वह उसे जाते हुए देखती रही। उसके बाद कुछ आधा घंटा वह उदास-सी आसपास घूमती रही और फिर लौट आई। उसे आगे जाना था जहाँ बर्फ़ थी और पहाड़ थे। कमरे पर आते ही उसकी आँखों से आँसू गिरने लगे। राघव बिस्तर पर लेटा था। वह उससे मुँह फेरकर सोफ़े पर लेट गई। बाहर अँधेरा हो गया था। उसके आँसू अभी रुके नहीं थे कि उसे लगा राघव उसके पास आकर खड़ा हो गया है। वह उसके क़रीब आने लगा। वृंदा सहम गई। उसने अभी कुछ ही देर पहले वृंदा का दिल दुखाया था और वह अभी तक रो रही थी।

"कोई निर्दयी आदमी ही ऐसा सोच सकता है"—उसने मन में सोचा।

अगली चीज़ जो राघव ने की, वह यह, कि उसने वृंदा को अपने क़रीब खींचा और उसके और अपने कपड़े उतारने लगा। वृंदा जड़ रह गई। उसने वृंदा को आगोश में भर लिया। वह मरा हुआ सा शरीर लेकर बैठी रही। जितनी तेज़ी और लापरवाही से वह यह कर सकता था, उसने किया। वृंदा जैसे वहीं, ठीक उसी पल दोबारा ख़त्म हो गई थी। पहली बार ख़त्म वह इससे पहले हो चुकी थी। जब तक वृंदा यह सोच पाती कि यह शायद एक बुरा सपना है, वह सब कुछ कर चुका था। वह बिस्तर पर गया और सो गया। क्या हुआ है यह वृंदा को पता था, लेकिन उस बात का ठीक-ठीक मतलब क्या है, यह उसे बहुत बाद में समझ आया। ऐसा करने वाले आदमी को क्या कहते हैं, यह भी।

लेकिन आज अचानक वृंदा को यह क्यों याद आ गया? क्या इसलिए कि

राघव, मोहिनी के साथ अन्दर था। क्या यह सोचकर कि राघव मोहिनी से प्यार करता है। या उसे लग रहा था कि राघव जब मोहिनी को छूता होगा, तो महसूस भी करता होगा। जब उसे छूता होगा, तो प्यार से। जैसे शायद उसे नहीं छुआ था उस दिन होटल के कमरे में। अंश का ध्यान आते ही वह उन दिनों में पहुँच गई जब उसकी उम्र महज़ इक्कीस साल थी और वह प्रेग्नेंट हो गई थी। उन दिनों वह राघव से अलग होने के फ़ैसले के बेहद क़रीब थी लेकिन जिन बातों ने उसकी हिम्मत तोड़ी, वह थी अपने माता-पिता का साथ न मिलना और बच्चे को लेकर सबका उत्साहित होना। बच्चे की ख़बर से जश्न जैसा माहौल था। तब के यह सिलसिले आज इस मोड़ पर आ चुके थे। उसने एक ऐसे समय में बच्चे को ज़न्म दिया था जब वह ख़ुद इस रिश्ते को लेकर निश्चित नहीं थी। इतने साल बीते, वह अपने मन से यह भाव निकाल ही नहीं पाई कि उसे कुछ काम नहीं करने दिया गया। उसे ख़ुद में नाकारा जैसा महसूस होता था। इसके लिए भी उसने एक लम्बी लड़ाई लड़ी थी और हार गई थी। अक्सर हमारी लड़ाइयाँ, असली लड़ाई तक पहुँचने की लड़ाई होती हैं। वृंदा वहाँ कभी नहीं पहुँच पाई।

तभी दरवाज़े की घंटी बजी। सबने सुनी। सबके मन में आया, कौन होगा? लक्ष्मी ने दरवाज़ा खोला तो अंश धड़धड़ाता हुआ अन्दर चला आया। वह घबरा गई। अंश ने अपना क्रिकेट का सामान पटका। अंश की फटी हुई शर्ट, गंदे कपड़ों और जहाँ-तहाँ खरोंचों के निशान देखकर वृंदा एक ओर जहाँ घबरा गई, वहीं इस समय अंश की अचानक उपस्थिति से वह हड़बड़ा गई। अंश सीधा वृंदा के सामने आकर खड़ा हो गया। उसकी साँस फूल रही थी और वह ग़ुस्से में था।

"क्या हुआ है अंश? और यह सब कैसे हुआ?"—वृंदा ने उसे कन्धों से पकड़कर पूछा।

अंश चुप रहा।

"किसी से लड़ाई हुई तेरी? बता क्या हुआ?"—वृंदा ने फिर पूछा।

लक्ष्मी जो जाने वाली थी, कुछ सोचकर रुक गई। जो लावा जम चुका था, वह फूटने को था।

अंश ऊँची आवाज़ में लगभग चिल्लाते हुए बोलने लगा—

"हाँ लड़ाई हुई है। आपकी वजह से। आप बताओ। कभी स्कूल में तो कभी यहाँ, सब एक ही बात बोलते रहते हैं। मुझे ख़राब लगता है। क्या ज़रूरत थी मेरे

स्कूल आने की उस कुणाल के साथ? ऐसा लगता है जैसे सब मेरे ही बारे में बातें कर रहे हैं। जैसे सब मुझे ही चिढ़ा रहे हैं।"

बोलते हुए अंश की रुलाई भी फूट पड़ी। वह बोलता रहा—

"यह कुणाल हमारे यहाँ क्यों आता है? आप क्यों जाती हो उसके यहाँ? उसको आप ही लेकर आई हो सोसाइटी में। मेरे स्कूल के सारे दोस्त इसी बारे में बात करते हैं...और आपको सब पता है...सब जानती हो आप...फिर भी...मुझे यहाँ रहने का मन नहीं करता...मुझे नहीं रहना...मुझे उस स्कूल भी नहीं जाना...मैं कहीं चला जाऊँगा...।" अंश बोलता जा रहा था। वृंदा स्तब्ध रह गई। उसे इस बात का बिलकुल अन्दाज़ा नहीं था कि यह बातें यूँ होंगी और वह भी ऐसे समय में। ठीक इसी समय, वृंदा के मन में एक डर उठा जो उसके पूरे शरीर में दौड़ गया। अंश को राघव के बारे में इतना साफ़-साफ़ नहीं पता। और किसी बात की नहीं, वृंदा को सिर्फ़ अंश की फ़िक्र थी।

एक और डर जो उसे था, वह यह कि उसके और कुणाल के बारे में सब खुलकर सामने आ जाएगा। बातों का होना और उनके बारे में पता होना एक बात है लेकिन उनका यूँ खुलकर आ जाना, दूसरी बात। वहीं वृंदा यह भी देख रही थी कि अपने ग़ुस्से और नाराज़गी में अंश उसका कितना नुक़सान कर रहा है। यदि वह रुकी हुई थी तो उसकी और ध्रुव की वजह से, वरना क्या था जो उसे रोकता। वृंदा यही सब सोच रही थी कि अंश फिर बोलने लगा—

"सारी बातें सच हैं। मैं जानता हूँ।" वृंदा को थोड़ा ग़ुस्सा आया। वह उठी और अंश का हाथ पकड़कर उसे वाशरूम में ले गई।

"लक्ष्मी, डेटॉल की शीशी लेकर आ।" उसने अंश की फटी हुई शर्ट उतारी। लक्ष्मी डेटॉल लेकर आ गई। वृंदा उसकी खरोंचों को पोंछने लगी। लेकिन उन खरोंचों का क्या जो उसके माता-पिता उसे दे रहे थे। बातों की भी उम्र होती है। अपनी उम्र से ज़्यादा उम्र वाली बातें कैसे सँभाल पाता वह। फिसलने लगा।

रह-रहकर अंश के सवाल जारी थे। उसे नहीं पता था कि वह अपनी आँखों से आगे क्या देखने वाला है। उसे अभी अपने पिता के बारे में नहीं पता था। कोई उसके पिता के बारे में बातें क्यों नहीं करता था? अफ़वाहें क्यों नहीं उड़ती थीं? वृंदा किसी तरह यह सब होने से रोकना चाहती थी। उसे कुछ समझ नहीं आया तो उसने किसी तरह अंश को शान्त रखने की कोशिश की।

"लक्ष्मी, कुछ नाश्ता लगा दे। अंश और मैं साथ खाएँगे।" वृंदा ने लक्ष्मी से कहा जो वहीं वाशरूम के दरवाज़े पर खड़ी थी। लक्ष्मी तेज़ी से गई। फ्रिज में रखे सैंडविच निकालकर गर्म करने लगी और चाय भी चढ़ा दी। वृंदा अंश को अपने साथ लेकर आई। तब तक लक्ष्मी मेज़ पर नाश्ता लगा चुकी थी। अब तक अंश कुछ शान्त पड़ चुका था। वे बैठकर खाने लगे। सैंडविच खाते हुए अंश कहने लगा—

"मैं इन्हीं बातों के बारे में सोचता रहता हूँ। कहीं और ध्यान जाता भी है तो कोई न कोई कुछ बोलकर फिर ध्यान दिला देता है।"

"तुझे लोगों की बातों पर ध्यान नहीं देना चाहिए। ऐसे लोगों से मतलब रखना ही छोड़ दे। उन्हें पूरी बात नहीं पता होती। सुनी-सुनाई बातों को आगे बढ़ाते रहते हैं"—वृंदा ने उसे समझाने की कोशिश की यह जानते हुए भी कि उसकी ख़ुद की बात पूरी तरह सच नहीं है। लक्ष्मी भी उसकी ओर देखने लगी। वृंदा दूसरी ओर देखने लगी।

"एक लड़का तो पापा को लूज़र भी कह रहा था"—अंश ने फिर कहा।

इस पर वृंदा ने कुछ नहीं कहा।

कमरे के अन्दर मोहिनी और राघव के लिए स्थिति भयानक होती जा रही थी। वे दोनों ही निकलना चाह रहे थे। राघव को यह भी महसूस होने लगा कि ग़ुस्से में उसने ग़लत हरकत की है। वह इस इन्तज़ार में था कि कब अंश वापस जाए।

"शर्म नहीं आ रही ख़ुद पर। अपने ही घर में, अपने बेडरूम में, अपने बच्चों से छुपकर बैठे हो और निकलने की हिम्मत नहीं हो रही। वाह क्या बाप हो"—मोहिनी ने फुसफुसाते हुए राघव पर कटाक्ष किया।

राघव को ग़ुस्सा आया।

"यार तुम चुप नहीं रह सकतीं क्या थोड़ी देर? ज़रूरी है बोलते रहना? मज़ा आ रहा है क्या तुम्हें?"

"हम अब कर क्या रहे हैं यहाँ? पता नहीं मैं क्या सोचकर चली आई तुम्हारे साथ..." कुछ रुककर उसने फिर कहा—"...लेकिन मुझे तो लगा था कि होगा नहीं कोई घर पर।"

"चला जाएगा वह अभी शायद। कुछ काम से आया होगा। प्रैक्टिस का समय है उसकी।"

"हालत देखी है उसकी। क्या-क्या बोल रहा था। अब तुम्हारे बारे में पता चलेगा तो पता नहीं क्या होगा"—मोहिनी ने चिन्ता जताते हुए कहा।

"हाँ सुना सब। और तुमने भी सुन लिया कि आख़िर चल क्या रहा है यहाँ।"

"लेकिन इसमें ग़लत क्या है? ऐसा क्या ग़लत कर रही है वह? तुम भी तो यही कर रहे हो, वह भी उससे पहले से। वह तो अलग भी होना चाहती है तुमसे। मुझे तो वह ग़लत नहीं लगती कहीं से भी। हाँ अभी यह बात अंश की समझ से बाहर है"—मोहिनी ने कहा। राघव को ग़ुस्सा आया। उसे चुप रह जाना पड़ा।

थोड़ा-सा दूर हटकर इस परिवार की कहानी देखें तो लगेगा कि यह सब किसलिए? सब कुछ ख़त्म हो जाने के बाद अब क्या बचाने की कोशिश थी? बीस-पच्चीस साल के दो लोगों को बाँध दिया जाता है साथ कि रहो अब। वे जो बिना सोचे-समझे या विरोध करने का साहस न होने के चलते बँध जाते हैं, आने वाले समय में किस क़दर लहूलुहान होते हैं और करते हैं। वे, जो उन्हें पैदा करते हैं, कैसी ज़िंदगियाँ देते हैं उन्हें। पालने के नाम पर उनकी आँखों में सुइयाँ चुभोते हैं। एक भ्रम है, कल्पना है जिसे बचाए रखना है क्योंकि यही नींव है जिस पर पूरा समाज टिका हुआ है। राघव क्यों अलग होने का फ़ैसला नहीं ले रहा? क्यों अब तक भी, दो बच्चों का पिता इतना बड़ा नहीं हो पाया कि अपने पिता की न सुने? या फिर सबको आज़ाद करके देखे कि कैसी लगती है यह आज़ादी। वृंदा क्यों नहीं आगे बढ़ पाती? अपने लिए, अपने भरोसे पर जीने में इतना बड़ा डर क्यों है? और डर यदि है भी, तो उससे लड़ने का साहस क्यों नहीं? इस दुनिया में हर किसी को यह हक़ क्यों नहीं कि वह अपने लिए जब चाहे अपनी मर्ज़ी से फ़ैसले ले सके? क्यों उसके ऊपर दस लोग हमेशा बैठे रहते हैं? और बैठे भी रहते हैं तो प्यार देने और सँभालने के लिए क्यों नहीं, सिर्फ़ रोकने, टोकने और डराने के लिए ही क्यों? इतने सारे लोग होने के बाद भी अंश को ऐसा क्यों लगता था जैसे वह अनाथ हो गया है? उसे अपने घर में आसपास ही माता-पिता दोनों दिखते थे लेकिन उनमें वह नहीं दिखता था जो उसे सुरक्षित होने का अहसास दिलाए। उसे लगता था कि किसी दिन वह सोकर उठेगा तो सब लोग जा चुके होंगे। कोई नहीं दिखेगा। कोई नहीं लौटेगा। वह वापस अपने कमरे में आएगा और ध्रुव से लिपट-लिपटकर रोने लगेगा। वह फ़ोन करना चाहेगा तो या तो कोई नहीं उठाएगा या सब लाइन्स व्यस्त मिलेंगी। बाहर निकलेगा तो वह किसी को दिखाई नहीं देगा। वह बोलेगा तो उसकी

आवाज़ किसी को सुनाई नहीं देगी। वह कुणाल के घर जाएगा तो वहाँ भी ताला लटका मिलेगा। अपने पिता के ऑफ़िस जाएगा तो वह भी बन्द। दिल्ली वह जा नहीं पाएगा। बाक़ी लोग उसे पहचानने से इनकार कर देंगे। तब उसे नैना की याद आएगी और वह उसके घर पहुँचेगा। वहाँ ताला नहीं होगा। वह घंटी बजाएगा और नैना झट से दरवाज़ा खोल देगी जैसे वह उसका ही इन्तज़ार कर रही हो। उसका हाथ पकड़कर अन्दर ले जाएगी और सामने बैठकर उसकी सारी बातें सुनेगी। तब उसे महसूस होगा कि वह अभी अनाथ नहीं है। वह रोने लगेगा। उसकी बातें सुनकर नैना कहेगी कि मैंने कहा था अपनी माँ का ख़याल रखना, वे परेशान हैं। अंश को दुख होगा और वह लौट आएगा। ध्रुव उससे सवाल पूछता रहेगा कि कहाँ गए सब लोग और उसके पास कोई जवाब नहीं होगा।

"आप कुणाल से मिलना छोड़ दो।"—अंश ने जब कहा तो जैसे वृंदा का ध्यान टूटा।

"ठीक है। छोड़ दूँगी।"

वृंदा ने आँखें बन्द करके कुर्सी पर पीठ टिकाते हुए कहा। उसने थोड़ी देर के लिए अपनी आँखें बन्द कर लीं। अब तक वह हथियार डाल चुकी थी। उसमें कुछ भी बचाने या छिपा पाने की हिम्मत नहीं बची थी। अब वह न अंश को बचाना चाहती थी न अपने राज़ को। वह चाहती थी कि अंश अब सब जान ही जाए और यह सब जितनी जल्दी हो उतना अच्छा। लगातार जूझते हुए एक समय आता है जब आप हारकर देखना चाहते हैं कि देखें आख़िर होता क्या है। वृंदा के लिए वही समय आ गया था। अचानक तभी अंश की आवाज़ आई।

"पापा के जूते? वह घर पर हैं क्या?"

वह सही समय जो आना था, उसे यह सवाल और जल्दी ले आया। वृंदा ने कुछ नहीं कहा, बस बेडरूम की ओर इशारा कर दिया।

"क्या?"—अंश ने पूछा।

"वहाँ"—वृंदा ने कहा और अपना हाथ भी उस ओर बढ़ा दिया।

अंश कुछ पल बैठा सोचता रहा, फिर उठा। लक्ष्मी को डर लगा। उसने वृंदा की ओर देखा। वृंदा के चेहरे पर कोई भाव नहीं था।

अंश असमंजस में था। वह आगे बढ़ा और दरवाज़ा धीरे-से नॉक किया। अचानक माहौल बदलने लगा और कुछ अप्रत्याशित होने की आशंका ने सबको

घेर लिया। अन्दर राघव और मोहिनी भी सतर्क हो गए।

"अब?"—मोहिनी ने पूछा।

राघव चुप रहा। दरवाज़ा फिर बजा।

"वृंदा होगी"—राघव ने धीरे-से कहा।

धीरे-धीरे अंश दरवाज़ा नॉक करने की गति बढ़ाने लगा। कोई जवाब न पाकर उसने मुड़कर वृंदा की ओर देखा। कोई बात उसके मन में आई, जैसे कुछ समझ में आया हो। वह ज़ोर-ज़ोर से दरवाज़ा बजाने लगा। अन्दर राघव और मोहिनी की बेचैनी बढ़ने लगी। घर दरवाज़े के बजने की आवाज़ों से गूँजने लगा। अब अंश ने ऊँची आवाज़ में बोलना भी शुरू किया।

"दरवाज़ा खोलो..."

वह बोलता जा रहा था और नॉक करता जा रहा था। अब जैसे राघव को होश आया। "यह तो प्रैक्टिस का समय होता है इसका। आया क्यों यहाँ?"—राघव ख़ुद में बड़बड़ाने लगा। कुछ देर उसे समझ में ही नहीं आया कि क्या करे। अचानक वह उठकर आगे बढ़ा और उसने दरवाज़ा खोल दिया। बाहर आया और उसके साथ बाहर आई मोहिनी। राघव ने वृंदा की ओर देखा। वृंदा के डर फिर लौट आए। वह तेज़ी से अंश के पास गई, जो अब तक स्थिति समझ नहीं पा रहा था और उसे खींचकर पीछे लाने लगी। अंश ने प्रतिरोध किया और ख़ुद को छुड़ा लिया। मोहिनी को घुटन महसूस हुई और शर्मिंदगी भी। वह बाहर की ओर बढ़ने लगी तो राघव ने उसे रोक लिया। लक्ष्मी अंश के पास आई।

"चल, हम नीचे चलते हैं, थोड़ी देर में आ जाएँगे"—लक्ष्मी ने राघव की ओर देखते हुए अंश से कहा। अंश ने लक्ष्मी को धक्का दिया। वह ऐसी किसी प्रतिक्रिया के लिए बिलकुल तैयार नहीं थी। वह कुछ दूर जाकर गिरी। सबने देखा। राघव और वृंदा एक-दूसरे से कुछ नहीं बोल पाए। लक्ष्मी एक ओर बैठी कराह रही थी। अंश को अब तक यक़ीन नहीं हो रहा था। उसकी बोलती बन्द थी।

उधर कुणाल वृंदा के फ़ोन का इन्तज़ार कर रहा था। लगभग यही समय दिया था वृंदा ने। तभी पहली बार उसका सामना बरखा से हुआ। वह अपने घर के बाहर खड़ा था और बरखा सीढ़ियाँ उतरती हुई नीचे जा रही थी। वह ख़ुद ही रुकी।

"हेलो"—उसने मुस्कराते हुए कुणाल से कहा।

कुणाल ने भी जवाब दिया—"हेलो"

"यहाँ रहते हैं आप?"—बरखा ने जिज्ञासावश पूछा।

"जी।"

"हम्म, लेकिन आपको मिला कैसे यह? सोसाइटी में बिना जान-पहचान के बैचलर्स को मिलता नहीं"—बरखा ने जान-बूझकर यह सवाल पूछा।

"कैसे मिला या कैसे नहीं से ज़्यादा ज़रूरी है कि मिला। देखिए न, अब यहाँ नहीं मिलता, तो आप और मैं कैसे मिलते"—कुणाल ने कुछ हल्के अन्दाज़ में कहा।

"हम्म...यह बात तो ठीक है...आप वृंदा को कैसे जानते हैं?"—बरखा ने फिर कुरेदना चाहा।

अब कुणाल थोड़ा गम्भीर हुआ।

"दिल्ली से ही जान-पहचान है। उनकी छोटी बहन मेरी अच्छी दोस्त है। उसने हमें मिलवाया"—कुणाल ने बात को सँभालते हुए जवाब दिया।

"दोस्त तो खैर वृंदा भी आपकी बहुत अच्छी है। नहीं?"

"जी हाँ...हैं तो। वैसे दोस्ती का क्या है। आप चाहें तो आपसे भी हो जाएगी... दोस्ती...अच्छी..."—कुणाल ने जवाब दिया।

दोनों समझ रहे थे कि बात कहाँ जा रही है और कहाँ जा सकती है लेकिन कोई भी अपने पत्ते नहीं खोलना चाहता था। ग़लत समझ लिए जाने के डर से कोई भी पहला क़दम नहीं बढ़ा रहा था। लेकिन बातों ने एक दिशा पकड़ ली थी।

"चालू लड़के हो। फँस जाओगे किसी दिन"—बरखा ने थोड़े दोस्ताना अन्दाज़ में कहा।

"तब का तब देख लेंगे"—कुणाल भी थोड़ा आगे बढ़ा। पत्ते अब खुल रहे थे।

"लेकिन वृंदा सीरियस टाइप है। पता नहीं तुम्हें समझ आता है या नहीं, गले का फंदा बन जाएगी"—बरखा धीरे-धीरे दीवार तोड़ रही थी।

"वह सब मैं सँभाल लूँगा। उसकी चिन्ता छोड़िये"—कुणाल ने ऐसा कहकर बातों को थोड़ा ब्रेक दे दिया।

"ठीक है। देखते हैं। वैसे यहाँ बाहर खड़े क्या कर रहे हो?"

"अपने एक दोस्त का इंतज़ार।"

ठीक तभी साहिर आता दिखाई दिया।

"लो आ ही गया।"

बरखा ने मुड़कर देखा।

"यह बरखा हैं"—कुणाल ने साहिर को बताया।

"और यह आपके दोस्त"—बरखा ने ख़ुद ही कहा।

साहिर भी मुस्कराया।

"चलिए, फिर...मैं चलती हूँ।"

बरखा सीढ़ियों से उतरने लगी। कुणाल बरखा को जाते हुए देखता रहा। साहिर कुणाल को घूरने लगा—"तू नहीं सुधरेगा न?"

"अब क्या किया यार?"—मुस्कराते हुए कुणाल ने कहा।

"इतना भोला न बन। अब यह सब क्या नया चक्कर है?"

"कुछ नहीं है यार। वह ही इंटरेस्ट ले रही है तो मैं क्या मना करूँ?"

"फँसेगा तू बुरा।"

"छोड़ न। फिर शुरू हो गया तू।"

उधर ध्रुव अपने कमरे के दरवाज़े पर आ गया था।

"यही थी वह जो उस दिन कार में पापा के साथ थी"—ध्रुव ने सबके सामने कहा।

वृंदा ने ध्रुव को चुप रहने के लिए कहा। राघव को ग़ुस्सा आने लगा।

"इतना बदतमीज़ कैसे हो गया तू?"—राघव उसकी ओर बढ़ा। वह वृंदा के पीछे छुप गया।

"लेकिन मैंने आपको देखा था कार में इसके साथ। ध्रुव ने कहा और डरकर कमरे में भाग गया।

राघव यह सब सुनकर हैरान रह गया। मोहिनी ने कठोर घृणा से राघव को देखा जैसे वही इस सब के लिए ज़िम्मेदार हो। अक्सर हम वहाँ नहीं देखना चाहते जहाँ हम ग़लत हों। ऐसा करके एक संतुष्टि मिलती है कि हम अपनी जगह सही थे जबकि हम भी अपनी इच्छाओं के पीछे भागते हुए भूल जाते हैं कि हम कब भटके थे। मोहिनी ने ऐसी स्थिति के बारे में कभी नहीं सोचा होगा।

आप क्या करेंगे जब ऐसे अपने बच्चों के सामने ही ज़लील हो जाएँगे? ख़ुद को बचाएँगे या उन्हें? वे बच्चे जिनके लिए आप कभी आदर्श रहे हों, जब आप वह नहीं रह पाएँ। जब आप उनकी उम्मीदों पर खरे नहीं उतर पाएँ। जब उनकी आँखों में ऐसे चुभते सवाल हों, जिनके जवाब आपके पास न हों। जब वे कहें कि वे आपसे नफ़रत करते हैं या जब उन्हें आपको लेकर शर्मिंदगी महसूस हो। जब

आप उनकी मासूम-सी दुनिया में इतनी कम उम्र में ही अपने हाथों में ज़हर लेकर आएँ और उनकी ज़िन्दगी के चारों तरफ़ बिखेर दें।

साहिर ने देखा कि कुणाल का ध्यान बार-बार अपने फ़ोन पर जा रहा है। उसके पूछने पर कुणाल ने बताया कि वृंदा ने मिलने के लिए बुलाया था और वह उसके फ़ोन का इन्तज़ार कर रहा है।

"तो तू कर ले।"

"नहीं यार। वही करती है घर पर होती है तो। कहती है कि जाने क्या सिचुएशन हो घर पर। मैं ही किया करूँगी।"

"तब तो इन्तज़ार ही करते हैं"—साहिर ने कहा।

यहाँ इस ओर ध्यान दिलाना ज़रूरी है कि राघव के लिए शादी से बाहर एक रिश्ता रखना आसान था। जैसे हर कोई इस बात को जानते हुए भी नज़रंदाज़ करना ही बेहतर समझता था। वृंदा के ठीक ऐसा ही करने पर हर कोई इस बात को और जानना चाहता था और यह बात अफ़वाहों का विषय थी। राघव को लेकर कोई बात आज तक अंश तक नहीं पहुँची थी, वहीं वृंदा की हर बात जैसे रास्ता ढूँढ़कर पहुँच जाती हो। जिसका डर था, वह हो चुका था। अब सब तहस-नहस होने की बारी थी। किसी को नहीं समझ आया कि क्या कहे। जैसे सब ग्लानि और शर्मिंदगी में डूबे हुए एक-दूसरे से छुपने की कोशिश कर रहे हों। इस ग्लानि और शर्मिंदगी से सबको बचाया एक फ़ोन कॉल ने।

लिविंग रूम की मेज़ पर रखे हुए वृंदा के फ़ोन की घंटी बजी। लगभग सबकी नज़र उस पर गई। फ़ोन की स्क्रीन पर नाम आया—कुणाल। यह आख़िरी चीज़ होगी जो उस समय वृंदा ने चाही होगी। अंश से अब बर्दाश्त नहीं हुआ। इससे पहले कि वृंदा कुछ समझ पाती, अंश फ़ोन उठाने के लिए बढ़ा। वृंदा हरकत में आई। उसने अंश को रोकना चाहा। दोनों के हाथ लगभग साथ मेज़ तक पहुँचे। फ़ोन इस तरह उठा कि वह दोनों के ही हाथ में था।

"अंश। क्या कर रहा है? छोड़"—वृंदा ने चिल्लाते हुए कहा।

अंश कुछ नहीं सुन रहा था। उस पर जैसे कोई सनक सवार थी। वह फ़ोन झपटने के लिए ताक़त लगाता रहा।

"अंश"—वृंदा ने चिल्लाते हुए उसे ज़ोर का एक थप्पड़ मारा। वह ज़मीन पर गिर पड़ा। लेकिन उसने फ़ोन नहीं छोड़ा। फ़ोन भी उसके साथ ही गिरा। उसने

फ़ोन उठा लिया। ठीक इसी समय बहुत सारी चीज़ें एक साथ हुईं। लक्ष्मी ने अपने माथे पर हाथ रख लिया। राघव को थोड़ी राहत महसूस हुई क्योंकि बात वृंदा पर जा चुकी थी। मोहिनी को भी लगा कि उसके ऊपर से सबका ध्यान हट गया। वृंदा बेबस-सी अंश को देखती रही।

तो अंश ने फ़ोन उठाया। दूसरी तरफ़ कुणाल था।

उन्होंने सीखा है फ़रेब को पालना

पिछली रात बहुत ख़राब बीती थी। रह-रहकर गला सूखता रहा। कोई आग थी पेट में जो गले तक चली आती थी। भूख थी शायद। वह उठ-उठकर पानी पीता रहा लेकिन कोई फ़ायदा नहीं हुआ। नींद नहीं आने पर उसने मन-ही-मन गिनती गिननी शुरू की ताकि दिमाग़ में चल रही बातों से ध्यान हटे। उसे याद आया कि उसने कुछ मंत्र भी बुदबुदाए थे। आने वाले समय को लेकर एक आशंका थी, एक डर था उसके मन में। उसे स्तुति की कही हुई बात याद आई।

"जो भी होगा हम मिलकर सँभाल लेंगे कुणाल।"

उसने सोचा—"यह सँभाला है!"

वह अचानक उठता था नींद से बदहवास-सा। कुछ क्षण बीत जाते तब चेतना लौटती और उसे होश आता कि वह कहाँ है। हल्की-सी आवाज़ से भी दिल की धड़कन बढ़ जाती थी और वह समझ नहीं पाता था कि इन सब बातों से कैसे निपटे। उसे अभी तो वृंदा की ज़रूरत थी लेकिन हमेशा वाली बात उसे नहीं समझ आती थी। वह जब भी सोचता तो यही कहकर ख़ुद को समझाता कि वृंदा को भी उसकी ज़रूरत है और इतनी जल्दी वह उसका सपना नहीं तोड़ सकता। एक दिन तोड़ना पड़ेगा वह जानता था। साहिर था जो अपनी बातों में इसके चोर को पकड़ लेता था। वह सोचता था कि साहिर को तो सब कुछ बता ही देगा।

अंश ज़मीन पर गिरा हुआ था। फ़ोन उसके हाथ में था। वह वृंदा को घूरकर देख रहा था। उसने फ़ोन उठाया। दूसरी ओर से कुणाल की आवाज़ आई। कुणाल काफ़ी देर से वृंदा के फ़ोन का इन्तज़ार कर रहा था। फ़ोन नहीं आने से वह पहले

से ही झुँझलाया हुआ था। इधर उसने अंश की आवाज़ सुनी तो उसे और ख़राब लगा। अंश उसे भला-बुरा कहने लगा।

"इस नम्बर पर दोबारा फ़ोन मत करना और यह मत सोचना कि किसी को पता नहीं है। सबको पता है, क्या चल रहा है"—अंश फट पड़ा।

उसे देखकर सब हैरान थे। वृंदा जड़-सी उसे देखती रही। राघव को लगा कि जैसे यह बात उसे भी कही गई हो। कुणाल को ग़ुस्सा आया। जैसे वृंदा को नहीं पता था कि एक दिन सारी बात खुलकर सामने आ जाएगी, या यह नहीं पता था कि इतनी जल्दी आ जाएगी, जैसे मोहिनी को नहीं पता था कि आज राघव के साथ उसके घर जाकर वह कितनी बड़ी ग़लती कर रही है, जैसे राघव को नहीं पता था कि अंश ने अपने अन्दर इतनी बातें दबा रखी हैं, वैसे ही कुणाल को नहीं पता था कि इस समय वृंदा के घर जाने का फ़ैसला ग़लत है। वह ग़ुस्से में था और अंश की इस बदतमीज़ी का जवाब देना चाहता था। साहिर को लगा कि इस समय कुणाल का वहाँ जाना ठीक नहीं। उसने रोकने की कोशिश की। कुणाल नहीं रुका। साहिर खड़ा देखता रहा।

यह ठीक वैसा समय था जब कुणाल को यह सोचते हुए कि आख़िर अंश ने फ़ोन क्यों उठाया और वृंदा कहाँ ग़ायब है, रुककर इन्तज़ार करना चाहिए था। लेकिन किस घटना को कब होना है, यह शायद वह स्वयं तय करती है। हम उसे एक समय तक रोक सकते हैं। घटनाएँ अपने होने का समय और तरीक़ा ख़ुद चुनती हैं। वे तरीक़े अक्सर बहुत क्रूर होते हैं और ऐसा आईना लेकर चलते हैं जिनमें हम ख़ुद को पहचान नहीं पाते। इतने सारे उदास और शान्त साल बीत जाने के बाद अपनी इच्छाओं के पीछे जाने से ऐसी उथल-पुथल मचेगी, कहाँ सोचा था वृंदा ने। क्या वह एक ख़राब माँ है जिसके कारण बच्चों को तकलीफ़ से गुज़रना पड़ रहा है? क्या उसे सिर्फ़ एक माँ होना चाहिए? पत्नी होने जैसा बोझ अब उस पर ज़रा भी नहीं। उसने जो चाहा और पाया, जो उसे ग़लत नहीं लगा, वह उसके लिए दूसरों के पैमाने से क्यों तय हो।

जो बाहर से देखता है, वह सबसे बेहतर देख पाता है। साहिर बाहर से देख रहा था। कुणाल को भी और वृंदा को भी। वह शायद भविष्य भी देख रहा था जहाँ तबाही लिखी थी। कुछ वैसी जिससे वह होकर गुज़रा था कुछ साल पहले। जिसने उसके दिमाग़ को सुन्न कर दिया था लम्बे समय के लिए। लेकिन उसकी कहानी

कभी फिर। उसे फ़िक्र अगर किसी की होती थी तो अंश की। उसकी इच्छा होती थी कि अंश को यहाँ से कहीं दूर ले जाए। इन सब लोगों से दूर जहाँ अभी उसका कोई आदर्श न टूटे, कम से कम इस उम्र में तो नहीं। एक बच्चा था, जो न इतना बड़ा था कि यह सब आसानी से सँभाल ले, न इतना छोटा कि कुछ समझ न पाए, उसमें उसे अपना अतीत दिखाई देता था। इसलिए अंश के फ़ोन उठाने पर उसे चिन्ता हुई।

फ़ोन कटते ही अंश उठा और अपने पिता को घूरने लगा। उसकी आँखें मोहिनी पर आकर रुकीं।

"ध्रुव ने बताया था लेकिन तब मैंने उसकी बात पर ध्यान नहीं दिया। तुम्हें अलग से कहना पड़ेगा क्या? यहाँ मत आना आगे से"—उसका चेहरा आँसुओं से भीगा था।

राघव चिल्ला पड़ा। अंश ने उसकी ओर ग़ुस्से में देखा।

"हमारे लिए कभी टाइम नहीं। आज तक स्कूल नहीं आए मेरे। और इस सब के लिए बहुत टाइम है।"

अंश बोले चला जा रहा था जैसे उस पर कोई जुनून सवार हो। वृंदा को उसके लिए डर लगा। मोहिनी वहाँ से भाग जाना चाहती थी। ध्रुव सहमा हुआ था। लक्ष्मी को लगा कि वह इस समय यहाँ क्यों है। तभी राघव का हाथ घूमा और ज़ोर का तमाचा अंश के गाल पर पड़ा। वह दूर जाकर गिरा लेकिन उसका बोलना बन्द नहीं हुआ।

"मार लो। और कर क्या सकते हो? शर्म तो आती नहीं ख़ुद को। मुझे मारने से क्या यह सब बदल जाएगा? पैदा क्यों किया हमें जब यह सब करना था तो?"—अंश रोते हुए और ऊँची आवाज़ में बोले जा रहा था।

राघव हैरान था। उसकी हैरानी का शर्मिंदगी में बदलना अभी बाक़ी था। वृंदा के अन्दर कुछ भी रोकने की हिम्मत नहीं बची थी। जो होना था वह हो चुका था। उसका मन बस इस बात से टूट रहा था कि अंश उसे और राघव को एक ही खाँचे में रखकर देख रहा था। वह उसे बताना चाहती थी कि कितना अन्तर है दोनों बातों में। लेकिन एक बच्चा कितनी दूर तक देख पाता। कितना समझ पाता एक के प्रति लगातार होते जा रहे उत्पीड़न को। उसकी आँखें तो तब खुलीं जब उत्पीड़ित ने विद्रोह करना शुरू किया। वह विद्रोह जो राघव को देखने को नहीं मिला जब वह बच्चा था। कई साल पहले राघव ने देखा था, अपने पिता को, अपनी माँ को, जब पिता यही सब कर रहे थे और माँ उन्हें रोक नहीं पा रही थी।

राघव बारह साल का था। वह घर में अन्दर कमरे में बैठा पढ़ रहा था या पढ़ने की कोशिश कर रहा था। वह दरवाज़े के ठीक सामने बैठा था और बाहर आँगन था बड़ा-सा। आँगन में पेड़-पौधे लगे थे जिनमें वह पानी दिया करता था रोज़ सुबह। उसे याद है वह अमरूद के पेड़ पर चढ़ा रहता था दोपहर भर। एक बार माँ को आँख के पास एक ततैये ने काट लिया था जिसका छत्ता पेड़ पर लगा हुआ था। वह दौड़कर कोलगेट उठाकर लाया था और माँ की आँख के पास लगाया। उसे किसी ने बताया था कि कोलगेट लगाने से आराम मिलता है। माँ की आँख कुछ दिन तक सूजी रही थी। आँख ठीक होते ही उसने माँ के साथ मिलकर उस छत्ते को जला दिया था। उस शाम वह पढ़ने की कोशिश कर रहा था। कोशिश इसलिए कि माँ-बहन की उन भद्दी गालियों के बीच वह पढ़ नहीं पा रहा था जो उसके पिता अपनी बीवी यानी उसकी माँ को दे रहे थे। राघव सब सुन रहा था। उसकी माँ ने उसके पिता से पूछा था कि वह रात को देर से क्यों आते हैं। इस सवाल के जवाब में उसके पिता ने उसकी माँ को ऐसे देखा जैसे उसे खा जाएँगे। उसके पिता ने कहा कि उसका मन करेगा तो आएगा, नहीं मन करेगा तो नहीं आएगा। उसे जो करना है कर ले। छोड़कर जाना है चली जाए। उस समय तक उसकी माँ को चुप रह जाने की आदत नहीं पड़ी थी। राघव को ठीक से याद नहीं लेकिन उसकी माँ ने ऐसा कोई जवाब दिया था जिससे उसके पिता के मर्दाना अहं को चोट पहुँची थी। मर्दाना अहं वैसे भी इतना नाज़ुक होता है कि उसे चोट पहुँचाने के लिए किसी भी औरत को ज़्यादा कुछ कहने की ज़रूरत नहीं होती। कई बार बस सच बोलना ही काफी होता है। ऐसा ही कोई सच शायद उस दिन राघव की माँ ने अपने पति से बोल दिया होगा।

इसके बाद राघव ने देखा कि उसके पिता बालों से पकड़कर घसीटते हुए उसकी माँ को बाहर लेकर आए। राघव के कमरे के दरवाज़े के ठीक सामने से वे गुज़रे। पिता और ज़मीन पर घिसटती चली जाती उसकी माँ। एक ही क्षण बीता होगा। वह दृश्य उसकी आँखों के सामने आकर सरक गया। लेकिन उतना ही समय काफ़ी था शायद। उतने ही समय के एक छोटे-से हिस्से में घिसटती चली जाती उसकी माँ ने उसकी ओर देखा और उसने माँ की ओर, लगभग एक साथ। उसके पिता उसकी माँ को एक कमरे में ले गए और दरवाज़ा अन्दर से बन्द कर लिया। बारह साल का राघव आवाज़ें सुनता रहा जो सिर्फ़ मार-पिटाई की आवाज़ें नहीं थीं। थोड़ी देर

बाद पिता बाहर आए और आँगन में रखी चारपाई पर बैठ गए। उन्होंने राघव को आवाज़ लगाई। राघव गया तो उसे प्यार से पुचकारा और एक गिलास पानी लाने के लिए कहा। वह पानी लेकर आया तो उसे दस रुपए का नोट थमाकर कहा कि कुछ खा लेना। उस दिन के बाद से उसकी माँ ने कभी कुछ नहीं बोला। सवाल पूछना छोड़ दिया। वह चुप और उदास होती गई। उसने आज तक राघव से भी कोई सवाल नहीं पूछा। उसने बस चाहा मन-ही-मन कि वृंदा सब तहस-नहस करके निकल जाए बाहर। उसने चाहा लेकिन कभी कहा नहीं। शायद समय बदला या शहर और रहने के तरीक़े भी, इसलिए ऐसा हुआ कि अंश न केवल बोला बल्कि अपने पिता के सामने रोया और चिल्लाया भी। राघव में अपने पिता के सामने यह हिम्मत कभी नहीं रही। वे जिन्हें करनी चाहिए थी प्यार की परवरिश, उन्होंने प्यार को अश्लील बना दिया।

"स्कूल में सब बातें होती हैं। मुझे पता है ऐसी औरतों को क्या कहते हैं"—अंश ने चिल्लाकर मोहिनी की ओर देखते हुए कहा। जैसे वज्रपात हुआ हो। अंश ने कह तो दिया था लेकिन उसे अन्दाज़ा नहीं था कि उसने क्या कहा है। वृंदा को लगा जैसे यह उसे भी कहा गया है, जैसे अपनी इस बात से अंश ने मोहिनी और वृंदा दोनों को एक ही कटघरे में खड़ा कर दिया। एक बेटा जैसे अपनी माँ को कह रहा था कि वह जानता है उसके जैसी औरतों को क्या कहा जाता है।

"दिमाग़ ख़राब हो गया है तेरा। यह सब बातें..."—राघव ग़ुस्से में उसकी ओर बढ़ा। इससे पहले कि वह कुछ कर पाता, वृंदा अंश और राघव के बीच खड़ी हो गई। उसने अंश को पकड़ा और उसे राघव से दूर ले गई।

"छोड़ो मुझे"—कहते हुए अंश ने ख़ुद को वृंदा से अलग किया और लगभग भागते हुए घर से निकल गया। किसी का इस बात पर ध्यान नहीं गया कि दरवाज़ा खुला ही छूट गया था। शायद सब अपने अन्दर झाँक रहे थे, बाहर की किसे सुध थी। नीचे उतरकर मैदान में पहुँचते ही उसका सामना फिर उन्हीं लड़कों से हुआ जिनसे लड़कर वह घर गया था। वे अभी भी खेल रहे थे। उसकी हालत देखकर वे उस पर हँसने लगे।

"क्यों? पूछ कर आ गया?"—एक लड़के ने उसे चिढ़ाते हुए कहा।

अंश से रहा नहीं गया। उसे लग रहा था जैसे यह दिन कभी ख़त्म ही नहीं होगा। पहले यहाँ लड़ाई, फिर घर पर सारा सच सामने आना और अब फिर यहाँ

इन लड़कों से सामना। उसने अपनी पूरी ताक़त से उस लड़के के मुँह पर एक मुक्का जड़ दिया। अगले ही पल उस लड़के के मुँह से खून बह रहा था। बाक़ी लड़के सन्न रह गए। वह लड़का डरकर वहाँ से भाग गया और अपने घर पहुँचा। उसने अपने माता-पिता को सब बताया। वे गुस्से में अंश के घर के लिए निकले। अंश की नज़र नैना पर पड़ी। नैना ने देख लिया था। वह घबरा गई थी। खेल रुक गया। अंश एक बेंच पर बैठ गया। नैना उसके पास जाकर बैठ गई। अंश की आँखें लाल थीं। वह अपनी उखड़ती साँसों को क़ाबू में करने की कोशिश कर रहा था। नैना चुपचाप उसके पास बैठी रही। इसके बाद थोड़ी देर उदासी छायी रही।

"मुझे कुछ पता ही नहीं था। मुझसे ज़्यादा तो ध्रुव को पता था। ऐसा क्यों करते हैं यह सब लोग। एक-दूसरे के साथ ऐसा"—अंश जैसे ख़ुद से बात कर रहा था।

"हो सकता है कुछ होता हो जो हमें समझ नहीं आता। हो सकता है बड़े होते-होते हम भी ऐसे हो जाएँ। क्या पता कोई ख़ुशी मिलती हो। कुछ ज़रूरतें होती हों"—नैना कहने लगी। अंश ने उसकी ओर देखा।

"क्या हम भी ऐसे हो जाएँगे नैना?"—अंश के मन में सवाल उठ रहे थे। सवाल जिनका कोई जवाब नहीं था।

"पता नहीं। शायद...लेकिन तू ख़ुद को सँभाल। सँभालने के अलावा कोई और रास्ता नहीं"—नैना ने कहा।

नैना जब ऐसी बातें करती थी तो अंश का उससे पूछने का मन होता था कि उसकी उम्र कितनी है।

कुणाल वृंदा के घर पहुँचा तो दरवाज़ा खुला था। कुछ क्षण पहले जो हुआ अभी उससे कोई उबर नहीं पाया था। वृंदा को कुणाल के आने की आशंका थी। वहाँ राघव और मोहिनी को देखकर कुणाल चकित रह गया।

"तुम यहाँ...अभी तुम जाओ। मैं बाद में बात करती हूँ"—वृंदा दहशत में आ गई।

कुणाल को देखने के बाद अब तक अपना ग़ुस्सा दबाए बैठा राघव उबल पड़ा। कुणाल को अपने घर में देखकर उससे रहा नहीं गया।

"मेरे घर में घुसता है"—उसने कुणाल की ओर आगे बढ़ते हुए कहा।

"और क्या-क्या चल रहा है मेरे पीछे?"—उसने वृंदा की ओर देखते हुए कहा। उसकी नज़रें कुछ ढूँढ़ रही थीं। कोई चीज़। कोई हथियार। कुछ भी जो उस समय हाथ में आए। एक ज्वर था जिसमें डूबकर वह हिंसक हो उठा था। अचानक

वह आगे बढ़ा और कुणाल को धक्का दिया। कुणाल भौचक्का रह गया। इसकी उम्मीद नहीं थी उसे। जितने समय में वह सँभल पाता, राघव उसके मुँह पर दो-चार मुक्के जड़ चुका था। कुणाल ज़मीन पर गिरा तो राघव उसकी छाती पर चढ़ आया। मोहिनी यह देखकर आतंकित रह गई। वृंदा को कुछ समझ नहीं आया। कुणाल को जैसे ही सँभलने का मौक़ा मिला, उसने राघव को पलटकर ज़मीन पर गिरा दिया और घूसों की बरसात कर दी। वृंदा हरकत में आई और उसने खींचकर कुणाल को अलग करने की कोशिश की। राघव भी रुकने वाला नहीं था। उसने वृंदा को एक ओर धक्का दिया और वे दोनों फिर गुत्थमगुत्था हो गए। घर का सामान इधर-उधर गिरने लगा। वृंदा पर जैसे कोई पागलपन चढ़ा और वह पूरी ताक़त से चिल्लाकर उन्हें रुकने के लिए कहने लगी। लेकिन वे रुके नहीं। वे रुके तब जब दोनों हाँफ गए। थक गए। रुक गए। कुणाल का निचला होंठ फट गया था। ज़रा-सा ख़ून भी बह रहा था। राघव अपना पेट दबाए बैठा था। पूरे समय घर का दरवाज़ा खुला था और घर की बात अब मोहल्ले की बात हो गई थी। साहिर भी कुणाल के पीछे-पीछे आया था लेकिन उसको आने में थोड़ी देर हो गई थी क्योंकि रास्ते में वह अंश को देखकर रुक गया था। कुछ देर अंश और नैना को साथ में देखता रहा था।

वह बस देख सकता था। कुछ भी होने से रोक नहीं सकता था। हम रोक कहाँ पाते हैं कुछ। बल्कि हम तो यह भी तय नहीं कर पाते कि जो निर्णय लिए वे सही हैं या नहीं। आने वाला समय बताता है कि एक समय पर जो निर्णय हमने लिया था, एक मोड़ जो हम मुड़े थे, वह सही किया था या नहीं। यह इतना भयावह नहीं। भयावह यह है कि पूरी ज़िन्दगी एक ग़लत मोड़ पर मुड़कर उसी रास्ते पर चलते हुए बिता दी जाए। मोहिनी को क्यों लगा कि उसने ग़लत रास्ता चुन लिया है? अच्छी-ख़ासी नौकरी और परिवार। सब जानते-बूझते हुए क्यों पड़ गई थी बीच में? उसने क्यों नहीं सोचा कि ऐसे रास्तों पर चलने के बाद ज़ख़्मी हुए बिना नहीं लौट पाते। सीधी-सादी प्रेम की चाहत और एक आदमी पर भरोसा, बस यही ग़लती थी उसकी जो उसे इस स्थिति में ले आई।

प्रेम तो किसी को भी कभी भी हो सकता है। जब मोहिनी के अपने डर थे, तो वह उन डरों के पार क्यों नहीं देख पाई? या शायद वह देखना ही नहीं चाहती थी। कई डरों को हम नज़रंदाज़ करते चलते हैं और फिर किसी भले दिन वे हमसे टकरा जाते हैं। मोहिनी के चेहरे पर इस समय वही डर था। वह किसी और के घर

में थी। थोड़ी देर पहले वह उस घर के बेडरूम में शराब पी रही थी उस आदमी के साथ जो पहले से शादीशुदा है, उसकी बीवी बाहर बैठी थी और वह यह जानती थी। कोई और दिन होता तो रोज़ की तरह वह अपने ऑफ़िस में होती। लेकिन आज वह यहाँ थी और सामने से देख रही थी कि उसने क्या कर दिया है। वह यह भी सोच रही थी कि उसने अपने साथ क्या कर लिया है। वह निकलकर भाग जाना चाहती थी लेकिन राघव के बिना अकेले बाहर जाने की हिम्मत नहीं हो रही थी। उसे लगा कि इस समय वह दुनिया का सामना अकेले नहीं कर पाएगी।

साहिर वहाँ से लौट गया। वह अंश और नैना के सामने वाली बेंच पर जाकर बैठ गया। दूर से उन दोनों को बातें करते देखता रहा। उसकी बाईं आँख से एक आँसू ढलका। उसने पोंछा और वहाँ से बाहर निकलकर सड़क पर आ गया। उन्हें साथ देखकर उसे कुछ याद आ गया था। कुछ साल पहले वह एक सड़क के फ़ुटपाथ पर बैठा रह गया था। उससे कहा गया था कि मुझे मरी हुई समझ लो। उसने समझ लिया।

जिस लड़के के मुँह पर मुक्का मारकर अंश ने ख़ून निकाल दिया था, उसके माता-पिता अंश के घर पहुँचे। उन्होंने देखा कि दरवाज़ा खुला हुआ है और बाहर कुछ लोग खड़े हैं। ऐसे लोग जो हमेशा बाहर ही खड़े रहते हैं ताकि जान पाएँ कि क्या हुआ और फिर आगे दुनिया में बता पाएँ। उन्होंने पूछा क्या हुआ है तो कुछ लोग बताने लगे। फुसफुसाहटों का दौर शुरू हुआ। जो किसी की त्रासदी थी, वह किसी के लिए महज़ गपशप। वे अन्दर घुसे तो देखा कि शान्ति छायी हुई है। तूफ़ान के बाद की शान्ति।

"आपके बेटे ने देखो क्या हाल कर दिया इसका"—पिता ने अपने बेटे को आगे करते हुए कहा।

"सोचा था यहाँ आकर आप लोगों को बताऊँगा तो आप कुछ ख़बर लेंगे उसकी। लेकिन यहाँ तो मामला ही उल्टा है। सारे कुएँ में ही भाँग पड़ी है। आप लोग ख़ुद को सँभाल लें वही काफ़ी है। बच्चों को तो बाद में देखेंगे"—कहते हुए वह वहाँ से निकल गए।

वृंदा और राघव उसे देखते रहे, सुनते रहे लेकिन उनके पास कहने के लिए कुछ नहीं था। नैना ने उस लड़के और उसके पिता को जाते हुए देख लिया था, इसलिए उसने अंश से अपने घर चलने के लिए कहा। उसके घर पर कोई नहीं

था। वहाँ पहुँचकर अंश ने वाश-बेसिन में मुँह धोया। नैना ने उसे तौलिया दिया। उसने अंश का हाथ अपने हाथों में लिया और उसकी ओर देखने लगी। अंश का हाथ काँपा और उसने नैना की तरफ़ देखा। दोनों के चेहरे क़रीब आए और दोनों ने एक-दूसरे को वाश-बेसिन के ऊपर लगे आईने में देर तक देखा। नैना ने अंश के होंठों को हल्के से चूमा। फिर दोनों एक-दूसरे को देखते रहे। एक आवाज़ आई। दरवाज़े की घंटी बजी। नैना दौड़कर दरवाज़े की ओर गई और दरवाज़ा खोला। कोरियर वाला था। नैना पार्सल लेकर अन्दर आई। अंश उसकी ओर देखकर मुस्करा रहा था। नैना की आँखों में अथाह प्यार था।

"मैं यह पार्सल अन्दर रखकर आती हूँ"—कहकर वह अन्दर कमरे में चली गई और शीशे में ख़ुद को देखने लगी। उसने अपने होंठों पर उँगली फिराई और कुछ देर पहले हुई घटना को याद किया। अंश ख़ुश था। हालाँकि जो हुआ, उसको वह अभी तक पूरी तरह सहेज नहीं पा रहा था। नैना बाहर आई। दोनों थोड़े असहज हो गए थे। उनकी कम उम्र की दोस्ती के बीच एक चुम्बन ने नया रास्ता खोल दिया था।

वृंदा उठी और उसने सबको जाने के लिए कहा। सबसे पहले कुणाल निकला। फिर लक्ष्मी। उसके बाद मोहिनी और राघव भी निकल गए। पूरे समय ध्रुव घर में अन्दर वाले कमरे में था। वह सब कुछ देख-सुन रहा था। इस माहौल की वजह से वह सहमा हुआ था, ठीक वैसे ही जैसे राघव सहमा हुआ था उस शाम जिसके बाद उसकी माँ ने कुछ भी ग़लत देखना छोड़ दिया था। बच्चे देख रहे थे, सब कुछ और इस सब कुछ को वे जीवन-भर अपने साथ लेकर चलने वाले थे। घर में सिर्फ़ वृंदा और ध्रुव बचे थे। बाहर भीड़ छँट चुकी थी। वृंदा को लगा सब ख़त्म हो गया। उसको अंश की याद आई और साथ में याद आया अतीत।

वह इक्कीस साल की थी और शादी को दो साल हुए थे। इन दो सालों में ज़्यादातर रातें राघव की मर्ज़ी से कटी थीं। कोई ग़ुस्सा था राघव के अन्दर जो बढ़ता जा रहा था और वृंदा इसी काम आती थी कि रोज़ रात इस ग़ुस्से को सहन करे। तरीक़ा राघव चुनता था। इतने में एक रात हल्की कमज़ोरी और बेचैनी महसूस होने के बाद रूटीन चेकअप में वृंदा को पता चला कि वह माँ बनने वाली है। वह इसके लिए तैयार नहीं थी। शादी की पहली रात जो हुआ और उसके बाद फिर कई रातों तक जो होता रहा, उसके बाद वृंदा अलग होने का मन बना चुकी थी। उस पर जब परिवार में बच्चे की बातें शुरू हुईं तो उसे लगा कि सब शुरू होने से

पहले ही ख़त्म हो गया। वह नहीं चाहती थी बच्चा। इन परिस्थितियों में तो बिलकुल नहीं जब वह अलग होने का मन बना चुकी थी। लेकिन दो साल हो चुके थे और बुज़ुर्गों को बच्चा चाहिए था। उन्हें चाहिए था कि वृंदा वंश आगे बढ़ाने की मशीन बने। राघव को क्या चाहिए था उसे नहीं पता था। उसे यह सब कुछ नहीं चाहिए था लेकिन ऐसा होने से उसे दिक़्क़त भी नहीं थी। न चाहते हुए भी उसने शादी के लिए मना नहीं किया और न ही अब उसे बच्चे से दिक़्क़त थी। वृंदा ने अपनी बात रखनी भी चाही थी।

"मैं अभी माँ नहीं बनना चाहती"—उसने एक शाम अपने पिता से कहा था। उन्होंने उसकी बात को तवज्जो नहीं दी।

"बच्चा आने से गृहस्थी की सारी दिक़्क़तें ख़त्म हो जाएँगी। ज़रूरी होता है। वैसे भी इस मामले में हमसे बात करके क्या होगा। राघव से बात करो। उसके पेरेंट्स से बात करो"—उन्होंने कहा था।

उसने बात की भी थी राघव की माँ से। उस माँ से जिसने चुप रहना और सवाल न करना सीख लिया था। उसने उस समय वृंदा को भी चुप रहने और सवाल ना करने की ही सलाह दी। वृंदा ने एक और कोशिश की।

"बेटा, यह सब बातें तुम मत सोचो। तुम बहू हो इस घर की। अब जो हो रहा है उसे होने दो। तुम अपना काम करो। बाक़ी ज़िम्मेदारियाँ हम पर छोड़ दो। राघव के साथ कोई दिक़्क़त हो...तो मुझे बताना"—राघव के पिता ने उससे कहा था।

उसने राघव से कोई बात नहीं की। उसके बाद घर में बातें और तैयारियाँ शुरू हो गईं। आने वाले बच्चे का इन्तज़ार शुरू हो गया। बात रिश्तेदारों में फैल गई। वृंदा चुप रह गई। ख़ुद में घुटते हुए, चुप रहते हुए, अपने कमरे में दिन-दिन भर यूँ ही पड़े हुए उसने वह समय गुज़ार दिया।

नाजायज़ बच्चा कौन होता है? कैसे तय होता है? क्या है जो जायज़ नहीं है? बिना शादी का बच्चा जिसमें मर्ज़ी शामिल हो या शादी होने के बाद बिना मर्ज़ी का बच्चा? दो साल में एक बार भी ऐसा नहीं हुआ था कि राघव ने वृंदा की मर्ज़ी का ख़याल किया हो। प्रेम का अहसास यदि कभी होता भी तो पहली रात के अपने बर्ताव से ही राघव ने ऐसा होने की सम्भावना को हमेशा के लिए ख़त्म कर दिया था। वृंदा के प्रतिरोध को लगातार कुचला गया था। उसके पास कोई नहीं था जिसे वह बता पाती कि उसके साथ क्या हो रहा है। ऐसा भी नहीं था कि राघव उसके

प्रति हिंसक था। बिलकुल नहीं। लेकिन उसके लिए वृंदा की मर्ज़ी मायने नहीं रखती थी। यह बलात्कार था जिसे इसी तरह कहा जाना चाहिए था लेकिन कभी कहा नहीं गया। कानून के हिसाब से यह कोई अपराध ही नहीं था। वृंदा का गर्भवती होना उसकी इच्छा के ख़िलाफ़ उसके पेट में एक बच्चे का बीज बोने जैसा था। पैदा होने वाला बच्चा बलात्कार से पैदा होने वाला बच्चा था। पैदा होने के बाद इस बच्चे का नाम अंश रखा गया। बलात्कार से पैदा हुआ एक स्त्री और पुरुष का अंश। लेकिन दुनिया के हिसाब से यही सही था। इसी रिवाज़ को सम्मान देकर पूजा जाता था। यह समाज बीमार था। वृंदा ने तब हथियार डाल दिए और अपनी क़िस्मत के आगे नतमस्तक हो गई। अंश के पैदा होने के कुछ महीने बाद फिर वही सिलसिला शुरू हो गया। लेकिन वृंदा इस हद तक समझौता कर चुकी थी कि यह उसके जीवन का सहज हिस्सा हो गया था। राघव को पूरे दिन में उसके बस पाँच मिनट चाहिए होते थे और वह चुपचाप उसे वह पाँच मिनट दे दिया करती थी। राघव उसके ऊपर होता था। उनके शरीर हिलते थे। वृंदा की आँखें शून्य में चली जाती थीं। उसे जितना प्यार अंश पर आता, रह-रहकर उतने सवाल भी मन में उठते। वह राघव से नफ़रत करती थी। कितनी बार ऐसा हुआ कि अपने दिमाग़ में उसने राघव की हत्या करने की कहानियाँ बुनीं। कितनी बार उसने चाहा कि किसी दुर्घटना में उसकी मृत्यु हो जाए तो उसे छुटकारा मिले। और तो कोई रास्ता था नहीं।

ध्रुव की आवाज़ से वृंदा का ध्यान टूटा।

"मम्मी, क्या आप हमें छोड़ दोगी? कुणाल भैया के साथ रहना तो मुझे भी साथ रख लेना। पापा के साथ मुझे डर लगता है"—ध्रुव के इतना कहते ही वृंदा ने उसे गले लगा लिया। बच्चे देख रहे थे। वे इतनी कम उम्र में जान रहे थे जो उन्हें नहीं जानना चाहिए था। वे ऐसे डरों से गुज़र रहे थे जिनसे किसी भी बच्चे को नहीं गुज़रना चाहिए।

बाहर निकलते ही राघव फिर कुणाल से उलझ पड़ा।

"जितनी जल्दी हो सके, यह सोसाइटी छोड़ दे और यहाँ नज़र मत आना फिर। वृंदा के आसपास भी नज़र आया तो ज़िन्दा नहीं बचेगा"—राघव ने उसके पास जाकर धीमी आवाज़ में कहा। ज़रा ही पीछे मोहिनी खड़ी थी। उसने राघव को रोकना चाहा था क्योंकि वह वहाँ से चुपचाप निकलना चाहती थी। वह एक-एक पल उस पर भारी पड़ रहा था। उसे लग रहा था जैसे सारी दुनिया की नज़रें उसी

पर हैं और उसे तरह-तरह से आँका जा रहा है। कुणाल ने राघव की बात सुनी और मोहिनी की ओर देखा। कुणाल के चेहरे पर मुस्कराहट थी।

"मैं तो नहीं छोड़ने वाला। चाहो तो निकलवा दो...बाक़ी तुम किस-किस को सँभालोगे। जो है उसी को सँभालो। वृंदा अपने बारे में ख़ुद तय कर लेगी।"

कुणाल की बात पर राघव ने उसे देख लेने की धमकी दी और मोहिनी के साथ सोसाइटी के बाहर तक आया। मोहिनी अपनी कार से निकल गई। उसके जाते ही राघव ने एक फ़ोन मिलाया।

"हाँ सोलंकी...एक काम है तुझसे यार।"

"बता"—उधर से आवाज़ आई।

"एक कंप्लेंट लिखानी है।"

"तो आजा यहाँ थाने। बैठकर बात कर लेते हैं। क्या माजरा है?"

राघव ने तुरन्त ऑटो किया और थाने पहुँचा। थोड़ी ही देर में वह एक कुर्सी पर इन्सपेक्टर सोलंकी के सामने बैठा था। उसने पूरा वाक़िया सोलंकी को बताया।

"लीगल मत जा क्योंकि घर का मामला है। फ़ालतू बात उछलेगी...और फिर भाभी का इस पर क्या स्टैंड है, यह भी नहीं पता। उन्होंने इनकार कर दिया तो तू ही फँसेगा।"—सोलंकी ने उसे समझाया।

"लेकिन यार ऐसे नहीं छोड़ सकता। एक कल का छोकरा मेरे घर तक चला आया...मैं ऐसे तो नहीं छोड़ सकता"—राघव एक ही बात पर अटक गया।

"तो कुछ धमकी वग़ैरह दिलवा देते हैं। एक फ़ोन जाएगा यहाँ से...टाइट हो जाएगा।"

"धमकी से कुछ नहीं होगा। एकाध रात तो हवालात में सड़ाओ ताकि होश ठिकाने आ जाएँ।"

सोलंकी ने कुछ देर सोचा—"करता हूँ कुछ।"

कुछ हुआ। फ़ोन करके कुणाल को थाने बुलाया गया। उसने जाने से पहले वृंदा को फ़ोन किया लेकिन उसने उठाया नहीं। जो कुछ समय पहले हुआ, उसके कारण वह अभी इस स्थिति में नहीं थी कि कुछ बात कर पाती। कुणाल ने साहिर को फ़ोन किया और बताया कि उसे थाने बुलाया है। कुणाल वहाँ पहुँचा तो उसे सीधे हवालात में डाल दिया गया। बताया बस इतना गया कि शादीशुदा औरतों को

परेशान करने की कंप्लेंट आई है उसके ख़िलाफ़। कुणाल ने एफ़आईआर देखने के लिए कहा तो नहीं दिखाई गई। उसने कहा यह ग़लत तरीक़ा है तो उसकी नहीं सुनी गई। उसे एक फ़ोन करने की इजाज़त ज़रूर दे दी गई। उसने साहिर को फ़ोन करके बताया। साहिर ने वृंदा को फ़ोन मिलाया—"कुणाल जेल में है। आपके पति ने शिकायत की है कि वह आपको परेशान करता है।" साहिर ने उसे पुलिसवाले का नाम और थाने का पता बताया। वृंदा ने एक मिनट भी ज़ाया करना ठीक नहीं समझा। वह तुरन्त थाने पहुँची। थोड़ी ही देर में वह सोलंकी के सामने बैठी थी।

"राघव आपका दोस्त ज़रूर है लेकिन ऐसे बिना किसी सबूत के और बिना किसी कंप्लेंट के आप किसी को गिरफ़्तार कैसे कर सकते हैं? आरोप मुझे लेकर था तो मुझसे तो बात की होती"—वृंदा ने उससे कहा।

"लेकिन मुझे लगा आप ने ही कहा होगा। मैंने राघव की बात पर भरोसा किया। मैंने तो उससे कहा भी था कि घर की बात है। लेकिन वह नहीं माना"—सोलंकी सफ़ाई देने वाले अन्दाज़ में कहने लगा।

"इन सब बातों में एक निर्दोष लड़के की इज़्ज़त पर बट्टा लग जाएगा न। उसने ऐसा कुछ नहीं किया जैसा राघव ने आपसे कहा। उसने झूठ कहा है..."—बोलते-बोलते वृंदा रुकी। "...बल्कि अगर सच्चाई से किसी को कोई फ़र्क़ पड़ता तो मैं राघव के ख़िलाफ़ कंप्लेंट लिखा रही होती।"—इतना कहकर वृंदा रुक गई। सोलंकी भौचक्का रह गया।

"प्लीज़ उसे बाहर निकालिए।"

वृंदा के कहने पर सोलंकी ने कुणाल को बाहर निकलवाया। कुणाल ने वृंदा को देखा और चुपचाप उसके पास आकर खड़ा हो गया। वे दोनों वहाँ से निकले। सोलंकी उन्हें जाते हुए देखता रहा। रास्ते-भर उन्होंने कोई बात नहीं की। शायद कोई बात थी ही नहीं करने को या शायद बहुत सारी बातें थीं। जब बहुत सारी बातें होती हैं तो वे अपना क्रम नहीं ढूँढ़ पाती कि किसे पहले किया जाए और किसे बाद में। या किसे किया ही न जाए। दोनों अपने-अपने दिमाग़ में अपनी दुनिया लिए चल रहे थे। सोसाइटी के बाहर दोनों ऑटो से उतरे। वृंदा ने पैसे दिए। उन्होंने तब भी कोई बात नहीं की। दोनों अपने-अपने रास्ते चल दिए।

राघव अपने हिस्से की ग़लती कर चुका था। ग़लती सिर्फ़ यह नहीं कि वह मोहिनी के साथ था, ग़लती यह कि जिस बात को मानने से वह मना करता था, उसे

ख़ुद ही सबके सामने ले आया। इस तरह वृंदा पर किसी भी तरह का हक़ वह खो चुका था। यह बात वृंदा भी अच्छी तरह समझ चुकी थी। इसलिए उसे यह ठीक भी लग रहा था। अब सारा खेल खुलकर खेला जा सकता था। सारे रहस्यों पर से पर्दा उठ चुका था। रहस्य जो हम छुपाकर रखते हैं। अब वृंदा को चाहे किसी की भी परवाह हो, राघव की तो नहीं थी। उस दिन के बाद से राघव का घर पर आना-जाना कम हो गया था। वृंदा को भी ऐसे ही ठीक लगता था। ध्रुव पर ज़्यादा असर नहीं पड़ा था लेकिन अंश उस दिन के बाद से शान्त रहने लगा था। उसके अन्दर जो चल रहा था, न वह ख़ुद समझ पाता था न किसी को समझा पाता था। नैना बस उसे यह बात याद रखने को कहती थी कि वह अपनी माँ का ख़याल रखे।

उस दिन के बाद से मोहिनी ने भी राघव से मिलना-जुलना कम कर दिया। ऑफ़िस जाना तो मजबूरी था लेकिन और किसी भी तरह का मतलब रखना उसे ठीक नहीं लगा। राघव उससे बात करने की कोशिश ज़रूर करता रहता था।

"मैं मानता हूँ वह मेरी बेवकूफ़ी थी। लेकिन वृंदा के अफ़ेयर के बारे में पता चला और उसी दिन ऑफ़िस में तलाक़ के काग़ज़ भी भिजवा दिए उसने। मुझे समझ नहीं आया कुछ। हो गई ग़लती"—आख़िर एक दिन उसने मोहिनी से कहा जब वह उसके केबिन में था।

"लेकिन अब मुझसे नहीं होगा। बात सिर्फ़ तुम्हारी, मेरी या वृंदा की नहीं है। बच्चे भी हैं तुम्हारे। और उस दिन वह सब सुन लेने के बाद...अब मुझमें हिम्मत नहीं है"—मोहिनी ने समझाना चाहा।

राघव चुप रहा। इसके आगे कुछ बोलने का मतलब नहीं था। अंश की उस दिन की बातों ने उसे भी शर्मिंदा कर दिया था।

"ठीक ही हुआ फिर तो। वृंदा को भी अब कुछ छुपाने की ज़रूरत नहीं। अब तो वैसे भी मैं घर कम ही जाता हूँ"—कहते हुए वह उसके केबिन से बाहर निकल गया।

उसी रात मोहिनी ने एक सपना देखा था जिसमें अंश उससे कह रहा था कि उसके जैसी औरतों को क्या कहते हैं, वह जानता है। क्या जानता है वह? क्या कहते हैं? फिर अलग-अलग शब्द उसके दिमाग़ में घूमते रहते। क्या है वह? नहीं है लेकिन उस बच्चे की नज़र में तो है ही। अंश की ही उम्र का उसका एक छोटा भाई था। एक दिन वह उसके सपने में आया और उसे बुरा-भला कहने लगा। उसे अंश और अपना भाई दोनों साथ दिखे। वे दोनों उसे उन सब नामों से पुकार रहे

थे जिन नामों के बारे में अंश को स्कूल से पता चला था। वह अपने छोटे भाई से भी कटी-कटी रहने लगी थी।

कुणाल औंधे मुँह बिस्तर पर पड़ा था। घर से माँ का फ़ोन आया, उसने नहीं उठाया। उसे स्तुति की याद आई। उसका मन फूट-फूटकर रोने को हुआ। वृंदा का ख़याल आते ही उसे आगे के सारे रास्ते ऊबड़-खाबड़ दिखाई देने लगे। कोई भी एक बात वह ठीक से नहीं सोच पा रहा था। पिछले एक हफ़्ते से उसने कोई ऑडिशन नहीं दिया था। अपने रूटीन तक का ख़याल वह नहीं रख पा रहा था। उसके मन में अंधड़ चलते रहते। कहाँ ग़लत हुआ था वह? कहाँ उसे रुक जाना चाहिए था? साहिर बार-बार कहता था। क्या अब उसे रुक जाना चाहिए? यह सब सोचते-सोचते उसकी आँख लगी तो शाम को ही खुली। उसने साहिर को फ़ोन किया और उसे मिलने के लिए बुला लिया।

"सब गड़बड़ हो रहा है यार। साले जेल के भी दर्शन हो गए, वह भी बिना बात।"

"बिना बात तो नहीं हुए"—साहिर ने कहा।

"बिना बात ही हुए हैं। मैंने क्या तंग किया वृंदा को? उसके पति की तो...मैं बताऊँगा उसे। ऐसे नहीं छोड़ूँगा"—कुणाल इस बात को ज़ब्त नहीं कर पा रहा था।

"अब तो निकल बाहर इन सब चक्करों से। या अभी भी मन नहीं भरा?"

"तो क्या करूँ? बोल दूँ वृंदा को कि सब ख़त्म?"

"और क्या। सही समय है।"

"समझ नहीं आता। बोलूँ भी तो क्या?"

वह शुरू से जानता था इस रिश्ते का भविष्य। शुरू में वृंदा नहीं जानती थी क्योंकि जो वह सोचती थी, जैसा वह चाहती थी, वैसा कर पाने के बारे में सोचकर भी वह सहम जाती थी। उसे ऐसा करना वास्तविक नहीं लगता था। लेकिन धीरे-धीरे उसके दिमाग़ की गाँठें खुलती चली गईं। वह कुणाल के साथ अपने रिश्ते को लेकर पुख़्ता होती गई। साहिर को उसका ऐसा सोचना बचकाना लगता था। कुणाल जानता था कि एक दिन यह ख़त्म होगा। वह बस अपनी इच्छाओं की लहरों पर तैरता जा रहा था। वह एक तरफ़ ख़ुद को कोसता था तो दूसरी तरफ़ उसे वृंदा के लिए ख़राब लगता था। फिर वह अपने मन में तरह-तरह की बातें करके ख़ुद को समझाता था। ख़ुद को अपने ही समक्ष सही साबित करने की होड़ में वह रोज़ हार जाता था। इसमें कोई उसकी मदद भी नहीं कर सकता था। वहीं उसकी इस

जद्दोजहद से वृंदा पूरी तरह अनजान थी। उसके लिए तो उस दिन होने वाली घटना ने चीज़ों को आसान कर दिया था।

जब कुछ दिन बीत गए थे और मोहिनी लगातार राघव से दूरी बनाए हुए थी तो एक दिन राघव ने लगभग गिड़गिड़ाते हुए उससे कहा कि ज़रूरत है तुम्हारी। कोई और नहीं जिससे बात कर सकूँ। मोहिनी और वह साथ थे मोहिनी के घर पर। उसका छोटा भाई भी था जो सो चुका था, जिसकी नज़रों में वह ख़ुद को आँकती रहती थी। उस दिन राघव ने बोलना शुरू किया तो बोलता चला गया। मोहिनी ने उस दिन जो कुछ सुना उससे पहले तो उसे राघव से डर लगा। फिर उस पर तरस आया।

राघव की उम्र बीस के आसपास थी। वे नाकामियों और संघर्षों के दिन थे। संघर्षों के दिन तो ख़ैर जब से होश सँभाला तब से रहे। ऐसे ही दिनों में उसने हिम्मत करनी चाही अपने मन मुताबिक़ जीने की। जो उसे खाने के लिए पैसे देते थे, पहनने को कपड़े देते थे, बचपन से पढ़ाते-लिखाते रहे, उनके विरुद्ध जाने की। जब-जब उन्होंने उससे कोई उम्मीद की, उसने कहना चाहा कि उसे अपने हिसाब से जीना है। यह मन मुताबिक़ ज़िन्दगी उसने जैसे ही जीनी शुरू की, एक लड़की आई और कहा कि उसे प्रेम है उससे। यह राघव को एक उपलब्धि जैसा लगा कि एक लड़की स्वयं कहे कि उसे प्रेम है उससे। उसने समझाया कि मुश्किल होगी, लड़की ने कहा हम मिलकर सँभाल लेंगे। उसने कहा ठीक है और वे गले लग गए। उसे अनुभूति हुई कि हमारा प्रेम महान है, हम महान हैं। उसके बाद पीड़ा और यातना का सिलसिला शुरू हुआ। वे साथ बने रहे। एक-दूसरे से और परिस्थितियों से लड़ते रहे। यूँ दुखी रहकर साथ बने रहना उसके अन्दर महानता के अहसास को दोगुना कर देता था। और उन्हें यूँ ही जीना था। आत्महत्या को कायरतापूर्ण काम कहा जाता था और ऐसा ही कहने वाले लोग प्रेम की इजाज़त नहीं देते थे। उनकी मजबूरियों और अकेलेपन का सामंजस्य बैठ ही नहीं पाया। प्रेम तो अथाह था पर समय अनुकूल नहीं था। उन दिनों राघव का ग़ुस्सा माँ पर उतरता था। उसे चिल्लाना होता था तो माँ होती थी। सब कुछ सुनती थी वह। जब उससे नाराज़ या ग़ुस्सा हो जाती थी तो उस लड़की की तरह दो या सात दिन का इन्तज़ार नहीं करती थी। शायद रो लेती होगी थोड़ी देर अपने ईश्वर के सामने। कहती थी परेशान मत हो। वह सब कुछ समझती थी पर राघव ने कभी उसे समझने की कोशिश नहीं की। माँ के बारे में कभी ऐसा नहीं लगा कि वह उसे भूलकर अजनबी हो गई है। माँ के

प्रति कभी कोई ज़िम्मेदारी महसूस नहीं हुई, यह या तो उसकी नीचता थी या माँ के प्रेम की ताक़त। माँ ख़ुद भी अकेली थी। उसके पास बात करने के लिए कोई नहीं था। इसलिए वह ख़ुद से बातें करने लगी। वह उससे क्या बात कर सकती थी। एक माँ अपने बेटे से क्या बात कर सकती है? क्या वह यह बता सकती है कि उसे अकेलापन महसूस होता है। उसे कोई चाहिए अपना जीवन बाँटने को। हमारे यहाँ तो ऐसा नहीं हो सकता। सम्भव ही नहीं। सोचा भी नहीं जा सकता। उसने कोशिश की माँ का साथ देने की, अपने हिसाब से जीने की लेकिन सामने पिता खड़े थे। हर बात में, हर निर्णय में। यहाँ तक कि साँस कैसे लेनी है, इस निर्णय में भी पिता का हिस्सा था। उसने चाहा माँ से पूछे कि छोड़ क्यों नहीं देती ऐसे आदमी को। पूछा भी। माँ ने उसे चुप रहने के लिए कहा। बहुत सुन्दर थी माँ उन दिनों। जैसे कोई हद तोड़ी जाती है, वैसे उसने कहा कि आपकी भी तो इच्छाएँ होंगी। लेकिन कुछ नहीं हुआ। बस समय बीत गया। पिता को कोई चाहिए था जिस पर उम्र-भर अपने हुकुम की बेंत चलाते रहें। माँ ने पूरी तरह समर्पण कर दिया तो उसके बाद वह लाइन में था। पिता के आदेश का चाबुक उस पर भी चला। अगले क़रीब एक साल उसका अपने पिता से संघर्ष चला और आख़िरकार उसे भी हथियार डालने पड़े। उसका संघर्ष कोई दहाड़ता हुआ संघर्ष नहीं था, मिमियाता हुआ संघर्ष था। राघव ने बताया कि वह यह बात दावे के साथ कह सकता है कि माँ को कभी प्यार नहीं मिला। एक प्रेमी का प्यार। उसे पति का प्यार मिला। उस आदमी को भी तो कभी प्यार नहीं मिला। उसने जाना ही नहीं प्यार कैसे किया जाता है। उसने माँ से कहा आप यह घर छोड़कर चली जाओ। फिर लौटकर मत आना। माँ ने नहीं सुना। वह इससे ज़्यादा कुछ नहीं कर सकता था। वह एक औरत भी तो थी, जैसे वृंदा है और वह वृंदा के लिए वही बन गया जो उसके पिता उसकी माँ के लिए थे। उसे पहली बार जीवन में कोई ऐसा मिला जिसके साथ वह जैसा चाहे वैसा बर्ताव कर सकता था। उसे रोकने वाला कोई नहीं था। उसे हक़ दिया गया था और उसने उसे भरपूर नोचा। वृंदा को उससे प्यार चाहिए था, लेकिन उसे ताक़त मिली थी पहली बार। उसे वे दृश्य याद आते थे जिनमें उसे पिता का चेहरा दिखता था और उन पलों में वह क्रूरता का अनुभव करना चाहता था। देखना चाहता था कि कैसा लगता है। वह छोड़ दिया करता था ख़ुद को, बहने देता था। उसने नहीं चाहा था यह रिश्ता, कभी नहीं। लेकिन उसे बाँध दिया गया था। वह कुछ कर नहीं पाया

और इसका आधा दोष उसने उसे भी दिया जो उसके साथ इस रिश्ते में थी। वृंदा को। आधा दोष उसका ख़ुद का भी था और उसकी लाचारी उसे जानवर बना देती थी। उसे पागल हो जाना अच्छा लगता था। या यूँ कहें कि शुरू में तो अच्छा या बुरा जैसा कुछ था ही नहीं, बस एक जुनून चढ़ता था दिमाग़ पर और वह उसे पा लेना चाहता था। उसे नहीं समझ आता था कि उसे दिक़्क़त क्या है? अगर है तो क्यों है? वह जुनून, वह बुख़ार रोज़ रात उसे पा लेने के बाद ही दिमाग़ से उतरता था। क्या हर पुरुष की नियति यह है कि वह अपने पिता जैसा हो जाए?

"और हर औरत की नियति यह कि वह अपनी माँ जैसी हो जाए।"

राघव को उस दिन चुपचाप सुनते रहने के बाद मोहिनी अगली कई रातों तक ठीक से सो नहीं पाई। देर तक बिस्तर पर करवटें बदलती रहती लेकिन नींद नहीं आती और वह सोचती रहती।

उसकी इच्छा होती कि राघव से कहे कि तुम्हारी माँ जो नहीं कर सकी वह वृंदा ने किया। मैंने भी तो किया। लेकिन क्या हासिल हुआ? यह कि हम एक तरह की औरतें हैं जिन्हें छोटे-छोटे बच्चे भी जानते हैं कि किस नाम से बुलाया जाता है? अंश ने यह बात तुमसे नहीं कही कि ऐसे आदमियों को क्या कहा जाता है। तुम्हारे लिए क्यों नहीं बनाए गए ऐसे शब्द? तुम लोगों के लिए कितना आसान है सब। तुम्हारी माँ आवाज़ उठाती भी तो क्या हासिल होता? हमें क्या हासिल हुआ? मुझे क्या हासिल हुआ?

सच अपने होने का कोई सबूत लेकर नहीं आता

वह रात-भर उसको अपनी कमियाँ और डर एक कहानी की तरह सुनाता रहा। उसे नहीं पता कि उसे कितना समझ आया था। वे ऐसे डर थे जिनसे गुज़रने के बाद ही उन्हें समझा जा सकता था। वह नहीं चाहता था कि वह कभी इन डरों से गुज़रे लेकिन अब शायद सम्भव नहीं था।

हमारा सारा ध्यान अपने बताने पर होता है बजाय इसके कि जिसको बताया जा रहा है वह कितना समझ पा रहा है। जब हम अपनी कहानी सुना रहे होते हैं,

ठीक उसी समय सुनने वाले के मन में क्या कहानी चल रही है, वह यह कभी नहीं बता पाता। उसके बताने में कोई एक डर ऐसा निकल आया था जिससे शायद वह उससे ज़्यादा परिचित थी। उन दोनों के बीच उस डर ने मुँह उठाया और उन्हें निगलने लगा। सुबह होते-होते उसने उसका चेहरा अपनी सीने में भींच लिया और उसे कसकर जकड़े रही, जैसे वह उसके किसी डर को समझ गई हो और उसे उससे बचाना चाहती हो। लेकिन बचा तो कोई नहीं सकता किसी को। कोशिश ज़रूर की जा सकती है। बचाते हुए भी हम कहाँ ध्यान रख पाते हैं कि सामने वाले को कितनी तकलीफ़ दे रहे हैं। तब उनके रास्ते एक हो गए थे। आने वाले समय में उन्हें एक-दूसरे को ख़ुद से बचाना था। वे एक-दूसरे को ज़ख़्मी कर देने वाले थे।

वृंदा रात-भर कुणाल के साथ थी, उसके घर पर। राघव का घर पर आना-जाना कम था। वह रात में नहीं आया था। जब बच्चे सो गए तो वृंदा कुणाल से मिलने गई। आख़िरी बार वे तब साथ थे जब वृंदा उसे जेल से छुड़ाकर लाई थी। उसके बाद से उनकी कोई बात नहीं हुई थी। किसी भी बारे में।

"उस दिन पूरे रास्ते तुमने कुछ नहीं कहा। तब से मैं परेशान हूँ कि पता नहीं तुम क्या सोच रहे हो।" वृंदा का सिर कुणाल की गोद में था।

"कुछ नहीं सोच रहा मैं..."—कुणाल ने होंठों में सिगरेट दबा रखी थी। "... कुछ सोच ही नहीं पा रहा। मेरे घर पर पता चला अगर कि जेल होकर आया हूँ तो किसी लोकल अख़बार के तीसरे पन्ने पर एक कोने में छपवा देंगे कि यह हमारा बेटा है लेकिन इसकी ग़लत हरकतों के चलते हमने इससे सम्बन्ध तोड़ लिया है। आगे से यह कुछ भी करेगा तो हमारी कोई ज़िम्मेदारी नहीं होगी। साथ में मेरा एक ब्लैक एंड वाइट फ़ोटो होगा।"—उसने गम्भीरता से कहना शुरू किया था लेकिन बात ख़त्म होने तक वह हँसने लगा।

उसके इस तरह के जवाब से वृंदा को थोड़ी राहत महसूस हुई।

"उस समय तो मन में था कि निकलते ही तुम्हारे पति को गोली से उड़ा दूँगा... साले को। फिर सोचा कि तुम विधवा हो जाओगी। अच्छी नहीं लगोगी विधवा के भेस में।"

वृंदा कुछ नहीं बोली। बस सुनती रही।

"क्या बोलता उस दिन? शुक्रिया अदा करता तुम्हारा कि तुमने छुड़वाया मुझे।

तुम्हें फ़ोन किया था वहाँ जाने से पहले, तुमने उठाया नहीं। पलटकर किया भी नहीं फ़ोन। वह तो साहिर से बात हो गई।"

"उस दिन इतना कुछ हुआ...मुझे नहीं समझ आया कि फ़ोन पर क्या बात करूँ। घबरा गई थी।"

"उठाना तो चाहिए था। मुझे कहाँ कुछ समझ आ रहा था।"

"जो हुआ उसके लिए माफ़ी माँग सकती हूँ बस। तुम्हें इतनी प्रॉब्लम झेलनी पड़ी।"

कुणाल ने थोड़ी देर रुककर कहा—"वैसे तुम्हें ठीक लग रहा है अब यूँ मिलना?...सारी बात खुलकर सामने आ चुकी है।"

"यही तो। अब डर किस बात का है? रोकेगा कौन मुझे? इस बात का थोड़ा डर ज़रूर है कि शायद तुम्हें नुक़सान पहुँचा सकते हैं।"

कुणाल हँसने लगा। वह वृंदा के क़रीब आया।

"मुझे कुछ ज़रूरी बात करनी थी तुमसे"—वृंदा ने उसे रोकते हुए कहा।

"अभी तो रात शुरू हुई है। बात भी कर लेंगे।"

कुणाल उसे चूमने लगा। वृंदा भी उसका साथ देने लगी।

बाहर बारिश होने लगी थी तेज़। घर पर अंश की नींद खुली। अंश उठा और पूरे घर में माँ को ढूँढ़ आया। उसे डर लगा। घर पर कोई नहीं था उसके और ध्रुव के अलावा। वह सोते हुए ध्रुव के चेहरे को देखने लगा। उसने उसे उठाया नहीं। कोई शोर नहीं किया। घर में कोई नहीं है, यह जानने के बाद वह एक पल के लिए घबराया था। उसे अनाथ जैसा महसूस हुआ। ऐसा इससे पहले कभी नहीं हुआ था कि उसने ख़ुद को रात में अकेला पाया हो। वह शान्त रहा। पानी पीकर फिर अपने बिस्तर पर जाकर लेट गया। थोड़ी देर उसने आँखें खुली रखीं। वह जानता था वृंदा कहाँ होगी। वह नहीं जानता था राघव कहाँ होगा। उसे नैना का ख़याल आया। उसके ख़याल ने अंश को बेबसी से थोड़ा बचाया। इन दिनों नैना ही उसकी माँ थी। उसके मन में आया कि नैना को फ़ोन करे। लेकिन उसने नहीं किया। रात काफ़ी हो चुकी थी। उसे नींद नहीं आई। वह उठकर बाहर आया और सोफ़े पर बैठ गया। उसे लगा कि उसे भूख लग रही है। वह उठकर रसोई में गया। इधर-उधर देखने लगा। कुछ समझ नहीं आया तो उसने फ्रिज खोला। दूध निकाला, गर्म किया और पीया। वापस आया तो देखा कि ध्रुव जाग गया है। वह अंश को वहाँ नहीं देखकर

घबरा गया था। अंश आकर लेट गया और उसे भी सोने के लिए कहा। ध्रुव आठ साल का था। उसके मुँह से 'मम्मी' शब्द निकला और वह अंश से लिपट गया।

कुणाल उठकर वाशरूम गया। वृंदा ने कपड़े पहने। आधी रात बीती थी। उनके पास रात ही थी। रात में छुपाए जा सकने वाले रहस्य दिन का उजाला उघाड़ कर रख देता है।

"साहिर कहता है हम ठीक नहीं कर रहे"—कुणाल ने वापस आकर कहा।

वृंदा के चेहरे पर परेशानी झलकी।

"ठीक ही करना है सब"—वृंदा ने कहा।

"तो क्या ज़रूरी बात करनी थी तुमको?"

वृंदा ने कुछ क्षण रुककर कहा—"मैं राघव से अलग हो रही हूँ। डाइवोर्स पेपर्स भिजवा दिए हैं।"

इतना कहकर वृंदा रुकी।

"एक अरसे से मैं उससे अलग होना चाहती थी। शायद शुरू से ही। अब इतने सालों बाद हिम्मत आई पेपर्स भेजने की। हमेशा पहले किसी से बात करती थी, राय लेने की कोशिश करती थी। मुझे रोक दिया जाता था। अब लगता है कि मेरे साथ तुम खड़े हो...तो ताक़त मिली है।"

कुणाल थोड़ा असहज हुआ। वृंदा का ध्यान नहीं गया। वह समझ रहा था कि बात कहाँ जाने वाली है और वृंदा के मन में क्या है। यह एक दिन तो होना ही था लेकिन इतनी जल्दी वह इसके लिए तैयार नहीं था।

"हम शादी कर लेते हैं।"—वृंदा ने कहा। कुणाल हड़बड़ाया।

"मुझे लगता है इतनी जल्दी में कोई भी फ़ैसला लेना ठीक नहीं...अभी इतना कुछ हुआ है"—कुणाल किसी तरह कह पाया।

वृंदा चुपचाप सुन रही थी। उसे भी पता था कि जो वह चाह रही है वह इतना आसान नहीं।

"और यह बात अभी उठी है तो मुझे लगता है मेरा अभी ही कहना ठीक है। ऐसे एकदम से मैं इस बारे में नहीं सोच सकता।"

उसके अन्दर दरअसल यही बात कुछ अलग शब्दों में चल रही थी। उसे लगा कि वह ऐसा सोच भी कैसे पा रही है। कुछ देर के लिए चुप्पी छा गई। वृंदा को ठेस पहुँची थी। पहली बार एक शक उसके मन में उठा। अकेले छूट जाने का

डर। राघव से अलग होने को लेकर ऐसा डर कभी नहीं उठा। कुणाल के लिए लेकिन ऐसा ही लगा।

अगर कहा जाए कि मनोवैज्ञानिक स्तर पर प्रेम के रिश्ते में भी लगातार ताक़त का खेल चलता है, तो यहाँ वृंदा कमज़ोर थी। उसने हर तरह का हक़ कुणाल को दे दिया था। वहीं कुणाल कुछ बातों को लेकर निश्चित नहीं था। क्या प्यार ताक़त का खेल नहीं? रिश्ता शुरू होते समय सब बराबर। समय बीतने के साथ एक निर्भर होता जाता है दूसरे पर और दूसरा इसी कारण दूर भागने लगना है। यह कैसे तय हो कि निर्भरता कितनी होनी चाहिए, कितनी नहीं? निर्भरता नहीं हो, ऐसा तो सम्भव नहीं। वह कौन-सी महीन रेखा है जिस पर चलें तो तय हो जाए कि हाँ यह ठीक है। इसी के इर्द-गिर्द रहना है।

वृंदा कमज़ोर पड़ रही थी और वह यह बात जानती थी। कुणाल भी यह बात जानता था। आपका किसी को सँभाल पाना भी तो यही बताएगा कि देखो मैं सँभाल सकता हूँ तुम्हें। मेरे पास आओ। किसको अच्छा नहीं लगता उस स्थिति में होना जहाँ सत्ता उसके हाथ में हो।

"ठीक है। लेकिन मुझे तुम्हें कुछ और भी बताना है। मैंने सब सोच लिया है। तुम्हें अन्दाज़ा नहीं होगा। जायदाद में मेरा हिस्सा अच्छा-ख़ासा है और बिज़नेस में भी सब आधा है। मेरे सिग्नेचर के बिना राघव कुछ भी नहीं कर सकता। बस एक यह ताक़त है जो मुझे मेरे घर से मिली है...एक काम तो अच्छा किया उन्होंने कि उनकी बेटी किसी भी हाल में रहे, बस उसे माँगना न पड़े...मैंने विल भी बनवानी शुरू कर दी है जिसमें तुम्हारा भी हिस्सा होगा। मेरे हिस्से की जायदाद में तुम्हारा हिस्सा होगा।"

यह कहते-कहते वृंदा उसे मनाने वाले अन्दाज़ में आ गई। जैसे कुछ बहुत ज़रूरी है जो छूटा जा रहा हो, दूर जा रहा हो और वह उसे झपटना चाहती हो, जकड़ लेना चाहती हो। उसे लगा अगर कुणाल के मन में ज़रा भी संदेह होगा तो यह सब सुनने के बाद वह ख़त्म हो जाएगा। वह बोलते-बोलते अचानक कुणाल के पास आई।

"सब आसान हो जाएगा। बहुत आसान। तुम्हारे लिए। मेरे लिए। हमारे लिए। सोचकर तो देखो। बच्चों की कोई ज़िम्मेदारी तुम पर नहीं आएगी। वह मैं सँभाल लूँगी। ध्रुव से तो वैसे भी तुम्हारी कितनी अच्छी दोस्ती है। तुम्हारी सारी ज़रूरतें पूरी हो जाएँगी।"

वह कहती जा रही थी और कुणाल के अन्दर उसके प्रति अनिच्छा बढ़ती जा रही थी। वृंदा ने बहुत आगे का सोच लिया था। होता इतना ज़्यादा नहीं, जितना आगे का, जितना दूर तक और जितना ज़्यादा हम सोच लेते हैं। यह जो ज़्यादा वाला सोच है, यही दुख है और यह दुख अब वृंदा को मिलना ही था। कुणाल समझ चुका था कि वृंदा अपनी कल्पनाओं में बहुत आगे निकल चुकी है। अब उसे लौटाकर ला पाना मुश्किल था। अब बस उसकी कल्पनाओं को तोड़ा जा सकता था। और कोई रास्ता नहीं था। उसे डर लगा। ज़मीन-जायदाद और हिस्सा अपने नाम हो जाने की बात ने उसे हिला दिया था। वह ऐसा नहीं कर सकता था। एक ग़लती के बाद यह दूसरी ग़लती होती। कुणाल ने इन बातों पर उसे कुछ नहीं कहा। चुपचाप सुनता रहा। अब सामने से कोई बात कहने का मतलब नहीं रह गया था। दो लोग बिलकुल अलग-अलग दिशाओं में सोच रहे थे और यह बात कुणाल जानता था। वृंदा अभी अनजान थी। कुणाल को लगा कि उसने बहुत बड़ी ग़लती कर दी है।

वृंदा जब घर लौटी तो बच्चे सो रहे थे। उसने एक नज़र उन्हें देखा और अपने कमरे में जाकर पसर गई। अंश ने उससे बातचीत कम कर दी थी। अंश के मन में रोष था अपने माता-पिता के प्रति। उनमें भी वृन्दा थी जिसको ज़्यादा भोगना पड़ता था। वृंदा उसकी आँखों से बचने लगी थी। वह जब भी अंश की आँखों में देखती तो उसे सवाल, दुख और टूटन दिखाई देते। एक चौदह साल के बच्चे की आँखों में इतने भाव उमड़ते थे, यह सोचकर वृंदा का मन दरकता था। वह इस सब के लिए ख़ुद को ही सबसे ज़्यादा ज़िम्मेदार मानने लगी थी। फिर अभी तो वह क़दम और आगे बढ़ाने की सोच रही थी। क्या वह तोड़ देगी यह परिवार? बच्चों से उनके पिता को अलग करने का हक़ वह ख़ुद को कैसे दे रही थी? अंश चुप रहता। किसी बात में कोई विरोध नहीं करता। हर बात चुपचाप मान लेता। बस उसकी आँखों में कुछ उतर आया था जो वृंदा की आत्मा में चुभता था। अंश को रह-रहकर नैना की बात याद आती थी।

"अपनी मम्मी का ख़याल रखना।"

लेकिन वह नहीं रख पाया। इतना सब कर पाना बहुत ज़्यादा था उसके लिए।

उस रात के बाद कुणाल ने वृंदा से दूरी बनाना शुरू कर दिया। कुछ दिन उसने काम और ऑडिशंस का बहाना बनाया। फिर फ़ोन भी उठाना कम कर दिया। फिर जैसा कि शायद चिर-काल से चला आ रहा होगा, वैसा ही हुआ। जब एक ने दूरी

बनानी शुरू की तो दूसरा उसके लिए पागल होने लगा। वृंदा उसकी दासी थी, ग़ुलाम। यह ग़ुलामी शायद उसने ख़ुद ही चुनी थी। उसने ख़ुद इतना हक़ कुणाल को दिया था कि वह जब चाहे सब तहस-नहस कर दे। और अब वह शायद यह करने वाला था। लेकिन वह क्या करती? या कोई भी क्या कर सकता है? क्या अपना सब कुछ न्योछावर कर देने की इच्छा रखना ग़लत है? साधारण जीवन में प्रेम भी साधारण ही क्यों हो? ज़रा-ज़रा सा या सँभलकर क्यों किया जाए? तब वह प्रेम कैसा? यह कैसे नापा जाए कि इतना कर लेते हैं और इतना नहीं? क्यों ऐसी कोई सीमाएँ रखी जाएँ जिन्हें लाँघने की मनाही हो?

लेकिन वृंदा ऐसा कर चुकी थी। जैसे-जैसे कुणाल ने उसके फ़ोन उठाना कम किया, वैसे ही उसके नम्बर पर आने वाली वृंदा की कॉल्स की संख्या में इज़ाफ़ा हुआ। वह जब भी उसके पास आने का पूछती, वह घर पर नहीं होने का बहाना बना देता। वह दिन-दिन भर मैसेज करती। मैसेज सीन हो जाते लेकिन रिप्लाई नहीं आता। वह बार-बार पूछती। कुणाल हमेशा कोई बहाना बना देता। ऐसा नहीं था कि वह समझ नहीं रही थी लेकिन प्यार में पड़ा इनसान सामने दिखने वाले हर सच को नज़रंदाज़ करना चाहता है सिर्फ़ इसलिए कि इस सच के पार जो दुनिया है, वह भयावह है। वहाँ रोज़ कई-कई सपनों का टूटना है। यह कुछ-कुछ वैसा ही अंधविश्वास है जैसा ईश्वर पर होता है। यह प्यार में पड़े व्यक्ति का ख़ुद से बार-बार कहना है कि यह सच नहीं हो सकता और अगर है भी तो मैं इसे अस्वीकार करता हूँ। वृंदा इसी अंधविश्वास में गिरती चली जा रही थी। उसके मन में आता था कि वह चीख़ पड़े और कुणाल को झंझोड़ते हुए कहे कि वह ऐसा नहीं कर सकता। कहीं भी किसी भी दुनिया में कोई प्रेमी या प्रेमिका अपने साथी के साथ ऐसा नहीं कर सकते।

एक दिन वह हुआ जो बहुत दिनों से नहीं हो रहा था। उनके रास्ते मिले। वृंदा के लिहाज़ से यह पहले ही हो जाना चाहिए था। कुणाल के लिहाज़ से यह कभी नहीं होना चाहिए था। वे टकराए तो वृंदा ग़ुस्से में उसे देखती रही।

"तुम मुझे अवॉयड कर रहे हो यह तो मैं जानती हूँ। लेकिन क्यों कर रहे हो यह मैं जानना चाहती हूँ। मन भर गया मुझसे? जो भी हुआ है मुझे बताओ। हम ठीक कर लेंगे"—कहते-कहते उसकी आवाज़ पिघलने लगी।

कुणाल बात को खींचने के मूड में नहीं था। इसलिए उसके मन में जो था

उसने सीधे कह दिया। मन में उठने वाली कुछ बातों को ख़ुद तक ही रखना चाहिए लेकिन कुणाल ने इसकी ज़रूरत नहीं समझी।

"मैं तुमसे शादी-वादी नहीं कर सकता। अभी तक जो था, उतना तो ठीक है लेकिन अभी शादी? मुझे इन सब चक्करों में नहीं पड़ना। मैं साफ़-साफ़ कह रहा हूँ। मुझसे यह सब उम्मीद मत रखो।"

कुणाल कह रहा था। वृंदा सुन रही थी। आवाज़ उसके कानों में पड़ रही थी लेकिन उसकी चेतना धुँधलाने लगी थी।

"मुझे नहीं पता कि तुम ऐसा सोच भी कैसे रही हो। मुझे अभी करियर पर ध्यान देना है...और तुम्हारा परिवार है...मैं तुमसे क्यों शादी करूँगा?"

आसमान से इस समय कोई तारा टूटना चाहिए था और प्रार्थना की जानी चाहिए थी कि बात यहीं रुक जाए। लेकिन वह रुकी नहीं। गर्म आँसू वृंदा के गालों पर ढुलक आए। यह वह समय था जहाँ दोनों अपनी शख़्सियत के सबसे ख़राब हिस्से से रूबरू होने वाले थे। कुणाल रुका तो वृंदा बोल पड़ी—

"तो क्या सोचा था तुमने? कि कुछ समय जब तक मज़े आ रहे हैं तब तक साथ रहोगे फिर छोड़ दोगे? सेक्स चाहिए था या पैसे?"

"तुम्हें भी तो मिला...सेक्स...जैसा पति नहीं दे पाया कभी।"

यह आख़िरी बात बोलकर शायद कुणाल ने इस रिश्ते को एक बदसूरत रंग दे दिया था।

"मुझ से दूर रहो। यही बेहतर होगा हमारे लिए"—कहकर कुणाल वहाँ से निकल गया। वृंदा उसे जाते हुए देखती रही। वह उसे तब तक देखती रही जब तक वह उसकी नज़रों से ओझल नहीं हो गया, इस उम्मीद में कि शायद वह एक बार पलटकर देखे। उसने नहीं देखा।

वृंदा के अन्दर जितना ग़ुस्सा था, उतनी ही बेबसी। उसकी चेतना पर एक क़िस्म की नींद तारी थी। वह उसे तोड़ने का प्रयास करती लेकिन असफल रहती। अचानक ऐसा ख़ालीपन आया, इतना भारी कि उससे सहन नहीं हुआ। उसके मन का ख़ालीपन आँखों में शून्य बनकर उतरने लगा। वह प्रेम के पीछे भागी थी और ज़ख़्मी होकर लौट आई। वह किसी के फ़रेब का शिकार थी। किसी ने उसे फ़रेबी कहा। एक अँधेरे से बचने की कोशिश में वह दूसरे अँधेरे में जा गिरी। पहला अँधेरा उसे ज़बरदस्ती दे दिया गया था। यह वाला अँधेरा उसने ख़ुद चुना था। गिरना उसने

नहीं चुना था। गिरना कोई नहीं चुनता फिर भी सब गिरते हैं। यदि हम उजालों की खोज छोड़ दें, तो क्या अँधेरों से नाता टूट जाएगा? उसे अंश की याद आई। वह अभी स्कूल में होगा। उसने सोचा कि कितना कुछ है जो अंश को कभी मालूम नहीं चलेगा। कितना कुछ है जो वह कभी समझ नहीं पाएगा। वह कुछ साल आगे का सोचती थी तो देखती थी कि अंश ही है जो उसे समझ सकता है। कुणाल को लेकर वह टूट ज़रूर गई थी लेकिन अभी पूरी तरह मायूस नहीं हुई थी। उसे लगा कि उसे धैर्य से काम लेना चाहिए। सबसे क़रीबी लोगों से सबसे ज़्यादा ख़तरा होता है। वे आपका ख़याल रखते हैं। आपकी ज़रूरत बन जाते हैं और फिर एक दिन छोड़कर आगे बढ़ जाते हैं। या शायद आगे वे कभी नहीं बढ़ते लेकिन साथ रहना उन्हें नामुमकिन-सा लगने लगता है। उसे उस दिन की याद आई जब पहली बार उसने और कुणाल ने सेक्स किया था। वह दृश्य अचानक उसकी आँखों में क्यों तैरने लगे, वह समझ नहीं पाई। उसके मन में यह बात भी बैठ रही थी कि उसे दुत्कारा जा रहा है। अपमानित होकर भी वह सब कुछ बचा लेना चाहती थी। यह पितृसत्ता से ग्रसित पिताओं का समाज था। बलत्कृत होती औरतों का समाज था। सब कुछ ढककर रखने वालों का समाज था। चुप रहना था, सहना था और छद्म नैतिकताओं के बोझ को ढोना था, चाहे इसके लिए कितनी ही जिन्दगियों को बर्बाद क्यों न होना पड़े। इन दिनों रुक-रुककर बारिश होती रही। बारिश बरसती थी, जैसे आत्मा पर अम्ल गिरता था।

आने वाली रातों में नींद कम थी। नींद की गोलियों का सहारा था। पूरी-पूरी रात वह कुणाल को लानतें भेजती। उसकी आँखों के आगे दृश्य नाचते रहते। दृश्य जिनमें वे ख़ुश थे, खिलखिलाते थे। वह उठकर बैठ जाती और घंटों बैठी सोचती रहती। क्या सब झूठ ही था? क्या कुणाल के लिए कोई भी पल सच्चा नहीं था? उसे ऐसा लगा जैसे जाने कितनी सदियों से वह एक कटोरा लेकर पूरी दुनिया में फिर रही है कि कोई तो थोड़ा प्यार दे दे। रुलाई के लम्बे-लम्बे दौर चलते। उसे एक बार साहिर ने बताया था कि रोने के बाद बहुत हल्का महसूस होता है। उसने पहले से ही क्यों बताया था? वह क्या जानता था आने वाले समय के बारे में? वह दयनीय थी। उसे ख़ुद को बचाना था। ख़ुद को प्रताड़ित करने वाली आदतों से बाहर आना था।

अच्छे और बुरे, सही और ग़लत, वफ़ा और धोखे की परिभाषाएँ दुनिया में ख़त्म हो चुकी थीं। अगर मान लिया जाए कि जो भी जो कुछ कर रहा है, अपनी

मर्ज़ी से अपनी ख़ुशी के लिए कर रहा है तो शब्दकोष से निकाल देना चाहिए धोखे जैसा शब्द। अंश का वैसा ही बर्ताव जारी था। उसे तो अन्दाज़ा भी नहीं था कि अब उसकी माँ एक नए अंधड़ में फँस चुकी है। वृंदा ख़ुद को अकेला करती जा रही थी। उसके मन से बद्दुआएँ निकलतीं। उसे एक-एक करके सबके चेहरे याद आते। अपने माता-पिता, राघव, मोहिनी और कुणाल। उसे लगने लगा कि सबने मिलकर उसे छला है। जैसे यह कोई एक साज़िश थी जिसकी नींव बहुत पहले कभी डाल दी गई हो।

"मैं जानता हूँ तुम जैसी औरतों को क्या कहते हैं"—अचानक अंश की यह बात फिर गूँज उठी। उसके मन में पहली बार अंश के लिए भी नफ़रत पनपी। उसके लिए अंश और राघव का चेहरा एक होने लगा। सबसे बड़ा आघात उसे यही पहुँचा कि उसे अंश में राघव की छवि दिखने लगी। यह शायद इन दिनों का दोष था जिनसे वह गुज़र रही थी। वह इस बात को नहीं मान पा रही थी कि उसे ऐसे छोड़ा जा सकता है। उसने अपनी सारी हिम्मत जुटाकर कुणाल को फ़ोन करना चाहा। फ़ोन करने से पहले उसके मन में बहुत बेचैनी हुई। इतनी घबराहट कि उसे लगा जैसे वह ख़ुद में से फटकर बाहर निकल पड़ेगी। शरीर ठंडा पड़ने लगा। दिल बहुत तेज़ बजने लगा। हाथ काँपने लगे। वह रुक गई। घर के एक कोने से दूसरे कोने तक चक्कर काटने लगी। ऐसा न जाने कितनी बार हुआ और कितनी बार उसने फ़ोन करने को टाला। वह बिस्तर पर गिर पड़ती और सोचती रहती। दिन निकलते जा रहे थे और कुणाल उससे दूर होता जा रहा था। वह व्हाट्सएप्प और फ़ेसबुक पर लगातार उसे देखती। उसे ऑनलाइन देखकर घबरा जाती। साथ ही नफ़रत की एक लहर उठती। आख़िरकार उसने फ़ोन किया। कुणाल ने नहीं उठाया। जहाँ एक ओर उसे ग़ुस्सा आया, वहीं कुछ राहत भी महसूस हुई। फ़ोन उठाये जाने पर पता नहीं क्या और कितना ज़्यादा बिगड़ सकता था। वहीं कुणाल के लिए भी यह समय असमंजस भरा था। वह जानता था कि वृंदा उससे बात करने की कोशिश करेगी। वह बस यह नहीं समझ पा रहा था कि ऐसे में वह क्या करेगा। एक तरफ़ जहाँ उसके मन में ग्लानि थी, वहीं यह भी कि जिस ओर वह क़दम बढ़ा चुका है अब वहाँ से पीछे नहीं हटना है। वह कोई भी ऐसी बात नहीं करना चाहता था जिससे वृंदा को लगे कि अब भी कोई सम्भावना है। लेकिन उससे बात ही नहीं करने का भी कोई कारण उसे समझ नहीं आया।

वृंदा को इस बात की राहत थी कि राघव का घर आना बहुत कम हो गया था। जब किसी चीज़ की ज़रूरत होती तभी वह आता। उसे इस बात की हैरानी भी होती कि राघव के न आने से उसे रत्ती-भर भी फ़र्क़ नहीं पड़ता। पहले उसे पड़ता था। क्या ऐसा कुणाल के आ जाने के बाद से हुआ था? राघव भी हमेशा कोशिश करता कि बच्चों की मौजूदगी में ही घर आए। डाइवोर्स पेपर्स मिलने के बाद से वह किसी तरह बात को दबाने में लगा था। ऐसे में वह वृंदा से ज़्यादा उलझना नहीं चाहता था। उलझने की हिम्मत तो वृंदा में भी नहीं बची थी। इधर वृंदा और कुणाल की बातचीत फिर होने लगी। लेकिन उस बातचीत में एक-दूसरे को कोसना और गालियाँ देना ज़्यादा शामिल था। वृंदा उसे गिनाती कि उसने उसके लिए क्या-क्या किया। वह बताती कि मैं कोई ऐरी-गैरी नहीं जिसे जब मन चाहा छोड़ दिया। इन बातों से कुणाल का पारा बढ़ जाता। वह एक सभ्य इनसान होने की सारी हदों से पार निकल जाता और गालियों में बात करता।

"हाँ बहुत कुछ किया तुमने। लेकिन मैंने कम किया है क्या कुछ? और बार-बार सेक्स की बात क्यों? हम दोनों ने किया। मर्ज़ी से किया। कोई ज़बरदस्ती नहीं की तुम्हारे पति की तरह।"

जिस इनसान पर भरोसा करके वृंदा ने अपने सबसे गहरे राज़ उसे बताए थे, वह इस तरह उनको इस्तेमाल करके उसे चोट पहुँचाएगा, उसने कभी नहीं सोचा था। तब उसे लगता कि उसने क्या कर दिया है। कुणाल की इन बातों के जवाब में कभी वह ग़ुस्से में पागल हो जाती तो कभी निर्जीव-सा महसूस करती।

"सबसे पहले तो तुम्हें यहाँ से निकलवाऊँगी...और पाई-पाई का हिसाब चुकता करना होगा"—वृंदा से जब रहा नहीं जाता तो वह ऐसा सब बोलती। उसने चाहा नहीं था, लेकिन उसे भी ऐसी हरकतों पर उतरना पड़ता। वह अब भी कुणाल के प्यार में थी। इसलिए कुणाल को यह सब बोलने का असर उस पर भी पड़ता था। जब कुणाल पर इन सब बातों का कोई असर नहीं होता तो वह गिड़गिड़ाने पर आ जाती।

"प्लीज़...समझो मेरी बात को। मैंने जो सब कहा वह ग़ुस्से में कहा। माफ़ कर दो मुझे। एक बार मिलने आने दो। मिलकर सब ठीक हो जाएगा।"

इसी चक्रव्यूह में यह रिश्ता फँस गया था। लेकिन ऐसा सिर्फ़ वृंदा के लिए था। वह पानी को मुट्ठी में बाँधने की कोशिश कर रही थी। पानी जानता था कि यह असम्भव है। कुणाल जानता था कि यह असम्भव है। इसी तरह दिन-पर-दिन

बातों में ज़हर घुलता चला गया। वृंदा की लगातार फ़ोन कॉल्स और मैसेज से कुणाल परेशान रहने लगा। उसे यह भी लगा कि वृंदा उस पर नज़र रख रही है। एक दिन ऑडिशंस के दौरान लगातार फ़ोन कॉल्स से परेशान होकर उसने फ़ोन उठाया और फट पड़ा—

"छोड़ दो मेरा पीछा...बख़्श दो मुझे"—इतना कहकर उसने फ़ोन काट दिया। इसके बाद कुछ दिनों तक उसके पास वृंदा का फ़ोन नहीं आया।

अन्दर की सारी आग राख में तब्दील होना कब शुरू होती है, यह स्वयं वह इनसान भी ठीक-ठीक नहीं समझ पाता जिसके साथ ऐसा हो रहा होता है। भला अंश कैसे समझ पाता। थोड़ा समय ज़रूर हो गया था लेकिन अंश अब तक अपनी माँ से नाराज़ फिरता था। वह उसे तकलीफ़ पहुँचाने के तरीक़े ढूँढ़ने लगा था। लेकिन वह यह नहीं जानता था कि उसकी माँ को अब इस बात की फ़िक्र नहीं थी। पीड़ा भी हम उन्हीं को देते हैं जिन पर हमारा थोड़ा हक़ होता है। हम जिसे पीड़ा पहुँचाते हैं, वह पीड़ा पहुँचाने का हक़ भी हमें वही शख़्स देता है जिसे हम पीड़ा पहुँचा रहे हैं। अंश अपने पिता का कुछ नहीं कर सकता था। अपनी माँ को ठेस पहुँचाने में वह सुकून ढूँढ़ता था। यही पीड़ा का उद्‌गम था। ऐसा करने में उसे ख़ुद से घृणा भी होती थी, तब भी वह ऐसा करता था। वह बात-बात में वृंदा को याद दिलाना चाहता था कि क्या हुआ था। जब वृंदा पर कोई असर नहीं पड़ता तो वह ख़ुद झुँझलाने लगता। होता बस इतना कि वृंदा के मन में भी अंश के लिए नफ़रत पनपती।

घर की हवाओं में ही दुख तैरने लगा था। वृंदा बहुत बुझी-बुझी रहती। अंश का लहजा गम्भीर हो गया था। ध्रुव पर इतना असर नहीं पड़ा था। लक्ष्मी आती थी तो देखती थी कि घर के माहौल में कैसा काटने वाला ख़ालीपन छा गया है। उसका सोचना यही था कि औरत ही घर को सँभालकर रख सकती है। जब औरत ने बाहर की ओर रुख़ किया तो घर बर्बाद हो गया। कुणाल को लेकर वृंदा के मन में मिले-जुले भाव चलते रहते थे। अपने अपमान पर वह तिलमिला उठी थी लेकिन अब भी कोशिश करना चाहती थी। लेकिन इस बार कुणाल ने उसे पूरी तरह धराशायी कर दिया। वृंदा ने उसे बस एक बार मिलने के लिए कहा इस भरोसे पर कि वह ऐसी कोई बात नहीं करेगी जिससे कुणाल को दिक़्क़त है। बाहर एक कैफ़े में मिलना तय हुआ।

"कैसे हो?"—पूछकर वृंदा कुणाल को देखती रही।

"ठीक हूँ"—कुणाल ने जवाब दिया। उसकी ओर देखकर पूछा—"तुम कैसी हो?"

उसकी ओर देखते ही कुणाल के मन में इच्छा उठी...उसे एक बार फिर पा लेने की। उसके शरीर को अपनी बाँहों में जकड़ने की। उसकी नँगी टाँगों में अपना चेहरा रखने की। उसे लगा कि वृंदा ने शादी वग़ैरह का चक्कर नहीं डाला होता तो यह अब भी सम्भव था। वह चाहता तो अभी उसके कहने पर वृंदा उसके साथ चल देती उसके घर। लेकिन उसे लगा कि अब रोकना ज़रूरी है। कुछ देर और इधर-उधर की बातों के बाद वृंदा ने कहा—"यार मेरी बात सुन लो बस्। मैं नहीं कह रही कि एकदम जल्दी है। अभी तो राघव से भी अलग होना है क़ानूनी तौर पर। तब तक का समय तो वैसे भी है।" कुणाल झुंझला गया।

"मैंने लगातार एक ही बात कही है। मैं शादी नहीं कर सकता। इतनी बात तुम्हारी समझ में क्यों नहीं आ रही?"

वृंदा ने कुछ नहीं कहा। उसकी आँखों से आँसू बह निकले।

"अगर तुमने इस बात को यहीं नहीं ख़त्म किया तो मुझे मजबूरी में वह करना पड़ेगा जो मैं बिलकुल नहीं करना चाहता। उस राघव से बात करने का मेरा मन तो बिलकुल नहीं लेकिन अगर तुम यहीं नहीं रुकीं तो मुझे यह शादी और प्रॉपर्टी में हिस्सा देने वाली बात उसे बतानी पड़ेगी। फिर तुम जानो और वह जाने।"

इस बिंदु पर राघव और कुणाल एक हो गए वृंदा के लिए। एक टीम। एक ही टीम के दो खिलाड़ी जो उसके ख़िलाफ़ खेल रहे थे। वह उठकर चली गई।

आत्मसंयम ख़ुद को मारने की एक कला है जो वर्षों तक सब कुछ चुपचाप सहते चले जाने के बाद हासिल होती है। फिर जब वह संयम टूटता है तो दोबारा कोशिश करनी पड़ती है। वृंदा सोने की कोशिश करती थी। रात-भर विचारों की चकरघिन्नी नसों को मथती रहती थी। यदि रात में ठीक से नींद आ भी जाती तो नींद में कुछ ऐसा हो जाता जिससे अगला पूरा दिन तय हो जाता था। पूरे दिन वह अकेली और उदास रहती। जब आत्मसम्मान को इतनी-इतनी ठोकरें मारी जाती हैं, तो क्या बचता है इनसान में? क्या बचा था वृंदा में? प्यार पाने की इच्छा अगर ग़लत है तो क्या सही है दुनिया में? अकेले लोगों से यह दुनिया उन्हें और अकेला करके निपटती है। कितनी बड़ी विडम्बना है कि आप लगातार किसी के बारे में सोचते हुए मानसिक प्रताड़ना के दलदल में धँसते चले जाते हैं और उस इनसान

को ज़रा भी अन्दाज़ा नहीं होता कि वह किसी के लिए कितना ज़रूरी है।

जो सपने हम देख तक नहीं पाते, वे हमें दिखाए जाते हैं और फिर उन्हें तोड़ दिया जाता है। वृंदा एक अबूझ घेरे में घूम रही थी। रात में कभी नींद खुलती थी तो खिड़की से अँधेरे में दूर तक दुख साफ़ नज़र आता था। बेचैनी होती थी। पीछे ही छूट गया था सब। वह कहाँ आगे जा रही थी। कितना कुछ बस छूटता जाता है। पीछे मुड़कर देखती थी तो लगता था कि सारे पुल ख़ुद ही तो ध्वस्त किए हैं। जब ग़ुस्सा आए तो क्या करना चाहिए। आप जिनको बहुत महत्त्व देते हैं, उनके लिए आप उतने ज़रूरी न रह जाएँ तो क्या करना चाहिए? कुछ तो करना चाहिए। वृंदा ने सोचा। उसे साहिर का ख़याल आया। उसने फ़ोन किया।

"यहाँ आ सकते हो? मेरे घर?"

साहिर थोड़ा हिचकिचाया।

"मुझे बस थोड़ी बात करनी है। कुणाल से तो हो नहीं पाती अब। सोचा तुम कुछ मदद कर पाओ।"

"ठीक है। शाम को आता हूँ।"

साहिर ने फ़ोन काट दिया। उसने सोचा कि कुणाल से बात करे। वह जानता था कि क्या चल रहा है। कुणाल ने ही बताया था सब। उसे लगा कुणाल उसे वहाँ जाने से रोकेगा। साहिर जाना चाहता था। जितना भी सम्भव हो सके, वह वृंदा को सुनना चाहता था। शाम को जब वह पहुँचा तो वृंदा अकेली थी। बच्चे बाहर खेलने गए थे। वृंदा को देखकर उसे थोड़ा दुख हुआ। उसका चेहरा बुझा हुआ था। आँखों के नीचे काले गड्ढे पड़ गए थे। उसे देखकर कोई भी कह सकता था कि वह अपना ख़याल नहीं रख रही थी। अंश उसे उस हाल में देखता लेकिन कुछ नहीं पूछता। ध्रुव पूछता तो कहती कि तबीयत ख़राब है। और किसी को कोई फ़िक्र नहीं थी।

साहिर घर की चीज़ों को देखता रहा। इससे पहले वह यहाँ कुणाल के साथ आया था। कितना ख़ुशनुमा माहौल था और अब सब ख़ाली-ख़ाली। किसी चीज़ की कोई कमी नहीं थी इनके पास। हर तरह का वैभव था। वृंदा असहज-सी कुछ देर चुप रही जैसे किसी बात का इन्तज़ार हो, फिर उसने एक झटके में कह डाला—

"कुणाल अलग होना चाहता है। गालियाँ देता है मुझे मैं बात करने की कोशिश करती हूँ तो। मुझे क्या करना चाहिए?"

साहिर थोड़ा झिझका। उसे उम्मीद नहीं थी कि यूँ एकदम से वृंदा ख़ुद को खोलकर रख देगी।

"यह मैं कैसे बता सकता हूँ"...—उसने कहा। थोड़ा रुककर फिर उसने कहा—"...वैसे मुझे नहीं लगता कि आप कुछ कर सकती हैं।"

"मतलब कोई यूँ अपनी मर्ज़ी से, जब मन चाहे जाना चाहे तो उसे जाने दिया जाए...कुछ भी नहीं किया जा सकता?" यह सवाल वह जैसे साहिर से नहीं, बल्कि ख़ुद से कर रही थी।

"नहीं। कुछ नहीं किया जा सकता। जो जाना चाह रहा है, वह दरअसल जा चुका है। वह है ही नहीं। बस आपकी सोच में है"—साहिर ने इस तरह कहा जैसे ख़ुद पर बीती कोई बात कह रहा हो।

"और जो पीछे छूट जाए, उसका क्या?"

"उसका कुछ नहीं...सच में...उसका कुछ नहीं...वह कुछ नहीं कर सकता।"

"मैं उससे अलग नहीं होना चाहती"—वृंदा की आवाज़ में रुदन था।

"आप हो चुकी हैं।"

"क्या इनसान ऐसे ही जीने को अभिशप्त है?"

"पता नहीं...शायद..."—साहिर जैसे अतीत के किसी अध्याय में गिर रहा था।

"मैं उसके बिना जीने के बारे में सोच भी नहीं पाती। शुरू से जानती थी कि सब बहुत मुश्किल रहेगा। लेकिन सब कुछ मेरे हाथ से निकलता चला गया। तुम कुछ तो करो। तुम्हारा दोस्त है। तुम्हारी बात सुनेगा।"

"आप नहीं समझतीं। आपको लगता है कि सब ठीक हो सकता है। मुझे यह नहीं कहना चाहिए लेकिन कह रहा हूँ कि कुछ ठीक नहीं हो सकता। मैं अपनी ज़िन्दगी में अपने लिए कुछ ठीक नहीं कर पाया, आपके लिए क्या करूँ? कोई दूसरा मेरी बात क्या सुनेगा जब मैं ख़ुद अपनी बात नहीं सुन पाया। आपको बताता हूँ। मुझे सब साफ़-साफ़ दिखने लगा था लेकिन मैं नज़रंदाज़ करता था। इसलिए कि नाराज़ इनसान से सवाल पूछकर उसे और नाराज़ न करूँ। इसलिए कि इस ताक़त के खेल में मैं कमज़ोर प्यादा था, जैसे अभी आप हैं। जैसे भविष्य का सच मुझे नहीं पता था, उसे पता था। सच पूछिए तो मुझे आप पर तरस आता है। आप पर और आपके कारण ख़ुद पर। ऐसे हर इनसान पर जिसे सच नहीं दिखता। बार-बार दिखाया जाने वाला सच भी नहीं। सच अपने होने का कोई सबूत लेकर नहीं

आता। वह आपसे कहता है कि उसे आपके साथ नहीं रहना, लेकिन आपको यह सच सुनाई नहीं देता। देता भी है तो आप इस पर भरोसा नहीं करना चाहतीं। मैं भी भरोसा नहीं करना चाहता था। आपको लगता है वह लौट आएगा। आप जितना कोशिश करेंगी, वह उतना और दूर भागेगा। इसलिए छोड़ दीजिए। रहने दीजिए। जाने दीजिए।"

वृंदा आश्चर्य में थी। उसे ख़राब भी लगा। उसका ध्यान इस बात पर गया ही नहीं कि साहिर अपनी कोई बात बता रहा था। वृंदा शायद इस मन:स्थिति में थी भी नहीं कि उसका ध्यान किसी और पर जाता।

"याद करने को हज़ार बातें हैं। भूलने को एक चेहरा। मैं भुला नहीं पाती। भुला पाऊँगी ही नहीं"—बोलते-बोलते वृंदा ने अपना चेहरा एक ओर घुमा लिया, आँसू छुपाने के लिए।

"किस तरह हम अपनी सोच में असलियत को अपने हिसाब से देखकर ख़ुद को ख़ुश रखने के जतन करते हैं। यह ख़ुद को धोखा देने जैसा है।"

"अगर ख़ुद को धोखा देकर ही हम बचा पाएँ ख़ुद को, तो क्या हर्ज़ है?"

"ठीक है। आप कोशिश कीजिए। मन में यह बात बची नहीं रहनी चाहिए कि काश थोड़ी और कोशिश की होती तो स्थितियाँ कुछ और होतीं। मैंने भी तो मर जाने की हद तक कोशिश की थी"—साहिर ने उठते हुए कहा।

"तुम बस एक बार उससे बात करना।"

"उम्मीद बहुत घातक शब्द है"— साहिर ने उसकी ओर देखते हुए कहा और बाहर निकल गया। वह सीढ़ियों तक पहुँचा ही था कि वृंदा दरवाज़े तक आई। साहिर ने मुड़कर उसकी ओर देखा।

"मेरा उसे नुक़सान पहुँचाने का भी मन करता है"—वृंदा ने कहा।

"पहुँचाइएगा मत। आपको ख़ुद तकलीफ़ होगी"—साहिर ने कहा और सीढ़ियों से नीचे उतरने लगा।

कुणाल से दूर रहना वृंदा की मजबूरी थी। वह हर समय उसके बारे में सोचती रहती और उसके साथ सब ठीक हो जाने की सुखद कल्पनाओं में डूबी रहती। कुणाल उसके लिए चाशनी चढ़े ख़ंजर जैसा था। चाशनी चढ़े ख़ंजर जब भीतर उतरते हैं तो सब मीठा कर जाते हैं। असहनीय यथार्थ से बचने के लिए काल्पनिक मीठे की दुनिया में सुकून खोजना मृत्यु जैसा था। मीठी मृत्यु देना सिर्फ़ अपनों

के बस की बात है। यूँ सोचते रहना और मिल न पाना उसे पागल कर रहा था। जो हमसे प्यार करता है, वह दलदल में धँसते हुए भी हमारे साथ ही साँस लेना चाहेगा। जो नहीं करता, हमारी हर साँस उसके लिए बोझ है। वह स्मृतियों के क़ब्ज़े से छूटकर भागती हुई एक पुल से गुज़रती थी और पीछे मुड़कर देखने पर फिर जकड़ ली जाती थी। प्यार नहीं, काँच था जैसे, जो दिमाग़ की नसों में भर दिया गया था। अन्दर ही अन्दर चरमराते हुए सब लहूलुहान होता जाता था। उसे दो छोर दिखते थे। एक जहाँ से वह दूर भागना चाहती थी, एक जिस ओर वह भागना चाहती थी। जिस ओर वह जाना चाहती थी, वहाँ जाने से उसे रोक दिया गया था। जहाँ से वह भागना चाहती थी, वहाँ उसे रोककर रखा गया था उम्र-भर। यह घर जैसे, जिसमें वह रहती थी, पूरी दुनिया का केन्द्र था और तय कर दिया गया था कि उसे इसमें ही रहना है। जब तक चुपचाप इसमें रहेगी, तब तक ख़ुद चाहे उसे कितनी भी पीड़ा से गुज़रना पड़े, बाक़ी सब ठीक रहेगा। जब इसकी दहलीज़ को तोड़कर जाना चाहेगी, सब तहस-नहस हो जाएगा। पिछले कुछ समय में राघव से अलग होकर जीने के जो सपने उसने देखे, वे फिर धुँधले हो रहे थे। धुँधला हो रहा था उसका विश्वास कि कोई भी रास्ता बचा है। धुँधला हो रहा था उसका भरोसा जीवन पर। उसके मन में जीवन के औचित्य को लेकर सवाल उठने लगे थे। पहली बार जब यह ख़याल उसके मन में आया तो वह अपने बच्चों के कमरे में जाकर थोड़ी देर बैठी रही। रात का समय था। वे सो रहे थे। उनके चेहरों को देखते हुए उसने जीवन के प्रति आस्था बचाए रखने की कोशिश की। वह रात तो गुज़र गई लेकिन यह ख़याल उसके मन से नहीं गया। कुणाल का जाना उससे बर्दाश्त नहीं हो रहा था। अपनी तरफ़ से जो क़दम उसने आगे बढ़ाए थे, उन्हें वापस खींचकर फिर उसी पुरानी दुनिया में लौट आने का उसे कोई औचित्य नज़र नहीं आया। फिर यह दुनिया किसी के प्रति करुणामयी भी तो नहीं थी। उसे अपनों के उपहास का पात्र बनना पड़ता। इस सब से बेहतर उसे वह रास्ता लगा जिसके बारे में वह इन दिनों सोच रही थी।

कोई इनसान, कब किस ओर बढ़ रहा है, यह कोई नहीं जान पाता। वहीं अंश इन सब बातों से बेख़बर अपनी माँ के प्रति रूखा रवैया अपनाए हुए था। वह स्कूल में भी दोस्तों से कटा-कटा रहने लगा था। नैना थी लेकिन वह भी उससे नाराज़ रहती थी।

"तूने अभी तक अपनी मम्मी से ठीक से बात करना शुरू नहीं किया?"—एक दिन लंच टाइम में नैना ने उससे पूछा। वे दोनों साथ में लंच करते थे और यह बात उनके दोस्तों और पूरी क्लास में चर्चा का विषय थी।

"लेकिन उन्हें ज़रूरत कहाँ है हमारी? उनके पास वह है तो...कुणाल"—अंश के चेहरे पर हिकारत के भाव थे।

"तू उल्लू है क्या? तुझे कुछ पता भी है चल क्या रहा है? तू उनके साथ एक घर में रहता है। उनकी हालत देखी है? मैंने देखी थी...एक शाम जब वे पार्क में बैठी थीं। अकेली।"

"तू हमेशा की तरह मुझे सिखाने मत लग जा।" अंश ने बात को ख़त्म करना चाहा।

नैना गम्भीर हो गई।

"तुझे नहीं सुनना तो मत सुन। वे ख़ुद नहीं बता पाएँगी। तुझे ध्यान देना पड़ेगा कि आख़िर चल क्या रहा है। मैंने तुझे कहा था कि कुछ भी हो जाए, अपनी मम्मी का ख़याल रखना। तुझमें और बाक़ी लड़कों में कोई अन्तर नहीं"—इतना कहते हुए उसने अपना टिफ़िन बन्द किया और उठकर चली गई। खाना पूरा नहीं खाया था उसने। अंश को ख़राब लगा लेकिन उसने कुछ नहीं कहा।

वह घर लौटा तो उसे नैना की बात याद आई। उसे दुख हुआ कि उसने नैना से पूछा क्यों नहीं कि क्या बात है जो वह समझ रही है लेकिन वह ख़ुद नहीं समझ पा रहा। उसने ध्रुव से पूछा कि क्या उसे कुछ पता है। ध्रुव ने मना कर दिया। उसने पूरे दिन वृंदा पर नज़र रखी। उसे दुख हुआ कि इतने दिनों से क्यों उसने ठीक से अपनी माँ का चेहरा तक नहीं देखा। आज देखा तो उसे ग्लानि हुई। वह उससे बात करना चाहता था लेकिन कैसे करता? क्या कहता? उसने पहले यह जानना ज़रूरी समझा कि कौन-सी बात है जो उसकी माँ को परेशान कर रही है। उसने वृंदा का फ़ोन देखना चाहा लेकिन वह लॉक था और कोड बदल दिया गया था।

अंश को होश तो आया था लेकिन शायद उसने बहुत देर कर दी थी। मुमकिन था कि यदि पिछले दिनों वृंदा उससे बात कर पाती तो बेहतर महसूस करती। लेकिन अंश ने सारे रास्ते बन्द कर रखे थे। वृंदा जब भी उससे बात करने की कोशिश करती, वह उसे नज़रंदाज़ करता और उसे दुख पहुँचाने का कोई नया तरीक़ा ढूँढ़ता। एक बार तो उसने वृंदा को पेरेंट्स-टीचर मीटिंग में आने से भी मना कर दिया। वह नहीं चाहता था कि उसकी माँ फिर स्कूल आए और पहले की तरह उसके दोस्तों में

तरह-तरह की बातें हों। राघव तो वैसे भी कभी नहीं जाता था। उसे स्कूल में बच्चों के सामने अपमानित ज़रूर होना पड़ा लेकिन उसने वृंदा को आने से मना कर दिया। अब उसे यह सब बातें याद करके बहुत दुख हो रहा था। उसके न होने से वृंदा इस कदर अकेली हुई कि उसके मन में एक ख़तरनाक विचार आया और पनपने लगा।

यातना समय के साथ बहता हुआ शब्द है

जो पल सबसे ख़ूबसूरत थे, वे खौफ़ में बदलते जा रहे थे। रात-भर नींद में ऐसे मंज़र चलते जैसे सपनों में घुसकर रोज़ उसे कोड़े मारे जाते। सुबह वृंदा उठती तो खाल वहाँ-वहाँ थोड़ी और उधड़ी मिलती, जहाँ-जहाँ उसे चूमा गया था। वह कुणाल का अपनी ज़िन्दगी में आने का मक़सद ढूँढ़ती रहती थी। वह छटपटाती थी और कोई तरीक़ा नहीं मिलता था सँभालने का। किसी की बाँहें नहीं थीं जो उसे थाम लेतीं तो सुकून मिलता। या बाँहें तो थीं, नन्ही बाँहें लेकिन वे ख़ुद में शर्मिंदा थीं। सपनों और फिर नींद के डर से वह जगी रहती। उसने सोना छोड़ दिया। लेकिन शरीर अपनी ज़रूरत पूरी करना चाहता है। उसे नींद आती तो दस मिनट में ही वह हड़बड़ाकर उठ बैठती। ऐसा भी लगता जैसे किसी ने बाँध दिया है। उसकी किसी से कुछ कहने की इच्छा नहीं बची। न कुछ सुनने की। जो बची थी, वह भी रोज़ ज़रा-ज़रा करके ख़त्म होती जाती थी। उसकी अपने बच्चों पर नज़र पड़ती तो अपनी हार नज़र आती। ज़बरदस्ती और अनचाहे संभोग से उपजी संतानें। अगले ही पल उनके लिए प्यार उमड़ आता। नहीं! वह उसके बच्चे हैं। उसने जन्म दिया है उन्हें। ऐसे में उसकी इच्छा होती कि उन्हें भींचकर गले लगा ले। लेकिन वह ख़ुद को रोक लेती। जब भीतर का पोर-पोर चिल्लाकर कुछ कहना चाहता था, तब उसे चुप रहना पड़ा। इतनी घुटन थी कि साँस आनी बन्द-सी महसूस होती थी।

खोने के डर को समझ पाना मुश्किल है। ख़ूबसूरत समय की उन गलियों से गुज़रना क़त्ल होने जैसा था। फिर भी वह रोज़ उस ओर निकल पड़ती थी यह जानने के लिए कि कितनी मर्तबा, कितने तरीक़ों से और किस हद तक क़त्ल हुआ जा सकता है। उसे कोई रास्ता नज़र नहीं आता था। कब तक इधर से उधर भागा

जा सकता था। उसने रुकना तय किया। उसने सब कुछ रोक देना तय किया। वह मन-ही-मन फ़ैसले लेती जा रही थी और अपने निश्चय में दृढ़ होती जा रही थी। दिमाग़ की परतों को खोलने की जितनी कोशिश करती, वे और उलझती जातीं। उजाला ढूँढ़ने की जितनी कोशिश करती, अँधेरा उतना ही पसरता जाता। जितना सोचती, उतनी पीड़ा होती। वह इस सोचने को रोकना चाहती थी। दिमाग़ की सँकरी गलियों में जितना घूमती, भटकाव उतना ही बढ़ता जाता। यह दुनिया उसे रास नहीं आई। यहाँ सिर्फ़ धोखे और उनकी सज़ाएँ थीं। वह किसी और दुनिया की सैर पर निकलना चाहती थी। यही एक ख़याल उसे शान्ति देता था।

अंश अपनी ग्लानि से निकलना चाहता था। अपनी माँ की हालत देख उसका गला भर आता। वह ख़ुद को मन-ही-मन कोसता। उस दिन अंश ने उससे बात करने की कोशिश की। वृंदा अपने कमरे में लेटी थी। अंश उसके पास गया।

"मम्मी।"

"हाँ।"

उसे कुछ समझ नहीं आया। वह चुप हो गया।

"आप परेशान मत रहो। मैं अपनी ही धुन में था, पागल-सा।"

वृंदा उसकी कोशिश को समझ गई। उसकी आँखों से आँसू निकल पड़े। उसने चेहरा दूसरी ओर घुमा लिया।

"आई एम सॉरी। मुझे आपसे नाराज़ नहीं रहना चाहिए था"—अंश ने फिर कहा।

"हाँ ठीक है। कोई बात नहीं। तू चिन्ता मत कर। मैं ठीक हूँ"—वृंदा ने उसकी ओर देखते हुए कहा। उसकी आवाज़ में उदासीनता थी।

"लेकिन आप परेशान क्यों हो?"

"तुझे कहा न मैं ठीक हूँ। सब ठीक है...और नहीं है तो हो जाएगा।" उसकी आँखें सामने दीवार पर कहीं टँग गई थीं। आवाज़ में गहरी शान्ति थी।

वह चुप रहा तो वृंदा ने कहा—"तू अपना और ध्रुव का ध्यान रख...और अपने पापा से बात कर लिया कर कभी-कभी।"

बात यहीं ख़त्म हो गई। लेकिन अंश को जानना था। उसे नैना की याद आई। वह उसके घर गया। दरवाज़ा नैना ने ही खोला। घर में घुसते ही वह बोला—

"मम्मी मुझसे नाराज़ है। कुछ बताती नहीं। तुझसे पूछने आया हूँ। क्या है जो मुझे नहीं समझ आ रहा?"

नैना उसे अन्दर लेकर आई।

"तू ऑलरेडी जानता है सब।"अंश सोच में पड़ गया।

"तेरे मम्मी और पापा के बीच सब ठीक नहीं है"—वह हिचकते हुए कह रही थी।

"हाँ वह तो मुझे पता है। मैंने ही तो तुझे बताया था पापा का...और मम्मी का तो..."—वह कहते-कहते रुका, "...सारे स्कूल को पता है।"

उसके कहने में तिरस्कार था। अपनी माँ के बारे में बात करते समय उसके चेहरे पर उतर आए तिरस्कार ने नैना के मन में ग़ुस्सा भर दिया—"फिर तो आगे भी पता होगा?"

"क्या?"

"तेरी मम्मी कुणाल के साथ रहना चाहती हैं...लेकिन कुणाल ने मना कर दिया है"—नैना ने कुछ ऊँची आवाज़ में कहा। उसे अंश की नासमझी पर खीज हुई। कमरे में चुप्पी छा गई। जिस उम्र में ज़िन्दगी स्कूल, दोस्तों, पढ़ाई और खेल में बीतनी थी और चिन्ताएँ छोटी और मामूली होनी थीं, उस उम्र में यह किन विषयों में फँस गए थे यह बच्चे।

यह पूरा वाक्य अंश के दिमाग़ पर हथौड़े जैसा गिरा। कुछ देर बैठकर वह सोचता रहा कि इस पूरी बात का मतलब क्या है। मतलब माँ कुणाल से शादी करना चाहती थी लेकिन उसने मना कर दिया है। उसे लगा कि अब तक वह सिर्फ़ अपने बारे में सोच रहा था। पिछले कुछ समय में माँ के प्रति अपने व्यवहार पर वह लज्जित महसूस करने लगा। वह अपनी माँ को तकलीफ़ देने में लगा था। पिछले कुछ दिन उसके दिमाग़ में घूमने लगे। उसे अपनी माँ का विचलन दिखाई दिया। उसे लगा कि वह अपनी माँ के प्रति कितना क्रूर हो गया। अगले ही पल उसकी हिचकियाँ बँधने लगीं। वह बहुत देर तक रोया। नैना की आँखें भी नम थीं। अब अंश को कुछ समझाने की ज़रूरत नहीं रह गई। शायद हम सब के जीवन में कोई ऐसा लम्हा आया हो जब हमें लगा हो कि अचानक उम्र ने छलाँग मारी है। यह अंश के जीवन का वही लम्हा था। उसे अपनी माँ पर तरस आया। सब साफ़-साफ़ नज़र आने लगा। राघव से अलग होने की और कुणाल के साथ रहने की उसकी इच्छा। वह यह बात जानता था कि माँ अलग होना चाहती है लेकिन उसे नहीं लगा था कि यह एक सम्भव बात है। उसे कुणाल पर ग़ुस्सा आने लगा। जो भी हो, उसकी माँ की इस हालत के लिए अभी कुणाल ज़िम्मेदार था।

"लेकिन यह सब मुझे क्यों नहीं समझ आया"—अंश की आवाज़ में बेचैनी थी।

"अपनी आँखें खुली रखनी पड़ती हैं अंश।"

अंश उसकी ओर देखता रहा। वह कुछ देर चुप रहा जैसे कुछ सोच रहा हो।

"लेकिन मुझे समझ नहीं आता। ग़लत नहीं है यह सब?"

"ग़लत कैसे है?"

"ऐसे किसी और के साथ होना?"

"जो जिसके साथ होना चाहता है, उसे उसके ही साथ होना चाहिए।"

नैना की इस बात पर अंश हैरान हुआ।

"लेकिन ऐसे किसी के भी साथ..."

"तो मतलब तू तय करेगा कि तेरी मम्मी किसके साथ रहे?"

नैना की बात से वह थोड़ा सोच में पड़ गया।

"फिर तो किसी बात का कोई मतलब ही नहीं। आज किसी के साथ। कल किसी और के साथ"—अंश ने अपनी बात पर ज़ोर देते हुए कहा।

"मुझे लगता है चाहता तो कोई नहीं होगा कि उसकी लाइफ़ में ऐसा हो।"

"तो फिर क्यों करते हैं?"

"एक बात पूछूँ?"

"पूछ।"

"ऐसे सवाल कभी तेरे मन में अपने पापा को लेकर क्यों नहीं आए?"

अंश दुविधा में पड़ गया। उसने चीजों को कभी इस तरह देखा ही नहीं। उसे लगा कि बात तो ठीक है। उसने अपने पिता को कभी इस तरह जज नहीं किया। क्या हमने बचपन से जो देखा होता है उसका ऐसा असर पड़ता है? पिताओं के लिए कोई सवाल नहीं होते। सारे सवाल माँओं के लिए होते हैं। उनकी ज़िन्दगी में जो भूमिका उनके पिता निभाते हैं, फिर पति, वही भूमिका बच्चे निभाने लगते हैं। डोर एक के हाथ से दूसरे के हाथ में जाती रहती है और उनके जीवन पर अंकुश ज्यों का त्यों बरकरार रहता है।

अंश ने बहुत धीमी आवाज़ में कहा जैसे किसी आत्म-बोध में हो, "पता नहीं... उनके लिए इस तरह क्यों नहीं आया कभी। उनसे डर लगता है शायद इसलिए... या उनके बारे में कभी ज़्यादा कुछ पता ही नहीं रहता।"

"पैट्रिआर्क है तू"—नैना ने चिढ़ाने वाले लहजे में कहा—"पैट्रिआर्की कहते हैं

इसे। मैंने कुछ दिन पहले फ़ेसबुक पर एक आर्टिकल पढ़ा था। फिर उसके बारे में सोचती रही तो लगा कि हाँ, यह चीज़ तो हर जगह एग्ज़िस्ट करती है।"

नैना को ख़ुद लगा जैसे वह कोई क्लास देने लगी हो।

"अच्छा...एक बात और पूछूँ?"—नैना ने कहा।

अंश ने हाँ में सिर हिलाया।

"कभी अगर तुझे कोई और लड़की अच्छी लगने लगी तो? या मुझे कोई और अच्छा लगने लगा तो? क्या हमें एक-दूसरे को छोड़कर जाने का हक़ नहीं होगा?"

अंश उसे बस देखता रहा। उसने कोई जवाब नहीं दिया। वह आगे बढ़ा और उसने नैना के माथे को चूम लिया। फिर दोनों गले लग गए। कुछ क्षण यूँ ही गुज़र गए। जब वे अलग हुए तो अंश ने चुलबुली मुस्कान के साथ कहा—"तुझे किसने कहा कि तू मुझे अच्छी लगती है?"

हैरानी की बात थी कि कुछ ही दिनों में अंश सब समझने लगा। उसे अपनी माँ और कुणाल के रिश्ते में अब कुछ भी ग़लत नहीं लगा। वह अब तक नहीं देख पा रहा था कि उसकी माँ कभी ख़ुश नहीं रही थी। वह अब तक क्यों नहीं देख पा रहा था? कुणाल के आने के बाद वह ख़ुश रहने लगी थी। लेकिन वृंदा की यह ख़ुशी तो ख़ुद उससे भी बर्दाश्त नहीं हुई। कुणाल से मिलने के चलते और सब को यह पता चल जाने के कारण वह भी तो अपनी माँ से ख़फ़ा हो गया था। और अब ख़ुशी आई भी तो छिटक गई। उसे दिखने लगा कि कुणाल ने उसकी माँ को धोखा दिया। वह यह सोचकर लगभग रो पड़ा कि उसे कभी अपने पिता के प्रति ऐसी नफ़रत क्यों नहीं महसूस हुई जैसी माँ के प्रति हुई? उनके बारे में तो ध्रुव ने आँखों देखी बात बताई थी। फिर घर में सामने से सब देखा था। अब भी तो वे ग़ायब ही रहते हैं। उसने तय किया कि अब उसे अपनी माँ का साथ देना है। और कोई हो न हो, उसके साथ नैना है। उसका मन हुआ कि कुणाल से जाकर कहे कि उसे कोई दिक़्क़त नहीं। वह माँ से शादी कर ले। उसका जो मन हुआ, उसने वैसा ही किया। वह कुणाल के घर की ओर मुड़ गया। उसने पहुँचकर दरवाज़े की घंटी बजाई। कुणाल उसे दरवाज़े पर देखकर यक़ीन नहीं कर पाया।

"मैं जानता हूँ कि आप मम्मी को छोड़ना चाहते हो"—अंश ने कहा।

कुणाल उसे अन्दर लेकर आया। दोनों कुर्सियों पर बैठे। कुणाल को नहीं समझ आया कि क्या कहे।

"मैंने उस दिन जिस तरह से बात की थी, उसके लिए सॉरी"—अंश ने आगे कहा।

"कोई बात नहीं अंश। लेकिन तुम यहाँ...और यह सब बातें..."

"लोग बातें करते थे तो मुझे ख़राब लगता था...मम्मी की तबीयत ठीक नहीं रहती। किसी से बात नहीं करती। परेशान रहती है। आप बात कर लो तो शायद..."

कुणाल का जी भर आया लेकिन उसने छुपा लिया। उसके अन्दर एक भाव उमड़ा जिसमें ख़ुद के प्रति घृणा थी। उसे लगा कि उसने कैसा हाल कर दिया है एक माँ का, एक बेटे का और उनके रिश्ते का। वह तो अब अपनी मर्ज़ी से निकलने की सोच रहा है लेकिन जो वह पीछे छोड़ जाएगा, क्या उसके लिए वह ज़िम्मेदार नहीं? उससे बस इतना ही कहा गया—"मैं कोशिश करूँगा।"

अंश घर लौटा। शाम का समय था। ध्रुव वीडियो गेम खेल रहा था। लिविंग रूम गेम की आवाज़ों से गूँज रहा था। उसने उससे पूछा माँ कहाँ है। ध्रुव ने बताया कि अपने कमरे में लेटी हैं। अंश ने रसोई में जाकर पानी पीया। तभी दरवाज़े की घंटी बजी। अंश ने खोला तो सामने एक आदमी खड़ा था। उसने वृंदा के लिए पूछा। अंश वृंदा के पास गया और उसे बताया कि कोई आया है। वृंदा बिस्तर पर वैसे ही पड़ी रही।

"कुछ दवाइयाँ होंगी। तबीयत ठीक नहीं थी तो मँगवाई थीं। पैसे ऑनलाइन दिए हैं। तू लेकर बाहर टेबल पर रख दे।"

अंश बाहर गया और दवाइयाँ ले लीं। वृंदा को थोड़ी घबराहट ज़रूर हुई थी लेकिन उसने ज़ाहिर नहीं होने दिया। यह अंश के घर पर नहीं होने का समय था। शाम को वह अक्सर सोसाइटी में नीचे होता। क्रिकेट खेलना कम हो गया था। लगभग छूट-सा गया था।

जब से वृंदा के मन में आत्महत्या का विचार आया था, उसने तरीक़े ढूँढ़ने शुरू कर दिए थे। उसने पहचान के एक डॉक्टर को नींद से जूझने की बीमारी के बारे में बताया। डॉक्टर ने कई सलाहें दीं और कहा कि यदि कुछ काम न आए तो कभी-कभी एक नींद की गोली लेने में कोई हर्ज़ नहीं। उसके पास डॉक्टर का प्रिस्क्रिप्शन था। पिछले कुछ दिनों में उसने रोज़ अलग-अलग मेडिकल स्टोर्स पर जाकर नींद की गोलियाँ ख़रीदीं। इसी सिलसिले में उसने घर पर भी गोली मँगाई थी। ध्रुव कुछ समझ नहीं पाता था। समझ तो अंश भी नहीं पाया। वृंदा का इरादा किसी रात एक साथ कई सारी गोलियाँ खा लेने का था। इसके अलावा कोई और

इंतज़ाम वह नहीं कर पाई थी। ऐसा नहीं था कि वह ऐसा करने से ख़ुद को रोकने की कोशिश नहीं कर रही थी। लेकिन हर बार असफल रहती। सारी बातें सोच लेने के बाद इसी निष्कर्ष पर पहुँचती कि अब और कोई रास्ता नहीं। जो वापस नहीं आता, वह जो चला जाता है, यातना बनकर साथ जीता है। उसे इस यातना से छुटकारा चाहिए था। उन सभी यातनाओं से भी जो उस पर बीतीं, जो हर दिन उसे याद रहीं। उसे राघव याद आया और याद आई उसके साथ की पहली रात। तब वह उन्नीस साल की थी।

उसे नहीं पता था कि इतनी सुन्दरता से सजाए गए कमरे और बिस्तर में उसका शिकार होना था। वह और राघव अब तक एक-दूसरे के लिए अजनबी थे। उसे लगा कि नहीं है तो क्या हुआ, साथ रहते-रहते हो जाएगा प्यार। लेकिन ऐसी सभी सम्भावनाओं को उसी दिन कुचल दिया गया। राघव यह शादी नहीं करना चाहता था। उसकी एक पूर्व-प्रेमिका थी। उसके मन में जो ग़ुस्सा था, वह अपने पिता के साथ-साथ वृंदा के लिए भी था। इक्कीस साल का लड़का अपने पिता को देखते हुए बड़ा हुआ था। उसने बचपन से ही देखना शुरू किया कि उसकी माँ पर चिल्लाया जा सकता है। उस पर अपनी मर्ज़ी थोपी जा सकती है। उसको मारा भी जा सकता है। उसने देखा कि माँ को चुप रहना होता है। अपनी सारी इच्छाएँ कुचलते रहना होता है। उसे एक ही दिन में हँसती-खेलती, लोगों से खुलकर बात करती लड़की से, एक गम्भीर और परिवार की इज़्ज़त ढोने वाली औरत में बदल जाना होता है। उसका भी जब मन किया, वह अपनी माँ पर चिल्लाया। राघव इक्कीस साल का था और उसके अपनी ही उम्र के कुछ दोस्त भी थे। दोस्त उसे उकसाते भी थे। शराब भी पिलाते थे। औरतों के शरीर के बारे में बातें कर-करके उसे उत्तेजित भी करते थे। पहली रात में कुँवारी लड़की को मसलकर औरत बनाने की बातें भी होती थीं। वृंदा और उसकी दोस्तों में पहली रात के बारे में जो बातें थीं उनमें हँसी थी, मस्ती थी और हल्के अनजाने डर के साथ एक ख़ूबसूरत रात और ख़ूबसूरत ज़िन्दगी की शुरुआत की बातें थीं। राघव कमरे में घुसा तो वृंदा थोड़ी सिमट गई। पहली बात जो वृंदा के कानों में पड़ी और जीवन-भर के लिए जमकर रह गई, वह थी—"उतारो।" यह एक ऐसा शब्द था जिसने एक क्षण में उसकी हर सुन्दर कल्पना को तोड़ दिया। वृंदा ज़रा भी नहीं हिली तो उसने कहा—

"देखो...मुझे आवाज़ ऊँची करने के लिए मजबूर मत करो।"

ऐसा कहते-कहते उसकी आवाज़ थोड़ी ऊँची हो गई थी। एक कँपा देने वाली ठंडक वृंदा की पीठ के निचले हिस्से से गुज़री। दिल धम-धम बजने लगा। कुछ ही पल पहले तक वह इन्तज़ार कर रही थी। अब उसे लग रहा था जैसे उसे यहाँ इस कमरे में जकड़ लिया गया है। उसकी इच्छा हुई कि वह उठकर कहीं भाग जाए और समय कुछ घंटे पीछे लौट जाए, फ्रेम-दर-फ्रेम। वह कहे कि वह जानती है कि यह कैसा शख़्स है और यह शादी वह नहीं कर सकती। लेकिन ऐसा सम्भव नहीं था। वह हिली भी नहीं। बल्कि ख़ुद में और सिमट गई। इसके बाद जो हुआ, वह राघव ने हासिल किया था। उसमें वृंदा की मर्ज़ी शामिल नहीं थी। उसकी मर्ज़ी की राघव को फ़िक्र भी नहीं थी। पूरे समय जैसे वह कोई बदला ले रहा था। पहले दिन शुरू हुआ यह सिलसिला बहुत लम्बा चला। वृंदा की ग़लती बस शायद इतनी थी कि वह कभी हिम्मत नहीं जुटा पाई। अपने जीवन की और अपने फ़ैसलों की ज़िम्मेदारी उठाने से बचती रही।

अब उसने ख़ुद को ख़त्म करने की ज़िम्मेदारी उठा ली थी। और भी बहुत सारे रास्ते हो सकते थे लेकिन अँधेरे में जकड़े दिमाग़ ने उसे एक ही रास्ता दिखाया। उसे रात का इन्तज़ार था। उस रात अंश ने देखा कि वृंदा बहुत शान्त है। उसके चेहरे पर मुर्दा शान्ति छायी हुई थी। वृंदा की इच्छा हुई कि आज की रात कोई उसे लोरी सुना दे। किसी का कन्धा नहीं चाहिए था उसे सिर रखने के लिए, एक गोद चाहिए थी जिसमें वह सिर रखकर लेटी रहे।

अंश को क्यों लग गया था कि कुछ बात है। वह अकेला होने की वजह से घबरा भी रहा था। ध्रुव को वह बताना नहीं चाह रहा था। अंश का पूरा ध्यान वृंदा पर था। वृंदा इससे बेख़बर थी। उसने उस रात बच्चों का मनपसन्द खाना बनाया। उनके साथ खाया। उसकी आँखों में आँसू थे। अंश ने पूछा भी तो उसने कुछ नहीं कहा। वह कल्पना कर रही थी, अपने बिना बच्चों के जीवन की। उसे वह स्वार्थी नज़र आई। लेकिन कमज़ोर पड़ती, इससे पहले ही उसने फिर ख़ुद को मज़बूत किया। बच्चों को सोने के लिए उनके कमरे में भेज दिया।

जब रात काफ़ी हो गई तो वह उनके कमरे में गई। उन्हें एक नज़र निहारा। अंश सोया नहीं था लेकिन उसने यह ज़ाहिर नहीं होने दिया। वह तेज़ी से कमरे से बाहर निकली। अंश भी दबे पाँव उसके पीछे-पीछे गया। वह अपने कमरे में गई। मेज़ की दराज़ से इकट्ठी की हुई गोलियाँ उसने मुट्ठी में भर लीं। गोलियाँ अपने

मुँह में डालीं। पानी का गिलास उसके हाथ में था। अंश को कुछ समझ नहीं आया कि वह क्या करे। वह पानी पीने ही वाली थी कि अंश, जो अब तक छुपकर बाहर खड़ा देख रहा था, तेज़ी से दौड़कर अन्दर आया और वृंदा के हाथ पर हाथ मारकर गिलास गिरा दिया। गिलास ज़मीन पर गिरा। रात का सन्नाटा भंग हुआ। वृंदा ने अंश को देखा। उसका मुँह नींद की गोलियों से भरा हुआ था। अंश को पता नहीं क्या सूझा कि उसने अपने दोनों हाथों से अपनी माँ का चेहरा पकड़ा और दोनों ओर से उसके जबड़े में अपनी उँगलियों का दबाव बनाकर उसका मुँह खोल दिया। वृंदा पीड़ा से कराह उठी। अगले ही पल अंश ने वृंदा को नीचे झुकाया। गोलियाँ नीचे गिर पड़ीं। वह कुछ बोल नहीं रहा था। उसके चेहरे पर दृढ़ता थी। वह वृंदा को लगभग खींचकर रसोई तक ले गया और उसके मुँह में अन्दर तक अपनी उँगलियाँ डाल दीं। रसोई के वाश बेसिन में वृंदा का सिर झुकाया। वह सफल रहा। वृंदा को उल्टियाँ होने लगीं।

उल्टी करते-करते ही वृंदा फूट पड़ी। यह रोना चुप रोना नहीं था। इसमें दहाड़ थी। वह अंश से लिपट गई। दोनों वहीं रसोई की दीवार से सटकर बैठ गए। अंश की आँखों में आँसू थे। यह एक ऐसा समय था जब दोनों में से किसी को एक-दूसरे को कुछ भी समझाने की ज़रूरत नहीं थी। कोई सवाल-जवाब नहीं था। अंश आहत था कि उसकी माँ ने ऐसा करने से पहले उसके और ध्रुव के बारे में भी नहीं सोचा। वृंदा ने आत्महत्या करके न्याय को धोखा देना चाहा था। वह नहीं रुकी। जमा हुआ लावा निकल रहा था। वृंदा की आवाज़ें सुनकर ध्रुव जाग गया। वह अपनी उनींदी आँखें मलता हुआ रसोई तक आया और वृंदा और अंश को बैठे देखा। अंश ने उसे पास बुलाया। उसे ज़्यादा कुछ समझ नहीं आया। वह जाकर वृंदा की गोद में बैठ गया।

रात के लगभग एक बजे घर के सब लोग रसोई में ज़मीन पर एक-दूसरे से लिपटकर बैठे थे। अंश के मन में कुणाल के प्रति नफ़रत और ग़ुस्से के भाव उठे। दोनों बच्चे वृंदा के साथ कमरे में आए। अंश ने उस रात वृंदा को सिर पर थपकियाँ देकर सुलाया। जब ध्रुव भी सो गया तो अंश चुपचाप घर से निकला। रास्ते में उसे डर लगा। वह कुणाल के घर पहुँचा। उसका दरवाज़ा खटखटाया। कुणाल ने दरवाज़ा खोला तो वह अंश को देखकर हैरान रह गया। उसे रात के इस पहर अंश के यहाँ होने का औचित्य समझ नहीं आया। अंश की आँखों में कुणाल के प्रति घृणा थी। उसने कुछ क्षण उसे देखा, फिर उसके मुँह पर थूककर वहाँ से भाग

आया। कुणाल को कुछ समझ नहीं आया। वह नीचे तक अंश के पीछे आया। तब तक अंश दूर निकल गया था।

वृंदा और अंश ने तय किया कि यह बात उन्हीं दोनों के बीच रहेगी। ध्रुव को कभी पता नहीं चला कि उस रात क्या हुआ था। अंश ने तय किया कि वह यह बात नैना को भी नहीं बताएगा। उसने अपनी माँ से यह वादा भी लिया कि वह चाहे जो करे, उसमें वह हमेशा उसके साथ है, लेकिन आगे से ऐसा कुछ करने के बारे में न सोचे। ऐसा कहते हुए वह रो रहा था। कितने सारे लोग थे जो यह दावा करते थे कि वे प्यार करते हैं, कि उन्हें फ़िक्र है और वे भला चाहते हैं। उन्हें कभी पता नहीं चलेगा कि उस रात उस घर में क्या हुआ। अंश को जीवन-भर यह बात अपने सीने में दबाकर रखनी होगी और इस डर के साथ जीना होगा कि उसकी माँ ऐसा भी कर सकती है। राघव को कभी मालूम नहीं चला। इस बारे में अंश और वृंदा ने भी कभी कोई बात नहीं की।

अंश के इतने ही साथ से वृंदा को बहुत हिम्मत मिली। उसकी नज़रों में पश्चात्ताप भी था।

कुछ दिनों के बाद अंश ने ही उसे बताया कि उसने कुणाल को बरखा के साथ देखा है। कई बार। वृंदा ने थोड़ा पता लगाया तो उसका अंदेशा ठीक निकला। बरखा और कुणाल। उसे लगा कि उसे धोखा दिया गया है। वह कुणाल से ध्यान हटाने की कोशिशों में लगी थी लेकिन इस बात ने उसके अन्दर आग भर दी। वह इतनी आसानी से ऐसा कैसे होने दे सकती थी। आपका प्रेमी आपको छोड़ दे, यह यातना तो फिर भी सहन कर ली जाए लेकिन छोड़ते ही वह किसी और के साथ नज़र आने लगे, इतनी सहनशीलता कोई कहाँ से लाए? यातना समय के साथ बहता हुआ शब्द है। उसे लगा उसका हक़ छीनकर किसी और को दे दिया गया है। उसे सबसे ज़्यादा तकलीफ़ इस बात से हुई कि जिस दुख में वह जान देने जा रही थी, उसका रत्ती-भर भी असर कुणाल पर नहीं था। उसे कोई फ़र्क़ नहीं पड़ा था। उसके लिए तो वृंदा नहीं तो कोई और। वृंदा को अपना अस्तित्व इतना छोटा महसूस हुआ कि उसे ख़ुद से घृणा हुई। अपने साथ ऐसा करने वाले को वह ऐसे ही कैसे जाने देती। उसने कुणाल से मिलना तय किया। उसने न कुछ पूछा, न कुछ बताया। उसके घर पहुँची। दरवाज़े पर ताला लगा था। वह घर पर नहीं था। वह लौट आई।

उधर अंश नैना से उसके घर पर मिला। उसकी माँ घर पर ही थी। वे लिविंग

रूम में बैठे थे। नैना की माँ उनके लिए जूस और कुछ स्नैक्स रखकर घर के काम में व्यस्त हो गई।

"मुझे एक बात बताएगी? तू हमेशा क्यों कहा करती थी कि मम्मी का ख़याल रखना..."—अंश ने स्नैक्स का पैकेट फाड़ते हुए उससे पूछा।

"ऐसे ही। मुझे लगा वे परेशान रहती हैं। उनका ख़याल रखना ज़रूरी है। इसलिए बस"—नैना ने कहा, लेकिन अंश को विश्वास नहीं हुआ।

"लेकिन तुझे नहीं पता जो मम्मी ने करने की कोशिश की।" पता नहीं कौन-से आवेश में आकर अंश यह बोल गया। उसने तो वादा किया था माँ से कि यह बात बस उन दोनों के बीच रहेगी।

"क्या करने की कोशिश की आंटी ने?"—नैना ने पूछा।

अंश चुप रहा।

"मुझे भी नहीं बताएगा?"—नैना ने फिर कहा।

"मैंने कहा था मम्मी से कि यह बात किसी को नहीं बताऊँगा। नैना को भी नहीं"—अंश की आवाज़ में दुख था।

"कोई बात नहीं। जब आंटी ने ऐसा कहा है तो फिर मत बता। वैसे भी, हमें एक-दूसरे के बारे में सब कहाँ पता रहता है...और सब पता करने के लिए किसी पर प्रेशर भी नहीं डालना चाहिए। तुझे भी कहाँ पता कि मैं आंटी को लेकर परेशान क्यों थी"—नैना कहती चली जा रही थी।

"तो बता न क्यों थी?"—अंश की आवाज़ में ज़िद थी।

नैना चुप रही। अचानक अंश बोल पड़ा—

"मम्मी ने सुसाइड करने की कोशिश की। अगर उस रात मैंने सही समय पर नहीं रोका होता तो..."

नैना भयभीत हो गई। उसके माथे पर चिन्ता उभर आई।

"क्या हुआ था?"

"मम्मी की जो हालत थी वह क्यों थी यह तो तुझे पता ही है। नींद की कई सारी गोलियाँ इकट्ठी खाने वाली थी"—अंश बता रहा था।

नैना की आँखों में आँसू आ गए। उसने अपना सिर अंश के कन्धों पर रख दिया। अंश ने अपनी बाईं हथेली उसके दाएँ गाल पर रख दी।

"पापा ने दूसरी शादी की जब मम्मी छोड़कर चली गई। शी इज़ माय

स्टेप-मदर..."—नैना ने उस ओर इशारा करते हुए कहा जिस ओर उसकी माँ गई थी।

"...मेरे पास और कोई शब्द नहीं है यह बताने के लिए, वरना ऐसा बिलकुल नहीं कहती। यह बहुत अच्छी हैं। कभी-कभी तो लगता है कि यह ही मेरी असली मम्मी क्यों नहीं हैं। मेरी मम्मी हमें छोड़ कर चली गई थीं। पापा ने बताया कि किसी और के पास। उन्होंने ही कहा कि सही समय पर उनका ख़याल नहीं रख पाए। ध्यान नहीं दे पाए उन पर। इसलिए मैं तुझसे कहती रहती थी कि आंटी का ख़याल रखना...हमेशा...बस"—नैना ने सब बता दिया। थोड़ी देर दोनों चुप थे। समझ नहीं पा रहे थे कि क्या बोलें।

"लेकिन हुआ क्या था?"—अंश ने बहुत धीमी आवाज़ में पूछा।

"मुझे नहीं पता ठीक से। मैंने जब भी पूछा पापा ने इतना ही बताया कि वे बहुत अच्छी थीं और वे ठीक से समझ नहीं पाए चीज़ों को। मुझे जो पता है, पापा से ही पता है"—नैना ने कहा।

"वे अभी कहाँ हैं? तुझे कुछ पता है? तूने मिलने की कोशिश की?"

"मुझे नहीं बताता कोई। बस इतना पता है कि उनकी अपनी फ़ैमिली है। बच्चे भी हैं"—कहकर नैना उठकर खिड़की से बाहर झाँकने लगी। नीचे दो छोटे बच्चे आपस में लड़ रहे थे। वे भाई-बहन थे।

"तेरा कभी उनसे मिलने का मन नहीं होता?"

"मुझे समझ नहीं आता। मिलकर क्या करूँगी? क्या कहूँगी या क्यों मिलना चाहिए? मुझे बहुत ख़राब लगता है कि उन्होंने कभी मेरी ख़बर क्यों नहीं ली।"

"तुझे लगता था कि मेरी मम्मी भी कहीं हमें छोड़ कर चली न जाए..."—अंश कहने लगा। फिर कुछ सोचकर उसने कहा—

"चली जाती तो ठीक रहता। कम से कम ख़ुश तो रहतीं।"

"ख़ुशी की क्या गारंटी है अंश?"

"तू जब ऐसी बातें करती है तो मैं सोच में पड़ जाता हूँ कि तेरी एज कितनी है"—अंश हल्का-सा मुस्कराया।

नैना ने अंश के होंठों को चूमा।

"इतनी"—उसने कहा और मुस्कराने लगी।

"अरे...तेरी मम्मी आ जाएँगी पागल"—अंश घबरा गया।

नैना हँसने लगी।

यह प्यार था जो दोनों को बाँध रहा था। लेकिन इस उम्र के प्यार की तो अक्सर अधूरा रह जाने की सम्भावना रहती है। आज से दस साल बाद या बीस साल बाद, न जाने दोनों इन बातों को किस तरह याद करें। या क्या पता हमेशा का साथ रहे। फ़िलहाल, दोनों अपने सबसे क़रीबी और सबसे गहरे राज़ एक-दूसरे को बता रहे थे, जो जीवन-भर वे अपने साथ रखने वाले थे। पहले चुम्बन थे जो वे बाँट रहे थे। बड़ों की ग़लतियों द्वारा थोपी गई परेशानियाँ थीं, जिन्हें वे एक-दूसरे के सहारे समझ रहे थे।

कुणाल जिस उम्र में था, वह उम्र किसी के लिए नहीं रुकती। उसका बरखा से मिलना-जुलना बढ़ गया था। बरखा के बारे में बताते हुए कुणाल ने साहिर से कहा था कि वह चौंतीस साल की है लेकिन देखने से लगती नहीं। साहिर ने उससे नहीं पूछा था कि कितने साल की लगती है लेकिन कुणाल ने बताया था कि चौबीस-पच्चीस बस। उसका एक पति था और एक बच्चा। वृंदा से अलग होने के बाद कुणाल के लिए उससे मिलना आसान हो गया था। दोनों ने इस बात का ख़ास ख़याल रखना चाहा कि बात छुपी रहे। लेकिन ऐसी बातें तो हवाओं के रास्ते सब तक पहुँच ही जाती हैं। वैसे ऐसा होने में अभी वक़्त था। क्योंकि कुणाल के घर वृंदा कभी भी पहुँच सकती थी, क्योंकि कुणाल के यहाँ मिलना ठीक नहीं था, इसलिए दोनों बरखा के घर मिला करते। उन्होंने काफ़ी एहतियात बरती। सोसाइटी के कामों में कुणाल की मदद लेने के बहाने वे मिला करते। दिन के समय घर पर कोई नहीं होता। पति ऑफ़िस में और बच्चा स्कूल में। वह एक समय सुकून से मिलने का समय होता।

एक दिन एक दिलचस्प क़िस्सा हुआ। दोपहर में जब कुणाल बरखा के घर में था और वे बिस्तर पर एक-दूसरे की बाँहों में सिमटे पड़े थे, तभी किसी ने दरवाज़े की घंटी बजाई। दोनों सतर्क हो गए। बरखा ने अपने बदन को एक चादर में लपेटा और जाकर डोर व्यूअर में झाँका तो उसका पति खड़ा था। वह भौचक्की रह गई। वह तेज़ी से वापस आई और कुणाल को बताया। कुणाल उठ खड़ा हुआ। बरखा कपड़े पहनने लगी।

"अब क्या करें? तुमने तो कहा था कि कोई दिक़्क़त नहीं होगी..."—कुणाल ने घबरा कर कहा।

"मेरे साथ आओ"—बरखा घर में अन्दर की ओर जाने लगी।

वह उसे घर के आख़िरी छोर पर स्टोर रूम में ले गई।

"जब तक वे वापस नहीं जाते, तब तक यहीं बन्द रहना होगा"—बरखा उसे वहाँ छोड़कर चली गई। कुछ ही क्षणों में वह वापस लौटी उसकी सारी चीज़ों के साथ।

"यह लो तुम्हारे कपड़े और मोबाइल। प्लीज़ साइलेंट पर रखना"—कहकर वह वापस जाने लगी। अचानक वह मुड़ी—"सॉरी।"

इतना कहकर उसने स्टोर रूम का दरवाज़ा बन्द किया और चली गई। इतनी देर में इतनी तेज़ी से क्या-क्या हुआ कुणाल को कुछ समझ नहीं आया। वह बस वैसा करता गया जैसा बरखा ने कहा। अब वह उसके घर के स्टोर रूम में बन्द था। बरखा दोबारा बेडरूम में पहुँची और एक बार सब कुछ ध्यान से देखा। उसने ख़ुद को बटोरा और जाकर दरवाज़ा खोल दिया। इतने समय में उसका पति तीन-चार बार घंटी बजा चुका था।

"इतनी देर क्यों लगा दी?"—उसने घर में घुसते ही पूछा।

"आँख लग गई थी। ऐसा लग रहा था जैसे नींद में सपने में घंटी बज रही है..."—बरखा ने सतर्कता से कहा। "...लेकिन तुम इस समय कैसे आ गए?"

"आज काम नहीं था ज़्यादा। ख़ाली ही था तो सोचा घर आ जाता हूँ"—उसने कहा तो बरखा सहमकर रह गई। वह कुछ बोलने ही वाली थी कि उसने ख़ुद को रोक लिया। उसने सँभल कर कहा—

"मतलब...वापस नहीं जाना अब?"

"जाना है। लेकिन ऑफ़िस नहीं जाऊँगा। अग्रवाल के साथ कार के शोरूम जाना है। उसे कुछ मशविरा चाहिए। दो घंटे का टाइम है बीच में"—उसने कहा।

बरखा के चेहरे पर परेशानी झलक आई। दो घंटे यह घर में और कुणाल स्टोर रूम में। एक तो बात खुल जाने का डर, उस पर कुणाल का इतने लम्बे टाइम के लिए वहाँ बन्द रहना। बरखा ने ख़ुद को स्थिर रखने की कोशिश की। पूरे समय बरखा इस आशंका से घिरी रही कि कहीं कोई अनहोनी न घट जाए। वहाँ कुणाल का बुरा हाल हो रहा था। वह लगातार बरखा से व्हाट्सएप्प पर बात कर रहा था। बरखा ने उसे बताया कि समय लगेगा और वह शर्मिंदा है। यह दो घंटे, तीन घंटों में बदल गए। उसके पति ने खाना खाया, थोड़ी देर सोया और चला गया। जब उसका पति वापस गया तो दरवाज़ा बन्द करते ही बरखा तेज़ी से स्टोर रूम की

ओर गई और दरवाज़ा खोला। कुणाल बाहर आया।

"माफ़ कर दो यार। यह ऐसे इतने लम्बे समय के लिए आ जाएँगे, नहीं पता था..."

कुणाल ने कुछ नहीं कहा।

"...सुनो, तुम नहा लो जल्दी से। मैं वेट कर रही हूँ।"

"आज के बाद यहाँ नहीं मिलेंगे। आज हुआ है, दोबारा भी हो सकता है"—कुणाल ने नाराज़गी जताते हुए कहा।

"ठीक है। लेकिन अभी जल्दी करो"—बरखा उसका हाथ पकड़कर उसे खींचते हुए बाथरूम तक ले गई। थोड़ी देर में जब वह नहाकर आया तो बरखा उसका इन्तज़ार कर रही थी। उसके आते ही बरखा ने उसे खींचकर बिस्तर पर अपने ऊपर गिरा लिया और उसे चूमने लगी। कुणाल ने उसके बदन को अपनी बाँहों में कस लिया। जो वे पहले नहीं कर पाए थे, उन्होंने अब किया। बरखा की कमर पर बाईं तरफ़ पर एक छोटा-सा निशान था। कुणाल ने उस पर उँगली फिराई और बहुत हौले-से उस पर फूँक मारी। कुणाल ने उस निशान के बारे में जब बरखा से पूछा तो उसने बताया कि यह उसके पहले प्रेमी की देन है। कुणाल ने उससे पूछा कि उसके कितने प्रेमी रहे हैं। उसने बताया कि उसके तीन प्रेमी रहे हैं। उनमें से दूसरा उसका पति है और तीसरा वह ख़ुद। दोनों अभी भी बिस्तर पर थे और उन्होंने कुछ नहीं पहना था।

"तुम अपने पति से प्यार करती हो?"—कुणाल ने अचानक पूछा।

"क्यों? तुम्हें लगता है तुम्हारे साथ ऐसे पड़ी हूँ तो मतलब नहीं करती?"

"सवाल पहले मैंने पूछा।"

"और तुम्हें क्यों लगता है कि मुझे जवाब देना चाहिए?"—बरखा ने कहा।

"तुम वकील हो क्या?"

"क्यों?"

"वकील की तरह बहस कर रही हो।"

बरखा हँस पड़ी।

"जो पिछले कुछ दिनों से हम कर रहे हैं, जो अभी हमने किया, वह मेरे लिए सिर्फ़ सेक्स है। उससे ज़्यादा कुछ नहीं"—बरखा ने आख़िरकार कहा।

"तुम्हें यह ग़लत नहीं लगता?"

"क्यों? तुम्हें लगता है?"

"मुझे क्यों लगेगा। मैं शादीशुदा थोड़ी हूँ।"

"अच्छा। ऐसा लगता है तुम्हें।"

थोड़ी देर रुककर बरखा ने फिर कहा—

"तुम जो इतने दिन वृंदा के साथ कर रहे थे, वह क्या था?"—बरखा ने पूछा।

"मुझे वह अच्छी लगी। उसे मैं। वह शादी करना चाहती थी। मुझे क्या पता था कि वह यह सब सोचने लगेगी।"

इतना कहकर कुणाल बरखा के चेहरे को ग़ौर से देखने लगा।

"डरो मत। मैं ऐसा कुछ नहीं सोच रही। मैं अपनी शादी और अपने परिवार में ख़ुश हूँ।"

"ख़ुश हो तो यह सब क्यों?"

"क्लिशे-सी बात बोल रही हूँ। तुम ऐसा करते किसी आदमी से इतने सवाल नहीं पूछोगे। कोई औरत ऐसा कर रही है तो ज़रूर कोई बात होगी, कोई दुख होगा जिससे वह गुज़र रही होगी। है न?"

"आदमी तो होते ही ठरकी हैं। उनके बारे में क्या सवाल करना।"

"क्या मेरा इतना कहना काफ़ी होगा कि मैं यह करना चाहती हूँ। मेरा मन है। मुझे तुम अट्रैक्टिव लगे। जैसे तुम्हें मैं लगी।"

"मेरी जवाबदेही नहीं लेकिन किसी के लिए। तुम्हें कभी अपने पति को देखकर ख़राब नहीं महसूस होगा? ऐसा नहीं लगेगा कि उसके साथ कुछ ग़लत कर रही हो?"

"अगर ऐसा लगता तो शायद करती ही नहीं। और लगा भी तो...वी शुड बी रेडी टू पे द प्राइस फ़ॉर अवर डिज़ायर्स।"

कुणाल चुप रहा। बरखा बोलती रही।

"क़रीब चौदह साल हो गए हमें साथ में। उस समय, शुरू के दिनों में मैंने जो फ़ील किया, मैं वह दोबारा फ़ील करना चाहती थी। लेकिन उनके साथ वैसा अब फ़ील नहीं होता। बिलकुल रूटीन की तरह हो गया था सब। मैं चाहती थी कि कोई दोबारा मुझे नए सिरे से जाने। मुझे देखे। मुझे छुए। मुझे ऐसे देखे जैसे मुझमें कोई जादू है।"

उसने बताया कि वह किसी और के साथ ठीक वैसे ही क्षण बिताना चाहती थी। देखना चाहती थी कि कैसा लगता है। किसी और की देह से लिपटी उसकी देह कैसी लगती है। वह किस तरह रिएक्ट करती है। चरम के अन्तिम क्षणों में अपने

सामने किसी और का चेहरा देखना चाहतीं थी। कुणाल उसे सुनता रहा।

"अगर मेरी कोई ग़लती है तो बस यही। इसको लेकर मेरे अन्दर कोई शर्मिंदगी नहीं। और मुझे इस तरह के सवाल बिलकुल नहीं चुभते।"

कितनी सहजता से वह अपनी इच्छाओं के बारे में बोलती चली गई।

"और मुझे नहीं लगता कि इसके लिए अपने परिवार से अलग होना ज़रूरी है। मेरी इच्छाएँ हैं, इनका अगर कुछ बोझ होगा तो मैं ख़ुद ढोऊँगी।"

"तो वृंदा के लिए वह सब इतना ज़रूरी क्यों हो गया था"—कुणाल ने जैसे ख़ुद से कहा।

"शी फ़ॉल इन लव विद यू..."—बरख़ा ने बिस्तर से उठते हुए कहा। "...लेकिन तुमने सही कहा था। हम यह रिस्क नहीं ले सकते। आज के बाद यहाँ नहीं मिलेंगे।"

उस दिन के बाद से वे कुणाल के घर में मिलने लगे। और इस कारण, अगले ही दिन वही हुआ जिसका उन्हें डर था। दोपहर में जब कुणाल और बरखा साथ थे, उसके घर का दरवाज़ा बजा। दोनों घबरा गए। कुणाल समझ गया था कि कुछ गड़बड़ है क्योंकि वह अकेला रहता था और किसी के भी आने का उसे पहले से पता रहता था। दोनों शान्त रहे। बाहर वृंदा थी। उसने फिर घंटी बजाई। वह दरवाज़े से लगभग सटी खड़ी थी। उसे अन्दर कोई हलचल नहीं सुनाई दी। पता नहीं कैसा शक था, लेकिन वृंदा को पता था कि कुणाल अन्दर ही है और अकेला नहीं है। वृंदा ने तो कुणाल का उसकी ज़िन्दगी से चले जाना स्वीकार कर लिया था, लेकिन इस चले जाने में जब उसे धोखा नज़र आने लगा, तब उससे रहा नहीं गया। उसने हल्के से आवाज़ लगाई—"कुणाल"। अन्दर दोनों सहम गए। दोनों कोई आवाज़ नहीं कर रहे थे। वे नहीं चाहते थे कि उनके बारे में किसी को भी पक्के तौर पर कुछ पता चले। इधर-उधर होती रहने वाली बातों और अफ़वाहों से उन्हें कोई फ़र्क़ नहीं पड़ता था। लेकिन उनके अन्दर धीरे-धीरे झुंझलाहट बढ़ती जा रही थी क्योंकि वृंदा लगातार कभी घंटी तो कभी दरवाज़ा बजाए जा रही थी। उसी समय ऊपर के एक फ़्लैट से अंश नीचे आ रहा था। वह सीढ़ियाँ उतर रहा था। वृंदा को देखकर वह रुक गया और थोड़ा ऊपर से ही उसे छुपकर देखने लगा। अन्दर से कोई जवाब नहीं आया लेकिन वृंदा खटखटाती रही। वह समझ चुकी थी कि कुणाल अन्दर ही है। दरवाज़ा बजाते-बजाते वह कुणाल का नाम लेती रही,

उसकी आँखों से आँसू निकलने लगे और वह वहीं दरवाज़े पर पसर गई। अंश देखता रहा। उसकी भी आँखों में आँसू थे। उसे अपनी माँ पर बहुत प्यार आया और थोड़ी दया भी।

वृंदा तकलीफ़ में थी। वह तकलीफ़ देना चाहती थी। उसे सुकून चाहिए था जो कहीं नहीं था। इधर कुछ दिनों से राघव ने फिर घर आना शुरू कर दिया था। रोज़ रात को आता और सुबह जल्दी निकल जाता। उसके और वृंदा के बीच कोई बातचीत नहीं होती। वृंदा के मन में उसके और मोहिनी के बारे में जानने की कोई इच्छा नहीं बची थी। अंश को राघव का आना पसन्द नहीं था लेकिन वह कुछ नहीं कर सकता था। उसे यह ज़रूर समझ आता था कि उसकी माँ को राघव का आना बर्दाश्त नहीं।

"आपको अलग हो जाना चाहिए..."—एक दिन उसने अपनी माँ से कहा। "...मैं और ध्रुव आपके साथ चलेंगे। आप और मत सोचो।"

वृंदा ने कुछ नहीं कहा। वह दिन-पर-दिन कम बोलना सीखती जा रही थी। बोलना उसे निरर्थक काम लगने लगा था। वह चुपचाप अपना पूरा दिन बिताती, बच्चों का ख़याल रखती और ज़्यादातर समय घर में रहती। कहीं भी आना-जाना उसने छोड़ दिया। अंश अपनी माँ की मदद करना चाहता था लेकिन उसे समझ नहीं आता था कि क्या करे। उसने नैना से पूछा तो उसने कहा कि वह बस उनके साथ बना रहे। एक बच्चा जो अपनी उम्र में, अपनी दुनिया में मगन था, उसे मजबूर कर दिया गया कि वह जल्दी बड़ा हो और सब कुछ सँभाले। उसे खींच लिया गया ज़रूरतों और आकांक्षाओं की दुनिया में। बड़ों की दुनिया में, जहाँ छल-कपट और साज़िशें थीं। प्यार और धोखा था। प्यार पाने की कोशिशें और गिड़गिड़ाहटें थीं। प्यार का नकारा जाना था। किसी भी तरह की सुन्दर दुनिया से सामना होने से पहले बदसूरतियों से सामना था। जब उसे अपने सिर पर साए की ज़रूरत थी तब वह साया बनने की तैयारी में था।

चुप रहना, कुछ न बोलना, कोई शिकायत न करना, अन्दर ही अन्दर घुटना और बस सहना। यह सब करने में वृंदा की हिम्मत जवाब दे रही थी। हमारा शरीर जिन अंगों से बना है, एक समय तक अवसाद झेलने के बाद वे बदला लेना शुरू कर देते हैं। हम लगातार उन्हें तकलीफ़ देते हैं, पलटकर वे बदला लेते हैं। वृंदा के दिमाग़ ने उससे बदला लेना शुरू कर दिया था। वह सुन्न रहने लगा। कोई हलचल

नहीं। वृंदा को लगता कि उसे कोई इलेक्ट्रिक शॉक दे, तब शायद दिमाग़ काम करना शुरू करे। जैसे ख़ून दिमाग़ में पहुँचना बन्द हो गया हो। कोई भी ज़रा-सी बात असहज कर देती थी, तकलीफ़ देती थी। दिमाग़ गर्म रहता था और उसमें दर्द रहने लगा था। यह बात वह किसी को बता नहीं पाती थी। मरा हुआ महसूस होता था। डेड। इतना सब कुछ उसने भीतर दबाकर रखा था कि लगता था शरीर बम की तरह फटेगा किसी दिन। बम में एक पिन होती है निकालने के लिए, उसके दिमाग़ में हज़ार पिनें थीं जो चुभती रहती थीं लगातार। वह थकती जा रही थी। भ्रमों का मायाजाल था। चेहरा किसी एक इनसान का दिखता था, वह बोल किसी और की आवाज़ में रहा होता था। खिड़की और दरवाज़े अपनी जगह बदल लेते थे जैसे खिड़की के बाहर पैर रखा तो फ़र्श इन्तज़ार में मिलेगा और दरवाज़े के बाहर खाई होगी जिसे पार करना असम्भव होगा। वह दीवार पर सिर मारती थी तो दीवार हिलती थी और उसे यक़ीन था कि एक दिन यह सरकेगी और उसकी दुनिया थोड़ी बड़ी हो जाएगी। हवा महसूस नहीं होती थी। ज़रा-सा मुस्कराने में इतनी कोशिश करनी पड़ती कि थकान होने लगती। ऐसा हो ही नहीं पाता था कि ख़ुद से दो क़दम आगे बढ़कर किसी से बात की जाए। सब कुछ भीतर अटका हुआ था। वह ख़ुद में बुरी तरह ज़ब्त थी। पूरे-पूरे दिन वह अकेली पड़ी-पड़ी फुफकारती रहती थी। यह सपने में दिखता था या हक़ीक़त थी पता नहीं, लेकिन उसे दिखता था। वह किसी सड़क पर खड़ी है और लोग उसे देखते हुए उस पर हँसते हुए निकल रहे हैं। कभी राघव उसके साथ ज़बरदस्ती कर रहा है तो कभी वह कुणाल के एक स्पर्श के लिए तरस रही है। मोहिनी और बरखा, दोनों उस पर हँस रही हैं और अपने-अपने प्रेमियों को चूम रही हैं, उन्हें बाँहों में भर रही हैं। सब कुछ एक-दूसरे में घुलता जा रहा है। चेहरे बदल रहे हैं। कौन किसके साथ है, कुछ साफ़ नहीं। कोई कहानी सच नहीं। कोई कहानी ख़ूबसूरत नहीं। सब मनुष्य बेचारे हैं। बस ख़ुश रहना चाहते हैं। हमारे सुख, दुख बनकर लौटेंगे। हम सुख भूल जाएँगे, दुख याद रह जाएगा। पहले आँखों से बहेगा, फिर बीमारी बनकर रहेगा। वृंदा के लिए साँस लेना मुश्किल हो गया और वह बेहोश हो गई।

अंश ने उसके चेहरे पर पानी के छींटे मारे। वृंदा को जब होश आया तो उसने उसे उठाया और किसी तरह सोफ़े पर लिटा दिया। वह ख़ुद भी घबराया हुआ था। ध्रुव भी पास ही बैठा था। शाम का समय था। उन्हें भूख भी लगी थी। अंश ने बाहर से खाना

आर्डर किया। खाना खाने के बाद रात में सोने जाते समय अंश ने वृंदा से कहा—

"कल सुबह मॉर्निंग वॉक पर जाऊँगा मैं। आपको भी साथ चलना है।"

"ठीक है"—वृंदा ने कहा और सोने चली गई।

जिस-जिस को ढाल समझा, वे तलवार हो गए

सुबह अंश पहले उठा। उसने वृंदा को उठाया। ध्रुव को सोने दिया। दोनों सुबह पार्क में टहलने के लिए निकले। वहाँ उनका सामना बरखा से हो गया। लगता था जैसे यह सारे किस्से वृंदा का पीछा नहीं छोड़ने वाले थे। अंश ने रोकना चाहा लेकिन वृंदा बरखा के पास गई। बरखा ने वृंदा को पास आते देखा।

"मैंने सुना कि तुम्हारी तबीयत ठीक नहीं थी। अब कैसी हो?"—बरखा की आवाज़ में आत्मीयता थी।

"उस दिन तुम ही थीं न कुणाल के साथ उसके घर में?"—वृंदा की आवाज़ में बिलकुल ऊर्जा नहीं थी। बरखा को ऐसे अचानक हमले की उम्मीद नहीं थी।

"तुम्हें ग़लतफ़हमी हुई है वृंदा। प्लीज़ इस तरह की बातें मत करो। बातों को फैलने में देर नहीं लगती।"

"झूठ बोल रही हो तुम। मैं जानती हूँ।"

"उससे मेरा मिलना-जुलना ज़रूर है लेकिन सोसाइटी के कामों को लेकर बस। तुम शायद परेशान हो इसलिए ज़्यादा सोच रही हो", बरखा बात को टालने की भरपूर कोशिश कर रही थी।

वृंदा के चेहरे पर व्यंग्य-भरी मुस्कान आ गई।

"सब जानते हुए भी तुम...तुम्हें वही मिला...तुम नहीं होतीं तो शायद मैं उसे वापस ला पाती।"

"इनफ़। कुछ भी बोले जा रही हो तुम। ऐसा कुछ भी नहीं है।" बरखा थोड़ी देर के लिए रुकी। "लेकिन एक राय ज़रूर देना चाहती हूँ तुम्हें। उसके सपने देखना छोड़ दो। वह नहीं रहना चाहता तुम्हारे साथ। सोच भी नहीं रहा तुम्हारे बारे में।"

वृंदा के शरीर से जैसे आग होकर गुज़री। वह तिलमिला कर रह गई। बरखा इतना कहकर वहाँ से चली गई। अंश बुलाता रह गया लेकिन वृंदा भी वहाँ नहीं रुकी। वह घर चली आई। उसके मन में कुणाल के प्रति नफ़रत उमड़ रही थी। वह ख़ुद को समझाते-समझाते थक गई थी। उसे साहिर की बात याद आई, फिर बरखा की। क्या वह भ्रम में थी? क्या वह इस भ्रम में रहना चाहती थी? वे सब जो उसे बता रहे थे, उसे क्यों नहीं दिख रहा था? अंश उसके पीछे-पीछे ही घर आ गया था। ध्रुव और अंश थोड़ी देर में स्कूल के लिए निकल गए।

"मम्मी"—अंश की आवाज़ गूँजी।

वृंदा का ध्यान टूटा। उसने देखा अंश स्कूल ड्रेस में खड़ा है। घर की एक चाबी अंश अपने पास रखने लगा था। उसे अपनी माँ को लेकर तरह-तरह के डर सताते रहते थे। इसलिए वृंदा को उसके आने का पता नहीं चला।

"तू वापस क्यों आ गया?" वृंदा को लगा उसकी तबियत ठीक नहीं।

"मन नहीं किया। ध्रुव को स्कूल तक छोड़कर आ गया"—अंश की आवाज़ में शिथिलता थी, चेहरा बुझा-सा था।

अंश ने इस तरह कहा जैसे कुछ छुपा रहा हो। वृंदा को लगा कि कुछ तो है जो ठीक नहीं है। उसने अपने आस-पास जो दुनिया बना ली थी, जिसमें सिर्फ़ वह थी, वह थोड़ी टूटी। उसका ध्यान अंश पर गया, जो पिछले कुछ दिनों से स्कूल नहीं गया था। उसने अंश को पास बुलाया।

"तू ठीक है?"

"आप ठीक हो जाओगी, तो मैं भी हो जाऊँगा"—अंश ने बहुत मासूमियत से कहा।

वृंदा कोशिश करती लेकिन अवसाद में गिरती जाती। रोज़ की लड़ाई थी। सुबह बिस्तर से उठना और दिन-भर कुछ न कुछ करने की कोशिश करते रहना। उसको रह-रहकर ध्यान आता कि राघव ने अब तक डाइवोर्स पेपर्स पर साइन नहीं किए हैं। इस बारे में दरअसल कोई बात ही नहीं हुई। फ़िलहाल वह जल्दी में नहीं थी। राघव के घर पर कम रहने से उसे थोड़ा सुकून था। अभी वह कुणाल को लेकर भी असमंजस में थी। वह अपनी तरफ़ से ऐसा कुछ भी नहीं करना चाहती थी जिससे उसके लौटकर आने की सम्भावना ख़त्म हो जाए। ध्रुव अपनी दुनिया में था। वृंदा को अंश की फ़िक्र होने लगी थी। उसका ध्यान इस बात पर गया कि अंश का

सोसाइटी में अपने दोस्तों के साथ खेलना छूट गया है। उसे लगा कि कहीं स्कूल में भी कुछ ऐसा ही न हुआ हो। शाम का समय था। वृंदा, अंश और ध्रुव तीनों ही घर पर थे, जैसा कि अब अक्सर रहता था। अंश सो रहा था। ध्रुव ने अपनी तीन-चार किताबें ज़मीन पर फैला रखी थीं। वह होमवर्क कर रहा था। वृंदा ने उनके लिए दूध गर्म किया और एक कप ध्रुव के पास रखकर अंश के कमरे में गई। उसने कप वहाँ एक मेज़ पर रखकर अंश के बालों में हाथ फिराया। अंश की आँख खुली।

"और सोएगा?"—वृंदा ने पूछा।

"हाँ"—अंश ने इतना ही कहा और करवट पलटकर सोने लगा।

"दूध रखा है। पी लेना।"

वृंदा बाहर आई। उसे ध्यान आया कि अंश स्कूल नहीं गया था और पूछने पर बताया था कि मन नहीं किया। उसे ख़ुद पर ग़ुस्सा आया कि तब उसने इस बात को तवज्जो क्यों नहीं दी? अंश का इस तरह स्कूल से लौट आना कोई सामान्य बात नहीं थी। उसे लगा शायद स्कूल में कुछ हुआ होगा। ध्रुव अपनी अंग्रेज़ी की किताब से एक कहानी पढ़ने की कोशिश कर रहा था। वृंदा उसके पास जाकर ज़मीन पर बैठ गई।

"कल तुझे स्कूल छोड़कर वापस आ गया था अंश। स्कूल में कुछ हुआ है क्या?"

ध्रुव ने उसकी ओर देखा और 'ना' में सिर हिला दिया।

"देख कुछ हुआ है तो मुझे बता। वह ऐसा कभी नहीं करता। किसी ने कुछ किया क्या उसके साथ?"—वृंदा ने उसके बालों में हाथ फिराते हुए फिर पूछा।

ध्रुव ने उसकी ओर देखा। फिर उस कमरे की ओर जहाँ अंश सो रहा था।

"भाई ने मना किया है।"

"देख...कुछ हुआ है तो मुझे पता होना चाहिए। ऐसे वह परेशान रहेगा।"

"उसने कहा था कि बताना मत मम्मी को। मम्मी परेशान रहती है।"

वृंदा का गला भर आया।

"कोई बात नहीं। अब मैं बिलकुल ठीक हूँ। प्लीज़ बता।"

"स्कूल में उसकी क्लास के कुछ लड़के चिढ़ाते हैं उसे। उसकी लड़ाई हो गई थी। उसने किसी टीचर से कम्पलेन भी नहीं की..."—ध्रुव ने कहा। "...लेकिन उसे बताना मत कि मैंने आपको बताया है।"

वृंदा को लगा कि सिर्फ़ इतनी बात नहीं हो सकती। अंश ने बताया ही इतना होगा ध्रुव को। उसे नैना का ख़याल आया।

दो दिन पहले की बात है। स्कूल में अंश ने हमेशा की तरह नैना के साथ ही लंच किया। अक़सर ऐसा होता कि जब वे साथ खाना खा रहे होते तो कुछ लड़के छेड़छाड़ में लगे रहते। काग़ज़ के हवाई-जहाज़ बनाकर उड़ाते जो उनके पास गिरते। उन पर अंश और नैना को लेकर ख़राब बातें लिखी रहतीं। वे उल्टे-सीधे कमेंट करते रहते। उनके हिसाब से यह सब मस्ती थी। नैना अंश को इन सब बातों पर ध्यान नहीं देने के लिए कहती। उस दिन बात ज़्यादा आगे बढ़ गई। लंच ख़त्म करने के बाद अंश जब वाशरूम में गया तो वहाँ उन्हीं लड़कों में से तीन-चार लड़के पहले से मौजूद थे। अंश ने देखा कि दीवार पर उसकी माँ को लेकर भद्दी बातें लिखी हुई हैं।

"अंश की मम्मी आज रात ख़ाली है। वह रात-भर के लिए चाहिए तो 91xxxxxx...पर फ़ोन करो।"

"शी इज़ अ स्लट।"

"आई हैव आलरेडी फ़क्ड हर...हाऊ शी मोंस।"

"शी इज़ कुणाल्स बिच।"

ऐसी ही बातों से दीवार भरी पड़ी थी। लगभग एक पूरी दीवार माँ-बहन की गालियों और चॉक से बनाए गए अश्लील चित्रों से भरी पड़ी थी। उन सब में औरत का नाम वृंदा था। पुरुषों के नाम बदलते जाते थे। अंश ने यह देखा तो वह वहीं के नल से पानी ले-लेकर हर जगह से अपनी माँ का नाम मिटाने लगा। वे लड़के वहाँ से निकल गए। अंश ने पानी मारा और अपने हाथ से दीवार को कुरेदने लगा। जितनी तेज़ी से अंश हाथ चला रहा था, उतनी ही तेज़ी से उसका ग़ुस्सा भी बढ़ता जा रहा था। घंटी बजी और लंच ब्रेक ख़त्म हो गया। अंश दीवार से अपनी माँ का नाम खरोंचने लगा। उसके चेहरे पर ग़ुस्सा था और आँखों में आँसू थे। उसने पानी से मुँह धोया, बाल गीले किए और बाहर आया। क्लास में आकर उसने अपना बैग उठाया और बाहर निकल गया। चलते-चलते वह स्कूल से बाहर निकल आया।

वह दुनिया अस्तित्व में नहीं है। उसकी कल्पना ही की जा सकती है जिसमें बड़े होते लड़कों को सिखाया जाए सही और ग़लत का मतलब। उनके असंवेदनशील

और हिंसक व्यवहार के परिणाम। बोलना और देखना शुरू करते ही उन्हें यह देखने और सुनने को न मिले कि उनकी माँओं और बहनों पर चिल्लाया जा सकता है, उनका अपमान किया जा सकता है और उन्हें घर का कोई भी काम करने के लिए उठाया जा सकता है किसी भी वक़्त। काश घरों में माँओं, पत्नियों, औरतों के प्रति होता व्यवहार बदल जाए।

मोहिनी अपने कुछ दोस्तों के साथ एक रेस्तराँ में बैठी थी। उसकी नज़र सड़क के दूसरी तरफ़ बस-स्टैंड की बेंच पर बैठे अंश पर पड़ी। उसने देखा कि अंश स्कूल यूनिफ़ॉर्म में है और स्कूल बैग टाँगे हुए है। स्कूल से निकलकर अंश को समझ नहीं आया कि क्या करे। वह घर नहीं गया। मोहिनी को उसकी चिन्ता हुई लेकिन अंश के पास जाने की उसकी हिम्मत नहीं हुई। वह अपने दोस्तों के साथ बैठी रही। उसने अंश पर नज़र बनाए रखी। अंश उदास और खोया-खोया सा सड़क पर आती-जाती गाड़ियों को देख रहा था। यूँ ही आधा घंटा बीत गया। मोहिनी से रहा नहीं गया। वह उठी और सड़क पार कर अंश के पास गई।

"अंश?"

अंश मोहिनी को वहाँ देख कर थोड़ा सकपका गया।

"यहाँ क्यों बैठे हो ऐसे? वह भी स्कूल टाइम में?"

अंश चुप बैठा रहा। उसकी आँखों में आँसू आ गए। मोहिनी उसके पास बैठ गई और उसके सर पर हाथ फेरा।

"चलो"—मोहिनी ने कहा तो अंश उठकर उसके साथ चल दिया।

कुछ देर बाद दोनों मोहिनी की कार में थे। चुप्पी थी। मोहिनी ने अंश को उसकी सोसाइटी के बाहर छोड़ा। अंश कार से उतरकर जाने लगा। वह रुका। मुड़ा। उसने मोहिनी की तरफ़ देखा।

"मैंने उस दिन जो कहा था...आई एम सॉरी।"

इतना कहकर वह मुड़कर जाने लगा। मोहिनी उसे जाते हुए देखती रही।

स्कूल में हुई पूरी घटना वृंदा को नैना से पता चली। वृंदा को लगा कि उसकी वजह से अंश को कितनी तकलीफ़ उठानी पड़ रही है। अगले दिन वह नैना के साथ स्कूल प्रिंसिपल के ऑफ़िस में बैठी थी।

"लेकिन हमें इस बारे में अब तक कुछ नहीं पता। हम आपको यक़ीन दिलाना

चाहते हैं कि हमारी प्राथमिकता है स्कूल में बच्चों को एक सुरक्षित माहौल देना। अगर ऐसा कुछ हुआ है तो इसकी जाँच की जाएगी"—प्रिंसिपल ने कहा।

"मैंने आपको पूरा क़िस्सा बता दिया। इस बारे में बात करना मेरे लिए ख़ुद भी मुश्किल था। फिर भी आप कह रहे हैं कि अगर हुआ है तो...हल्की-फुल्की लड़ाई हो तो मैं समझ सकती हूँ। लेकिन इस तरह से उसे लगातार बुली किया जा रहा है। परसों वह लंच-टाइम में घर आ गया था। कल भी तैयार होकर घर से निकला लेकिन वापस घर लौट आया। जायज़ सी बात है वह सेफ़ नहीं फ़ील कर रहा था।"

"यह सब आपको ख़ुद अंश ने बताया?"—प्रिंसिपल ने नैना से पूछा।

नैना ने 'हाँ' में सिर हिलाया। उसने उन्हें क्लास में होने वाली छेड़छांड़ के बारे में भी बताया। उसने उन लड़कों के नाम भी बताए, खासकर दो लड़कों के।

"हम मामले को अपनी तरह से डील करेंगे। बच्चों का मामला है। वे लड़के भी कोई ऐसे अपराधी नहीं हैं। उन्हें समझाना होगा," प्रिंसिपल ने वृंदा से कहा।

"आप समझाइए। उनके पेरेंट्स को तलब कीजिए। नहीं तो मैं स्कूल के ख़िलाफ़ पुलिस में जाऊँगी।"

प्रिंसिपल सकते में आ गया। उसे इतने सख़्त रवैये की उम्मीद नहीं थी। बात धीरे-धीरे फैलने लगी। उसके पास बाक़ी पेरेंट्स के भी फ़ोन आने लगे। वे अपने बच्चों के बारे में पूछने लगे। टीचर्स से मिलने लगे। घर पर बच्चों से बात करने पर ध्यान देने लगे। यह बात इतनी बड़ी हो जाएगी, प्रिंसिपल ने नहीं सोचा था। उसे लगा उसका पहला काम है स्कूल की गरिमा को बचाना।

सबसे आसान तरीक़ा था ध्यान भटकाना। जिस व्यक्ति ने सवाल खड़ा किया, उसको ही कटघरे में खड़ा कर देना। बात पलटकर वृंदा पर आ गई। उसे डिसक्रेडिट करने की कोशिशें शुरू हो गईं। प्रिंसिपल ने पेरेंट्स मीटिंग रखी जिसमें उन दो लड़कों के पेरेंट्स को भी बुलाया गया। इससे पहले वाशरूम की दीवारों को साफ़ कर दिया गया था। मीटिंग में स्कूल के कुछ सीनियर टीचर्स भी थे।

"आप अकेली आई हैं। आपके पति नहीं आए?"—यह पहला सवाल था जो वृंदा से किया गया था।

"वे बिज़ी रहते हैं। नहीं आ पाए।"

"हमें पता चला है कि आप लोगों के बीच सब ठीक नहीं है। आपने तलाक़ की अर्ज़ी दी है।"

वृंदा का पारा सातवें आसमान पर था।

"यह हो क्या रहा है? इस सब से आपको क्या लेना-देना?"

"बस यही कि ऐसे माहौल में आप अपने बच्चे का कितना ख़याल रख पा रही थीं।"

वृंदा को चुप रह जाना पड़ा।

"इससे पहले एक बार आप एक क्रिकेट मैच के दौरान अपने एक दोस्त के साथ आई थीं। हमें यह कहना नहीं चाहिए लेकिन...दरअसल बच्चों से पूछताछ के बाद यह पता चला है कि उसी दिन के बाद से बच्चों में बातें शुरू हुईं। यह उनकी उम्र नहीं है कि इन बातों की गम्भीरता को समझें। आपको ख़याल रखना चाहिए था।"

वृंदा से रहा नहीं गया।

"मैं समझ रही हूँ आप क्या करना चाह रहे हैं...मैंने सोचा था कि अंश के साथ जो हुआ, वह बाहर आएगा तो स्कूल को और ख़ासकर बच्चों को फ़ायदा होगा। लेकिन आप मामले को दबाना चाह रहे हैं, मुझे हथियार बनाकर।"

इसके बाद जैसा कि हमेशा से होता आया है, वैसा ही हुआ। कुछ नहीं हुआ। यथास्थिति क़ायम रही। थोड़े दिनों में मामला ठंडा पड़ गया। वृंदा को लगा अब वह जीवन में कभी किसी चीज़ के लिए नहीं लड़ पाएगी। यह बातें उसका पीछा नहीं छोड़ेंगी। वह कहीं भी किसी भी सही बात के लिए आवाज़ उठाएगी तो ऐसी ही बातें करके उसे कमतर इनसान साबित कर दिया जाएगा। यह बहुत आसान और बहुत पुराना तरीक़ा है जिसका इस्तेमाल यह समाज औरतों को डराने और चुप कराने के लिए करता आया है। अंश ने नहीं चाहा था कि यह बात उसकी माँ को पता चले। वह अपनी माँ को बचा रहा था। उसकी माँ उसे बचाना चाह रही थी। उसने अपनी माँ को स्कूल जाने से रोकने की कोशिश की थी। दिन ऐसे बीत रहे थे जैसे हमेशा ऐसा ही रहेगा।

"कुणाल भैया कब से घर नहीं आए मम्मी?"—ध्रुव ने वृंदा से कहा जब वे शाम को बैठकर टीवी देख रहे थे। अंश भी वहीं था। वृंदा की आँखें नम हो गईं। उसने कुछ नहीं कहा। अंश ने उठकर टीवी बन्द कर दिया और ध्रुव को अपने साथ कमरे में चलकर पढ़ने के लिए कहा। उसे लगा कि इस समय माँ को अकेला छोड़ देना ठीक है। ध्रुव को कमरे में छोड़कर वह रसोई में गया। उसने कॉफ़ी बनाई। वृंदा अपने कमरे में थी। अंश वृंदा के लिए कॉफ़ी लेकर गया। वृंदा को आश्चर्य

हुआ। लेकिन अच्छा लगा। उसने कुछ कहा नहीं लेकिन स्कूल वाली घटना को लेकर उसकी आँखों में शर्मिंदगी थी।

साहिर को जब पता चला कि वृंदा से अलग होने के बाद कुणाल बरखा के साथ है, तो उसने उसे सोसाइटी छोड़ने की सलाह दी। कुणाल ने मना कर दिया। साहिर ने उसे वह दिन भी याद दिलाया जब कुणाल ख़ुद उसकी बात को सही बता रहा था।

"तू पिटे बिना यह सोसाइटी नहीं छोड़ेगा क्या? लात मारकर निकाला जाएगा, तभी जाएगा?"—साहिर ने घर में घुसते ही कहा था।

"ऐसी किसकी मजाल जो हाथ भी लगा दे।"

"हरकतें तो ऐसी ही हैं तेरी।"

कुणाल ने उसकी बात पर ज़्यादा ध्यान नहीं दिया। उसने लैपटॉप खोला और मेहंदी हसन की ग़ज़लें चला दीं। साहिर को कुछ समझ नहीं आया।

"यह सब कब से?"

"बस...आजकल तेरा भाई डीप जा रहा है।"

"हाँ वह तो देख रहा हूँ। कितना डीप जा रहा है। आज इसके साथ, कल उसके साथ।"

"अबे छोड़ न। साले तू भी गिल्टी फ़ील कराने ही आता है!"

"मैं तो बस मिलने आता हूँ।"

मेहंदी हसन की आवाज़ का जादू माहौल में घुलने लगा।

"स्तुति का क्या चल रहा है?" साहिर ने पूछा।

स्तुति का नाम आते ही कुणाल वाक़ई डीप जाने लगा। उसने कुछ नहीं कहा।

"यह ग़ज़लें तो उसी की वजह से हैं बेटा...छोड़ेगी नहीं पीछा", साहिर उसकी ओर देखकर हँसने लगा।

"हाँ यार...साली घुस गई है अन्दर...पता नहीं ऐसा कैसे कर लेते हैं लोग।"

कुणाल सीरियस था। साहिर ने अपनी हँसी रोक ली। उसे भी जैसे कुछ याद आ गया।

अब हँसने की बारी कुणाल की थी। अपने जीवन की सबसे बड़ी त्रासदी में वे बहुत खुलकर हँसे।

"सुन...सुन...तू भी सुन...रुक वो चलाता हूँ"—कुणाल ने कहा और लैपटॉप

में गाना बदलने लगा। कुछ पल में कमरा बेग़म अख़्तर की मख़मली आवाज़ से गूँजने लगा।

वो जो हम में तुम में क़रार था, तुम्हें याद हो कि न याद हो
वही यानी वादा निबाह का, तुम्हें याद हो कि न याद हो

दोनों डूबने लगे थे।

तभी दरवाज़े की घंटी बजी। कुणाल ने बियर मँगाई थी। साहिर ने दरवाज़ा खोला और बियर ली। जिस चीज़ की कमी थी, वह भी हाज़िर थी।

"बता तो दिया होता मँगाने से पहले"—साहिर ने एक बोतल कुणाल को देते हुए कहा।

"जैसे तू मना कर देता।"

"माहौल तो अब बनेगा।"

बियर का दौर शुरू हुआ। पाँच मिनट के अन्दर ही दोनों के मन पर पड़े ताले खुलने लगे थे।

"तुझसे एक सवाल पूछूँ?" साहिर हल्के नशे में था। कुणाल को समझ आ गया कि हमेशा की तरह साहिर अपने भीतर उतर रहा है। कुछ पुरानी गलियों में दोबारा भटकने की कोशिश कर रहा है। कभी-कभी साहिर ऐसी हवाई बातें करता था—

"जो छोड़ने जाता है, उसे छोड़ने कौन आता है?"

कुणाल ने कुछ क्षण सोचा।

"यह सब बातें करके उतार मत यार।"

साहिर ग़ज़ल के बोल सुनते-सुनते उदासी में डूब रहा था।

"हम जहाँ से लौटते हैं, वहाँ से कभी लौट पाते हैं क्या?"

यह उसका दूसरा सवाल था। जवाब उसे चाहिए नहीं था। जवाब शायद कोई था भी नहीं।

तभी साहिर के पास वृंदा का फ़ोन आया। कुणाल रसोई में जा चुका था इसलिए उसकी नज़र नहीं पड़ी। साहिर ने फ़ोन नहीं उठाया। उसने फ़ोन अपनी जेब में रख लिया। वह वृंदा से कटने की कोशिश करने लगा था। वह समझ चुका था कि वह वृंदा की सफ़रिंग कम नहीं कर सकता। वह यह भी समझ चुका था कि इन दिनों वृंदा को बात करने के लिए कोई चाहिए। कोई ऐसा जो कुणाल का क़रीबी हो।

थोड़ी देर में फ़ोन फिर बजा। उसने उठाया और घर के बाहर गैलरी में निकल आया।

"तुम घर आ सकते हो?"

"अभी?"—साहिर के चेहरे पर आश्चर्य के भाव थे।

"नहीं...अभी नहीं...कल आ जाओ।"

साहिर मना करना चाहता था लेकिन कर नहीं पाया।

साहिर अन्दर आया तो कुणाल ने उससे पूछा—

"कौन था?"

"ऑफ़िस से था।"

वे देर रात तक पीते रहे। साहिर को अन्दाज़ा नहीं था कि कुणाल ने ऐसी तैयारी कर रखी है।

अगली शाम साहिर वृंदा के यहाँ गया। उसे वृंदा का व्यवहार कुछ अजीब-सा लगा।

"उससे तो बात होती नहीं। तुम उसके दोस्त हो, तो तुम्हीं उस तक मेरी बातें पहुँचा सकते हो"—वृंदा के चेहरे पर एक अजीब क़िस्म की कठोरता थी।

"वह आजकल किसी और के साथ है। उसे मैं यहाँ इस सोसाइटी में लेकर आई थी। उसके बारे में तरह-तरह की बातें पहले भी होती थीं लेकिन मैं सँभाल लिया करती थी। अब उसने ख़ुद को मुझसे काट लिया है तो मैं ज़्यादा कुछ कर नहीं पाऊँगी।"

साहिर सुन रहा था और सोच रहा था कि आख़िर इसके मन में है क्या। यह वाक़ई कुणाल को लेकर फ़िक्रमंद है या यह भी उसे पाने का कोई तरीक़ा है।

"उसे किसी और के साथ देखा गया है। उसको लेकर बातें हो रही हैं। उसको जल्द यहाँ से निकाला जा सकता है। बल्कि, यहीं सोसाइटी में रहने वाले एक आदमी ने पुलिस में उसकी शिकायत की है कि वह यहाँ का माहौल ख़राब कर रहा है और उसका किसी औरत के साथ अफ़ेयर चल रहा है।"

साहिर उसे बहुत ध्यान से देख रहा था।

"तुम सोच रहे होगे कि मैं झूठ बोल रही हूँ या सच। मेरा काम तुम्हें बताना था तो बता रही हूँ। बाक़ी तुम्हारी मर्ज़ी।"

साहिर असमंजस में था। वह कुणाल के लिए थोड़ा घबरा भी गया था। उसे लगा कि कुछ तो ग़लत है और वृंदा कुणाल को डराने की कोशिश कर रही है। वह सीधा कुणाल के घर पहुँचा और उसे सब बताया।

"पहले तो तू यह बता कि तू उससे मिलने जाता क्यों है? वह भी उसके घर पर..."—साहिर के सब बताने पर कुणाल ने उससे कहा। कुणाल पर इन बातों का कुछ असर नहीं पड़ा। "...देख लेंगे कौन-सा पुलिस वाला आएगा।"

कुणाल ने इन बातों को इतने ही हल्के में लिया। कुछ दिन बीतने पर वृंदा ने ध्यान दिया कि इस बात का कुणाल पर कोई असर नहीं हुआ। उसे कुछ भी अलग-सा होता नहीं दिखाई दिया, जिसकी उसे उम्मीद थी। उससे रहा नहीं गया तो उसने अपने तरकश का आख़िरी तीर इस्तेमाल करने के बारे में सोचा। उसने फिर साहिर को फ़ोन किया और उससे मिलने के लिए कहा। इस बार वे बाहर एक पार्क में मिले। ऐसा नहीं था कि ऐसा सब करते हुए वृंदा बहुत ख़ुश थी। उससे यह बर्दाश्त नहीं हो रहा था कि कुणाल को कोई फ़र्क़ कैसे नहीं पड़ा। अपने बारे में बात करते हुए वह बीच में दो बार साहिर के सामने रोई भी। यही हालत थी उसकी इन दिनों। ज़रा-सा किसी के सामने दिल खोलने का मौक़ा मिलता और वह फूट पड़ती थी। साहिर इस बात को समझता था, इसलिए उससे मिलने से मना नहीं कर पाता था।

"मैंने कुणाल को कुछ पैसे दिए हैं। अब जब मेरे और राघव के बीच दिक़्क़तें चल रही हैं और मैं कुछ काम भी नहीं कर पा रही हूँ, तो मुझे ज़रूरत है। तुम उसको बता देना"—यह कहते हुए उसका मक़सद पैसे वापस माँगना नहीं था बल्कि कुणाल को मुश्किल में डालना था। उसे एक उम्मीद यह भी थी कि शायद इसी बहाने कुणाल से मिलना सम्भव हो। साहिर तक यह बात किसी और ही तरह पहुँची। उसे इन बातों का अन्दाज़ा तो था लेकिन उसे नहीं लगा था कि वृंदा ऐसा भी करेगी।

"मैं कुणाल की मदद करना चाहती थी लेकिन बैंक अकाउंट से निकालकर पैसे नहीं दे सकती थी। राघव को पता चल जाने का ख़तरा था। इसलिए मैंने अपनी कुछ ज्वैलरी गिरवी रखवा दी थी। मुझे अब वह वापस चाहिए।"

यहाँ साहिर की तरह हमें भी नहीं पता कि वृंदा सही कह रही थी या नहीं। कुणाल का भी भरोसा नहीं किया जा सकता था। साहिर ने जब उसे यह सब बताया तो उसने वही कहा जिसकी उससे उम्मीद थी।

"यह चक्करबाज़ी में डाल रही है...और तू क्यों बार-बार उसकी कहानी सुनने चला जाता है?"—कुणाल थोड़ा तनाव में दिखा। साहिर को लगा कि बात में कुछ तो सच्चाई है।

"मैंने तुझे पहले ही कहा है कि जो तूने किया उसके बाद यह तुझे यहाँ रहने नहीं देगी चैन से"—साहिर ने उसे आगाह करते हुए कहा।

"करे तो यह कुछ। फिर मैं बताऊँगा कि मैं क्या कर सकता हूँ।"

कुणाल जब इस तरह बात करता था तो साहिर को उससे थोड़ा डर लगता था। कुणाल में दूसरों और उनसे भी ज़्यादा ख़ुद को नुक़सान पहुँचाने की प्रवृत्ति थी।

"लेकिन उसकी बात सच है या नहीं?"—साहिर ने लगभग भेदती नज़रों से कुणाल को देखा।

"मुझे नहीं पता उसने कैसे क्या किया था। मैंने ज़बरदस्ती थोड़ी करवाया था उससे। मैं तो मना भी करता था। मुझे ज़रूरत होती थी, वह मदद करती थी। अभी मेरे पास है ही नहीं तो कहाँ से दूँ। जब होंगे तब दे दूँगा।"

साहिर उसे हिकारत से देख रहा था।

"...ऐसे तो हर कोई करता ही है कुछ-कुछ एक-दूसरे के लिए। मैंने क्या कम किया उसके लिए। पीछे पड़ी रहती थी मेरे"—कुणाल जैसे ख़ुद किसी जद्दोजहद में फँसा था।

ज़िन्दगी कुणाल के हाथ से भी फिसलती जा रही थी। वह आईने के सामने खड़ा होकर ख़ुद को देखता और पूछता कि क्या यह सब करने आया था वह इस शहर में? वह कितना भी वृंदा से दूर भागता, यह ख़याल हमेशा उसके साथ चलता कि सही मायनों में किसी ने उसे चाहा, तो वृंदा ने। ऐसा इनसान मिलना तो क़िस्मत की बात है, जो आपके लिए अपना सब कुछ छोड़कर नई दुनिया बसाने के लिए तैयार हो। कहीं न कहीं उसे यह भी पता था कि वृंदा उसे चाहे कितना भी नुक़सान पहुँचाने की कोशिश कर ले, कभी उसे भूल नहीं पाएगी। जैसे वह नहीं भूल पा रहा था स्तुति को। वह नहीं निकलती थी उसके अन्दर से। जब उसकी ज़्यादा याद आती तो वह बरखा की ओर भागता। बरखा, जिसे कुणाल से प्यार नहीं था, लेकिन जो उसकी इच्छाओं को पूरा करती थी। कोई ऐसी ख़राब बात नहीं थी यह लेकिन कुणाल को ख़राब लगने लगी थी। उसे लगता जैसे बरखा ने उसे ग़ुलाम बना लिया है। बरखा में वह सब कुछ था जो कुणाल की उम्र के किसी भी लड़के का सपना हो सकता था। वह हर बार बरखा के बुलाने पर दौड़ा चला जाता। दोनों क़िस्म-क़िस्म के प्रयोग करते, जो शायद बरखा अपने पति के साथ कभी नहीं कर पाती। कुणाल उसका साथ देता चला जाता। यह बिलकुल वैसा

ही था, जैसा कुणाल को चाहिए था। ठीक ऐसा ही सब उसे वृंदा से चाहिए था, जहाँ सिर्फ़ यह मदहोशी होती, ज़िन्दगी-भर साथ निभाने की कोई बात नहीं होती। कोई बंधन नहीं होता। लेकिन उसे यह बरखा से मिला। हम अपने जीवन में एक जगह पर एक बार जिसकी कल्पना कर लेते हैं, क्या कभी उसे फिर वहाँ से हटा पाते हैं? क्या उसकी जगह कोई और ले पाता है? क्या कुणाल की ज़िन्दगी में स्तुति की जगह कोई ले पाएगा? या वृंदा की? क्या वृंदा की जिन्दगी में कुणाल की जगह कोई ले पाएगा? बरखा से कुणाल को कोई लगाव नहीं था। चीज़ों के और आसान होने का कारण यह था कि कुणाल जानता था कि बरखा को भी उससे कोई लगाव नहीं है, आकर्षण-भर है। कोई लगाव ना होने के बावजूद दोनों में एक-दूसरे के प्रति एक जुनून था, एक उन्माद था, एक लालसा थी एक-दूसरे को पाने की जो शान्त होती थी बार-बार। वहीं वृंदा के मामले में वह आत्मग्लानि के बोझ से दबा जाता था क्योंकि उसे समझ आ गया था कि वृंदा उसे हद से ज़्यादा चाहने लगी है। वह नहीं चाहता था कि ऐसा हो, लेकिन होता चला गया और वह रोक नहीं पाया।

बरखा और कुणाल के इस सम्बन्ध के चलते रहने और कुणाल को न रोक पाने के कारण वृंदा ने निश्चय किया कि अब उसे सोसाइटी से निकलवाने के अलावा और कोई रास्ता नहीं। कुणाल इसी भरोसे पर था कि वृंदा कुछ भी कर ले, ऐसा नहीं करेगी। पर शायद वह चोट खाई स्त्री के मन को नहीं जानता था, चाहे ऐसा करने का मतलब ख़ुद को तकलीफ़ देना ही क्यों न हो। वृंदा सोसाइटी सेक्रेटरी शर्मा से मिली। वह ऑफ़िस में ही था। वृंदा को आता देखकर वह थोड़ा सतर्क हो गया। आसपास होने वाली बातें किसी से छुपी नहीं थीं।

"वृंदा जी...आप यहाँ कैसे?"—उसने उसके बैठने के लिए कुर्सी लगाते हुए कहा।

"आप से काम था ज़रूरी"—वृंदा ने बैठते हुए कहा।

"कहिए।"

"वह लड़का...कुणाल...उसे प्लीज़ सोसाइटी से निकालने का नोटिस भिजवा दीजिए। जितनी जल्दी हो सके वह यह जगह ख़ाली कर दे। मैंने उसकी गारंटी ली थी। वह मैं वापस लेती हूँ।"

शर्मा ने कुछ भी कहने में थोड़ा समय लिया।

"बात कुछ समझ नहीं आई...लेकिन आप कहती हैं तो ठीक है।"

"बात को समझने की ज़रूरत नहीं है। आप रखना चाहते हैं तो रहने दीजिए। लेकिन आगे मेरी कोई ज़िम्मेदारी नहीं। आपकी होगी।"

"ठीक है। मैं नोटिस भेज देता हूँ।"

शर्मा वृंदा के तेवर देखकर हैरान रह गया। उसने एक घंटे के अन्दर कुणाल को नोटिस भिजवाया। कुणाल गुस्से में उसके ऑफ़िस पहुँचा।

"प्रॉब्लम क्या हुई है वह बताइए। कंप्लेंट क्या है?"

शर्मा ने थोड़ा समय लिया।

"देखो बेटा...तुम इस सिचुएशन में तो नहीं हो कि हमसे सवाल कर सको... लेकिन फिर भी जवाब दे देते हैं। तुम्हारे सिर पर जिसका हाथ था न, उसने अपना हाथ वापस खींच लिया है...वृंदा जी ने तुम्हारी गारंटी वापस ले ली है। बाक़ी फ़ॉर्मल कंप्लेंट यह है कि तुम सोसाइटी में लड़कीबाज़ी में लगे रहते हो।"

कुणाल को वृंदा पर गुस्सा आया।

"लेकिन आप ऐसे कैसे निकाल सकते हैं? कुछ तो रूल्स होते हैं।"

"रूल्स से तो बेटा तुम आए भी नहीं थे। रूल्स के हिसाब से तो तुम्हें यहाँ घर मिलता ही नहीं। समझे।"

कुणाल ने आगे कुछ नहीं कहा और ग़ुस्से में वहाँ से निकल गया। कुणाल के जाते ही शर्मा ने राघव को फ़ोन किया। उसने राघव को सारी बात बताई। राघव ऑफ़िस में था। उसने सुना और फ़ोन रख दिया। उसे समझ नहीं आया। मतलब कुणाल का चैप्टर क्लोज़। उसने यही मतलब निकाला कि वृंदा शायद वापस आना चाह रही है। उसने सोचा कि फिर घर पर ही रहना शुरू किया जाए।

राघव अपने केबिन से निकलकर मोहिनी के केबिन में गया और दरवाज़ा अन्दर से बन्द कर लिया। ऐसा कई दिनों बाद हुआ था कि राघव में इतना साहस आया हो। यह साहस लेकिन आया कहाँ से था? क्या उसे यह लग रहा था कि जीवन में जो ख़राब समय एक उबाल की तरह आया था, वह ठंडा पड़ने लगा है? मोहिनी चौंक गई। इतना सब कुछ हो जाने के बाद वह नहीं चाहती थी कि ऑफ़िस में फिर कोई तमाशा बने। राघव उसके सामने जाकर बैठा। मोहिनी उसे सवालिया निगाहों से देख रही थी।

"मेरे पास अभी शर्मा का फ़ोन आया"—राघव ने उससे कहा।

मोहिनी चुप रही। उसका एक पैर तेज़ी से हिल रहा था। वह चाह रही थी कि राघव जल्द-से-जल्द चला जाए।

"...सोसाइटी सेक्रेटरी। उसने बताया कि कुणाल को सोसाइटी से निकाल दिया गया है और वृंदा ने निकलवाया है।"

अब मोहिनी के चेहरे पर ऐसे भाव आए जैसे वह वाक़ई सुन रही हो।

"लेकिन ऐसा कैसे हुआ...वे दोनों तो..."—वह कहते-कहते रुक गई। उसे लगा यह बात पूरी करना ठीक नहीं।

"अब कैसे हुआ...क्या हुआ...नहीं पता...लेकिन वृंदा की ज़िन्दगी में उसका चैप्टर क्लोज़"—राघव ने सुकून की साँस ली।

मोहिनी ने अपने चेहरे पर उभरती नफ़रत को रोका।

"मतलब तुम ख़ुश हो कि तुम्हारी बीवी की ज़िन्दगी से वह लड़का निकल गया।"

"क्यों...नहीं होना चाहिए?"

यह बोलते ही राघव को लगा कि उसने ग़लती कर दी। वह मोहिनी के मन में चल रही बात को समझ गया। इससे पहले कि वह कुछ बोलता, मोहिनी बोल पड़ी—

"फिर तो अच्छा है। तुम्हें अपनी बीवी के साथ सब कुछ ठीक करने की कोशिश करनी चाहिए।"

"नहीं...मेरा वह मतलब नहीं था...तुम ग़लत ले गईं बात को...बात बस यह है कि अब वृंदा के सिर से तलाक़ का भूत कुछ समय के लिए तो उतरेगा। अकेले वह कुछ नहीं कर पाएगी।"

"तुम यह बातें मुझे क्यों बताने आए हो?"—मोहिनी ने खीजते हुए कहा।

"मुझे लगा तुम्हें पता रहे। हमें थोड़ा सावधान रहना होगा लेकिन हम फिर से..."

राघव की बात पूरी होती, इससे पहले ही मोहिनी ने उसकी बात काट दी।

"तुम्हें मुझसे क्या मिलता है?"

"मतलब?"

"मतलब...क्यों चाहिए हूँ मैं ज़िन्दगी में?"

सच बात तो यह थी कि इस बात का राघव के पास कोई जवाब नहीं था।

उसे जवाब बनाना पड़ता। उसे बस इतना पता था कि उसे मोहिनी की ज़रूरत थी। उसका चुप रहना मोहिनी को बहुत खला।

"मुझे इस सब से दूर रखो प्लीज़ अब। मैं यह खेल और नहीं खेल सकती। जब तुम्हारी फ़ैमिली में प्रॉब्लम हो तो मुझे दूर कर दो और जब सब ठीक लगने लगे तो फिर शुरू। तुम्हारा मुझे पता है। तुम्हें कोई तकलीफ़ नहीं होती, लेकिन मुझे होती है। बहुत मुश्किल है मेरे लिए...तुम रहो अपनी फ़ैमिली के साथ...और तुम्हारी सबसे ज़्यादा ज़रूरत किसी को है तो तुम्हारे बच्चों को।" मोहिनी ज़रा देर रुकी। "...तुम्हें पता भी है अंश की क्या हालत है?"

"क्या हालत है?"—राघव ने उसके क़रीब आते हुए पूछा।

"एक दिन मैंने उसे उसके स्कूल के पास वाले बस-स्टैंड पर बैठे देखा था। अकेले। वह स्कूल नहीं गया था। मैं कुछ दोस्तों के साथ बस-स्टैंड के सामने वाली कॉफ़ी-शॉप में बैठी थी।"

वह फिर थोड़ा रुकी।

"वह आधा घंटा वहाँ बैठा रहा। जब मेरी उस पर नज़र पड़ी, तब से ही मैं उसके पास जाकर उससे पूछना चाहती थी कि वह यहाँ क्यों बैठा है, स्कूल क्यों नहीं गया...लेकिन मेरी हिम्मत नहीं हुई। लेकिन वह बैठा ही रहा। उस दिन मैंने उसे घर छोड़ा।"

"तुमने यह बात मुझे पहले क्यों नहीं बताई?"—राघव की आवाज़ ऊँची हो गई थी, लेकिन मोहिनी ने नहीं सुनी। वह अपनी धुन में बोले चली जा रही थी।

"मुझे उसकी कही वह बात याद आती रही—मैं जानता हूँ ऐसी औरतों को क्या कहते हैं..."

"वह बच्चा है...कह दिया तो उसका इतना मतलब निकालने की क्या ज़रूरत है?"

"बच्चा है...तभी बात का मतलब निकालने की ज़रूरत है।"

"मुझे फिर घर लौटना होगा...सब कुछ अपने हाथ में लेना होगा...।"

"हाँ तुम लौट जाओ।" मोहिनी ने चेहरा खिड़की की ओर फेर लिया।

राघव उठकर जाने लगा।

"लेकिन जो बात मैं कहने आया था वह तो रह ही गई।"

"मैं जानती हूँ तुम क्या बात कहने आए थे।"

राघव ने कुछ पल उसे देखा और बाहर निकल गया।

जब कुणाल ने सारा सामान पैक कर लिया और वह साहिर के साथ बैठा सामान लादकर ले जाने वाले टेम्पो का इन्तज़ार कर रहा था तो उसने एक आख़िरी कोशिश करने के लिए बरखा की मदद लेनी चाही। शायद वह कुछ कर पाए। वह साहिर के पास से उठकर थोड़ा दूर गया और उसे फ़ोन मिलाया। उसने सारा क़िस्सा बरखा को बताया।

"कुणाल...इस समय यही बेस्ट होगा कि तुम शिफ़्ट कर लो...यहाँ रुकने का कोई फ़ायदा नहीं...इस तरह वृंदा से भी हमारा पीछा छूट जाएगा।"

कुणाल को थोड़ा ख़राब लगा। वह चुप रहा।

"तुम चुप क्यों हो?"

"नहीं...कुछ नहीं...रखता हूँ।"

"देखो...मैं चाहूँ भी तो कुछ नहीं कर सकती...इसमें पड़ने से मुझे भी प्रॉब्लम हो सकती है। बाक़ी अपने लिए कोई न कोई रास्ता हम निकाल लेंगे।"

कुणाल ने 'ठीक है' कहकर फ़ोन काट दिया। वह साहिर के पास लौट आया।

"क्यों? पड़ गई चारों तरफ़ से लात?"

"यहाँ फटी पड़ी है और तुझे मस्ती सूझ रही है"

"मैंने तो कहा था कि छोड़ दे यह घर। लेकिन नहीं...जब तक निकाला नहीं जाएगा...तब तक नहीं निकलेंगे जनाब। क्या हुआ...बरखा ने भी कोई मदद नहीं की?"—कहकर साहिर हँसने लगा।

उसकी ओर देखते-देखते कुणाल भी हँसने लगा।

"कह रही थी...अपने लिए कोई न कोई रास्ता निकाल लेंगे।"

तभी कुणाल के पास फ़ोन आया। टेम्पो वाला नीचे पहुँच चुका था। जब दोनों एक-एक करके सामान नीचे उतार रहे थे तो उन्होंने देखा कि ध्रुव वहीं खड़ा है, टेम्पो के पास।

"आप घर छोड़कर जा रहे हो?"—उसने कुणाल से पूछा।

"हाँ।"

"मम्मी को पता है?"

कुणाल के चेहरे पर हल्की-सी मुस्कान तैर गई। उसने जवाब दिया।

"हाँ...उन्हें पता है।"

"तो उन्होंने मुझे क्यों नहीं बताया?"—ध्रुव ने जैसे ख़ुद से कहा।

साहिर और कुणाल सामान चढ़ाने में लगे थे। ध्रुव उन्हें देखता रहा। तभी अचानक कुणाल ध्रुव के पास गया। वह घुटनों के बल बैठा और उसने ध्रुव को गले लगा लिया।

जब कुणाल को गए दो-तीन दिन बीत गए, वृंदा को एक क़िस्म का ख़ालीपन महसूस होने लगा। वह जानती थी कि कुणाल के साथ कुछ भी ख़राब करने के बाद उसे ख़ुद भी बुरा लगेगा। ऐसा ही हो भी रहा था। उसे उसकी चिन्ता सताती। उसका ख़याल रखने का मन करता। उसका मन करता कि वह जहाँ गया है, वहाँ जाकर उससे मिलकर आए। उसे कहे कि वह माफ़ी माँगना चाहती है। उसने जो किया ऐसा करना ज़रूरी था। वह कुणाल को अपने आसपास ही किसी और के साथ देखना बर्दाश्त नहीं कर पा रही थी। कोई और रास्ता नहीं था। कुणाल का चले जाना अंश को अच्छा लगा। कई दिनों बाद वृंदा का भी घर से निकलकर कहीं जाने का मन हुआ। उसे कुछ दिन पहले इन्विटेशन आया था एक कार्यक्रम का। उसमें आज के ज़माने की औरतों के अधिकारों को लेकर कुछ चर्चाएँ होनी थीं। पैनल में भी सब औरतें ही थीं। उसे भी पैनल में शामिल होने के लिए कहा गया था लेकिन समय पर कोई जवाब नहीं देने के चलते उसका नाम हटा दिया गया था। उसे यह बता भी दिया गया था। आख़िरी समय उसे लगा कि शायद उसे जाकर अच्छा लगे। बहुत दिनों बाद कोशिश करके उसने ख़ुद पर थोड़ा ध्यान दिया। उसे याद नहीं आया कि कब आख़िरी बार उसने अपनी मेकअप किट का इस्तेमाल किया था। कब उसने अपने ड्रेसिंग टेबल के सामने वक़्त बिताया था। अंश ने उसे यह सब करते देखा। उसे बहुत अच्छा लगा। बहुत दिनों बाद वृंदा अपने उस अवतार में थी जिसमें पहले अंश उसे अक्सर देखा करता था। उसने नीले रंग की साड़ी पहनी थी। उसने अंश को बताया कि वह दो-तीन घंटे में लौट आएगी।

वृंदा के निकलने के बाद राघव घर आया। वह लौटने की सोच रहा था और यह इत्तिफ़ाक़ था कि वृंदा के जाने के बाद वह आया। घर पर बस अंश और ध्रुव थे। अंश उसे देखकर सामान्य बना रहा। राघव के पास उसका रोज़मर्रा का

सामान था। उसे देखकर अंश समझ गया कि वह अब यहीं रहेगा। अंश के मन में घबराहट हुई कि जब माँ को पता चलेगा, जब वह लौटेगी तो उसे कैसा लगेगा। उसके मन में आया कि राघव से वापस जाने को कह दे। राघव ने उनसे वृंदा के बारे में पूछा। अंश ने कोई जवाब नहीं दिया। वह सीधा अपने कमरे में चला गया। राघव ने ध्रुव की ओर देखा।

"मम्मी ने बस इतना कहा था कि दो-तीन घंटे में आ जाएगी"—इतना कहकर ध्रुव भी कमरे में चला गया। राघव को ग़ुस्सा आया लेकिन उसने ख़ुद को क़ाबू में रखना ठीक समझा।

मृत्यु और हँसी

वृंदा कार्यक्रम में पहुँची तो काफ़ी लोग पहले से मौजूद थे। अपनी जान-पहचान के लोगों से उसने मुलाक़ात की। कार्यक्रम शुरू होने से पहले वह कुछ पीछे एक सीट पर बैठ गई। उसे कुछ आगे बरखा बैठी दिखाई दी। वह अपनी कुछ दोस्तों के साथ बैठी थी। वृंदा को शायद भ्रम हुआ या ऐसा सच में हुआ कि बरखा ने पीछे मुड़कर उसे देखा, मुस्कराई और फिर अपने साथ में बैठी एक औरत से कुछ कहा। वे दोनों हँसीं। शायद इतना ही काफ़ी था वृंदा को इस संसार से उस संसार में ले जाने के लिए जहाँ उसके भ्रम थे, विभ्रम थे। कल्पना और यथार्थ में अन्तर अस्पष्ट होता जा रहा था। घात लगाकर बैठा अँधेरे का साम्राज्य। कल्पना का संसार। जब यथार्थ बहुत बेरहम और असह्य हो तो उससे भागना आरामदेह होता है। उसे लगा जैसे सब एक-एक करके पीछे मुड़कर देख रहे हैं और उस पर हँस रहे हैं। उसने सोचा कि वह ख़ुद पर इन सबका असर नहीं पड़ने देगी। वह बैठी रही। उस तकलीफ़ से गुज़रती रही जो उसमें और भ्रम पैदा कर रही थी। लगभग आधा कार्यक्रम उसने इसी तरह बिता दिया। उसे कुछ याद नहीं था कि क्या-क्या हुआ और किसने क्या बोला। अचानक उसे लगा कि स्टेज से उसका नाम पुकारा गया है और उसके बारे में सबको बताया जा रहा है। फिर उसे लगा कि सब उसको देखकर खुलकर हँस रहे हैं। फिर सन्नाटा। फिर आवाज़ों का शोर। फिर

विस्फोटक चुप्पी। सीधी लकीर की तरह माइक की तेज़ चीखती आवाज़। बचाव का कोई हथियार नहीं। कोई कवच नहीं। कुछ पलों का कोई साक्षी नहीं होता। उससे और नहीं बैठा गया। वह उठकर तेज़ी से बाहर आई। हॉल से बाहर आते ही जैसे उसने राहत की साँस ली। अगले ही पल वे सारे भ्रम उसके पीछे-पीछे चले आए। अन्दर बैठे लोगों की हँसी उस तक पहुँचने लगी। उस सामूहिक हँसी की जैसे एक मनहूस गंध थी जो उसकी साँसों में घुलती जाती थी। वह उस गंध से पीछा छुड़ाना चाहती थी। उसे भागना था। बहुत दूर। वह पार्किंग एरिया में पहुँची। पीछे मुड़कर देखा। कोई नहीं। कार में बैठी, स्टार्ट की और निकल आई। उसके चेहरे पर पसीना था। ठंडा पसीना। उसका शरीर अप्रत्याशित रूप से ठंडा था। उसके कानों में लगातार लोगों की बातें गूँज रही थीं। जितनी ठंडक उसके शरीर में फैल रही थी, उतना ही दिमाग़ उबल रहा था। नहीं, वह ग़ुस्से में नहीं थी। उसे बस लगा कि दिमाग़ फट पड़ेगा। जैसे बिजली के असंख्य नंगे तार आपस में टकरा रहे हों दिमाग़ के अन्दर। ऐसा भूचाल मचा था। एक-एक करके उसके दिमाग़ में अंश, राघव और कुणाल की बातें चलने लगीं। उसे सामने सड़क पर एक छोटा बच्चा दिखाई दिया। एक औरत सड़क पार करने के लिए किनारे पर खड़ी इन्तज़ार कर रही थी। उसका बच्चा हाथ छुड़ाकर सड़क पर निकल आया। सामूहिक हँसी। उसकी आवाज़। उसकी गंध। उससे पीछा छुड़ाना चाहती वृंदा। उसको याद नहीं कि उसने कब गाड़ी की रफ़्तार बढ़ा दी थी। उसकी हथेलियों पर ठंडा पसीना था, वे स्टीयरिंग से फिसल गईं। उसने बच्चे को बीच सड़क पर देखकर गाड़ी मोड़कर सड़क से नीचे उतार दी। बच्चा बच गया। थोड़ी आगे जाकर गाड़ी एक पेड़ से टकराई। हवा में वृंदा की गाड़ी के हॉर्न की आवाज़ गूँज रही थी। लोग इकट्ठा हो रहे थे। वृंदा का सिर स्टीयरिंग व्हील पर टिका था। उसके सिर से ख़ून बह रहा था। आँखें बन्द। स्मृति धुँधलाने लगी। अब उसके दिमाग़ में शान्ति थी और शरीर की ठंडक कम हो रही थी। हाहाकार में डूबी उसकी दुनिया अचानक थम गई थी। उसका पीछा करने वाले सारे भ्रम उससे हाथ छुड़ाकर दूर चले जा रहे थे। अब उसे किसी कवच की ज़रूरत नहीं थी। सफ़ेद पड़ता चेहरा। अब कोई उसका कुछ नहीं बिगाड़ सकता। वही हँसी, सामूहिक हँसी। उसकी आवाज़। उसकी गंध। अब मद्धम पड़ गई। पीछा छूट गया। मृत्यु का आभास। हँसी और मृत्यु। वह यह सब होता हुआ महसूस करती रही। अंत तक। उसे दिखा और सुनाई भी दिया—सड़क

पर बच्चा सहमा हुआ खड़ा था। अचानक वह तेज़ आवाज़ में रोने लगा। उसकी माँ ने दौड़कर उसे उठाया और गले लगा लिया।

जब वृंदा को समझ आ गया होगा कि क्या होने वाला है तो उसके मन में आख़िरी ख़याल क्या आया होगा? किसका आया होगा? क्या छवियाँ बनी होंगी आँखों में?

कार का आगे का हिस्सा बुरी तरह क्षतिग्रस्त हो गया था और वृंदा अन्दर लगभग फँसी हुई थी। ख़ून बहते हुए कार से बाहर टपकने लगा था। आसपास इकट्ठा लोगों ने उसे वहाँ से निकाला और अस्पताल पहुँचाया। उसे तुरन्त ऑपरेशन के लिए एडमिट कराया गया। उसके बैग को छाना गया। राघव का नम्बर मिला। राघव को फ़ोन किया गया। डॉक्टर ने राघव को बताया कि वृंदा का एक्सीडेंट हुआ है। राघव ने बात को सुना। उसे नहीं समझ आया कि क्या करे। उसने अंश और ध्रुव को बताया और उनके साथ अस्पताल के लिए निकल गया। पूरे रास्ते अंश और ध्रुव दोनों घबराए हुए थे। वे वहाँ पहुँचे तो उन्हें बताया गया कि फ़िलहाल वृंदा का ऑपरेशन चल रहा है, इन्तज़ार करना ठीक नहीं था। अस्पताल में वृंदा के साथ अब तक सब अजनबी ही थे, वे कुछ लोग जिन्होंने उसे वहाँ पहुँचाया था। उन अजनबी लोगों में से एक ने दूसरे से कहा कि पता नहीं क्यों उस औरत ने ख़ाली सड़क पर अचानक गाड़ी मोड़ दी। दूसरे ने भी ऐसा ही कहा कि उसे भी यह बात कुछ समझ नहीं आई। उनकी यह बात अंश ने सुनी और सोच में पड़ गया। किसी को अन्दाज़ा नहीं था कि वृंदा इस समय किस हाल में है। वे डॉक्टर के बाहर आने का इन्तज़ार करने लगे। राघव ने अपने और वृंदा के पिता को फ़ोन करके बताया। मोहिनी को मैसेज किया। बात फैलते-फैलते सोसाइटी में पहुँची। नैना को पता चला तो उसने भी अस्पताल जाने की ज़िद की।

वहाँ कार्यक्रम ख़त्म हो गया था। उसके बाद की पार्टी चल रही थी। वहीं बरखा को वृंदा के एक्सीडेंट की ख़बर मिली। उसके चेहरे पर जैसे मुर्दाघाट की मनहूसियत उतर आई। उसे लगा कि वह दुनिया की सबसे ख़राब इनसान है। उसने कुणाल को फ़ोन करके बताया। जो कुछ भी हुआ था, जितना कुछ भी हुआ था उसके और वृंदा के बीच, उस वजह से वह वहाँ जाने में झिझक रहा था। फिर उसे यह भी लगा कि वहाँ वृंदा का सारा परिवार होगा। राघव होगा। उसने साहिर को बताया। कुणाल की अकेले जाने की हिम्मत नहीं हुई। साहिर को लगा कि इस समय कुणाल के साथ

रहना ज़रूरी है। कुणाल को एक-एक करके वे सब बातें याद आ रही थीं जो उसने वृंदा को कही थीं। ऐसा लगता था जैसे हर कोई वृंदा का गुनहगार हो।

सब जानते थे कि वृंदा की ज़िन्दगी में क्या चल रहा है। क़रीबी लोग तो कम से कम जानते ही थे। फिर भी सबने दूरी बनाए रखी। वृंदा की स्थिति का सबको पता था लेकिन उसने अपने आसपास सिर्फ़ अंश को पाया। अनहोनियाँ बता कर नहीं आतीं। जोड़ती वह बहुत बाद में हैं, पहले तोड़ती बहुत कुछ हैं। हर कोई वृंदा को देखने के लिए ऐसे इकट्ठा हो रहा था जैसे अपने पापों का प्रायश्चित्त करना चाहता हो। राघव चुप था। डॉक्टर एक बार बाहर आया। पूछने पर उसने बताया कि वृंदा के सिर में बहुत चोटें आई हैं और ऑपरेशन चल रहा है।

यूँ भी तो हो सकता था कि राघव को लगता कि वृंदा का मामला ख़त्म। अब वह आज़ाद है। उसे कुछ करना भी नहीं पड़ा। अब अपनी ज़िन्दगी में वह जो चाहे कर सकता है। सब उसके हिस्से। लेकिन ऐसा कोई भी ख़याल उससे होकर नहीं गुज़रा। फ़िलहाल वह बस यह चाहता था कि वृंदा ठीक रहे। सब एक-दूसरे के प्रति दुनियावी छल और मायाओं से परे रहकर संवेदनशील बने रहें, क्या इसके लिए मृत्यु या उसके अनुभव से गुज़रना ज़रूरी है? सब क्यों चाहते थे कि वृंदा बच जाए या इस एक्सीडेंट से पहले किसी को क्यों फ़र्क़ नहीं पड़ रहा था कि वह किन परिस्थितियों में जी रही है। नैना अस्पताल पहुँची तो अंश जो अब तक शान्त था, उसे देखकर रो पड़ा। नैना उसके पास जाकर बैठ गई। अस्पताल में बसने वाली दवाइयों की गंध उनके भीतर घुसने लगी थी। बीच-बीच में अस्पताल के कुछ कर्मचारी किसी मरीज़ को स्ट्रेचर पर लेकर निकलते तो सबका ध्यान थोड़ा भटकता। उसको देखकर वे ख़याल बुनने लगते। कभी कोई स्ट्रेचर पर ले जाया जाता, तो वह कराह रहा होता। अस्पताल के जिस हिस्से में ऑपरेशन थिएटर था, वहाँ चुप्पी छायी रहती थी। कराह अक्सर ऐसी चुप्पी को काटती हुई निकल जाती। जैसे उस कॉरिडोर में मृत्यु का साया मँडराने लगा था जहाँ वे सब बैठे थे। शवों के बीच रहना या रोज़ मृत्यु का सामना करना डॉक्टर्स और बाक़ी कर्मचारियों के लिए आसान हो सकता था, लेकिन वहाँ कभी-कभी आने वाले मरीज़ों और उनके परिजनों के लिए नहीं। वैसे भी कौन कह सकता है कि डॉक्टर्स और अस्पताल में काम करने वालों के लिए यह आसान ही रहता है। यह सब उन्हें किस तरह के अवसाद में डालता है, यह वही समझ सकते हैं।

वहाँ मौजूद लोगों की बेचैनी बढ़ती जा रही थी। तभी कुणाल और साहिर वहाँ पहुँचे। कुणाल को वहाँ देखकर राघव को यक़ीन नहीं हुआ। वहीं अंश के चेहरे पर नफ़रत उभर आई। माहौल में तनाव पैदा हो गया। कुणाल उनसे कुछ दूर चुपचाप एक कोने में खड़ा हो गया। साहिर ने अंश की ओर देखा। नैना भी अंश के पास बैठी थी। अंश की नज़र साहिर पर पड़ी। कुछ देर के बाद राघव के माता-पिता भी पहुँच गए। वे सीधे राघव के पास पहुँचे। पिता ने वृंदा का हाल पूछा। माँ ने ध्रुव को गोद में उठा लिया। भीड़ बढ़ती देख साहिर और कुणाल बाहर निकल आए।

"चले जाना चाहिए यहाँ से। फ़ालतू दिक़्क़त होगी मेरी वजह से"—कुणाल ने कहा।

साहिर ने थोड़ा रुककर जवाब दिया।

"देखते हैं कुछ देर। फिर निकल जाएँगे।"

अन्दर वृंदा का ऑपरेशन चल रहा था। कई दिनों से बदहवास वृंदा आँखें मूँदे शान्त पड़ी थी। डॉक्टर्स उसके इलाज में लगे थे। बाहर उसको प्यार करने वाले लोग इकट्ठा हो रहे थे। प्यार वे तभी तक करते थे उससे जब तक वह उनके अनुसार जीती रहे। अभी वह शान्त थी। उनके अनुसार ही जी रही थी। दिल्ली से उसके माता-पिता और रिया मुंबई के लिए कुछ समय पहले निकल चुके थे। उनके आने को लेकर राघव और उसके पिता में घबराहट थी। बहुत सारी बातें थीं जो सब जानते थे लेकिन उनके बारे में कोई बात नहीं करते थे, बल्कि स्वीकार तक नहीं करते थे। बहुत सारी बातें थीं जो कोई नहीं जानता था। अपने रहस्यों में हर कोई शर्मिंदा था। कुछ घंटों में वृंदा के माता-पिता और रिया भी पहुँच गए। उन्होंने डॉक्टर से मिलना चाहा लेकिन सम्भव नहीं हुआ। अन्दर आते समय ही रिया की नज़र कुणाल पर पड़ी थी। वह उससे मिलने के लिए रुकी नहीं। कुणाल को समझते देर नहीं लगी कि रिया सब जानती है। वह उसके पीछे अन्दर चला आया। माहौल बहुत भारी हो गया था। एक ख़ौफ़नाक-सी शान्ति थी। सब ख़ुद में सिमटे हुए थे। उन्हें बस ऑपरेशन थिएटर से आने वाली ख़बर का इन्तज़ार था।

हमारे अन्दर एक दुनिया परस्पर चलती है। वहाँ हम कहानियाँ बनाते हैं, उन कहानियों के किरदारों के रूप में ख़ुद को दोषी ठहराते हैं, अपनी ग़लतियों को उचित ठहराने की कोशिश करते हैं, ख़ुद को सज़ा भी देते हैं। यह सज़ाएँ ख़ुद को

दी जाने वाली मानसिक प्रताड़नाएँ होती हैं। सब ख़ुद में खोये हुए अपने-अपने साथ यही कर रहे थे। ध्रुव इस दुनिया का हिस्सा नहीं था। अंश और नैना ने ख़ुद को इन प्रताड़नाओं से बचा लिया था।

समय बीत रहा था। इन्तज़ार सबके चेहरों पर नज़र आ रहा था। आँखों में नींद थी। ऑपरेशन थिएटर का दरवाज़ा बन्द था। वृंदा के जीवन से जुड़े लगभग सभी लोग बाहर थे। चिन्तित और डरे हुए। ख़ुद अपने गुनाहों का हिसाब लगाते हुए। सामने बैठे दूसरों के गुनाहों को गिनने की कोशिश करते हुए। सब चुप थे अपने अन्दर जाने कितना कुछ दबाए हुए। ऐसा लगता था जैसे कोई भी कभी भी फट पड़ेगा। अंश के मन में राघव और कुणाल दोनों के प्रति नफ़रत थी। उससे कुणाल की उपस्थिति बर्दाश्त नहीं हो रही थी। रिया रह-रहकर राघव की ओर घूरकर ग़ुस्से में देख रही थी। राघव भी समझ चुका था कि रिया सब जानती है। वृंदा के माता-पिता इस सब के लिए राघव को ज़िम्मेदार मान रहे थे, वहीं वे ख़ुद में भी शर्मिंदा थे। कुणाल आत्मग्लानि में पिसा जा रहा था लेकिन वह राघव को भी एक हद तक ज़िम्मेदार मानता था। आख़िर शुरू तो सब राघव ने ही किया था। हर कोई भावों के इन मिले-जुले बवंडरों से जूझ रहा था। कुणाल के साथ-साथ साहिर भी अन्दर चला आया था। दोनों बाक़ी सब लोगों से थोड़ा अलग खड़े थे। रिया उठकर उनके पास गई। राघव देखता रहा।

"तुम्हें नहीं लगता कि तुम्हें यहाँ नहीं होना चाहिए। या अब भी कुछ बचा है तमाशा बनाने के लिए"—रिया ने कुणाल से कहा और एक बार साहिर की ओर देखा। कुणाल चुप रहा।

"मैंने कहा था दीदी से कि थोड़ा मस्तीखोर है लेकिन दिल का अच्छा है। ग़लत कहा था। शुरू से ही तुम्हारा इंटेंशन ग़लत था।"

"मेरे पास रास्ता नहीं था और कोई। क्या शादी कर लेता तुम्हारी बहन से?"—कुणाल ने आख़िर कहा।

"जो हुआ, उसे हो जाने से पहले ही रोक तो सकते थे।"

"मुझे क्या पता था कि वह अपना परिवार छोड़ने की बात करने लगेगी।"

"आज तुम्हारी वजह से मैं ख़ुद को कोसती हूँ। मेरी ही वजह से तुम दीदी की लाइफ़ में आए। तुम जैसा इनसान मेरा दोस्त नहीं होता तो शायद यह सब कुछ नहीं होता।"

कुणाल से और नहीं सहा गया।

"मुझे कुछ भी कहा जा सकता है इसलिए कह रही हो। वरना यहाँ खड़ा कौन ऐसा है जिसकी ग़लती नहीं? राघव के सामने भी तो कभी अपना मुँह खोला होता। उसकी करतूतों की वजह से नहीं हुआ क्या यह? किसको नहीं पता था कि वृंदा की ज़िन्दगी में क्या चल रहा है। लेकिन किया क्या सबने? देखकर भी अनजान बने रहे। मैं तो बाहर वाला था। तुम लोग तो उसके अपने थे। और तुम...तुमने क्या किया? उसके इस हालत में आने का इंतज़ार?"—कुणाल एक साँस में बोल गया।

रिया उसको ताकती रह गई। उसका चेहरा तमतमा गया और उसने कुणाल के मुँह पर एक थप्पड़ जड़ दिया। रिया की साँसें तेज़ी से चल रही थीं। एक पल को जैसे कुणाल होश खो बैठा। उसे ग़ुस्सा आया लेकिन उसने ख़ुद को रोक लिया। सबने देखा। कॉरिडोर के सन्नाटे में आवाज़ गूँजी। सबकी निगाहें कुणाल की ओर थीं। उसे अपमान महसूस हुआ। वह वहाँ से बाहर निकल गया। साहिर भी उसके साथ निकला। इससे पहले कि कोई कुछ और समझ पाता, वृंदा के पिता आवेश में उठे और उन्होंने राघव का कॉलर पकड़ लिया।

"तुम ज़िम्मेदार हो मेरी बेटी की हालत के"—वे और चुप नहीं रह पाए।

"उसने बताया था लेकिन हमने ही नहीं यक़ीन किया। करना ही नहीं चाहते थे। अगर उसकी बात मान ली होती तो आज बात यहाँ तक नहीं पहुँचती"—वे आगे कहते गए। राघव चुप रहा। उसके पिता उठकर आए और उन्हें अलग किया।

"भाईसाब यह आप...आप तो सँभालिए..."—राघव के पिता ने कहा।

"क्या सँभालूँ मैं...मेरी बेटी अन्दर है...पता नहीं किस हालत में...सँभालना तो आपको था न...आप यहाँ थे..."—वृंदा के पिता की आवाज़ रुंध गई।

"हमने तो जो सँभाल सकते थे...सँभाला भाईसाब...बाक़ी अगर आपकी..."

"पापा"—राघव ने बीच में ही अपने पिता को टोक दिया।

राघव के पिता को वृंदा और कुणाल के बारे में कुछ अंदेशा था। वे शायद बोलने ही वाले थे कि राघव ने उन्हें रोक लिया। उन्होंने घूरकर राघव को देखा।

"आप बैठ जाइए...यह समय ठीक नहीं इन सब बातों के लिए"—राघव ने वृंदा के पिता से कहा। राघव को लगा कि वृंदा के माता-पिता को जो बातें वृंदा के बारे में नहीं पता, वह इस समय पता चलना ठीक नहीं। इधर यह सब होता देख

रिया राघव के पास आई—"मन तो मेरा यही करता है कि जो उस कुणाल के साथ किया, वही तुम्हारे साथ भी करूँ।"

राघव ने उसे शान्त रहने के लिए कहा। रिया की आँखों में राघव के लिए घृणा थी।

"जानवर भी तुमसे बदतर क्या होंगे"—इतना कहकर रिया एक बेंच पर जाकर बैठ गई, अंश और नैना के पास। धीरे-धीरे फिर सब शान्त पड़ गए। जैसे शान्त पानी में किसी ने छोटा-सा पत्थर फेंका हो और पानी हिलता रहा हो। फिर थोड़ी देर बाद सब शान्त। अन्दर वृंदा अपने जीवन के लिए जूझ रही थी। कुणाल को प्यास लगी। वह अन्दर आया और पानी पीने कॉरिडोर के अंत में लगे वॉटर-कूलर तक गया। ऑपरेशन थिएटर का दरवाज़ा खुला। सबका ध्यान उस ओर गया। डॉक्टर के बाहर आते ही सबने उसे घेर लिया। डॉक्टर ने बताया कि ख़ून बहुत बह गया है और वे अपनी पूरी कोशिश कर रहे हैं।

कुणाल पानी पी कर लौटा। ऑपरेशन थिएटर का दरवाज़ा ज़रा-सा खुला रह गया था। इससे पहले कि वह बन्द होता, कुणाल की नज़र अन्दर की ओर गई। कुणाल ने वृंदा को देखा। वृंदा के सिर पर पट्टियाँ बँधी थीं। वह वेंटिलेटर सपोर्ट पर थी और ऑक्सीजन मास्क के सहारे साँस ले रही थी। उसके सिर और माथे पर चोटें थीं जिन्हें सिल दिया गया था। कुणाल ने टाँके गिनने की कोशिश की। आठ के बाद वह गिन नहीं पाया। उसके बालों में ख़ून सूख कर जम चुका था। आँखों के आसपास चेहरा सूजा हुआ था। उसकी आँखें बन्द थीं जैसे वह किसी दूसरी दुनिया में हो जहाँ कोई दुख उसका पीछा नहीं कर रहा था। कोई पीड़ा उस पर असर नहीं कर रही थी। क्या आपने कभी नहीं चाहा कि असहनीय से लगने वाले क्षणों में नींद का सहारा मिले और कुछ देर के लिए हर तनाव से छुट्टी मिले? और क्या ऐसा भी हुआ कि नींद से उठते ही जीना दूभर करने वाले उन सारे तनावों, सब झंझटों ने फिर दिमाग़ पर आक्रमण कर दिया हो? नींद का ही सहारा रहा हो। उसी में बचाव हो। वृंदा की नींद साधारण नींद नहीं थी। उसकी हालत देखकर कुणाल सिहर उठा। उसकी आँख से आँसू निकले और चेहरे पर जैसे अम्ल की रेखा खींचते हुए बहते रहे। उसे लगा वह ख़ुद से घृणा करने का हक़ भी खो चुका है। उससे किसी ने कुछ नहीं कहा लेकिन उसने सुना। दो डॉक्टर्स आपस में बात करते हुए बाहर निकले। वे कह रहे थे कि पेशेंट की हालत अभी नाज़ुक है, कुछ

कह नहीं सकते और उसके पेट में जो बच्चा है, उसे बचाना मुमकिन नहीं। कुणाल सकते में आ गया। उसे वह रात याद आई जब आख़िरी बार वृंदा उसके घर आई थी। उसे लगा उसके साथ धोखा हुआ है। उसे डर भी लगा कि इस बात को उसके ख़िलाफ़ इस्तेमाल किया जा सकता है। अगले ही पल वृंदा के चेहरे को देखते हुए उसने सोचा कि भविष्य में कुछ भी हो, उसका वृंदा से कभी न भूल सकने वाला एक रिश्ता बन गया है।

कुणाल वहाँ से वापस आया और साहिर के पास जाकर दीवार से सटकर खड़ा हो गया। तब तक साहिर भी अन्दर आ गया था। कुणाल के चेहरे पर एक डर था जो उसने अपनी ज़बान पर नहीं आने दिया।

कुछ घंटे बीते। आधी रात बीत चुकी थी। किसी को कहीं जाने की सुध नहीं थी। ऐसा लगता था कि राघव अब तक भी अपने पिता से पीछा नहीं छुड़ा पाया था। उसके पिता बहुत धीमी आवाज़ में बात कर रहे थे।

"तू घबरा मत। कुछ हो भी गया तो सब कुछ तेरा होगा। दोबारा शादी करेंगे तेरी। बच्चों का ख़याल हम रख लेंगे। तुझे किसी तरह की दिक़्क़त नहीं होगी।"

राघव ने पागल कर देने वाली हैरानी से अपने पिता की ओर देखा। दूर बैठी उसकी माँ को यह समझने में कोई दिक़्क़त नहीं हुई कि राघव से क्या कहा गया होगा।

"दिमाग़ ख़राब है आपका। इस समय यह सब बात..."—राघव ने कहा और उसे आभास हुआ कि शायद पहली बार उसने अपने पिता से इस तरह, इस भाषा में बात की थी। हालाँकि ऐसा बहुत पहले करने की ज़रूरत थी। उसके पिता एक पल के लिए चुप हुए।

"दिमाग़ मेरा नहीं तेरा ख़राब है। एक तो अपनी बीवी को सँभालकर नहीं रख पाया।"

राघव से रहा नहीं गया। उसके अन्दर इतनी खीज उठी कि उससे आगे कुछ भी नहीं कहा गया। वह उठा और उनसे दूर जाकर बैठ गया।

आप देख रहे होंगे कि सब लोगों की उपस्थिति में माँओं ने किसी से कोई ज़्यादा बात नहीं की। किसी को ज़िम्मेदार नहीं ठहराया। जैसे उनका कोई मूल्य ही नहीं था। वे यहाँ भी वही किरदार अदा कर रही थीं जो ज़्यादातर माँएँ अपने जीवन में अदा करती हैं। इसमें यह भी कहा जा सकता है कि उनकी कोई ग़लती नहीं। यह भी कि उनकी भी ग़लती थी।

सुबह होने वाली थी। वृंदा को होश आया। एक-एक करके सारी घटना उसे याद आई। उसे महसूस हुआ कि अभी वह हिल भी नहीं पा रही। उसको जैसे कुछ याद आया। उसने डॉक्टर से पूछा। डॉक्टर ने 'ना' में सिर हिलाया। वृंदा तड़पकर रह गई। एक घुटी-सी चीख़ निकली। वह अपने बेड पर छटपटाकर रह गई। अपने बच्चे के न बच पाने की ख़बर उसके लिए असहनीय थी। उसने डॉक्टर्स से कहा कि बच्चे के होने या न होने का ज़िक्र किसी से न किया जाए। डॉक्टर्स हैरान थे। उसने कहा कि इस बारे में कोई नहीं जानता और वह नहीं चाहती कि किसी को पता चले। उसने अंश से मिलने की इच्छा जताई। सिर्फ़ अंश को बुलाया गया। अन्दर जाते ही अंश वैसे रोने लगा जैसे उसकी उम्र का कोई भी बच्चा रो सकता है। वृंदा ने अपने पेट की तरफ़ इशारा करते हुए कहा—"यह नहीं रहा।"

अंश इस बात को ठीक-ठीक समझ पाता इससे पहले ही वृंदा की साँसों की रफ़्तार अप्रत्याशित रूप से बढ़ने लगी। उसकी हालत देख डॉक्टर्स ने उसे नींद का इंजेक्शन दिया। बाहर सारे ऊँघते लोग दरवाज़े के खुलने की आहट से वापस होश में आए। डॉक्टर्स बाहर आए। उनके साथ अंश भी। सब उनके आसपास इकट्ठा थे। अंश की नज़र कुणाल से मिली। एक सच था जो सिर्फ़ वे दोनों जानते थे। डॉक्टर ने बताया कि वृंदा की हालत अभी भी नाज़ुक है। फ़िलहाल नींद में है और उसके होश में आने का इन्तज़ार है। पति होने के नाते डॉक्टर ने थोड़ा अलग ले जाकर राघव को बताया कि वृंदा के बच्चे को नहीं बचाया जा सका।

वृंदा ने किसी को कुछ नहीं बताया था सिवाय अंश के। इतने सारे लोगों में से और कोई ऐसा नहीं था जिसे वृंदा ने इतना अपना समझा हो कि वह बता पाई हो। यह उस रात की बात है जब वह आत्महत्या करने जा रही थी और अंश ने उसे बचा लिया था। जब वह अंश से लिपटकर फूट-फूटकर रोई थी, तब उसने बड़बड़ाते हुए बहुत कुछ कहा था। सब कुछ कह दिया था अंश से। इसलिए वह जीना नहीं चाहती थी। अंश ने उस दिन जो कुछ सुना, उसके लिए असहनीय था लेकिन तब वह अपने बारे में नहीं, अपनी माँ के बारे में सोच रहा था। उस दिन से उसने अपनी माँ को ख़ुद से आगे रखना सीख लिया था। एक औरत की ज़िन्दगी में कितना दर्दनाक रहा होगा वह पल और उस पल तक उसे पहुँचाने वाले बीते हुए कुछ दिन, जब उसने अपने चौदह साल के बेटे को बताया कि उसके पेट में बच्चा है। उसे जीवन में सिर्फ़ एक इनसान से प्यार हुआ और वह प्यार उसे उस

इनसान से अब कभी नहीं मिल सकता। उसने बताया कि यह बच्चा उसके बाक़ी बच्चों की तरह अनचाही संतान नहीं। उसकी इच्छा शामिल है इस बच्चे में। उसने बताया कि अब वह असमंजस में है कि इसे पैदा करे या मार दे। वह मार नहीं सकती थी इसलिए ख़ुद को मार रही थी।

यह सब सुनकर अंश का चेहरा पहले कठोर हुआ। फिर एकदम से उसने जैसे अपने मन में कोई निर्णय लिया या उसे अपनी दयनीय स्थिति समझ आ गई। उस रात वृंदा ने अंश को बताया कि जब वह उसके पेट में था तब वह नहीं चाहती थी कि उसे इस दुनिया में लाए। वह ध्रुव को भी इस दुनिया में नहीं लाना चाहती थी लेकिन ध्रुव के समय तक वह फिर भी अपनी परिस्थितियों से समझौता कर चुकी थी। अंश को इस दुनिया में लाने का मतलब था अपनी ज़िन्दगी का वह अहम फ़ैसला न ले पाना, जो वह उस समय लेना चाहती थी जब इक्कीस साल की थी। उसने बताया कि वह अपनी ज़िन्दगी में इतनी बँधी हुई नहीं होती अगर अंश और ध्रुव नहीं होते। अंश भीतर बहुत गहरे तक छिलता चला जा रहा था और चुपचाप सुनता जा रहा था। ऐसा लगता था कि उस पर असर होना बन्द हो गया था। बातें उसे छीलती हुई उसके आर-पार निकल रही थीं। उस रात छिन गया उसका लड़कपन, उसकी टीनएज, और उसकी दयनीयता ने उसे इतना बेचारा बना दिया कि उसने बस चुपचाप माँ का साथ देना सीख लिया। वह अनचाहे होने के अहसास से भर चुका था। इसके बाद से वह जब भी ध्रुव को देखता, उसे उस पर तरस आता। हम अपनी बीमारी को दूर करते हुए दूसरों को बीमार करते चलते हैं। उस रात के बाद से वृंदा को तो बात करने को कोई मिल गया, लेकिन अंश अकेला हो गया। वृंदा ने उसे यह भी बताया कि उसमें और राघव में कभी वह प्यार नहीं रहा, बल्कि वह राघव से नफ़रत करती है। अंश अपनी माँ को गले से लगाए सब सुनता रहा। उसकी माँ उस रात उसके आगे एक बच्ची बन गई थी। वृंदा को अगर कोई मिला होता जिससे वह बात कर पाती, तो अंश को क्यों उस भारी रात से गुज़रना पड़ता।

अब अंश समझ नहीं पा रहा था कि उसे कैसा लग रहा है। वह कभी अपनी माँ के लिए दुखी होता तो कभी ख़ुद को कोसता। अगर यह कहा जाए कि आने वाले बच्चे से उसे कभी कोई ईर्ष्या नहीं हुई, तो यह ग़लत होगा। उसे उस पर गुस्सा आता जो अभी इस दुनिया में आया भी नहीं था। उसे अपनी माँ पर भी ग़ुस्सा आता।

अब उसे रोना आ रहा था कि वह यह सब बातें क्यों सोचता था। वह ख़ुद को भी दोष दे रहा था। वह इस डर से भी घबरा रहा था कि कहीं किसी को पता न चल जाए कि उसे इस बारे में पता था।

राघव बदहवास-सा इधर-उधर फिर रहा था। नैना भी वहीं बैठी थी। उसे लगा कि अंश बहुत उलझन में है। कुणाल जितना डरा हुआ था, उतना ही विचलित भी। उसे वहाँ से निकलना ठीक लगा और वह मुड़कर जाने लगा।

"लेकिन ऐसा कैसे हो सकता है? आर यू श्योर डॉक्टर?"—राघव ने फुसफुसाते हुए पूछा। उसकी धीमी आवाज़ में गुस्सा था।

"यस। शी वाज़ प्रेग्नेंट"—डॉक्टर ने दृढ़ता से कहा।

राघव ने मुड़कर कुणाल की ओर देखा। उसे जाते हुए कुणाल की पीठ दिखी। इतनी देर से कुणाल की उपस्थिति बर्दाश्त करते राघव से अब रहा नहीं गया। वह लपककर उसकी ओर गया और उससे भिड़ गया। वह अपने होश में नहीं था। कुणाल को सँभलने का मौक़ा नहीं मिला और वह ज़मीन पर गिर पड़ा। साहिर ने उन्हें अलग करने की कोशिश की तो एक मुक्का उसके मुँह पर भी पड़ा। वे दोनों अस्पताल के कॉरिडोर में ज़मीन पर गिरे एक-दूसरे पर हावी होने की कोशिश कर रहे थे। हंगामा होने की वजह से अस्पताल के सिक्यूरिटी गार्ड वहाँ आए। दोनों को अलग किया और अस्पताल के बाहर ले जाकर छोड़ा। अंश के अलावा किसी को कुछ समझ नहीं आया कि क्या हुआ।

"अब यहाँ एक-दूसरे का माथा फोड़ो या गोली मार दो हमें फ़र्क़ नहीं पड़ता"—एक गार्ड यह कहता हुआ वापस चला आया। कुणाल अस्पताल से चला आया। साहिर भी उसके साथ था। उसे भी समझ नहीं आया। उसने पूछा तो कुणाल ने बताया। कुणाल ने बताया कि यह बात जैसी लगेगी वैसी है नहीं और वह किसी को समझा नहीं पाएगा क्योंकि कोई उसकी बात पर भरोसा नहीं करेगा। राघव वापस लौट आया। वृंदा जीवन और मृत्यु के बीच कहीं थी। उसका बच्चा मर गया था। वह बच्चा जिसके इस दुनिया में आने में उसकी इच्छा शामिल थी। कुणाल से अलग होने वाले दिनों में बहुत बार उसने कुणाल को बताना चाहा। लेकिन वह हर बार यह सोचकर रुक जाती कि कुणाल के रुकने की वजह यह बच्चा नहीं होना चाहिए। वहीं उसे यह डर भी था कि इस बारे में जानने के बाद भी अगर कुणाल नहीं माना तो वह क्या करेगी। वह अपने भ्रम के टूट जाने को बचाए रखना चाहती

थी। उसने सोच रखा था कि जल्द ही कुणाल को बताएगी। लेकिन ऐसा नहीं हुआ।

अंश ने नैना की ओर देखा।

"मम्मी प्रेग्नेंट थी। इस एक्सीडेंट में बच्चा मर गया।" उसने कहा तो नैना को जैसे काटो तो ख़ून नहीं। उसे यक़ीन ही नहीं हुआ।

"विद कुणाल? तुझे पता था?"

अंश चुप रहा। नैना ने उसका हाथ अपने हाथ में ले लिया। अंश ने 'हाँ' में सिर हिलाया।

"उन्होंने ख़ुद बताया?"—नैना ने आगे पूछा।

"उसी रात जब उन्होंने ख़ुद को मारना चाहा था। इसी बात का प्रॉमिस था मम्मी से कि किसी को नहीं बताना। तुझे मिलकर बताने का मन किया तो बाक़ी सब तो बता दिया लेकिन यह नहीं बता पाया।"

"उन्हें कुछ हो जाता तो...उन्होंने तेरे और ध्रुव के बारे में भी नहीं सोचा...तुझे बहुत ख़राब लगा होगा?"

"उस रात के बाद से मुझे नहीं पता कि मुझे क्या लगता है, क्या नहीं। तूने सही कहा था। मुझे मम्मी का ख़याल रखना चाहिए था। बहुत पहले से। मैंने देर कर दी। उन्हें कुछ हो गया तो? मेरा क्या होगा नैना...उन्हें कुछ नहीं हो सकता..."—कहते-कहते उसकी रुलाई फूट पड़ी।

"कुछ नहीं होगा उन्हें।"

नैना ने उसे ढाढ़स बँधाते हुए कहा।

"मुझे सामने से दिखने वाली चीज़ें भी क्यों नहीं दिखीं? क्या सिर्फ़ इसलिए कि बाद में उन सब बातों के बारे में सोचकर पागल होता रहूँ?"

"उन्होंने तो तुझे बता दिया। तूने मुझे बता दिया होता तो थोड़ा आसान रहता तेरे लिए। बातें शेयर करने से हल्का महसूस होता है।"

"मुझे पहले क्यों नहीं समझ आया कुछ?"

"लेकिन मैं तेरे बारे में पूछ रही हूँ। तुझे बहुत ख़राब लगा होगा," नैना ने फिर कहा।

"हाँ लगा मुझे ख़राब। मुझे लगा अब मम्मी हमारे बारे में सोच ही नहीं रहीं। मुझे बहुत सारी बातें समझ नहीं आईं नैना। ऐसा क्यों करते हैं लोग? हमारे बड़े? हम उनको सही मानकर चलते हैं। उनसे सीखते हैं। फिर धीरे-धीरे समझ आता है

कि वे भी कुछ नहीं जानते। वे अपनी ग़लतियाँ हम पर थोपते हैं। अपने फ़ैसले भी। मुझे उस कुणाल पर ग़ुस्सा आया। मुझे मम्मी पर ग़ुस्सा आया कि ऐसे ही किसी के भी साथ वह कैसे यह सब कर बैठीं। मुझे पापा पर ग़ुस्सा आया। जब दोनों एक-दूसरे को पसन्द ही नहीं करते थे तो साथ क्यों थे? जब समझ नहीं थी इतनी तो क्यों मान ली अपने बड़ों की बात? हमें पैदा क्यों किया? क्या किसी रात यह बताने के लिए कि हम अनचाहे थे? हमारी तो ज़रूरत ही नहीं थी। या फिर आ गए तो अब ख़याल तो रखना ही पड़ेगा। और कैसा ख़याल? अपनी ज़िंदगियाँ तो सुलझा लें ये लोग। ख़ुद तो समझ लें कि कर क्या रहे हैं। बस हमें भी अपनी मर्ज़ी से जैसा जब समझ आए हाँकते रहो। मम्मी को क्या ज़रूरत थी उस रात वह सब कुछ मुझे बता देने की? क्या यह मुझ से करने वाली बातें थीं? स्कूल में कितना कुछ हुआ इस वजह से। मुझे चुप रहना पड़ा। और ऊपर से तेरा कहना कि मम्मी का ख़याल रखना। तेरे ऊपर भी ग़ुस्सा आता था कभी-कभी तो। मेरा सब कुछ छोड़कर कहीं भाग जाने का मन होता था।

"मैं सच कहता हूँ चला भी गया होता कहीं लेकिन जब-जब ध्रुव को देखता था, तो उस पर तरस आता था। उसकी वजह से कहीं नहीं जा पाया मैं। उसे तो कुछ पता भी नहीं कि चल क्या रहा है। उसका क्या होता? तब मुझे समझ आया कि मैं भी बँध गया हूँ। ध्रुव की वजह से बँध गया हूँ। तब लगा कि मम्मी कैसे हम दोनों की वजह से बँध गई हैं। सच में, वह तो कहीं भी चली जातीं, कभी भी, कितने पहले, अगर हम दोनों नहीं होते तो। कभी-कभी मेरा मन होता था कि कुछ हो जाए और यह बच्चा इस दुनिया में आए ही नहीं। और अब ऐसा सच में हो गया। मैं कितना ख़राब इनसान हूँ। कैसा-कैसा सोचता हूँ। मुझे ख़ुद से नफ़रत होती है। एक बात और बताता हूँ तुझे। इस बार टेस्ट में मेरे कितने ख़राब नम्बर आए। तू तो जानती है। पहले मुझे डाँटा जाता था। अब...अब किसी ने कोई ध्यान नहीं दिया...किसी ने पूछा तक नहीं। ऐसा लगा जैसे किसी को फ़िक्र ही नहीं। किसी ने नहीं पूछा कि ख़राब नम्बर क्यों आए। इसके दो मतलब हो सकते हैं। या तो उन्हें मुझसे कुछ बेहतर कर पाने की उम्मीद ही नहीं थी या उनका मुझ पर ध्यान ही नहीं था। दिमाग़ में दिन-भर बातें चलती रहती हैं, रात को सोते समय भी। ध्रुव का चेहरा देखता रहता हूँ। लगता है कि कुछ समय पहले तक मैं भी ऐसे ही सोता था, बेसुध। अब नींद ही नहीं आती। देख रही है ना...सुन रही है ना...क्या-क्या बोले

जा रहा हूँ मैं...कैसा पागल-सा हो गया हूँ...ऐसा नहीं था ना मैं कुछ समय पहले... इन सबने मिलकर ऐसा क्यों किया मेरे साथ...?"

एक बच्चे के मन में उठते यह सवाल सही ही थे। जब लोगों में अपनी ही ज़िन्दगी के फ़ैसले लेने की हिम्मत नहीं होती तो वे और लोगों को क्यों शामिल कर लेते हैं अपने जीवन में, अपनी अनिश्चितताओं में? पहले ख़ुद को फँसा लेते हैं, फिर कहते हैं हम तुम्हारी वजह से फँस गए। राघव और वृंदा पर फ़ैसले थोपे गए तो उनके बड़ों की ग़लती थी। यही होता चला आ रहा है। एक पीढ़ी थोपती है, दूसरी भुगतती है।

कितनी बार सब के होते हुए भी अंश को ऐसा लगा कि वह अनाथ है और सब के होते हुए भी अगर कभी एक बार यह अनाथ होने वाली भावना आपके अन्दर आ गई, तो यह ज़िन्दगी-भर पीछा नहीं छोड़ती। आप कभी अपने दोस्तों के बीच हों, या परिवार में सबके साथ बैठे हों, अचानक ऐसी कोई बात होगी जो आपको अकेला महसूस कराएगी और यह भावना फिर आपको धर दबोचेगी।

उसने नैना को बताया कि उसे लगता है जैसे वह चौबीसों घंटे अपने सिर पर एक भारी बोझ लिये फिर रहा है। अब से कुछ समय पहले तक वह कितना हल्का महसूस करता था। अपनी दुनिया में मस्त था। फिर यह कौन-सी दुनिया थी जिसने उसे छुआ और पकड़कर अपने दलदल में खींच लिया। उस दुनिया ने ध्रुव को नहीं छुआ था अब तक। एक समय तक तो बचाया जा सकता है। फिर वह समय आएगा जब उसकी भी नींद उड़ेगी।

नैना का गला रुँध गया था। उसके गले से आवाज़ बाहर ही नहीं आई। अंश चुप हो गया था। ध्रुव रिया के साथ बैठा था। दोनों की उस पर नज़र गई।

"मम्मी की एक बेटी है।"—नैना ने कहा।

अंश ने उसकी ओर देखा।

"ध्रुव की ही उम्र की।" अंश अचानक अपनी दुनिया से बाहर आया। वह उसकी ओर देखता रहा।

"पता नहीं यह मैंने पहले कभी क्यों नहीं सोचा। मन में क्यों नहीं आया कि उन्हें एक बार देख पाती। उस दिन तूने कहा तो मैं घर में ढूँढ़ने लगी। छुप-छुपकर सबसे या जब कोई नहीं होता था तब। पूरा घर। लगा कि कहीं तो कुछ मिलेगा जिससे उनके बारे में पता चले। पता चला। सब पता चला। वे कहाँ रहती हैं, क्या करती हैं सब। मैं अकेली चली गई। सिर्फ़ आधे घंटे का रास्ता है उनके घर से हमारे

घर का और पापा ने कभी नहीं बताया। छुपाकर रखा। उन्होंने कहा था कि तुम्हें ख़राब लगेगा। मुझे रोना आया उन्हें देखकर। उनकी बेटी को देखकर। मैंने उस दिन देखा था कि उस लड़की को अपनी स्कूटी पर पीछे बिठाकर वे उसे स्कूल छोड़ने जा रही थीं। उसने उन्हें पकड़ रखा था अपने हाथों से पेट पर। मैं उस स्कूटी पर बैठना चाहती थी, उनकी कमर और पेट पर हाथ बाँधकर। लेकिन पता है क्या... ऐसा कभी नहीं होगा...मैं कभी नहीं बैठ पाऊँगी। मुझे बाद में लगा कि मैं गई ही क्यों? क्या उन्हें कभी मेरी याद नहीं आती? क्या उनका मन नहीं करता मुझे देखने का? मेरे पास सब कुछ है। उस दिन से पहले भी था। लेकिन उस दिन के बाद से कुछ कमी खलने लगी। कुछ था जो मेरे पास नहीं था, जो उस लड़की के पास था। अब यह कमी मुझे हमेशा परेशान करके रखती है। जब मेरी ज़रूरत नहीं थी तो क्यों? जब वे दोनों श्योर नहीं थे तो क्यों? उन्होंने ख़ुद अलग होकर मुझे हमेशा के लिए आधा-आधा बाँट दिया। जब मुझे उनकी ज़रूरत ज़्यादा महसूस होती है तो अपनी मम्मी पर बहुत प्यार आता है और साथ में गिल्ट भी। वे कितना प्यार करती हैं मुझसे। तुझे मुझ पर ग़ुस्सा आया था न...मुझे भी आया था तुझ पर ग़ुस्सा। तूने कही ही क्यों वह बात मुझसे? मेरे मन में यह बात डाली ही क्यों? और मुझे भी क्या ज़रूरत थी तेरी बात पर इतना ध्यान देने की। मुझे डर लगता है कि किसी दिन पापा को पता चल गया तो...।"

वह रुक गई। अंश ने उसकी हथेली को हल्के से दबाया। नैना ने उसकी ओर देखा। दोनों के एक-दूसरे को देखने में एक समझ थी, एक वादा था साथ का और सीख थी भविष्य के लिए कि क्या नहीं करना है।

वृंदा की प्रेग्नेंसी और बच्चा मर जाने की ख़बर लोगों तक पहुँचने लगी। मोहिनी अपने घर पर थी। उसे राघव ने बताया। मोहिनी ने उससे ज़्यादा बात नहीं की। घर पर टीवी चल रहा था। टीवी पर न्यूज़ चल रही थी। दुनिया में बहुत सारी दिक़्क़तें थीं। एक बच्ची भात माँगते हुए मर गई थी क्योंकि वह भूखी थी और भूख दूर करने के लिए एक नए सरकारी कार्ड की ज़रूरत पड़ती थी जो उसकी माँ के पास नहीं था। उसकी माँ के हाथ की उँगलियों और अँगूठे के ऊपरी हिस्से मज़दूरी करते-करते घिसकर सपाट हो गए थे और कार्ड के लिए उँगलियों के निशान चाहिए थे, इसलिए कार्ड बनाने वाले बना नहीं रहे थे। टैक्स बढ़ने से कुछ लोगों का धंधा ठप पड़ गया था। झूठी ख़बरों का बाज़ार इतना बढ़ गया था कि लोग झूठ को ही सच

मानने लगे थे। कुछ भी करने की ज़रूरत नहीं रह गई थी, सिर्फ़ झूठ गढ़कर उसे प्रचारित करने की ज़रूरत थी।

मोहिनी को अपनी ज़िन्दगी का सच और झूठ समझ नहीं आ रहा था। उसे लगा वह किस रास्ते पर निकल गई और उसकी वजह से एक घर में क्या-क्या हो गया। उसने तय किया कि वह अपने क़दम पूरी तरह पीछे हटा लेगी। अब भी बहुत कुछ बचाया जा सकता था। घर में उसके पिता उसकी शादी की बात कर रहे थे। वह चुपचाप उन्हें देख रही थी। कुछ साल पहले अचानक एक रात सारे नोट बदले जाने के आदेश की वजह से कई लोग अपने बच्चों की शादी करने के लिए जीवन-भर मेहनत करके कमाए गए पैसे बैंक से निकाल नहीं पाए और इसलिए शादियाँ या तो टाल दी गईं या नहीं हुईं। अचानक मोहिनी के ज़ेहन में वह बात फिर गूँज उठी—

"मैं जानता हूँ ऐसी औरतों को क्या कहते हैं।"

वह सबके बीच से उठी और अपने कमरे में जाकर लेट गई।

बरखा अपने पति और बच्चे के साथ डाइनिंग टेबल पर खाना खा रही थी जब उसे एक फ़ोन आया। मोबाइल वहीं उसके पास था। बात सुनकर उसके मूड में कुछ बदलाव आया। उसे भी पता चल गया था। खाना खाने के दौरान बार-बार वह ग़ौर से अपने पति का चेहरा देखती, फिर अपने बच्चे का। उसकी आँखें नम होती जा रही थीं।

"क्या हुआ? किसका फ़ोन था?"—उसके पति ने पूछा।

"वह...वृंदा के बारे में था...शी वाज़ प्रेग्नेंट..."—बरखा ने कहा।

बरखा को अपने किए पर पछतावा हो रहा था।

साहिर बाहर से सारी घटनाओं को देख रहा था। इतने सारे लोग इतनी बुरी तरह फँस गए थे। सबके तार किसी न किसी तरह एक-दूसरे से जुड़े थे। नैतिकता क्या थी और इसकी सीमाओं को कितना खींचा जा सकता था? क्या होता है अपनी इच्छाओं के लिए किसी का इस्तेमाल करना? या इस्तेमाल करने जैसा कुछ होता भी है या नहीं? आज के समय में दूसरों के प्रति संवेदनशील होने का क्या अर्थ है? या अतिभावुक और ज़रा-सी क्रूरता से छिल जाने वाले लोगों के लिए कोई जगह ही नहीं? अपने

मन का करने के लिए कितना आगे जाया जा सकता है? धोखे जैसा कुछ होता भी है क्या? यदि किसी में किसी के प्रति इच्छा न बचे तो वह क्या करे? नकली होता चला जाए और निभाता चला जाए? वह भी तब जब सिर्फ़ उसे भविष्य दिखता हो, साथ वाले को नहीं। और ऐसे में वह क्या करे जिसकी इच्छाएँ उस व्यक्ति के प्रति अपने पूरे उफान पर हों, जिसकी इच्छाएँ मरती जा रही हों? वह क्या जाने दे ऐसे ही? कैसे जाने दे? साहिर ने एक फ़िल्म देखी थी जिसमें शादी के पैंतालीस साल हो जाने के उपलक्ष्य में मनाये जाने वाले जश्न के दौरान एक औरत को पता चलता है कि इस शादी की नींव ही ग़लत थी। वह सिर्फ़ एक तरह का समझौता था। कैसा होता होगा लगभग बुढ़ापे में ऐसा पता चलना? आपकी पूरी ज़िन्दगी ही झूठी थी। पीछे जाकर वापस कुछ ठीक नहीं किया जा सकता। और आगे भी कोई इतना समय नहीं बाक़ी कि कुछ ठीक करने का कोई मतलब लगे। पैंतालीस सालों तक एक आदमी इस रिश्ते को जीता रहा। उनका कोई बच्चा भी नहीं था। जब तक वह जश्न ख़त्म हुआ, उसे मनाने का कोई कारण ही नहीं बचा था।

कुणाल ने अपनी इच्छाओं के लिए वृंदा को गिरते चले जाने दिया। वृंदा ने जानते-बूझते भी ख़ुद को नहीं रोका। राघव ने तो कभी कोशिश भी नहीं की कि अपने पिता के साए से बाहर निकले और बरखा ने तो कहा ही था कि वह जो कर रही है, यदि उसकी कोई क़ीमत चुकानी पड़ी, तो वह उसके लिए तैयार है। अपने एक क़रीबी व्यक्ति के मृत्यु से जूझने और पेट में ही एक बच्चे की मृत्यु के अनुभव ने उन्हें ख़ुद के भीतर झाँकने का मौक़ा दिया था। ऐसा लगता था जैसे किसी मरीचिका का पीछा करते हुए सब दौड़े जा रहे थे। सब एक-दूसरे की पीड़ा के स्रोत थे।

साहिर को वृंदा से हुई अपनी बात ध्यान आई। उसे लगा कि वह जो बोल रहा था, कहाँ समझ पाया था कि किससे बोल रहा था। वह अपने अनुभवों के हिसाब से उसे सलाह दे रहा था। सलाह क्या, वह तो आगाह कर रहा था। हालाँकि वह जानता था कि वह सही बोल रहा है लेकिन वह उसका सच नहीं जानता था। उसके लिए शायद इतना ज़रूरी नहीं था सब कुछ बचाना, जितना वृंदा के लिए था। अब वह कितना बेवकूफ़ महसूस कर रहा था ख़ुद में। उस समय जब उनकी बातें हो रहीं थीं, तब भी वृंदा के गर्भ में एक बच्चा साँसें ले रहा था। यदि उसने साहिर को

बता दिया होता तो वह शायद कोई सलाह नहीं दे पाता। कुछ नहीं बता पाता। यह बात तो ज़रूर उसके मन में आई कि वृंदा ने ऐसा होने से रोका क्यों नहीं? क्या यह उसकी इच्छा थी? और अगर थी तो जहाँ एक ओर उसे लगा कि वृंदा अपनी इच्छाओं का पीछा करते हुए कितनी आगे निकल गई, वहीं दूसरी ओर लगा कि यह अपने पैरों पर ख़ुद ही कुल्हाड़ी मारने जैसा था। क्या वह इस बच्चे को कारण बनाना चाहती थी राघव से अलग होने और कुणाल को अपने साथ रखने का? क्या ऐसा घृणित विचार उसके मन में आया था? या यह बस एक ग़लती थी जिस पर पहले ध्यान नहीं गया। साहिर को लगा कि वह पता नहीं क्यों इस सब में पड़ गया है। ऐसा लगता था जैसे एक ही चीज़ अलग-अलग समय में अलग-अलग लोगों के साथ घट रही है। कोई किसी के लिए कुछ कर नहीं सकता। हम किसी को गिरता हुआ देखते हैं और उसके ख़ुद बाहर आने का इन्तज़ार करते हैं। वह चाहता था वृंदा बाहर आ जाए। उसका वापस अस्पताल जाने का मन हुआ। उसने तय किया कि एक बार तो वृंदा से ज़रूर मिलेगा।

अस्पताल के कॉरिडोर में सन्नाटा छाया हुआ था। मृत्यु का सन्नाटा। जो अनहोनी घटनी थी, घट चुकी थी। अब सब वृंदा के होश में आने का इन्तज़ार कर रहे थे। सब डरे हुए थे। वृंदा ख़ुद अभी इस बारे में नहीं जानती थी कि सब बच्चे के बारे में जानते हैं या नहीं। पता चलेगा, तब क्या होगा? इस बच्चे की ज़रूरत किसे थी? वृंदा को। उसके अलावा? शायद सबके मन में इस बात का सुकून ही था कि यह कहानी शुरू होने से पहले ही ख़त्म हो गई। वरना इसको सँभालने में भी जाने किन मुसीबतों से गुज़रना पड़ता। ऐसे में क्या सब लोगों को ऐसा व्यक्ति माना जा सकता था जो किसी की मृत्यु में सुकून पा रहे थे? यदि हाँ, तो क्या वे इसके लिए ज़िम्मेदार थे? अच्छा इनसान, बुरा इनसान...कैसे तय होगा? उन्हें वृंदा की फ़िक्र थी तो आख़िर किसलिए? कि वह वापस अपनी ज़िन्दगी शुरू करे और उनके हिसाब से जिए?

पूरे एक दिन बाद वृंदा को होश आया। अब तक परिवार के सभी लोग बेहोश वृंदा को बारी-बारी से देख चुके थे। सब उसके होश में आने का इन्तज़ार कर रहे थे। डर का माहौल था। प्रार्थनाएँ जारी थीं। कोई कहीं नहीं गया था। सोते-जागते सबने अस्पताल में ही पूरा दिन बिताया। वृंदा को इंटेंसिव केयर यूनिट में ही रखा गया। ठीक से होश आते ही वृंदा के मन में एक विचार कौंधा। बच्चे के बारे में

किस-किस को पता चला है। उसकी देखभाल करने वाली नर्स ने भी उसे बताया था कि बच्चे को बचाया नहीं जा सका। वृंदा ने चीखना चाहा था। उसके शरीर के पोर दुखने लगे थे। उसे कुणाल का ख़याल आया। कुणाल को अपने जीवन में रोककर रखने की एक वजह यह बच्चा भी था। जब वह वजह नहीं रही तो किसी जादू की तरह हुआ यह कि कुणाल को पाने की उसकी इच्छा भी जाती रही। बच्चा, जिसके होने में उसकी इच्छा शामिल थी, लेकिन उसकी अकेली की इच्छा। जिसे वह लाना चाहती थी इस दुनिया में। हालाँकि उसे लाने में डर बहुत थे। उसे अंश का ख़याल आया। उसने अंश और ध्रुव से मिलने की इच्छा ज़ाहिर की। उसने यह भी कहलवा दिया कि वह किसी भी और से फ़िलहाल नहीं मिलना चाहती। नर्स ने बाहर जाकर दोनों को आवाज़ दी। नर्स ने वृंदा की इच्छा के अनुसार जब बाक़ी लोगों को अन्दर जाने से रोका, तो उनकी शर्मिंदगी उनके चेहरों से टपकने लगी।

अंश और ध्रुव दोनों अन्दर गए। वृंदा एक बेड पर लेटी थी। दाईं हथेली के पीछे ड्रिप लगी थी जिससे लगातार ग्लूकोस शरीर में जा रहा था। सिर पर पट्टी बँधी थी और माथे पर टाँके थे। उसने हल्के नीले रंग की मरीज़ों को पहनाई जाने वाली ड्रेस पहनी हुई थी। अंश और ध्रुव को आते देख उसे थोड़ी ख़ुशी हुई। अपनी माँ से नज़रें मिलते ही दोनों दौड़कर उसके पास पहुँचे। उन्हें कुछ समझ नहीं आया तो वहीं बेड के बगल में उसके पास खड़े हो गए। वृंदा धीमी आवाज़ में बोल रही थी।

"तुम दोनों ठीक हो? डरे तो नहीं थे?"

जवाब ध्रुव ने दिया।

"हमें क्या हुआ। ठीक तो आपको होना है।"

अंश चुप रहा। वह ध्यान से वृंदा की चोटों को देख रहा था।

"कौन-कौन है बाहर?" उसका सवाल अंश से था। फिर ध्रुव ने ही जवाब दिया।

"सभी हैं। पापा, नाना-नानी, दादा-दादी, मौसी।"

वृंदा ने अंश की ओर देखा।

"कुणाल भी आया था। उसकी और पापा की लड़ाई हो गई। उसके बाद वह चला गया..."—अंश ने बताया।

"लड़ाई क्यों हुई थी?"—वृंदा ने पूछा।

कुछ देर रुककर अंश ने जवाब दिया।

"डॉक्टर ने पापा को बताया था...अलग ले जाकर..."—इतना कहकर अंश

रुक गया। उसने वृंदा के पेट की तरफ़ देखा। ध्रुव की उपस्थिति में वह इतना ही कह पाया। वृंदा को समझते देर नहीं लगी कि कुणाल को बच्चे के बारे में पता चल गया है। उसने अपना चेहरा उनसे दूसरी ओर मोड़ लिया। उसने किसी तरह अब तक ख़ुद को रोककर रखा था। अब नहीं रोक पाई। रोने लगी। उसके दिमाग़ में चलने लगा कि जो बात अब तक उसके और अंश के सिवाय किसी को नहीं पता थी, अब वह और लोगों को भी पता चलेगी। सबको पता चलेगा कि उसके अपने पति के अलावा किसी और से भी सम्बन्ध थे। उसने अंश से कहा—

"मेरा एक काम करेगा?...जब बाहर जाओ तो अपने पापा से कहना कि मैं उनसे नहीं मिलना चाहती। वह अन्दर न आएँ।"

"कह दूँगा।" फिर थोड़ा रुककर अंश ने पूछा—"आपको कितने दिन और यहाँ रहना पड़ेगा?"

"यह तो डॉक्टर्स बताएँगे।"

"मैं यहीं रहूँगा तब तक।"

वृंदा ने ज़रा देर के लिए आँखें बन्द कीं।

"मुझे आपको कुछ और भी बताना था... "—अंश ने कुछ देर बाद कहा। वृंदा ने आँखें खोलीं। "...पापा घर लौट आए हैं।"

यह सुनकर वृंदा को घबराहट हुई। अब वह राघव के साथ एक घर में रहना बर्दाश्त करने को तैयार नहीं थी। उसने फिर आँखें मूँद लीं तो दोनों पूरे आई.सी.यू. में नज़रें दौड़ाने लगे। इस जगह की अपनी एक गंध थी। बीमार गंध। एक बड़ा-सा कमरा था, हॉल जैसा। दस बेड थे। मुरझाए हुए मरीज़, जिनमें एक वृंदा थी। लगातार डॉक्टर्स, नर्सेज़ और लोगों का आना-जाना लगा हुआ था। एक मरीज़ के पास दो-तीन लोग इकट्ठा थे क्योंकि उसे अभी-अभी लाया गया था। कोई मरीज़ एकदम अकेला था। शायद उसके रिश्तेदार बाहर बैठे थे। सबके बेड को अलग रखने के लिए पर्दों का इस्तेमाल किया गया था। वृंदा तो फिर भी बिस्तर से उठ पा रही थी, कुछ मरीज़ तो उठ भी नहीं सकते थे। यह जैसे आख़िरी स्टेज थी कि यहाँ हार गए तो पर्दा हमेशा के लिए गिर जाएगा। नाटक ख़त्म। मृत्यु का दरवाज़ा। उसके पार जाने क्या। वृंदा बच गई थी लेकिन उसका अजन्मा बच्चा उस पार जा चुका था। ध्रुव और अंश बाहर गए। उन्होंने देखा कि उन्हें आते देख राघव अन्दर जाने के लिए उनकी तरफ़ ही आ रहा था।

"मम्मी ने मना किया है आपको अन्दर जाने से। वह नहीं मिलना चाहती आपसे"—अंश ने राघव के सामने आते हुए कहा। राघव भौचक्का रह गया।

"उसने ऐसा कहा है?"—राघव ने पूछा।

"हाँ"—अंश ने रूखा-सा जवाब दिया।

पास ही और लोग भी खड़े थे। राघव को शर्मिंदगी महसूस हुई। वह एक पल भी वहाँ नहीं रुका। उसे बहुत दुख हुआ कि यह बात उसे अपने बच्चों से सुननी पड़ी। यह बात राघव के पिता को अच्छी नहीं लगी। वे ख़ुद ही अन्दर नहीं गए। वृंदा के माता-पिता और रिया उससे मिलने गए। वे ही उससे बातें करते रहे। वृंदा ने ज़्यादा बात नहीं की। वह करना ही नहीं चाहती थी। सब लोग थक भी गए थे। अंश और रिया का रुकना तय हुआ। बाक़ी लोग लौट गए।

अगले दिन जब वृंदा आराम कर रही थी, उसे नर्स ने आकर बताया कि कोई बाहर खड़ा है। उससे मिलना चाहता है। वह अन्दर आया तो वृंदा ने देखा कि साहिर है। साहिर क्यों आया है? क्या कुणाल की कोई बात लेकर आया है? कुणाल नहीं आ सकता इसलिए? कुणाल क्यों नहीं आ सकता? उसका मन नहीं मिलने का या उसमें हिम्मत नहीं? वह यही सब सोच रही थी कि साहिर उसके पास आ गया।

"अब कैसी हैं आप?"—साहिर ने औपचारिकता से पूछा।

"ठीक हूँ। तुम कैसे हो? कुणाल कैसा है?"—अनायास वह पूछ बैठी। पूछने के बाद उसे लगा कि शायद ग़लत किया।

"मैं ठीक हूँ। कुणाल भी ठीक है।"—साहिर ने जवाब दिया।

"मैंने सुना जिस दिन मैं बेहोश थी, उस दिन लड़ाई हुई थी कुणाल और राघव में।"

वृंदा के यह बोलते ही साहिर उसे आश्चर्य से देखने लगा। साहिर जिस बारे में बात करना चाहता था, उसे लगा कि उस बात का सिरा वृंदा ने ख़ुद उसके हाथों में थमा दिया। वृंदा को भी एकदम से अपनी ग़लती का अहसास हुआ। लेकिन अब बात हाथ से निकल चुकी थी। कुणाल और राघव की लड़ाई का ज़िक्र करके उसने अपने और साहिर के बीच उस लड़ाई की वजह के ज़िक्र को लाकर खड़ा कर दिया था।

"हाँ हुई थी उस दिन..."—साहिर ने इतना ही कहा। "...मैं इसी बारे में आपसे कुछ बात करना चाहता था। लगातार मेरे दिमाग़ में चल रहा है इसलिए मैं और नहीं

रुक पाया। उन दिनों जब हमारी बात होती थी, आप मुझे कहती थीं कि मैं कुणाल को समझाऊँ...मुझे नहीं पता था कि तब भी..."

साहिर थोड़ा हिचकिचा रहा था।

"...आई एम सॉरी फ़ॉर योर लॉस...मुझे नहीं पता था कि आप क्या बचाना चाह रही हैं। इसीलिए मैं कुछ भी बोलता रहता था। मुझे लगा मेरा और आपका अनुभव एक ही जैसा है। लेकिन हर इनसान के अपने अलग अनुभव होते हैं और वह उन्हें समझता भी अपनी तरह से है। और मुझे यह भी समझ आया कि इतना ज़रूरी क्यों था आपके लिए कुणाल का वापस आना। कुणाल को पता चला तो वह भी हैरान था। बल्कि डरा हुआ था। उसे भी नहीं पता था। आपने उसे बताया क्यों नहीं?"

वृंदा के लिए दिक़्क़तें जैसे ख़त्म होने का नाम ही नहीं ले रही थीं। उसे साहिर के सामने अपराधी जैसा महसूस हुआ। उसे लगा कि वह कुणाल का बताया सच जानता होगा।

"बताने गई थी...लेकिन..."

"लेकिन?"

कोई आगे कुछ बोलता इससे पहले एक नर्स वृंदा की दवाइयाँ लेकर आई। जितनी देर वह वहाँ रही, ख़ामोशी छायी रही। उसके जाने के बाद साहिर ने बोलना शुरू किया।

"कुणाल ने कहा था कि बात वैसी नहीं है जैसी दिखती है।"

"कैसी दिखती है? क्या कहा था? अब भी उसमें कुछ कहने की हिम्मत बची है।"

"मुझे लगता है आपने ऐसा होने दिया। आप चाहती तो रोक सकती थीं।"

"ही बिट्रेड मी। ही इज़ अ चीटर"—वृंदा के बोलने के लहजे में तीखापन आ गया।

वृंदा जानती थी कि साहिर बात को कहाँ ले जा रहा है। लेकिन वह छुपा रही थी। वह नहीं चाहती थी कि एक समय जो कुत्सित विचार उसके मन में पनपा था, उसकी किसी को भनक भी लगे। उसने अनजान बने रहने का नाटक किया। साहिर ने इधर-उधर की बात करने और पहेलियाँ बुझाने से बेहतर समझा सीधे बात करना।

"कैसे होने दिया?"

"वह मेरे साथ ऐसा कैसे कर सकता था?"

"आप इतनी आगे कैसे निकल गईं?"

"आई डिडंट डिज़र्व टु बी ट्रीटिड लाइक दैट।"

"आप इतनी ज़ख़्मी हो गईं कि..."

"उसने धोखा दिया मुझे"—वृंदा गुस्से में थी।

"लेकिन बच्चा..."

"मैं रोई उसके आगे...गिड़गिड़ाई..."

"आप बच्चे को हथियार की तरह इस्तेमाल करना चाहती थीं। ज़रूरत पड़ने पर कुणाल पर दबाव डालने के लिए।"

अचानक किसी मरीज़ के तेज़ कराहने की आवाज़ आई। साहिर अपनी बात कह चुका था। वृंदा का चेहरा तमतमा गया। ठीक इस समय, दोनों के बीच एक सच आकर बैठ गया, जो साहिर कभी किसी को नहीं बताएगा। वृंदा उससे कभी नहीं कहेगी कि किसी को मत बताना। वे दोनों कभी इस बारे में कोई बात नहीं करेंगे। लेकिन अभी वे इसी बारे में बात कर रहे थे।

"बकवास मत करो तुम।"

"तो फिर क्या कारण था?"

"मैं जन्म देना चाहती थी इस बच्चे को"—वृंदा टूटने लगी।

"किसलिए? आप भी जानती हैं इतना आसान नहीं होता। फ़ैमिली है आपकी। रिश्तेदार हैं, जानने वाले हैं। इतने सालों से आप एक मर चुके रिश्ते से बाहर नहीं आ पाईं। तो फिर अब ऐसी हिम्मत?"

साहिर वृंदा को अपने बनाए जाल में खींचता जा रहा था। वृंदा छूट कर भागना चाहती थी।

"मैं प्यार करती थी कुणाल से..."

"यह मैं जानता हूँ...और यह भी कि सिर्फ़ इतना कारण नहीं था। इस बच्चे के सहारे आप उस पर साथ रहने का दबाव बनाना चाहती थीं। और अगर उससे भी काम नहीं बनता तो ब्लैकमेल करके? डराकर? यह सब जानकर राघव ख़ुद ही आपसे अलग हो जाता। इधर से आप छूटतीं और उधर कुणाल पर दबाव बनातीं। सच है न?"

साहिर की आवाज़ दृढ़ होती जा रही थी। वृंदा एकटक सामने की दीवार को घूरे जा रही थी।

"आप नहीं बोलेंगी। मैं जानता हूँ। और अब आप भी समझ चुकी हैं कि यह बात कुणाल के अलावा मैं भी जान गया हूँ। यह हादसा नहीं होता तो आप यही

करतीं। और कोई कारण हो ही नहीं सकता था।"

"तुम चले जाओ यहाँ से। न मुझे तुम से कोई लेना-देना है, न कुणाल से"—वृंदा का चेहरा ग़ुस्से में लाल था।

साहिर ने कुछ क्षण उसे देखा और उठकर चला गया। वृंदा की आँखों से आँसू गालों तक ढुलक आए। साहिर ने जो भी कहा, वह सच था या नहीं, यह ठीक-ठीक कोई नहीं जानता। शायद ख़ुद वृंदा भी नहीं। कुणाल को दूर जाते देख उसे कुछ नहीं सूझा था। उसने सोचा कि ऐसा करने से कुणाल रुक जाएगा। उसने सच में ऐसा ही सोचा था। कितनी बेचारी रही होगी वह उस समय जब ऐसा ख़याल उसके दिमाग़ में आया होगा और कितनी ख़तरनाक जब उसने इस काम को अंजाम देने के बारे में सोचा होगा। वह बच्चे को हथियार की तरह इस्तेमाल करती या नहीं, यह वक़्त बताता। लेकिन ऐसा मौक़ा आया ही नहीं।

जिन दिनों उसे अहसास होने लगा था कि कुणाल का मन बदल रहा है, वह उससे कन्नी काटने लगा है, उन्हीं दिनों उसने एक ख़ूबसूरत रात रची थी। वह समझ चुकी थी कि क्यों कुणाल उससे बचने लगा है। उसने कुछ दिनों के लिए शादी और हमेशा के लिए साथ रहने वाली बातें करनी छोड़ दीं और उसे विश्वास दिलाया कि जैसा वह चाहेगा वैसे ही होगा। बस अभी वह उससे दूरी न बनाए। जब कुछ दिन सब ठीक-ठाक रहा तो वृंदा ने उससे उसके घर में मिलने का प्लान बनाया। कुणाल को भी लगा कि अगर सब ठीक हो रहा है तो अच्छा ही है। वह शाम ढलते ही कुणाल के घर पहुँच गई।

उसके मन में कुछ और था। वह सामने से कुछ और थी। आते ही उसने उसे जता दिया कि आज की रात वह जश्न के मूड में है। उसने कुणाल के घर की रंगीन लाइट्स जलाईं।

"पिछले कुछ समय जो कुछ भी हुआ, उसके लिए...आई एम सॉरी"—वृंदा ने उसके पास आते हुए उसके होंठों को हल्के से चूमते हुए कहा। कुणाल ने उसे अपनी बाँहों में भरना चाहा लेकिन वह छूटकर निकल गई।

"कोई नहीं। अब सब ठीक रहे बस...बाक़ी मुझे बस थोड़ा टाइम चाहिए था...और कुछ नहीं"—यह बोलते वक़्त कुणाल जानता था कि वह झूठ बोल रहा था। वृंदा ने उसकी ओर देखा।

"समझती हूँ...इतना आसान नहीं...खैर..."

अचानक उसके चेहरे पर एक उमंग दौड़ गई।

"यह बताओ...आज सेलिब्रेट कैसे किया जाए?"

"सेलिब्रेट क्यों?"

"अरे...आज इतने दिनों बाद तुम्हारा-मेरा दोनों का दिमाग़ ठीक है मेरी जान... और क्यों?"

कुणाल ने फिर उसके क़रीब आना चाहा।

"अभी तो आई हूँ...पूरी रात बाक़ी है...सब्र करो"—वृंदा ने हँसते हुए कहा।

"मैं कुछ खाने के लिए बनाती हूँ। आने से पहले मैंने वाइन आर्डर कर दी थी।"

"समवन इज़ इन अ रियली गुड मूड टुडे"—कुणाल ने उठकर रसोई में जाते हुए कहा। थोड़ी ही देर में वाइन डिलीवर हुई। वे खाना बनाते हुए साथ में थोड़ी-थोड़ी पीने लगे। जब तक खाना बना, वे थोड़े नशे में थे। सारा काम निपटाकर दोनों वापस कमरे में आए और लगातार काफ़ी देर तक पीते रहे। वृंदा ने इस बात का ख़ास ख़याल रखा था कि वह ख़ुद कम पीये और कुणाल को ज़्यादा पिलाए। कुणाल के लिए वैसे भी इस बात का ख़याल रखे जाने की ख़ास ज़रूरत नहीं थी कि कोई उसे पिलाए। इस काम में वह ख़ुद ही माहिर था। पीने का दौर चल ही रहा था कि वृंदा उठकर वाशरूम में गई। वह वापस आई तो उसके तेवर बदले हुए थे। वह अचानक किसी और औरत में बदल गई। एक उन्माद उसके अन्दर सुलगने लगा। उसकी आँखों में कुणाल के लिए प्यार था लेकिन शरीर किसी शिकारी की तरह उसकी तरफ़ बढ़ रहा था जैसे कोई साज़िश थी जिसे अंजाम देना था। कुणाल गहरे नशे में था। उसे नहीं पता चला कि वाशरूम जाने से पहले वृंदा ने उसके ड्रिंक में एक्सटेसी की पिल मिला दी थी। वृंदा कुणाल के क़रीब आई। कुणाल से रुका नहीं गया। वृंदा ने रोका भी नहीं। उसमें ख़ुद भी तड़प थी कुणाल से फिर से लिपटने की। उसे अपने अन्दर समा लेने की। कुणाल भयंकर नशे में था और उसे बस वृंदा का शरीर दिख रहा था। वृंदा के भीतर एक विक्षिप्त-सी इच्छा उठी। उसकी इस इच्छा में कुणाल की इच्छा शामिल नहीं थी। उसने उससे नहीं पूछा। बाद में जब कुणाल ने इस रात के बारे में सोचा तो उसे लगा कि इस बात पर उसका ध्यान गया था। उसे याद आया कि उसने वृंदा से पूछा था...हाँ पूछा ही था...लेकिन रुक नहीं पाया था...इतना होश नहीं था...वृंदा ने रुकने नहीं दिया था। वह पूरी तरह होश में थी और कुणाल ने बिस्तर के बगल में रखे साइड टेबल

के ड्रॉअर की तरफ़ हाथ बढ़ाया था लेकिन वृंदा ने उसे रोक दिया था। उसने उसे कहा था कि चिन्ता की कोई बात नहीं, वह आई-पिल ले लेगी। वृंदा ने उसे भरोसे में रखा। जब कुणाल उसके ऊपर से हटा तो अपना अंश उसके अन्दर छोड़ चुका था। इसी अंश को बाद में वृंदा का हथियार बनना था लेकिन एक हादसे ने ऐसा नहीं होने दिया। अगली सुबह कुणाल को इस बात का अहसास हुआ। आने वाले दिनों में कुणाल इस बात को लेकर परेशान रहा कि कहीं वृंदा के मन में कोई और बात तो नहीं। वृंदा जान-बूझकर अगले तीन दिन उससे नहीं मिली और उसे विश्वास दिलाती रही कि उसने पिल ले ली है। कुछ दिनों में जब फिर राघव के साथ दिक़्क़तें बढ़ीं तो वृंदा कुणाल पर दबाव बनाने लगी। कुणाल फिर उससे दूर होने लगा। इस हथियार का इस्तेमाल वह सही समय पर करना चाहती थी। कुछ हफ़्ते बीतने पर वृंदा के मन में अपने किए को लेकर शक पैदा होने लगा। उसे लगा कि शायद उसने अपने साथ ही ग़लत कर लिया है। उसके पेट में बच्चा था और वह निर्णय नहीं ले पा रही थी कि उसे क्या करना है। वह अपने बनाए चक्रव्यूह में फँसती जा रही थी। बच्चे को मार देना उसे अपराध लग रहा था और जन्म देना नामुमकिन।

अस्पताल में अगली सुबह वृंदा एक भयानक अनुभव से गुज़री। सुबह उठी तो उसने देखा कि उसके बगल में जहाँ एक बेड था, वहाँ जगह ख़ाली है। अब वह वहाँ नहीं था। उस पर रात में लगभग उसकी ही उम्र की एक औरत थी। वृंदा ने नर्स से पूछा तो उसने बताया कि वह नहीं रही। उसकी तबीयत बहुत ख़राब थी। उसे बचाए रखने की लगातार कोशिश की गई लेकिन वह नहीं बची। वृंदा को अचानक डर-सा लगा। नहीं...अपने लिए नहीं...मृत्यु को इतने नज़दीक से महसूस करने का डर। कल तक कोई वहीं था...उसके पास...अब उसका कोई अस्तित्व नहीं। एक व्यक्ति बस यूँ ग़ायब हो जाता है। यह दुनिया उसके लिए ख़त्म। अब वह कभी धूप महसूस नहीं कर सकेगा, बारिश में भीग नहीं सकेगा, चाँद को नहीं देख सकेगा, अपने परिवार के बीच बैठकर हँस नहीं पाएगा। अब उसे कोई कहीं नहीं देख पाएगा। अब वह प्रेम नहीं कर पाएगा। उसे नहीं पता चलेगा कि उसके जाने के बाद उसके अपने किस तरह और कितने अरसे तक उसकी आवाज़ सुनने के लिए, उसका हँसता हुआ चेहरा देखने के लिए, उसे छूने के लिए, उसके बस एक बार लौट आने के लिए तड़पते रहे। कितना कुछ होगा जो अनकहा छूट गया होगा। कितने काम करने बाक़ी रहे होंगे। कितनी योजनाएँ अधूरी छूट गई होंगी। जाने

वाला चला जाता है। अपनों की याद में बचा रहता है। अपनों के लिए वह कभी ख़त्म नहीं होता। उसका सामान छूट जाता है। उसका टूथ-ब्रश वहीं बाक़ी सबके टूथ-ब्रश के साथ पड़ा रहता है। उसकी चप्पलें कोई और इस्तेमाल करने लगता है। उसके कपड़े अलमारी में गुड़ी-मुड़ी पड़े रह जाते हैं जिन्हें फिर शायद कोई महीनों तक हाथ भी नहीं लगा पाता। उन अस्त-व्यस्त कपड़ों को देर तक देखते हुए हम शायद उनमें उस व्यक्ति को खोजते हैं। फिर एक दिन आता है जब उन कपड़ों को तह करके एक बक्से में बन्द कर दिया जाता है जिसे फिर आगे कभी-कभार ही खोला जाता है। उसके कपड़ों की गंध बक्से की पुरानी जानी-पहचानी गंध में बदल जाती है। जाने वाला अपनों के सपनों में जाने कितनी बार और कितने वर्षों तक आता है। बीतते समय के साथ धुँधला होता जाता उसका चेहरा अचानक किसी सुबह उठते ही एकदम साफ़ नज़र आता है जैसे नींद में उससे मुलाक़ात हुई हो। जाने वाले की याद एक कभी ना ख़त्म होने वाले इन्तज़ार में बदल जाती है। वृंदा का जीवन भी एक इन्तज़ार में बदल गया था।

उस औरत के मरने से ख़ाली हुई जगह पर एक नया बेड लाया गया। उस पर एक नया मरीज़ था। बेड पर एकदम साफ़, धुला बिस्तर बिछाया गया था। वृंदा को लगा यही तो नियम है संसार का। आना-जाना लगा हुआ है। नए के लिए जगह ख़ाली होती जाती है। पुराना जगह छोड़कर चला जाता है। बीच में कुछ समय है जिसमें यहाँ रुकना है। एक पड़ाव है जैसे। क्यों है? किसलिए है? पता नहीं। और इस पड़ाव से गुज़रने में इतनी झंझटें? किसको यहाँ रहना है हमेशा। हम सब धीरे-धीरे अपनी मृत्यु की तरफ़ ही तो बढ़ रहे हैं। इस तरह सोचने ने उसे अपनी दिक़्क़तों से कुछ ऊपर उठने के लिए प्रेरित किया। एक तरह की असाधारण-सी ताक़त थी इस विचार में। वह यह देखकर भी थोड़ी हैरान हुई कि सारी नर्सें सामान्य थीं। उनके व्यवहार में कोई बदलाव नहीं था। वे पहले की ही तरह अपने-अपने काम में लगी हुई थीं। तभी एक कोने से उसे किसी के हँसने की आवाज़ आई। दो-तीन नर्सें आपस में बातें करते हुए किसी बात पर धीमी आवाज़ में हँस रही थीं। वृंदा को यह सब अवास्तविक लगा। यह कैसी जगह थी? आधे ही घंटे के भीतर उसने मृत्यु और हँसी को एक जगह एक साथ देखा-सुना। खिलखिलाती हुई यह मुस्कराहटें उसे भयावह लगीं। एक नर्स ने उसके मन की बात को भाँप लिया।

"क्या सोच रही हो मैडम?"

"कुछ नहीं।"

वृंदा ने बात को टालना चाहा।

"आपको अजीब लग रहा है"—उसने आगे कहा।

"लेकिन ऐसे...इस माहौल में...अभी किसी की डेथ हुई...और अभी वहाँ सब हँसी मज़ाक...यह नॉर्मल तो नहीं"—वृंदा ने झिझकते हुए कहा।

"नॉर्मल का तो पता नहीं। आपको अजीब लगेगी मेरी बात। लेकिन यहाँ डेथ रोज़ की बात है। एक समय के बाद फ़र्क़ पड़ना बन्द हो जाता है। आप रहकर देखिए एक महीने यहाँ। आप पर भी फ़र्क़ पड़ना धीरे-धीरे कम हो जाएगा।"

वृंदा चुप रही। नर्स बोलती रही।

"पहले मुझे भी फ़र्क़ पड़ता था। ऐसा नहीं है कि दुख नहीं होता या उनके परिवार वालों की हालत देखकर ख़राब नहीं लगता। लेकिन कोई कितना दुखी रहे। फिर काम भी करते रहना होता है। यही मानना पड़ता है कि काम का हिस्सा है।"

वृंद थोड़ा तो समझ रही थी लेकिन अब भी सहज महसूस नहीं कर रही थी। यह मृत्यु के बीच जीवन के खिलने जैसी बात थी। जैसे कोई पुलिस वाला ही समझ सकता है कि अपराधियों पर लाठियाँ बरसाने या गोलियाँ चलाने जैसी हिंसा को भूलकर वह कैसे रोज़ काम पर जाता है। मारना–पीटना उसके जीवन का सहज हिस्सा हो जाता है। रोज़ ऐसी हिंसा से गुज़रना मानसिक क्षति तो पहुँचाता होगा। जैसे युद्ध लड़ते या युद्ध जीतकर लौटे जवान के जीवन का हिस्सा हो जाता है लगातार हिंसा और मृत्यु के बीच जीना और ख़ुद को सहज रखना, जैसे कोई पत्रकार दूसरों की बीभत्स यातनाओं की रिपोर्टिंग करते हुए ख़ुद भी अवसाद और निरर्थकता के दुश्चक्र में फँसता चला जाता है, वैसे ही यह एक डॉक्टर के काम का हिस्सा ही तो है कि उसे मरते लोगों को बचाना है और नहीं बचा पाने में एक और मृत्यु को देखना है।

दुखद है लेकिन सच है कि फ़र्क़ पड़ना बन्द तो नहीं होता लेकिन कम ज़रूर हो जाता है। समय आगे बढ़ जाता है और लोग अपनी रोज़मर्रा की उलझनों में व्यस्त हो जाते हैं।

"हो सकता है जैसा तुम कह रही हो, वैसा ही हो...लेकिन अभी मुझे यह सब बहुत अजीब लग रहा है...डराने वाला।"

"एक बात बताइए...आपके आस-पास, आपके परिवार में नहीं...आसपास...

जानने वालों में...कभी किसी की डेथ हुई होगी, तो आप कितने दिन दुखी रही थीं? क्या वह सिर्फ़ एक ख़बर की तरह नहीं लगी होगी? अख़बार में हम रोज़ पढ़ते हैं। रोज़ कितने लोग मरते हैं। आप दुखी होती हैं क्या? मुझे लगता है आप पर ज़रा भी फ़र्क़ नहीं पड़ता होगा। किसी पर नहीं पड़ता। फ़र्क़ सिर्फ़ उसे पड़ता है जिसके किसी क़रीबी की डेथ हुई हो। हमारे लिए तो सब पेशेंट हैं...जैसे आप पेशेंट हैं... यह मत समझिये कि हम सब बहुत क्रुअल लोग हैं।"

वृंदा ने आगे कुछ नहीं कहा। नर्स उसकी ग्लूकोस की बोतल बदलकर चली गई। उसके जाने के बाद वृंदा सोचती रही। अख़बारों में आए दिन छपने वाली मौत की ख़बरों से उसे कभी फ़र्क़ नहीं पड़ा। किसी को भी कहाँ पड़ता है। हम सब चाय की चुस्कियों के साथ सारी ख़बरों को पी जाते हैं। लेकिन यहाँ अलग भी तो था। यहाँ प्रत्यक्ष सामना था। मृत्यु और हँसी दोनों से। फिर वह अभी अपने होने वाले बच्चे की मौत से भी नहीं उबर पाई थी। अभी तो वह उसके होने को लेकर ठीक से सपने देखना शुरू भी नहीं कर पाई थी कि यह हादसा हो गया। हादसे से उसे वह दिन याद आया। हादसे से ठीक पहले वह लगातार कुणाल और उस बच्चे के बारे में सोच रही थी जो उसके पेट में था। अपने जीवन में वह ख़ुद एक ऐसे मोड़ पर खड़ी थी जहाँ वह यह तय नहीं कर पा रही थी कि अपने पेट में पल रहे बच्चे का हाथ थामकर उसे इस दुनिया में लाए या बीच रास्ते उसका हाथ छोड़ दे। उसे याद आया एक बच्चे का हाथ छोड़ दिया गया था। सड़क पर चले आए एक बच्चे को बचाने में उसने अपना बच्चा खो दिया। अगर उस बच्चे की माँ ने उसका हाथ ठीक से पकड़ा होता, तो इतना सब कुछ नहीं होता। उसे लगा कितनी छोटी-छोटी चीज़ें अक्सर कितने बड़े हादसों का कारण बन जाती हैं। अपने आसपास मृत्यु के ऐसे अनुभवों से गुज़रने के कारण उसे बाक़ी सारी चीजें बहुत तुच्छ लगने लगीं। उसने अपने मन में तय किया कि अब वह अपने जीवन का एक भी क्षण दूसरों को ख़ुश करते रहने की कोशिशों में बर्बाद नहीं करेगी। किसी की नहीं सुनेगी। किसी की इजाज़त का इन्तज़ार नहीं करेगी। उसके चेहरे पर दृढ़ता थी।

तीन दिन बाद वृंदा अस्पताल से घर लौट आई। उसका ध्यान रखे जाने की ज़रूरत थी लेकिन अस्पताल में और रखना ज़रूरी नहीं था। वह अपने मन में यह बात पक्के तौर पर बिठा चुकी थी कि उसे अकेले रहना है और अब कोई भी और बात उसके लिए इससे ज़्यादा मायने नहीं रखती थी। उसे बस यह समझ

नहीं आ रहा था कि वह यह कैसे करेगी। उसके माता-पिता और रिया कुछ दिन मुंबई में ही रुके। इस बीच राघव घर पर नहीं आया। उसने एक होटल में रुकना बेहतर समझा। वह रह-रहकर मोहिनी को फ़ोन करता रहता था लेकिन वह उठाती नहीं थी। उसके मैसेज का भी जवाब नहीं देती थी। मोहिनी ने नौकरी छोड़ दी थी। उसे समझ आ गया था कि नौकरी छोड़े बिना राघव से पार पाना सम्भव नहीं। मुश्किल था पर उसे करना पड़ा। इस नौकरी को ही बचाए रखने की मजबूरी में वह इन मसलों में फँसती जा रही थी। आख़िरकार उसे निर्णय लेना पड़ा। वृंदा अभी अपने ज़ख़्मों से पूरी तरह उबर नहीं पाई थी। सब लोगों के होने की वजह से घर में चहल-पहल रहती थी। उसका ठीक से ख़याल रखा जा रहा था। हालाँकि एक्सीडेंट में बच्चे को खोने से जो अँधेरा उसे मिला था, उससे उबरने में न जाने कितना समय लगना था। अंश के स्कूल तक भी वृंदा के एक्सीडेंट की बात पहुँची थी। इससे पहले स्कूल में हुए प्रकरण के कारण भी वहाँ अब सब शान्त था। स्कूल के बच्चों की ज़िन्दगी आगे बढ़ गई थी। बात पुरानी हो रही थी। अंश के लिए स्कूल में चीज़ें ठीक थीं।

एक शाम जब अंश का सहारा लेकर वृंदा बहुत आराम से सीढ़ियाँ उतरकर सोसाइटी पार्क में टहलने गई तो उसकी नज़र बरखा पर पड़ी। बरखा उससे मिलने उसके पास आई। उसका हालचाल पूछा। वह ज़्यादा देर वृंदा का सामना नहीं कर पाई और निकल गई। उसके जाने के बाद वृंदा और अंश एक बेंच पर बैठ गए। वृंदा अपने में कहीं खोयी हुई थी। अंश उसको देख रहा था। उसके चेहरे पर उलझन थी। वह ख़ाली सड़क पर अचानक गाड़ी मोड़ देने वाली बात उसके मन में बैठ गई थी। वह वृंदा से पूछना चाहता था।

"मुझे कुछ कहना है आपसे"—अंश ने कहा।

वृंदा ने सुनने के अन्दाज़ में उसकी ओर देखा। एक क्षण बीता।

"आप ख़ुद...फ़ैसला लो...और जो करना है करो...अपने लिए...अपनी मर्ज़ी से...आप जो भी करोगी...मैं उसमें आपके साथ हूँ।"

अंश ने अपनी उलझनों को अपने अन्दर रखना सीख लिया था। उसकी इस बात ने वृंदा की हिम्मत बढ़ाई। उसे अंश पर प्यार आया।

"और...आपकी प्रॉब्लम्स को जल्दी नहीं समझ पाने के लिए...सॉरी...मेरा ध्यान ही नहीं था...।"

"बस कर पागल"—वृंदा ने उसे कहा। वृंदा के अपने गुनाह थे लेकिन वह माफ़ी किससे माँगती। वापस घर आते ही उसने अपने माता-पिता को दिल्ली वापस जाने के लिए कहा। उन्हें ख़राब लगा। वृंदा ने उन्हें कहा कि अब वह किसी के रोकने से रुकने वाली नहीं और वह ख़ुद भी जल्द इस घर को छोड़ देगी। इसलिए ज़रूरी है कि अब वे दिल्ली निकल जाएँ।

"तुझे कुछ दिन रुकना पड़ेगा यहाँ। आई नीड योर हैल्प"—उसने रिया से कहा।

"मैं तो ख़ुद रुकना चाहती हूँ।"

"वैसे सोचा क्या है?"—रिया ने पूछा।

वृंदा ने एक लम्बी साँस ली।

"कुछ समय पहले राघव को डाइवोर्स पेपर्स भेजे थे। फिर एक के बाद एक कई चीज़ें होती चली गईं। इस सब में वह रह ही गया। एक रिमाइंडर भिजवाना है। प्रॉपर्टी में जिसको जो मिलना है, वह देखना है...और यह घर भी छोड़ना है। यहाँ नहीं रहना।"

"और बच्चे?'

"साथ जाएँगे मेरे। वे तैयार हैं।"

"राघव नहीं माना तो?"

"औकात नहीं है उसकी। कुछ नहीं कर पाएगा वह। वैसे भी वह सँभाल नहीं पाएगा बच्चों को और क़ानून का सहारा लेगा तो अपने ही पैरों पर कुल्हाड़ी मारेगा। इतना कीचड़ उछलेगा कि वह ख़ुद अपना चेहरा भूल जाएगा। इतने सालों तक इतने राज़ दबाकर रखे हैं उसके...।"

रिया देख रही थी कि वृंदा रुकने वाली नहीं। कुछ ही दिनों में वृंदा ने बच्चों के साथ वह घर छोड़ दिया। एक अलग इलाके में, इस घर से काफ़ी दूर एक वन बीएचके किराए पर लिया। अब राघव इस घर में आ सकता था जहाँ कोई नहीं था। ख़ाली घर था और दीवारें थीं इस घर में घटी सारी कहानियों को बयान करती हुई। वृंदा की कुछ दिक़्क़तें बढ़ गई थीं। बच्चों का स्कूल थोड़ा दूर हो गया था। अभी तो रिया थी लेकिन उसके जाने के बाद वह अकेली हो जाती। वहाँ राघव कुछ नहीं कर पाया। उसने चुपचाप डाइवोर्स पेपर्स पर साइन किये। क़ानूनी तरीक़े से प्रॉपर्टी का बँटवारा हुआ। इस बार वृंदा ने किसी के साथ का इन्तज़ार नहीं किया। वह इस डर से पार पा चुकी थी कि चाहे कोई रहे या जाए, जो उसके फ़ैसले में उसके साथ नहीं, उसका उसकी जिंदगी में होना ज़रूरी नहीं।

उसे रह-रहकर कुणाल की याद आती थी। अंश के प्रति वह ख़ुद को गुनहगार महसूस करती थी।

अपने निर्णय पर टिके रहने के बाद भी, राघव से अलग होने के बाद भी और अपनी नई ज़िन्दगी शुरू करने के बाद भी, उसमें बेचैनी रहती थी। यूँ तो वह आज़ाद थी, जो भी करना चाहती थी वह करने के लिए। उसे कोई रोकने-टोकने वाला नहीं था। अब उसे रोज़ उस इनसान की शक्ल नहीं देखनी थी जिससे वह नफ़रत करती थी। फिर भी, उसका मन शान्त नहीं था। उसने इस बारे में बहुत सोचा लेकिन उसका मन नहीं माना। जिन लोगों की वजह से उसे इतनी तकलीफ़ों से गुज़रना पड़ा, अपने मन से उनके लिए नफ़रत और ग़ुस्सा वह नहीं निकाल पा रही थी। वह उन्हें ऐसे ही नहीं जाने देना चाहती थी। उसने रिया के साथ मिलकर तय किया।

हो सकता है आगे आपको लगे कि यह क्या हो रहा है। लेखक क्या कर रहा है। वृंदा अपने किरदार से बाहर क्यों जा रही है। लेकिन लेखक को लगता है कि किरदार काफ़ी हद तक जीवन में आने वाली परिस्थितियों से तय होता है। कब कौन क्या करेगा, कई बार यह अनिश्चित तरीक़े से घट जाने वाली अनहोनियाँ तय करती हैं। जैसे साहिर ने तय नहीं किया था कि उसे अकेले रहना पड़ेगा, उसके लिए किसी और ने तय कर दिया था। जैसे कुणाल ने नहीं तय किया था कि उसे किसी को धोखा देना पड़ेगा। जैसे राघव ने तय नहीं किया था कि प्यार से सहेजने वाले रिश्ते को वह पहले दिन से ही काँटे चुभाता जाएगा, जैसे अंश ने तय नहीं किया था कि उसे जल्दी बड़ा हो जाना पड़ेगा, वैसे ही वृंदा ने तय नहीं किया था कि वह बदला लेगी। कई बार लोग अपने जीवन में अपने लिए ख़ुद तय किए गए किरदारों से बाहर निकलकर वह सब कर डालते है जिसके बस सपने देखते हैं या जिस बारे में बस सोच पाते हैं। हर उस खाँचे को तोड़ डालते हैं जिसमें वे ख़ुद को बाँध लेते हैं या जिसमें दुनिया उन्हें देखना चाहती है। वृंदा उस खाँचे से बाहर निकल रही थी। आप सहमत हों या न हों, लेखक उसका किरदार थोड़ा बदल रहा है।

यह लेखक की ज़िद भी हो सकती है या उसकी कमज़ोरी भी। जो वह ख़ुद अपने लिए अपने जीवन में नहीं कर पाया, यहाँ अपने किरदार के साथ कर रहा है। ऐसा करते हुए उसे ऐसी कोई उम्मीद नहीं कि एक दिन वह स्वयं अपने असली किरदार में आ पाएगा।

रहने की जगह बदलने का एक बड़ा फ़ायदा यह हुआ कि यहाँ पुराने लोग नहीं थे। अंश को यहाँ ख़ुद में शर्मिंदगी महसूस नहीं होती थी। अतीत पीछे छूट चुका था। अब वह रोज़ शाम यहाँ के नए बने दोस्तों के साथ क्रिकेट खेलता। लेकिन उसने यह बात हमेशा ज़ेहन में रखी कि वह माँ का ख़याल रखे। अब साथ में पिता के नहीं होने के कारण उसे अपने ऊपर ज़िम्मेदारी महसूस होती। उसे बस नैना की कमी खलती थी। वह उससे दूर हो गया था। स्कूल में तो वे मिलते थे लेकिन अब वह किसी भी समय दौड़कर उसके घर नहीं जा सकता था। जब एक बाहर निकला तो दूसरा डूबने लगा। ध्रुव के मन में सवाल थे जिनका जवाब उसे कोई नहीं दे रहा था। पहले उसे बस इतना समझ में आया था कि पापा-मम्मी में लड़ाई हुई है इसलिए पापा घर नहीं आते। उसे नहीं समझ आया कि एक्सीडेंट के बाद मम्मी अलग घर में क्यों रहने लगी हैं।

रिया और वृंदा बच्चों के साथ शाम को मरीन ड्राइव घूमने आए थे। वृंदा को याद नहीं कि वह कब आख़िरी बार ऐसे सुकून से घूमने निकली थी। दोनों वहाँ बैठी थीं। अंश और ध्रुव पाथ-वे पर खेलने निकल गए।

"ध्यान रखना अंश"—वृंदा ने आवाज़ लगाई।

कुछ देर दोनों चुपचाप समुंदर की ओर देखती रहीं, वहाँ तक जहाँ तक नज़रें जाती थीं। सूरज डूबने को था। आसमान लाल हो रहा था।

"सोच-सोचकर दिमाग़ फट जाएगा आपका। यह ओवर-थिंक करना बन्द करो"—रिया ने चुप्पी तोड़ते हुए कहा।

"आई एम नॉट एट पीस"—वृंदा की नज़र क्षितिज पर कहीं टिकी थी।

"चल क्या रहा है आपके दिमाग़ में?"

"बहुत ख़राब चीज़ चल रही है। लेकिन मैं ऐसा करना चाहती हूँ। मुझे जज मत करना प्लीज़"—वृंदा ने उसकी ओर मुड़ते हुए कहा।

रिया के चेहरे पर मुस्कान तैर गई।

"नहीं करूँगी। बताओ अब।"

"तेरे कांटैक्ट्स हैं न मीडिया में। अगर किसी अख़बार में कुछ छपवाना हो तो करवा पाएगी?"

"हाँ। कोशिश करके देखूँगी। क्या छपवाना है?"

वृंदा ने दूर समुंदर में कहीं देखते हुए कहा—"कांग्रेचुलेशंस टू राघव बंसल एंड मोहिनी पाठक फ़ॉर द वेडिंग एंड अ वंडरफ़ुल लाइफ़ अहेड।"

रिया का मुँह खुला रह गया।

"पागल हो गई हो? मतलब...यह कुछ ज़्यादा नहीं हो गया?"—रिया ने अपनी आवाज़ दबाते हुए कहा।

"मेरे साथ जो हुआ उससे तो बहुत कम है। तू कर पाएगी तो बता...वरना मैं कोई दूसरा तरीक़ा ढूँढू"—वृंदा ने नाराज़गी जताते हुए कहा।

"नहीं...मतलब...मैं तो कर दूँगी...बट...आर यू श्योर?"

"यस...आई एम श्योर।"

रिया ने और नहीं पूछा। उसने उस रात घर पहुँचते ही एक अख़बार में काम करने वाले एक दोस्त से फ़ोन पर बात की। उसे बताया कि उसे किसी भी दिन अख़बार के किसी भी पेज पर एक कोने में छोटी-सी जगह चाहिए। उसका एक दोस्त शादी करने जा रहा है और वह सरप्राइज़ के तौर पर उसमें एक बधाई सन्देश छपवाना चाहती है। उसका दोस्त शुरू में थोड़ा झिझका।

"कोई लोचा तो नहीं है ना?"

"लोचा कैसा होगा। उन्हें अच्छा लगेगा बस।"

उसने इतना ही पूछा। तीन दिन बाद के अख़बार में तीसरे पेज पर दाएँ कोने में सबसे नीचे यह मैसेज छपा। बधाई सन्देश देने वाले का नाम छुपाकर रखा गया था। राघव और मोहिनी दोनों यह ज़रूर पढ़ें, इसलिए वृंदा ने राघव के ऑफ़िस में और दोनों के घर में उस दिन अख़बार ख़ुद भिजवाया। मोहिनी के घर में भूचाल आ गया। मोहिनी को समझते देर नहीं लगी कि यह किसने किया है। उसे ग़ुस्सा नहीं आया। उसे बस दुख इस बात का हुआ कि काश वृंदा को पता होता कि वह राघव से अलग हो चुकी है। उसके पिता इस सन्देश को लेकर उससे सफ़ाई माँग रहे थे। वह क्या बताती। क्या-क्या बताती। कहाँ से शुरू करती कहानी। उसके पास हर सवाल के जवाब में एक लम्बी चुप्पी थी। वहीं राघव ने अख़बार के दफ़्तर

में फ़ोन करके जानना चाहा कि यह किसने छपवाया। उसने उन्हें देख लेने की धमकी दी। उसके मन में ग़ुस्सा था। उसे मोहिनी की भी चिन्ता हुई। उसने सोचा कि अख़बार न जाने कितने घरों में गया होगा। यह बात एक ही बार में कितने लोगों तक पहुँचेगी। बात उसके पिता तक भी पहुँची।

"यह सब क्या है?"—उन्होंने फ़ोन पर चिल्लाते हुए कहा।

"मुझे कैसे पता होगा? मैं तो ख़ुद सोच रहा हूँ।"—उसने भी चिल्लाते हुए ही कहा। शायद पहली बार वह अपने पिता पर चिल्लाया था। शायद बहुत देर कर दी उसने। वे आगे कुछ नहीं बोले। लेकिन राघव जानता था कि यह किसने किया है। उसका घर से बाहर निकलने का मन नहीं हुआ। ऑफ़िस में भी बात पहुँच गई थी। कई लोगों ने ख़बर को सच मान लिया था। उसके पास बधाइयों के मैसेज आने लगे। कुछ लोग उसे मैसेज में गालियाँ भी दे रहे थे। फ़ोन पर फ़ोन आने लगे। यह सिलसिला कुछ दिन चला। जहाँ भी जाता लोग इस बारे में सवाल करते। वृंदा के बारे में पूछते। मोहिनी के बारे में जानना चाहते। ऑफ़िस जाना कुछ दिन के लिए छोड़ना पड़ा। वृंदा और बच्चों का जीवन ख़राब करने के लिए कुछ लोग उसे बहुत ख़राब इनसान कहते, कुछ लोग ख़राब पिता।

राघव को आने वाले काफ़ी दिनों तक लोगों से छुपकर रहना पड़ा। फिर जैसा कि हम जानते हैं कि पब्लिक की याददाश्त कमज़ोर होती है, सब अपनी दुनिया में आगे बढ़ जाते हैं, रोज़ होते नए तमाशों में लोग पुराने तमाशों को भूलते चले जाते हैं, वैसा ही हुआ।

लहरों ने अपना रास्ता बदल लिया था। वृंदा को एक काम अंश से भी था। अंश ने साथ देने का वादा किया था। वृंदा ने इन्तज़ार नहीं किया। जिस दिन अख़बार में बधाई सन्देश छपा, उसी दिन अंश के स्कूल से लौटने के बाद थोड़ा झिझकते हुए वृंदा ने उससे कहा—"तुझे एक काम करना होगा मेरा।"

"हाँ बताओ"—अंश ने कहा।

"उससे पहले तुझे यह दिखाना है"—कहते हुए उसने अख़बार अंश के हाथ में दे दिया। उसने वही पेज खोलकर दिया जिस पर बधाई सन्देश छपा था।

"यह शादी कर रहे हैं?"—पढ़ने के बाद ग़ुस्से में खौलते हुए अंश ने कहा।

"अरे...नहीं...यह मैंने छपवाया है...जान-बूझकर।"

अंश को समझते देर नहीं लगी। जैसे ही उसने अपने दिमाग़ में इस बात का

गणित बिठाया, उसे हँसी आने लगी। वह हँसते-हँसते बिस्तर पर लोट-पोट होने लगा। उसे हँसता देखकर वृंदा भी हँसने लगी।

"इस काम में मैंने रिया की मदद ली थी। अगले काम में तेरी मदद चाहिए"—वृंदा ने आगे कहा।

"क्या ऐसा ही कोई काम है?"—अंश ने हँसते-हँसते ही पूछा।

"ऐसा ही समझ ले।"

अगले दिन स्कूल में अंश और प्रणव की लड़ाई हुई। प्रणव, बरखा का बेटा। लड़ाई अंश ने शुरू की थी। जैसा वृंदा ने कहा था, अंश ने बस वैसा किया। उसने लंच टाइम चुना। यह लड़ाई उसने नैना के सामने ही शुरू की थी। जब वे खाना खा चुके थे और लंच टाइम ख़त्म होने ही वाला था, अंश प्रणव की सीट पर गया।

"सुन...तुझे वह कुणाल के बारे में पता है ना..."

"क्या पता है...अच्छा...हाँ...पता है ना..."

उसने अंश का मज़ाक़ उड़ाते हुए कहा। उसके साथ बैठे लड़के हँसने लगे।

"पता है तो अपनी मम्मी से पूछेगा नहीं?"—अंश ने एकदम से कहा।

लड़कों का हँसना रुक गया। प्रणव गम्भीर हो गया।

"क्या मतलब?"

"मतलब बेटा अपने घर जाकर पूछना"—अंश ने कहा और वहाँ से जाने लगा। प्रणव ने पीछे से अंश पर कूदकर उसे गिरा दिया। दोनों में हाथापाई होने लगी। बाक़ी लड़कों ने दोनों को अलग किया।

प्रणव ने ऐसा समय चुना जब सब साथ हों और आमने-सामने हों। उसी रात जब सब डिनर कर रहे थे, उसने अचानक पूछा—

"मम्मी...आप उस कुणाल को जानती थी क्या?"

चोर की दाढ़ी में तिनका। उसके इस सवाल से बरखा थोड़ी असहज हुई। अगले ही पल उसने ख़ुद को सँभाला। लेकिन इतनी देर में उसका पति उसकी असहजता को भाँप चुका था। हालाँकि वह भी बेटे के इस सवाल से चौंक गया था।

"हाँ...सोसाइटी में रहता था तो...जानती थी। क्यों?"—बरखा ने बहुत सँभलकर जवाब दिया।

"आज स्कूल में अंश कह रहा था कि आपसे पूछूँ उसके बारे में"—उसने कहा।

बरखा चुप रही। उसके पति ने कहा।

"क्या कह रहा था?"

"बताया तो...कि मम्मी से पूछूँ कुणाल के बारे में"—प्रणव ने कहा।

बरखा को लगा कि अभी बात सँभालना ज़रूरी है।

"मैंने बता तो दिया...बाक़ी वह ऐसा क्यों कह रहा था...मैं कैसे बता सकती हूँ। दस लोग दस बातें बोलते हैं। पढ़ाई पर ध्यान दे तू। यह सब वृंदा ने कहा होगा उससे कहने के लिए।" बरखा को लगा कि बात सँभल गई।

"लेकिन वृंदा ऐसा क्यों कहेगी...वह भी अंश से..."—उसके पति ने सवाल की तरह कहा।

बरखा ने दोनों की ओर देखा और उठकर चली गई। उसके जीवन में ज़हर घुलने की शुरुआत थी। उसके पति को शक हो गया था। वृंदा ने कुणाल से कोई बदला नहीं लिया। वह अब भी उसके प्यार में थी। शायद हमेशा रहने वाली थी। उसने रिया से कहा कि अब वह जब चाहे, वापस दिल्ली जा सकती है। रिया ने उसे साथ चलने और वहीं सेटल होने के लिए कहा तो वृंदा ने मना कर दिया। अब शायद वह तैयार थी अकेले रहने के लिए। कुणाल अपनी रोज़मर्रा की ज़िन्दगी में व्यस्त था। ऑडिशन देता और इन्तज़ार करता। बहुत सारे छोटे-छोटे रोज़मर्रा के झूठ या नहीं कहे गए सच इकट्ठा होते जाते हैं और एक बड़े सच को ढक देते हैं। ऐसा ही कुछ वह वृंदा से कहना चाहता था। वह उसे बताना चाहता था कि वह कोई शातिर इनसान नहीं जिसने सब बहुत सोच-समझकर किया हो। वह उससे प्यार, वफ़ा और धोखे के बारे में कितनी ही बातें करना चाहता था। रिया के जाने के बाद एक दोपहर जब बच्चे घर में नहीं थे तो वृंदा अपनी पुरानी सोसाइटी गई। उसने अपने घर पर ताला लटका देखा। चाबी उसके पास थी लेकिन वह अन्दर नहीं गई। उसके पास उस घर की भी एक चाबी थी जिसमें कुणाल रहता था। वह उस घर में गई। घर ख़ाली था। वह बेडरूम के एक कोने में जाकर दीवार से सटकर बैठ गई। उसकी आँखों में कुणाल का चेहरा चिपक गया।

वह वापस घर लौटी तो उसके चेहरे पर शान्ति थी। शान्ति के साथ ही आया ख़ालीपन। जितने भी बदले उसने लिए थे, या लेने की शुरुआत की थी, उससे उसके भीतर एक निरर्थकता भर गई थी। आगे जीवन था। अनिश्चित। लम्बा। अकेला!